ロックンロールな13歳のフェミニスト成長記

女になる方法

キャトリン・モラン
北村紗衣＝訳

青土社

Contents

プロローグ　史上サイテーの誕生日

How To Be a Woman

一九八八年四月五日　ウルヴァーハンプトン

わたしの十三回目の誕生日。わたしは走ってる。チンピラどもから逃げてる。

「オトコ！」

「ジプシー野郎！」

「オトコ！」

うちの近くの運動場にいるチンピラどもから逃走中。八〇年代末のイギリスによくある運動場だった。安全加工したフロアやら人間工学的デザインやらなんやらはもちろんないし、ベンチにまともな板すらありゃしない。みんなコンクリートでできてて、シュワシュワコロナの砕けたビンやら、怪しい草やらそんなんばっか。

走ってるとホントに一人になっちゃう。イヤな感じで、息がのどにつかえてるのまでわかる。前にこんな感じの自然ドキュメンタリー番組を見たことがある。何が起きてるか、わたしにはわかる。つまりね、わたしの役は「群れから離れた弱いレイヨウ」。チンピラどもは「ライオン」。マジで、レイヨウが無事に切り抜けられるわけない。すぐにわたしは新しい役をゲットだ。つまりライオンどもの

☆ウルヴァーハンプトン：イングランドの中央部、ウェスト・ミッドランドにある都市。産業革命期に発展したが現在は失業率が高く、しばしば英国でも最低の都市のひとつと言われる。

「お昼ごはん」の役ね。

「やーい、こそどろジプシー!」

ウェリントンブーツを履いて**NHS**(National Health Service)のメガネをかけてたせいで、わたしは劇作家の**アラン・ベネット**みたいに見えたし、『**ウィズネイルと僕**』に出てくるような父さんのアーミーコートも着てた。ま、あんまりオンナラシくはないよね。ウェールズ公妃ダイアナはオンナラシい。カイリー・ミノーグはオンナラシい。わたしはどっちかというと…オンナ無シい。だからチンピラどもが混乱するのもわかる。チンピラどもときたら、(1)「カウンターカルチャーの図像学」とか(2)「ラディカルなジェンダー歪曲《わいきょく》者の刺激的なイメジャリー」とかなんとかに通じているようにはまるで見えないもん。たぶん『**トップ・オヴ・ザ・ポップス**』にアニー・レノックスやボーイ・ジョージみたいな中性的なミュージシャンが出てきたってあいつらは混乱するよ。

もしあいつらがわたしを追っかけるのに手一杯でなかったら、たぶんこんな感じのことを言ってやれたのに。たぶんあいつらに、わたしはズボンを穿いた有名なレズビアン、ラドクリフ・ホールが書いた『**さびしさの泉**』を読んだことがあるって言ってやれた。フツーと違う服を着ることについてもっと心を開かなきゃダメだよって言ってやれた。たぶん**クリッシー・ハインド**のお話もしてあげられた。クリッシーは男みたいな仕立の服を着てるもん。『**ザ・クローズ・ショー**』のカリン・フランクリンのことだって話せた。カリンはステキだ!

「やーい、こそどろジプシー!」

チンピラどもはちょっと立ち止まって相談してるみたいだ。わたしは少し足をゆるめて木によりかかり、ものすごい勢いで呼吸する。くたくただ。八十キロも体重があるんだから、あまり白熱した追跡とかには向いてない。陸上選手のゾーラ・バッドよりはマンガのキャラの**エルマー・ファッド**に似てる。息を整えて、今の状況について考えよう。

☆ウェリントンブーツ:ゴムや革などでできた、ひざ上くらいまでの長さの長靴。
☆NHS:イギリスの国民保健サービス。国民皆保険制度であるため非常に低い自己負担で医療を受けることができるが、ほとんどが保険料ではなく税金で賄われている。
☆アラン・ベネット:イギリスの劇作家。オープンリー・ゲイで、メガネがトレードマーク。
☆ウィズネイルと僕:ブルース・ロビンソン監督による一九八七年のイギリス映画。一九六九年を舞台に、田舎のコテージに遊びに出かけた二人の青年、ウィズネイルとマーウッド(タイトルの「僕」)の友情を描く。イギリスではカルト的な人気を誇る。
☆トップ・オヴ・ザ・ポップス:一九六四年から二〇〇六年まで毎週放送されていたBBCの音楽番組。
☆さびしさの泉:一九二八年にイギリス人の女性作家ラドクリフ・ホールが発表した小説。女性の同性愛を扱った画期的な作品で、イギリスで大スキャンダルを巻き起まともなペットの犬がいたらよかったのに、と思った。訓練の行き届いたジャーマン・シェパードなら、あいつらを襲ってくれるかも。ほとんど残酷といっていいような感じでね。動物は飼い主の怖れや不安によく調子をあわせてくれるでしょ。

　現実に戻って、わたしは百八十メートルくらい離れたところにいるペットのジャーマン・シェパード、サフロンを見た。テカテカしたキツネの糞《ふん》の中で楽しく転げ回って、喜んで脚を空中でフリフリ。あの犬ときたらほんとうに幸せそうだ。今日はあの子にとってはすごくよろしい日だ。いつもよりずっと長くて速いお散歩だもん。

　わたしにとっては明らかに今日はよろしい日じゃなかったけど、それでもチンピラどもが頭を寄せ集めて相談するのをやめて、少したった後、こっちに石を投げ始めたのには驚いた。ちょっとひどすぎでしょ。わたしはまた逃げ出す。

　わたしをいじめるためにこんな面倒なことまでしなくたっていいじゃないの！と、憤慨して思う。もうけっこうやられてるのに。正直なとこ、「こそどろジプシー」でもうダメだった。

　石はほんのちょっとしかあたらなかったし、明らかにケガはない。このコートは戦争を一回、ひょっとしたら二回も生き延びてる。小石なんかなんてことない。手榴弾《しゅりゅうだん》用に作ってあるんだから。でも、大事なのは頭の中に思い浮かぶことのほうだ。あいつらときたら、シンナーをキメるとか、実際にオンナラシい格好をした女の子をモミモミするとかいうような、もっとやる価値がありそうなほかの冒険だってできるのに、その時間を全部わたしに使いやがった。

　わたしの心を読んだみたいに、すぐチンピラどもは興味をなくしていく。今やわたしはもう過去のレイヨウになったみたいだ。まだ走って逃げてたけど、あいつらはその場に立って、わたしがいるほうにほとんどふざけたみたいな様子で石をたまに投げるだけだ。わたしは届かない場所まで行くけど、あいつらは石を投げなくなっても叫ぶのはやめない。

こし、猥褻であるとして裁判沙汰にまでなった。

☆クリッシー・ハインド：一九七〇年代末から活動しているロックバンド、プリテンダーズのフロントウーマン。女性ロックミュージシャンとしては先駆的な存在で、ロックの女帝、女王などと呼ばれることもある。

☆ザ・クローズ・ショー：一九八六年から二〇〇〇年までBBCで放送され、その後も他の放送局などで製作されているファッション番組。カリン・フランクリンはこの番組に出演していたファッション評論家。

☆エルマー・ファッド：アメリカのアニメ『ルーニー・テューンズ』のキャラクター。

「オトコ！」わたしが帰ろうとした時、一番デカいチンピラが最後に思いついたみたいに言う。「おまえなんかクズだ！」

わたしは家に帰って玄関の階段で泣く。家の中は実のところ、泣くには混雑しすぎてる。前に家の中で泣こうとしたことがあったんだけど、なんで泣いてるのかについてしゃくりあげる間ひとりに説明して、また泣くのに戻ろうとしたら別の人が来てまた最初から話を聞かせろと言ってきて、いつのまにかサイテーな箇所を六回も話すことになり、午後の間ずっとしゃっくりが止まらないビョーキみたいな状態に追い込まれちゃう。

小さい家に五人のちっちゃなきょうだいと住んでるなら、実際、ひとりきりで泣いたほうがずっと賢いし、ずっと手っ取り早い。

わたしは犬を見る。

もしあんたが忠実ないい子なら、顔から涙をぬぐってくれるよね、と思う。

サフロンはうるさい音をたてて自分のヴァギナをなめてるだけだ。

サフロンは最近うちに来た犬だ。「バカな新顔」だ。サフロンは「面倒な犬」でもある。父さんはホーリーブッシュ・パブで定期的にやってる取引でサフロンを「獲得」した。こういうことをやってる間、わたしたちは外にとめたヴァンで二時間も座ってなきゃならない。父さんはたまにポテトチップスとかコカコーラのボトルを持ってきてくれる。どっかの時点で、砂利の袋とか頭のないコンクリートのキツネの像みたいなワケのわかんないものを持って突然すごい速さで転がり出てくるんだから。

「ちょっと話が深刻になりすぎてね」と、父さんは全速力で車を出す前に、腹を立てて言ってた。

ある時、その持って出てきたワケのわかんないものというのがサフロンだった。一歳のジャーマン・シェパードだ。

「警察犬だったんだよ」と父さんは誇らしげに言って、サフロンをわたしたちと一緒にヴァンの後ろに入れたけど、そこでサフロンはあらゆるものの上に糞をした。さらなる調査により、わかったことがあった。サフロンは警察犬ではあったのだが、警察犬訓練士は、たった一週間ばかりでサフロンは以下のものに対して深い心理的混乱と怖れを抱いてるということに気付いたのだ。

（1）大きな音
（2）暗闇《くらやみ》
（3）人間全部
（4）他の犬全部
（5）さらに緊張性尿失禁まで抱えてる

それでもサフロンはわたしの犬だし、正確に言うと、唯一の血がつながってない友達だ。

「ワンコちゃん、そばにきてよ」とサフロンに言いながら袖《そで》で鼻をふいて、また元気を出すと決める。

「今日はホントにすごい日になるよ！」

泣くのをやめて傍《わき》の柵《さく》をのぼり、裏口から家に入る。母さんは台所で「パーティの準備」をしている。

「居間のほうに行きなさい！」と言われる。「そこで待ってて！　ケーキを見ちゃダメ！　驚かせるつもりなんだから」

居間はきょうだいでいっぱいだった。家のあらゆる隅っことか裂け目とかから抜け出て現れたみたいだ。一九八八年には六人きょうだいだったのが、八〇年代が終わるまでには八人になってた。母さんときたらフォード自動車の生産ラインなみで、時計みたいに規則正しく二年ごとにちっちゃくてうるさい赤ん坊を生み、そのせいで家は爆発しそうなくらいいっぱいになってる。二歳年下のニヒリストな赤毛、キャズはソファに横になってる。わたしが入っていっても動かない。座るとこがない。

「えへん！」と自分の襟のバッジを指しながら言う。そこには「わたしの誕生日！！！！」と書いてある。もう泣いたことなんてぜーんぶ忘れてる。前に進んでるんだ。

「あと六時間で終わりでしょ」とキャズは動かないままシレっと言う。「ヘタな遊びはやめたらどう？」

「あと六時間しか楽しいのが続かないなんて！」とわたしは言う。「楽しい誕生日が六時間。何が起こるかわかんない！　だってここは変な人でいっぱいのしっちゃかめっちゃかな家だもんね！」だいたい、わたしは果てしなくポジティヴな気分だ。ものすごくアホっぽく喜びを全身から発散させてる。昨日のわたしの日記の書き込みは「揚げ物鍋《なべ》を別の調理台に移動。サイコーだ！」

わたしが世界の中でもとくに気に入ってる場所、**アベリストウィス**の南のビーチには下水排出パイプがあるんだからね。

わたしは新しく来たバカ犬がうちの前の犬、スパーキーの生まれ変わりだと本気で信じてた。新しい犬は前の犬が死ぬ二年前に生まれたのに。

「でもこれはスパーキーの目でしょ！」と、新しいバカ犬を見てわたしは言う。「スパーキーはいなくなったりしないもん」

さけずむように目をギョロっと回してキャズが誕生日カードをくれる。わたしの顔の絵だが、キャズは鼻が顔のだいたい四分の三をしめるように描いてくれていた。

「覚えといて。十八歳の誕生日になったら引っ越して出てくから、わたしがあんたの部屋を使えるって約束したよね」と、カードの中に書いてある。「あと五年だけ！　その前に死ななければね！　愛

☆アベリストウィス：ウェールズの西側にある海岸の街。

をこめて、キャズ」

ウィーナは九歳で、誕生日カードの内容はやっぱりわたしが引っ越して自分が寝室をもらうことがメインだ。とはいえ、ウィーナはロボットにこのことを言わせてて、そのせいで少し「人の気に障る」のを防いでたけど。

わたしがまだ座る場所も見つけられてないことからわかるように、うちの家ではホントに場所っていうものが貴重だ。母さんが火のついたロウソクの皿を持って部屋に入ってきた時、わたしは弟のエディの上に座らんばかりになってた。

「お誕生日おめでとう！」皆が歌ってくれる。「動物園に行ったの。太ったサルを見たの。あんただと思ったよ！」

母さんはわたしが床に座ってるところに来てしゃがんで、お皿を前で抱えてくれる。

「吹き消してお願いをしなさい！」と明るく言う。

「ケーキじゃないじゃない」とわたしは言う。「これ、バゲットでしょ」

「フィラデルフィアクリームチーズたっぷりだよ！」と母さんが楽しげに言う。

「バゲットでしょ」とわたしは繰り返す。「それにロウソクも七本しかないよ」

「もうケーキには大人すぎるでしょ」と、母さんは自分でロウソクを吹き消しながら言う。「キャンドルは一本二年分なの」

「じゃあ十四歳じゃないの」

「そんなに気にしないで！」

わたしは誕生日のバゲットを食べる。ステキだ。フィラデルフィアクリームチーズは大好きだ。すてきなフィラデルフィアクリームチーズ！　超クール！　超クリーミー！

その夜、三歳の妹プリニーと一緒に使ってるベッドで日記を書きあげた。
「十三歳の誕生日！！！！」と書く。「朝ご飯にポリッジ、**昼ご飯**にフライドポテトとソーセージ、お茶はバゲット。全部で二十ポンド。誕生日カードが四枚、手紙が二通。明日になれば図書館カードがティーン用の緑のカードに！！！！　隣の家の男の人が、ゴミに出すイスはいらないかときいてくれた。いりますって答えた！！！！」

ちょっとの間、この書き込みを見つめた。あらゆることを載せなきゃ、と思う。悪いことも省けない。

「運動場で非どい（原文ママ）ことを叫んでくる男の子がいた」とゆっくり書き込む。「たぶんチンコがデカくなってきてるからだ」

思春期について、性欲が芽生えてくると十代の男の子は女の子によくイヤなことをするようになるというのは読んで知っていた。

そして今回、わたしが丘を走って登る間にあの男の子たちが小石を投げつけてきたのは、ホントは抑圧された性欲のせいなんかじゃないっていうのもわかってた。でも、この日記さんがわたしを憐《あわ》れむようなことはイヤだった。この日記さんが知るかぎりでは、わたしは哲学的優位を確保してるはずだった。この日記は栄光のためだけ。

自分の十三歳の誕生日に関する日記を見つめる。認めたくないハッキリした事実が押し寄せてくる。わたしはここで幼児と同じベッドに寝てて、父さんの保温下着をパジャマのかわりに着てるんだ。わたしは十三歳で、八十キロくらいあって、お金も友達もないし、男の子たちはわたしに会うと石を投げる。今日はわたしの誕生日で、午後七時十五分に寝た。

日記の後ろのページをめくってみる。ここにわたしの「長期」プロジェクトが書いてある。たとえば、「わたしの悪いところ」。

☆昼ご飯：原文は'dinner'だが、イギリスの労働者階級、とくに子供の場合、お昼ご飯が一日で一番しっかりした「正餐」つまり'dinner'になり、夜は「お茶」(tea)と呼ばれる軽食であることも多い。

○わたしの悪いところ
(1) 食べ過ぎ
(2) 運動してない
(3) すぐ怒り爆発
(4) なんでも亡くす（原文ママ）

「わたしの悪いところ」は大晦日《おおみそか》に書いた。一ヶ月後に進捗《しんちょく》報告した。

(1) ショウガクッキーはもう食べてない
(2) 毎日犬の散歩
(3) やってみてはいる
(4) やってみてはいる

これ全部の下に線をひいて、新しいリストを作る。

○十八歳になるまでに
(1) 体重を経らす（原文ママ）
(2) いい服を着る
(3) 友立（原文ママ）を作る
(4) 犬をちゃんとしつける

（5）ピアスの穴をあける？

うーっ。さっぱりわかんない。どうやったらオンナになれるのか、さっぱりわかんない。

シモーヌ・ド・ボーヴォワールが「ひとは女に生まれるのではない。女になるのだ」と言った時、シモーヌは事態を半分も把握してなかった。

十三歳の誕生日から二十二年、わたしは女であることについてずっとポジティブになった。まあたしかに正直に言うと、ニセの身分証やラップトップやきれいなブラウスを手に入れる時にはけっこううまくいったかもしれないけど、でも多くの点で、子供にとってはエストロゲンとでっかいオッパイ一対《いっつい》よりも残酷で不適当な贈りものなんかありゃしない。もし誰かが誕生日の前に聞いてくれたら、図書券とか、たぶん**C&A**のクーポンかなんかをかわりにリクエストしてた。

想像がつくと思うけど、その時わたしはきょうだいとケンカし、犬をしつけ、ＭＧＭのクラシックミュージカルを見るのに忙しすぎた。最後の最後に下垂体に強制されるまでは、女になることなんて予定に入れるすきがなかったもの。

女になるのは有名になるのとちょっと似てる。っていうのも、ティーンの女の子は、だいたいは好意的に無視されるという子供の基本的な存在のあり方から離れて、突然他の人にとって魅力的な存在になり、質問攻めにされるからだ。サイズは？　もうヤった？　セックスしない？　身分証ある？　これ一服いかが？　誰かとデートしてる？　予防はちゃんとした？　どういう感じでキメてる？　ヒール履いて歩ける？　あなたのヒーローは誰？　ブラジリアンワックス脱毛する？　どんなポルノが好き？　結婚したい？　いつ子供がほしい？　フェミニストなの？　あの男とは遊んでただけ？　何したい？　**あんた誰？**

☆シモーヌ・ド・ボーヴォワール：フランスの女性哲学者で、フェミニズムの古典である『第二の性』（一九四九）の著者。

☆C＆A：ベルギーに本社のある国際的なファッションチェーン店。

単にブラが必要になったからというだけで、十三歳の子に聞くにはどれもこれもバカバカしい質問ばっかり。犬に聞いたほうがまだマシ。サッパリわかんない。

でも、戦闘地域に急に投下された兵士みたいに、さっさと何かを考えつかなきゃならない。偵察が必要。プランも必要。標的を定めて、動かなきゃ。ひとたびホルモンがやって来たら、止められないもん。わたしもそうだとすぐにわかったんだけど、ロケットの中にヒモで縛られたサル、時限爆弾の部品みたいなもんだ。避難経路はなし。どんだけ願っても、全部取り消しにはできない。好むと好まざるとにかかわらず、この大惨事はやってくる。

もちろん、これを止めようとする子もいる。五歳の頃の自分に攻撃的退行をしたり、「女の子っぽさ」とかピンクに夢中になったりして時間を稼ごうとするティーンの女の子は皆そうだ。ベッドをテディベアでいっぱいにして、セックスする場所なんかないよーとハッキリ示すとか、大人の質問をされないように赤ちゃん言葉で話すとか。学校の同年代の子たちの中には、世界に出て行って自分の運命を決めるような行動的な女になるんじゃなくて、お姫様っぽく「見出され」て、結婚するのを待ったほうがいいんじゃないかと思っている人もいた。もちろん、その頃はこんなふうには分析できなかったけどね。ただ、ケイティ・パークスが数学の授業になると毎回ボールペンで指にハートを描いて、デイヴィッド・モーリーに見せてたのには気付いてたけどね。本当は、モーリーはわたしの模範的な長い胸の谷間を見て、初めての性的興奮をかき立てられるべきだったと思うんだけども。

それから一番、機能不全に陥っちゃうやり方として、兵糧《ひょうろう》攻めに突入、下垂体との戦いで相手を混乱させて負かそうと拒食症や過食症になっちゃうカミカゼガールズも、もちろんいる。

でも、自分自身との戦いをすることの問題っていうのは、もし勝ったとしても結局は負けるってことだ。傷だらけで疲れ果てた状態になり、どこかの時点で自分が女にならなきゃいけない、自分は女である、さもなきゃ死ぬかも、っていうことを受け入れなきゃならなくなる。これは思春期の容赦無い根本的事実だ。長くてつらくて消耗ばっかりの戦いになることもよくあるけどね。自分を傷つけちゃうこういう女の子たちは、腕や腿《もも》にカミソリで格子柄を描くことで、自分の体が戦場だっていうことを自身に思い出させてるだけだ。カミソリはちょっと…っていうならタトゥーもある。**クレアーズ**のアクセサリー店のピアスガンで一瞬、パチっと穴を空けてもらうことだってできる。ほらほら、できたでしょ。自分を取り戻すため、自分がいる場所を思い出すために体にマーカーピンを刺している。ほらほら、どっかそのへんにね。

クジに当たったり、有名になったりするのと同じで、こんなに賭《か》け金が高いというのに、女になるのにマニュアルはない。神のみぞ知る、わたしは十三歳の時に、マニュアルを見つけようとしてた。テストで事前にカンニングするみたいな感じで、人の経験を読んで知ることはできる。でもわたしは、そもそも女になるってことじたいに問題があるのかもと思った。歴史上、すごく不利な状況を乗り越えてちゃんと女になったのに、まわりの社会がまだみんなおかしかったせいで信用を傷つけられたり、不幸になったり、足を引っ張られたり、破滅したりした女性の話はずいぶんあるでしょ。**シルヴィア・プラス**に**ドロシー・パーカー**、**フリーダ・カーロ**、クレオパトラ、**ブーディカ**、ジャンヌ・ダルクとかね。むしろ、結局はつぶされちゃった女を見かけることのほうが女の子は多いんじゃないかな。苦労して勝利を得たとしても、そうやって成し遂げたことが怖いとか、正しくないとか、不愉快だとか、あとティーンの女の子にとっては一番決定的だけど、ただクールじゃないとか言われるような環境で暮らしていたとしたら、やったことも全部否定されちゃう。キレッキレでキラッキラで骨の髄まで正しくありたい、でも孤独でもいい、っていう女の子はほとんどいないでしょ。

だから、『女になる方法』は、無知で、準備不足で、とくにポンチョを「スタイルにあわせる」能力とかについては致命的に勘違いしてるわたしが、間違ったやりかたで女になろうとした時のことを語ってる。だけど一方で、二十一世紀にただ経験を話すだけじゃもう十分とは言えないよね。そう、

☆クレアーズ：アメリカ合衆国に本社のあるティーン向けのアクセサリーチェーン店。二〇一八年三月にアメリカのクレアーズ社は連邦破産法適用を申請した。

☆シルヴィア・プラス：アメリカ出身の女性詩人。同じく詩人のテッド・ヒューズと結婚するが、別れた後にオーヴンに頭を突っ込んで自殺した。

☆ドロシー・パーカー：アメリカ合衆国の女性作家。一九二〇年代、ニューヨークのアルゴンキン・ホテルに集った文人サークル、アルゴンキン円卓のメンバーとして名を馳せた。何度か自殺未遂をしているが、一九六七年に自然死している。

☆フリーダ・カーロ：メキシコの女性画家。少女時代に交通事故で重症を負い、後遺症を抱えながら芸術活動を行った。

☆ブーディカ：古代のブリテンの女王で、ローマ軍に対して反乱を起こした。

昔ながらのフェミニストの「意識向上」は今でもすごく価値がある。話題が中絶、美容整形、出産、母親になること、セックス、愛、仕事、ミソジニー、恐怖、はたまた自分の肌についてどう思ってるかについてとかになると、女はすっごく酔っ払ってるのでないかぎり、いまだにあんまりお互いに真実を話したがらない。たぶん女の深酒が増えてるっていうことが毎度毎度報道される背景には、単に現代女性がお互いコミュニケーションしようとしてるってことがあるんじゃないかな。そうじゃなきゃ、たぶんまあ**サンセール**が超おいしいってだけかもしれないけど。正直言って、賭けるなら両方かな。

ただの触れ込みとか思い込みから離れて、女であるというのは実際はどういうことなのか、という話にいっちょかみするのはとても大事だよね。でも、まだもうちょっと分析とか議論とか「これは変えなくちゃね」的なヤツが必要でしょ。そこで出てくる、フェミニズム。

そこで二つめの問題が発生。まあ、フェミニズムはこういうのを全部カバーしてくれるよね。でもフェミニズムって今のところ、まあ、フェミニズム…でしょ。急停止。ここ数年、何度も何度もわたしは今かかえてる問いについて現代のフェミニズムにきいてみたんだけど、以前は史上最もワクワクドキドキ刺激速効の革命だったはずのものが、どういうわけだかどんどんちっちゃい議論にしゅしゅしゅーっと縮んでっちゃったわけ。何十人とかくらいのフェミニズムの研究者だけでやってて、フェミニズムの研究者しか読まないような本に載ってて、ＢＢＣ４で午後十一時に議論されるような話題にね。わたしはこれに文句が言いたい。

（1）フェミニズムは研究者だけが議論するには大事すぎる。さらにちゃんと言うと、
（2）わたしはフェミニズムの研究者じゃないけど、フェミニズムは絶対に超深刻で重大で切迫しすぎた問題だから、今やスペリングがからっきしダメな軽めの新聞コラムを書いてるパートタイム

☆サンセール：フランスの同名の村で作られているワイン。

のテレビ評論家がフェミニズムの擁護者になってもいい時でしょ。なんかワクワクする楽しいことがあるなら、傍で見てるだけじゃなく入りたいもの。言いたいことがあるの！　**カミール・パーリア**のレディ・ガガ解釈は全部間違い！　フェミニズム団体のオブジェクトはポルノのことになると超ヘン！　わたしのヒロイン、**ジャーメイン・グリア**はトランスジェンダーのことになるとすっごくトンチキ！　雑誌の『**ＯＫ！**』、六百ポンドのハンドバッグ、ほっそいパンツ、ブラジリアンワックス脱毛、バカげた結婚直前パーティとか**ケイティ・プライス**のことに取り組んでる人が誰もいない。

で、こういうことにも取り組まなきゃいけないでしょ。ラグビーをやるみたいに、泥に顔を伏せていっぱい叫びながら取り組むべき。

伝統的なフェミニズムには、こういうことはあまり重要なことがらじゃないと考える傾向があった。賃金の不平等、第三世界の女性器切除、家庭内暴力みたいな大問題に集中すべきだ、ってね。明らかにこういう問題は緊急だし、うんざりするし、間違ってて、社会はこういうことをきっぱりやめるまで、自分の姿を真正面から見据えることもできないよね。

でも、女であることについてはもっとちっちゃくてバカげていて明らかに毎日起こってる問題もたくさんあって、女性の心の平安に害を及ぼしてる。「割れ窓」理論では、もし空き家で窓が一枚割れてるのを無視して直さなかったら、壊していいんだと思われてもっと窓が割られるんだって。最終的には建物に押し入って、火をつけたり不法占拠したりするようになるかもしれない。

同じように、もしわたしたちが女性の陰毛は不愉快だと考えられてたり、有名で力のある女性がいつもデブだとかガリガリだとか着てるものがひどいとかいうことで笑われてたりするような環境で暮らしてるなら、みんなが女性に押し入って火をつけはじめるかもよ。不法占拠もされるかも。明らか

☆カミール・パーリア：アメリカの学者・批評家。フェミニストだが極めて毀誉褒貶の多い人物で、他のフェミニストから批判を受けることも多い。

☆ジャーメイン・グリア：オーストラリアのフェミニスト・英文学者。

☆ＯＫ！：イギリスのゴシップ雑誌。

☆ケイティ・プライス：イギリスのグラビアモデルで、別名ジョーダン。いわゆるお騒がせセレブと見なされている。

にこれはマズいでしょ。あなたのことは知らないけど、ある朝起きたら玄関に山ほどダメ男がいたとか、わたしはイヤだよ。

ルディ・ジュリアーニは一九九三年にニューヨーク市長になった時、「割れ窓」理論を信じてたので「**ゼロ・トレランス**」方式の政策を施行した。犯罪は劇的かつ有意に少なくなって、これはその後十年続いた。

個人的に、女性も「ゼロ・トレランス」政策を自分たちの暮らしの割れ窓に導入する時が来てると思う。「あらゆる家父長制駄法螺《だぼら》」にゼロ・トレランスしたいとこ。家父長制割れ窓駄法螺にゼロ・トレランス政策をするいいところは、ここ。二十一世紀にはサイズゼロモデルとか、アホっぽいポルノとか、ラップダンスクラブとか、ボトックスとかに対して反対デモをやる必要はないんじゃないかと思う。暴動とかハンストもしなくていい。馬とかロバとかの下に身を投げる必要もナシ。ちょっとの間、真っ正面から目を見据えて、笑ってやりましょ。笑ってるときのわたしたちってイケてるしね。わたしたちがリラックスしたバカ笑いしてんのをじろじろ見る人は、わたしたちのことが好きなんじゃないかな。

まあ、それにしても、ゲンコツでテーブルを叩《たた》いてゴーゴー言って、口いっぱいのポテトチップスで息を詰まらせる寸前で「ふあーいと！　ふあーいと！　そう、そういうもんなの！　家父長制はぶっとばせ！」とか言い続けると、そんなには好かれないかもしれないのかな。

フェミニズムの「第何波」とかを語れるのかどうかは、わたしにはもうわかんない…わたしが数えた感じだと、次の波があれば**第五波**だと思うんだけど、それぞれの波に触れるのはやめて、ただ来たるべき大きな潮流のことを言うのが第五波とかになるんじゃないかと思う。

でも、もし第五波フェミニズムがあるなら、その前の全部と第五波を分けるものとして、現代の女であることに関するぶざまさ、断絶、駄法螺に対抗するとき、叫んだり、内面化したり、つまらない

☆ゼロ・トレランス：「無寛容」という意味で、いわゆる「割れ窓理論」に基づき、大きい犯罪に発展する前に小さい違反を一切許さず取り締まる方針を指す。ただし、ニューヨークでの成果も含めて、犯罪予防についてこうした取り組みの効果がどれほどあるのかについては議論もある。

☆第五波：二〇一〇年代のフェミニズムとして第四波フェミニズムと言われる動きがあり、セクシュアルハラスメントに対する抵抗やデジタルメディアの利用などを特徴とする。#MeToo 運動は第四波の典型例である。

ことでケンカしたりするんじゃなく、ただ指さして「ハッ!」ってバカにしたように笑うだけですむようになるといいなと思ってる。

うん。もし第五波があるなら、貢献する。自分のバケツのぶんいっぱいにね。どうやったら女になれるのかについて、わたしがほとんどわかんなかったり、だいたいは完全にお手上げだったりした全瞬間をすっごく総合的に語ったお話を、これから提供するよ。

第一章　出血進行！

How To Be a Woman

いや、なんかそれって選ぶ自由があるみたいなもんだと思ってたの。女が毎月出血するのは知ってたけど、わたしに起こるなんて思ってなかった。たぶん、本当に本当にイヤだったら拒否できるようなものだと思ってた。正直、役立つとも楽しいとも思えないし、ともかくスケジュールに組み込めるとも思えないしね。

厄介ごとはおことわり！　夜に十回、上体起こしをやりながら、明るく自分に言い聞かせてたわけ。キャプテン・モランはおことわりします！って。

「十八歳になるまでに」リストのことはすごくまじめに考えてて、「体重を経らす（原文ママ）」キャンペーンはフル発進中。ショウガクッキーをいまだに食べてないだけじゃなく、夜に十回ずつ上体起こしと腕立て伏せもやってる。家には全身が映る鏡がないので、まあどうなってるかはよくわからなかったけど、わたしの想像ではこの調子ならブートキャンプ体制のおかげでクリスマスまでにウィノナ・ライダーくらいはスリムになってるはず。

それはともかく、生理のことは四ヶ月くらい前に知ったばっかりだった。母さんはそういうことについて全然教えてくれなかった。何年も後にそのことを聞いたら、『**こちらブルームーン探偵社**』あたりから全部仕入れてると思ってた」とお茶を濁してた。通りすがりの女子生徒が家の外の生け垣に

☆こちらブルームーン探偵社：アメリカのＡＢＣで一九八五年から一九八九年まで放送されていた探偵コメディドラマ。ブルース・ウィリスの出世作。

突っ込んだ**リルレッツ社**のパンフを見つける時までは、月経とかいうことについて知らなかったんだから。

パンフを持って寝室に入っていって、キャズに見せようとしたら「そういうことについては話したくない」と言われる。

キャズのベッドの端に座って「でも、見たことあるの？」って聞いた。キャズはベッドの反対の端に移動した。キャズは「人とお近づきになる」のが嫌いだ。近づくとひどく怒りっぽくなる。寝室三つに七人が住んでる公営住宅では、キャズはほぼいつも怒ってる。

「ほら、これが子宮でしょ、これがヴァギナで、リルレッツを横に広げると、穴が」…とわたしは言う。

パンフはざっと読んだだけだ。正直言って、それだけでとんでもなく驚いた。女性の生殖システムに関する断面図は複雑で、実用的じゃなさそうに見えた。やたらといろんなところにトンネルが通ってる、バカ高いロータスタック社のハムスター用籠《かご》みたいだ。もう一度言うけど、これ全部を自分が「お引き受け」できるとは、本当に思えなかった。たぶん、わたしは自分が骨盤から首まで、どっかに腎臓《じんぞう》がくさびでとめてある固い肉のかたまりでできてるだけだと思ってたみたい。ソーセージみたいなもんだ。わかんないけど。解剖は得意じゃない。女の子が雨の中で気を失うような十九世紀のロマンティックな小説や、**スパイク・ミリガン**の戦争回想録が好きだった。どっちにもあんまり月経は出てこない。そういうようなものはちょっと…不要に思える。

「毎月来るんでしょ」と、わたしはキャズに言った。キャズは今や、ウェリントンブーツを履いて全部きちんと服を着た状態で、掛け布団の下で寝ていた。

「出てって欲しいんだけど」と、布団の下からキャズの声が聞こえる。「あんたは死んだっていうふりをしてんの。あんたと月経の話をするよりやりたくないことなんて思いつかないもん」

☆リルレッツ社：イギリスの生理用品メーカー。

☆スパイク・ミリガン：イギリス系アイルランド人のコメディアン。第二次世界大戦に従軍し、『アドルフ・ヒトラー　ヤツの敗北にオレが噛んだ一枚』から始まる、七巻にわたる回想録を執筆している。

わたしは引き下がる。

「希望を失うなかれ！」と、自分に言い聞かせる。「親身になって耳を傾けて、話に明るくたっぷり付き合ってくれる人はいつもいる！」

新入りのバカ犬がわたしのベッドの下で寝てる。オスカーという小さい犬が道の向こうに住んでるんだけど、その犬のせいで妊娠してしまったのだ。なんでそんなことになったのか誰もよくわからなかった。オスカーはちっちゃくてヤッピーが飼うような種類の犬で、家族用サイズのベイクドビーンズの缶よりほんのちょっとばかり大きいだけだけど、新入りのバカ犬はジャーマン・シェパードの成犬なんだもの。

「ほんと、地面に穴を掘ってその中でしゃがんだに決まってる」とキャズがムカムカした様子で言う。「ヤりたくてたまんなかったんでしょ。あんたの犬はヤリマンなんだもん」

「ワンコちゃん、わたしもすぐにオトナの女になるの」と言ってみる。犬は自分のヴァギナをなめてる。この犬は、わたしが話しかけてる時はいつもそうしてるっていうことには気付いていた。どう考えればいいのかはまだわからなかったけど、ちょっと悲しい気分になるかもしれない。

「パンフを見つけて、それによるとすぐわたしも生理がはじまるんだって」と話を続ける。「ワンコちゃん、正直言って…ちょっと心配なの。痛いんじゃないかと思って」

わたしは犬の眼を見つめた。この犬ときたら、頭がなくて全身足の指でできてるんじゃないかというようなバカだ。無の銀河が眼を漂ってる。

わたしは起き上がった。

「母さんと話してくる」と説明してやる。犬はベッドの下で、いつものどおり自分が犬だということに対してすごく不安になってるような顔をしてる。

母さんを探してトイレに行った。母さんは今妊娠八ヶ月で、オシッコの間も眠ってる一歳のシェリルを抱いてる。

　わたしはお風呂のへりに座った。

「母さん？」と話しかける。

　どういうわけだか、わたしはこれについてはひとつしか質問してはいけないと思ってる。「月経周期に関する会話」については一度しかチャンスがない。

「はい？」と母さんは答える。オシッコしながら眠ってる赤ちゃんを抱いている間ですら、母さんは洗濯籠から白い洗濯物を選り分ける作業をしてる。

「あのさ…わたしの生理って？」とささやく。

「はい？」と母さんが言う。

「痛いの？」とたずねる。

　母さんはちょっと考える。

　ついに母さんが言う。「うん、でもまあ大丈夫でしょ」

　そしたら赤ちゃんが泣き出したので、なんで「大丈夫」なのかは全然説明してくれなかった。謎《なぞ》のままだ。


　三週間後、わたしに生理がきた。すごく不愉快な出来事だと思う。街の中央図書館に行く途中の車の中で始まって、父さんが皆を連れて帰るまで、バレないといいなと絶望的に願いつつ、三十分もノンフィクションの棚のあたりをうろうろ歩いてなきゃならなかった。

「最初の生理がはじまった。うげぇーっ」と日記に書き込む。

　その後、夜になってから犬に「**ジュディ・ガーランド**に生理があったなんて思えない」と言う。小さい手鏡に泣いてる自分を映す。「**シド・チャリシー**とか**ジーン・ケリー**だってそう」

☆ジュディ・ガーランド、シド・チャリシー、ジーン・ケリー：ジュディ・ガーランド、シド・チャリシー、ジーン・ケリーは全員、ハリウッド映画黄金期の著名なミュージカルスターである。ジーン・ケリーのみ男性である。

今や、バスルームのドアの後ろに母さんが置いてるペニーワイズ生理ナプキンの袋にわたしもお世話になることになる。悲しいことに、まだ「袋の外」状態の年下のきょうだいみんながうらやましい。ナプキンは分厚くて安っぽく、パンツにひっかかるし、脚の間にマットレスがあるみたいな感じだ。

「脚の間にマットレスがあるみたいな感じ」とキャズに言う。

わたしたちはお人形のシンディを使ったゲームをしてる。四時間もやってて、キャズのシンディ人形であるボニーが豪華客船に乗ってるあらゆる人をこっそり殺してる。わたしのシンディ人形レイラはこの謎を解こうとしてる。片脚の**アクションマン**人形バーナードは、この二人と同時にデートしてる。バーナードは本当はエディのものなんだけど、わたしたちはいつもバーナードは誰の人形か言い争ってる。どっちも独身のシンディ人形なんかイヤだからだ。

「イヤな分厚いマットレスだよ」とわたしは続ける。「『**エンドウ豆の上に寝たお姫さま**』に出てくるやつみたいな」

「どのくらい長いの？」とキャズがきく。

十分後、寮のベッドみたいにペニーワイズナプキンを六枚並べて、シンディをその上に寝かせる。

「うん、これはいいね！」とわたしは言う。「芽キャベツがホントにシンディのキャベツみたいに見えるってわかった時みたい。ほらキャズ、これが月経のあっかるーい面だよ！」

生理ナプキンは安っぽいので、歩くと太ももの間でちぎれて効かなくなり、漏れる。生理中は長く歩くのをやめることにする。最初の生理は三ヶ月続く。わたしはこれが完全にフツーだと思ってる。しょっちゅう失神する。貧血になりすぎて手の指や足の爪《つめ》がすっごく青白くなる。生理については既にひとつ質問してしまったので、母さんにこのことは言わない。今はただこれで何とかやってかないといけないんだ。

シーツの血のせいでうんざりする。殺人みたいにドラマティックな赤色じゃなく、事故みたいに茶

☆アクションマン：イギリスで売られている、主に兵士などを模した子供向けの人形。

☆エンドウ豆の上に寝たお姫さま：ハンス・クリスチャン・アンデルセンの童話。王子のもとにやってきた若い女性が王女であるかどうかを確かめるため、エンドウ豆の上にたくさんの布団を敷いてその女性を寝かせ、豆に気付くほど繊細な神経を持っているかテストするという物語である。

色くてだらだらしてる。まるで内側から錆《さ》びて壊れてきてるみたいだ。毎朝血のシミを手洗いして落とさなくていいよう、役立たずのナプキンと一緒に大量のトイレットペーパーを丸めてパンツに突っ込み、一晩中すっごくすっごく寝相良くするようにする。時々、生の肝臓みたいな巨大な血の塊が出てくる。たぶんこれが子宮の内側に張り付いてて、何センチもの厚さになって剥《は》がれ落ちるんだろう、月経はいかにも内臓で起こるって感じだな、と思う。このせいで、何かえらくヤバいことが起こってるんだけど、口にするのはルール違反というやるせない感じが増す。わたしはよく、この凶暴なたわごとにぼろきれと冷たい水だけで対応しなきゃならなかったという、歴史上の女たちみんなに思いを馳せる。

バスルームの中、爪ブラシとコールタール石けんでパンツをこすってると、女がこんなに長いこと男に抑圧されてきたのも不思議じゃないと思えてくる。木綿から乾いた血を落とすのはサイテーだ。二槽式洗濯機が発明されるまでは、みんなごしごし洗いものをするのに忙しすぎて、選挙権獲得を推進する活動すらできやしなかったんだから。

わたしより二歳年下なのに、キャズの生理はわたしの六ヶ月後に始まった。わたしの二度目の生理が始まったのとちょうど同じ頃だ。他のみんなが眠ってる最中、キャズは泣いてわたしの寝室に来て、恐ろしい言葉をささやく。「わたしの生理が始まったの」

バスルームのドアの後ろにある生理ナプキンの袋を見せて、どうすればいいのか教える。

「パンツに入れて、三ヶ月は歩いちゃダメ」と言う。「簡単だよ」

「痛いの？」と、キャズは目を見開いてたずねる。

「うん」わたしは大人っぽく堂々と言う。「でも大丈夫だよ」

「なんで大丈夫なの？」とキャズがきく。

「わかんない」と答える。

「じゃあなんでそんなこと言うの？」と言われる。

「わかんない」

「うへぇー。なんでわざわざそんなこと話すの？　あんたのお口から漏れてくるものときたら」

キャズはひどい差し込みに襲われ、寝室のカーテンをしめたまま、湯たんぽに覆われ、部屋に入ってくる相手には誰にでも「出てけクソボケ‼」と叫びながら生理の期間を過ごす。ヒッピー精神の一環として母さんは痛み止めを「信じて」ないので、わたしたちにハーブ療法を探せとせきたてる。わたしたちはセージが効くということを読んで知って、泣きながらベッドに座って、手のひらいっぱいくらいは量があるセージと玉ねぎの詰め物を食べる。これから三十年間、これに耐えなければならないなんて、二人とも信じられない。

「とにかく子供なんて欲しくない」とキャズは言う。「だからこんなことしたって何にもならないもん。生殖器官を全部取り去って、煙草《たばこ》を喫《す》い始める時のために余分の肺にでも取っ替えてほしい。そういう選択肢ないの？　こんなん意味無いじゃん」

この局面では、女であることにオススメできることなんて絶対何もないように思える。どうしようもない性ホルモンのせいで、陽気な子供から出血して泣いて失神する洗濯女に変わっちゃった。ホルモンのせいで女らしい気分になることなんてない。毎晩、みじめな気持ちでベッドに横になり、パンツの中でふくらんだ生理ナプキンはまるでチンコだ。

タンスからナイトガウンを出そうとしつつ、悲しい気持ちで全部着てるものを脱ぐ。振り返ると、犬がベッドからこそこそ出てきて、わたしの血まみれナプキンを食おうとしてた。床中に赤いバラバラの綿が散らばってる。わたしのパンツを口にくわえてる。絶望した顔で犬はわたしをじっと見てる。

「ああああーっ、あんたの犬ってレズビアンの吸血鬼でしょ」とキャズはベッドの中で言い、眠ろうと寝返りを打つ。

わたしはパンツを取りに行って失神する。

でも、このホルモンの絶望のど真ん中で、拍車をじゃらじゃら鳴らし、太陽に肩章《けんしょう》を輝かせて、丘の上から救世主がとうとう現れる。緑の図書館カードはわたしのものだ。もう十三歳になったんだから、両親のカードを借りる必要もなく、図書館から大人の本が借りられる。そしてそれはつまり、秘密で本を借り出せるってことだ。イケナイ本も。セックスのことが書いてある本も。

「夢だったんだ」と図書館まで歩きながら犬に言う。図書館はザ・グリーンと呼ばれている、巨大なうち捨てられた草っ原の区画の向こう側にあり、いつもチンピラどもに用心しないといけない。真ん中を大胆に歩くとダメで、人目についてしまう。家に近い外側のへりを歩き続けないといけない。そうすると、襲撃された場合、近くの家に住んでる人が双眼鏡をとりにいかなくても、頭を蹴《け》られてるところをちゃんと目撃してもらえる。

「男の人たち…についての夢だよ」と続ける。犬を見る。犬が見返してくる。ここで何が起こってるのか、この犬は真実をすべて知る権利があると思う。少なくともまあ、それくらいは借りがあると思う。

「**チェヴィー・チェイス**が好きなの」と、突然喜び爆発で犬に教える。「ポール・サイモンの『コール・ミー・アル』のビデオで見たんだ。ワーナー・ブラザーズから一九八六年に出た『**グレイスランド**』のアルバムに入ってんの。チェヴィーのこと考えずにいられないの。キスしてもらう夢を見て、ワクワクするような唇の感触だったんだ。金曜日にビデオ屋さんで『**サボテン・ブラザース**』を借りていいか父さんに聞くんだ」

『サボテン・ブラザース』をビデオ屋で借りようというのは大胆な試みだ。次のレンタルは『**ハワード・ザ・ダック／暗黒魔王の陰謀**』だと既に決まっていた。ずいぶん要領よく立ち回らないといけな

☆チェヴィー・チェイス：一九八〇年代に人気があったアメリカの男優・コメディアン。

☆グレイスランド：一九八六年にポール・サイモンが発表したアルバム。

☆サボテン・ブラザース：一九八六年のアメリカ映画。西部劇に出演する俳優が本物の西部のヒーローと間違えられるというコメディ。

☆ハワード・ザ・ダック／暗黒魔王の陰謀：一九八六年のアメリカ映画。マーベルコミックのキャラクターを主人公にした作品だが、興行的に大失敗し、しばしば史上最悪の映画と言われる。

いけど、その価値はある。犬にはまだ教えてなかったけど、チェヴィー・チェイスがキスしてくれると考えただけであまりにもワクワクしたもんで、昨日「コール・ミー・アル」を十六回も繰り返して聴いて、ポール・サイモンが弾くベースのソロを背景にチェヴィーがわたしの顔に触れてくれるのを想像した。ホントにチェヴィーに夢中だ。チェヴィーに最初に何て言うかまで想像した。つまり、チェヴィーの心をとりこにするような一言ってこと。

『ダイナスティ』で見たやつをできるだけお手本にしたパーティで、「チェヴィー・チェイス？　キャノック・チェイスと関係でも？」って言うつもり。

キャノック・チェイスはスタッフォード方面、A5道路からすぐのところにある。ロサンゼルスの映画スターでコメディアンであるチェイスはこの冗談がわかってくれるし、気に入るだろう。

もちろん、わたしはこれより前にも一目惚《ぼ》れしたことがあった。うん、一回だけだけど。あんまりうまくいくようなものじゃなかったけど。七歳の時、『25世紀の宇宙戦士キャプテン・ロジャース』のとあるエピソードを見て、あまりにも明らかにハン・ソロをパクってるせいで、サン・ソロっていう名前をつけてビューチャッカと一緒にフィレニアム・マルコンを乗り回させたほうがいいんじゃないかっていうようなあのバカなアメリカのスペースカウボーイ、バック・ロジャースに恋をした。

バックネジアムだかロジャトニンだか、新しい愛の妙薬がわたしの体を駆け巡った。愛が何だかわかったし、愛はなんかすごく…興味を持つことだってわかった。以前興味を持った何よりもね。

バックに関係あるものには本当に何でも興味を持った。顔を見てるだけで興味深かった。ドアの側に立ってる様子→興味深い。どう見ても軽いプラスチックのレーザー銃をいかにも重いように持つ様子→興味深い。テーマ曲を聞くだけで耐えられないくらいの憧《あこが》れとバック・ロジャース味がかき立てられるし、二十八年たった今も聞くとドキドキする。

明らかにバカでかい感情が渦巻いてどうしようもなかったので、何か重要なことが起きたらいつも

☆ダイナスティ：一九八一年から一九八九年までABCで放送されたプライムタイムメロドラマ。デンヴァーの富裕な一家を描くもので、アメリカでは絶大な人気を誇った。

することをした。その時五歳だったキャズをつかんで、加熱乾燥用戸棚に引きずり込んだ。有名な**ミットフォード姉妹**がやってたみたいに…とはいえミットフォード家にあったやつはたぶんうちよりずっと大きいし、ボールド洗剤やネズミの落とし物やオナラのにおいはしなかったと思うけど。

「キャズ」わたしはできるだけちゃんとドアを引っ張って閉めて、深遠な含みを持たせながら言った。

「あんたにすごいことを教えなきゃ」

わたしは一息ついてキャズを見た。

「バック・ロジャースのこと…好きなの。母さんには言わないで」

キャズは頷《うなず》いた。

重荷を下ろして、再びドアを開け、キャズに動作で行くよう伝えた。キャズが踊り場を通って階段を降りるところを見た。キャズが居間のドアをあける音が聞こえた。

「母さん、ケイトがバック・ロジャースのこと好きなんだって」とキャズが言った。

そうしてその瞬間、恥ずかしさが熱く燃える灰みたいに全身を駆けめぐって、わたしは愛が苦悩であり、すべての恋は秘密にすべきであり、キャズは信用できない意気地無しのクズだと学んだ。

その後、こういう事実は全部大いに役立った。その日、加熱乾燥用戸棚で多くを学んだ。二十分後、わたしは不吉な口調で「かくしていくさが始まるのじゃ」とささやきながら、キャズの枕《まくら》カバーに冷凍豆を詰め込んだ。


でも…すごく長いこと愛に関するあらゆる感情を抑えつけてきたのちに、思春期ホルモンの洪水のせいで、もはやそういう感情が無視できないレベルになっていた。おさげ髪でザ・グリーンのへりを歩きながら妊娠中の犬に話しかけてる十三歳の女の子は、実は欲情でギンギンなのだ。

「『フレッチ／殺人方程式』のノベライゼーションを借りようと思ってんの」と犬に言った。『フレッ

☆ミットフォード姉妹：第二代リーズデイル男爵デイヴィッド・フリーマン＝ミットフォードの六人の娘たちを指す。長女ナンシーは作家、三女ダイアナと四女ユニティは著名なファシスト、五女ジェシカは左翼運動家だった。文中に登場する加熱乾燥用戸棚は、ジェシカの自伝『令嬢ジェシカの反逆』南井慶二訳（朝日新聞社、一九六六）やナンシーの小説『愛の追跡』奥山康治監訳（彩流社、一九九一）で言及されている。

チ／殺人方程式』はこの頃のごく平均的な映画で、チェヴィー・チェイスが出てた。「表紙にチェヴィーの写真が載ってて、チェヴィーの写真を見て、それで『大好きの本』に写すんだ」

　大好きの本は最近作ったものだ。表紙には「インスピレーションの本」と書いてあるが、実は「大好きの本」なのだ。今のところ、ヨーク公爵夫人ファーギーの写真が九枚と、『ラジオタイムズ』から切り抜いたとても小さいカエルのカーミットの写真が入ってる。ヨーク公爵夫人のことは大好きだ。一九八八年には、ファーギーはとても太ってたけど、王子様と結婚してた。将来の希望を持たせてくれる人だ。

『フレッチ／殺人方程式』のノベライゼーションをどうするか、既にきっちり計画を立ててた。家に帰って、両親に見つからないよう、ベストで包んでパンツの引き出しの後ろに隠す。わたしが他人に恋をしはじめてるってことを両親に悟られないのはとても大事だ。そうしたら両親はわたしが大人になってると気付くだろうけど、それはちょっと秘密にしておこうと思ってるから。そんなことになったら、何か事件が起きちゃうかもしれないし。

　図書館では、『フレッチ／殺人方程式』のノベライゼーションはすぐ見つかった。表紙には十分大きいチェヴィーの写真が載ってる。この可愛い顔を写すので鉛筆の芯《しん》がすり減っちゃうだろう。

　ほとんど思いつきで、ジリー・クーパーの『ライダーズ』も上にのっけて、貸し出してもらった。表紙に馬がついてた。わたしは馬が好きだ。犬が外でクンクン言ってるのが聞こえる。木につないだのだが、うちの犬はしょっちゅう不必要に騒いで、なんだかリードのせいで自分から首を絞めるようなことになってしまうのだ。たぶん、そろそろ窒息する前に縄を外してやったほうがいい。

　三時間後、自分が読んでるものが信じられない。はじめて大人の本を借りてきて、エロい金脈を掘り当ててしまったらしい。まったくエロい金脈だ。ジリー・クーパーの『ライダーズ』は完全に想像

☆ラジオタイムズ：テレビやラジオをテーマとする、イギリスの老舗週刊誌。

☆ライダーズ：一九八五年にジリー・クーパーが刊行したロマンス小説。非常に人気が高く、その後シリーズ化された。

以上だった。そこらじゅうチンコとオッパイとヤリヤリだらけだ。空からクリトリスが降ってくる。地下六十センチでおケツ発見。乳首とチンコやらマンコやらナメナメの嵐《あらし》だ。

　ちょっと混乱するところもある。クーパーはとあるヒロインの「茂み」の話をよくしてるんだけど、百三十ページになるまで、これが植物の話じゃないと絶対の確信を持って誓うことができなかった。クンニリングスが何かもわかんない。ウルヴァーハンプトンで会ったことがある人は絶対誰もそんなものを所有する余裕はない。**バーミンガム**でもないんじゃないかと思う。なんかロンドンのものに違いない。

　まあでもそれは置いておいて、疑いもなく、これは淫《みだ》らな聖書、エロのロゼッタストーンだ。わたしが「それから四年間、猛烈かつ強迫的にマスターベーションする」のに際して抱いた「新しく並外れた感覚」を言い表すための鍵《かぎ》となるテクストだ。

最初に試したのは第五章の途中で、イくまで二十分かかった。自分でも何をしているのかよくわからない。本では何か素晴らしいことが起こるまで「濡《ぬ》れそぼつ茂み」のあたりを「掘り下げて」いる。わたしは気合いを入れて舌を歯の間に押しつけ、十三年間そこにあったのに全然よく知らなかったこの場所を弄《もてあそ》び、決意をこめて何でも試そうとしてる。

　とうとうイった時、ひっくり返って、じめじめしてて、疲れて、手は痛く、興奮で心ここにあらずという状態になった。すごい気分だ。『**ハッピーデイズ**』でフォンジーが部屋に歩いて入って「やあ」と言う時、アンドルー王子がヨーク公爵夫人にキスした時にはこんな感じだろう。さっぱりして、軽快で、幸せな気分だ。桜満開新星大爆発のキラキラしたほてりで、耳はリンリン、息は切れ切れ、あ、ちょっと美人の気分だ。

　日記には起こったことについて書けない。キャズとわたしは何年か互いの日記を読む報復戦争をしてた。時々キャズはコメントもする。内容にとくにムカついたり怒ったりすると「なんてみじめな」

☆バーミンガム：ミッドランド地方の大都市で、ウルヴァーハンプトンから近い。

☆ハッピーデイズ：一九七四年から一九八四年までABCで放送されていたシットコム。一九五〇年代半ばのミルウォーキーを舞台にした作品で、ヘンリー・ウィンクラー演じるフォンジーは非常に人気のあるキャラクターだった。

とかなんとか余白に書き込む。

でも、その日に起こった他のことについてはやたら生き生きした調子で書いていて、たぶんわたしの気分が突き抜けてたことがバレちゃう。

「母さんが製菓用刷毛《はけ》を買った！　サイコォォォーーーー!!」と書いてる。「お茶にチーズサンド。すぅぅぅぅぅぅぅぅぅんごくウマかった。父さんは『サボテン・ブラザーズ』借りていいって。やったあああああああああ!!!」


それから数週間で、大変なマスターベーションの達人になった。このプロジェクトにつぎ込んだ時間と努力はたいしたもんだ。たくさんのいろんな場所で自分自身を口説いてみた。居間とか、台所とか、庭の奥とかだ。立ってヤったり、椅子《いす》に座ってヤったり、うつぶせでヤったり、左手でヤったり、新鮮な気分でヤりたかったのだ。わたしは自分にとって、思いやりも想像力も十分ある恋人だ。

午後には、寝室に鍵をかけて閉じこもり、お風呂に入ったみたいに指先がふやけてしわになるまで、何時間も何時間も何時間もイったりする。この新しい趣味は素晴らしい。何の出費もないし、家を出なくていいし、太らない。みんなこれを知ってるのだろうかと考える。もしそうだったらたぶん革命が起こる！　他の人たちに教えたくてたまらないけど、誰にも教えることはない。これこそ史上最大の秘密だ。生理とか、自分のおケツに斑点《はんてん》があることよりも秘密なのだ。

もちろん犬には教えて、犬は普段どおりヴァギナをなめてる。状況を考えると適切な反応だが、十分とは言えない。もっと打ち明けたい。いつもすることをしなければ。

「あんたがどんだけマスかきを楽しんでるのか教えてくれるつもりならね」キャズは『スーパーマンII』でゾッド将軍が目からレーザー光線を出す時にすごくよく似た表情で言う。「そんならわたしは、あんたが四秒以内にくたばるよう神様に強くお祈りして頼まなきゃね。そんなことについてはなんにも知りたくないもん」

わたしは後ろを向いて部屋に戻り、『ライダーズ』の百十三ページを開く。本の背固めが壊れたせいで、今では自然とそのページで開くようになってる。ビリーがジャニーをブルーベル・ウッドに連れていくのだが、ここはイラクサがツンツンじめじめしてて八月のせいで何もかもゆっくり…わたしは浮き上がる。

ベッドの下で犬がクンクン言ってる。


それから数年、マスターベーションは時間がかかるけど満足できる趣味になった。数週間後にこれが「マスターベーション」と呼ばれるものだと知ったんだけど、自分ではそう呼ぶことはない。「マスターベーション」は「パーターベーション」（不安）に音が似過ぎてるし、これは全般的にとても穏やかで不安のない開発なのだ。「ワンク」（マスをかく）も同じくよろしくない。クランクを回すみたいな響きで、車軸用の油とか叫び声とかがつきものの、扱うのが難しいがっちりした機械を連想させる。

わたしがしてることはこれと対照的で、夢みたいで、繊細で、やわらかい。爪を長く伸ばしすぎた時は別で、あまりにも痛いので数日間自分の求愛をはねつけなきゃならないこともある。この行為についてはただ「あれ」と言ってる。そしてすぐに、「あれ」には『ライダーズ』以上のおかずが必要になった。どんだけ『ライダーズ』が革新的だったとしてもだ。

同世代の子がみんなしてることをやり始めた。戦後の労働党政府が牛乳やメガネをくれたのと同レベルの大盤振る舞いで無料のネットポルノがもらえるようになる前の最後の世代だった。『ラジオタイムス』を読み始め、イケナイテレビ番組がどこでやってるか判別しようとする。

八十年代末から九十年代はじめの他の十代の子たちと同じく、すぐにわかるようになったんだけど、エロの最高の源はだいたい均等に「BBC2の上品な映画やドラマ」と、チャンネル4の「深夜の『若者向けプログラム』」の間で配分されてた。「ジェニー・アガター」が大物だ。アガターは間違い無くエロの到来を告げる名前だ。『2300年未来への旅』、『狼男《おおかみ》アメリカン』、『美しき冒険旅行』などなど。『美しき冒険旅行』は『イヤラしき冒険旅行』とかなんとかに改題したほうがいいかもしれない。アガターが現れるところどこにでも、胸やら首噛《か》みやら太もも手づかみやらがハァハァ音のサウンドトラックつきで出てくる。**『若草の祈り』**、あの可愛らしくてご家族向けの『若草の祈り』ですらそうだ。猛烈に吹き出す蒸気とキーキーきしむブレーキ音の中、列車に乗ってトンネルから出てきたヴィクトリア朝の紳士方に対して、下着を振って合図してぎょっとさせるんだから。まるでアガター本人が、必ずそういうのがなきゃダメと決めてるみたいだ。

『狼男アメリカン』は、音量を低くして深夜に見た。ジェニー・アガターがゆっくりと、腹を空かせた様子でシャワーを浴びるデイヴィッド・ノートンの肩に噛みつく。わたしも誰か食べちゃえる人がすごく欲しいと思う。狼人間だと後でわかったとしても、悪い犬みたいにわたしの面前で通りで撃たれたとしてもだ。愛の浮き沈みを受け入れるようになってる。簡単にはいかないとわかるようになってる。『グレイスランド』に入ってる曲の多くも、そういうことをわたしに教えてくれた。深夜にアガターを見て、ボーリングのガター掃除気分だ。

でも、探してるのはアガターだけじゃない。「性的な裏切りの暗い物語」はいつも番組のいいヒントになる。テレビドラマの『罪の意識』や『ブラックアイズ』は、すばやく部屋の反対側に走っていって「消」ボタンの上に指を置いとかないといけないような場面でいっぱいだった。母さんが入ってきて、わたしがよろしくないものを鑑賞してるのが見つかったら困るからだ。ずいぶんよろしくない内容だ。黒いストッキングの中に手を突っ込んだり、ブラックアイズがおぼれ死にさせられそうになったりする。セックスは信じられないくらい複雑でイライラするが、少なくともキスとかおっぱい

☆若草の祈り：一九〇六年に刊行されたイーディス・ネズビットの小説で、イギリスの児童文学の古典となっている。原題は『鉄道の子供たち』を意味する。一九六八年にBBCがテレビドラマ化しており、一九七〇年には映画化されたが、いずれの作品でもジェニー・アガターがヒロインのロバータを演じた。

とかが見られる。『罪の意識』で赤毛のティーンがトレヴァー・イヴに誘惑されるのを見た時、同じく赤毛のキャズに、ウッディ・ウッドペッカーと『アニー』のアニー以外にやっとロールモデルが見つかったと言いたかったけど、その一週間前にこんなやりとりをしたばかりだった。

☆トレヴァー・イヴ：イギリスの男優で、一九八九年に『罪の意識』に出演した。

わたし「昨日何があったと思う⁉」
キャズ「誕生日に何が欲しいか決めた。あんたに話しかけられない権利」

たった一度だけ、セックスが罪深くも異種間でもなくてただゴージャスだったのがあった。チャンネル4のテレビドラマ『カモミールの芝生』で、ジェニファー・イーリーのキャラクターが戦時中のロンドンで遊びまわるのだが、想像できないくらい楽しいパーティ三昧《ざんまい》で、シャンパンの泡まみれ、陽気で気ままでやりまくりだ。大人っぽい憧れの究極の形と言える場面がある。亜鉛のバスタブに半分もたれたイーリーが、黒いベークライトの電話で社交生活に関する予定について話す。「ロンドンは素敵！」と、いかにも上流階級っぽい感じでイーリーは声を震わせる。うなじのあたりに濡れた髪がかかり、目は既にシャンパンで輝いてる。「ほおおおんとにパアアアティがいっぱいあるのぉ」

☆ベークライト：フェノール樹脂のことで、いわゆる黒電話の材料だった。

クリーム菓子の群島みたいなおっぱいが、澄み渡った完璧《かんぺき》さで浮かび上がる。乳首はネズミの鼻みたいなピンクだ。あとでこの乳首はバラ色のシルクのドレスに包まれ、バルコニーに歩いて行って、ため息をついてここに触りたがっているハンサムな男の子と煙草を喫う。『カモミールの芝生』のジェニファー・イーリーのおっぱいのおかげで、おっぱいがあるってことは世界で一番楽しいことみたいに思えてくる。居間を暗くして、ひとりでこのおっぱいを見てる。わたしのおっぱいはあのお風呂にあるやつとは違って見える。お風呂で自分のおっぱいがどう見えるかなんて想像もつかない。誰かが急に入って来て、見えちゃうようなことがないよう、いつもフランネルで隠してるし。バスルームのドアにはまだ鍵がないんだもん。

母さんは、「誰か子供が自分を閉じ込めて溺れちゃうかもしれないでしょ」と、わたしがまだパンツを穿いた状態でお風呂に入ろうとしてる時、警告してくる。

一九九〇年には、チャンネル4はシンシア・ペインの若き日を描いた伝記もの『あなたがいたら／少女リンダ』を放送してて、これは大きな天啓だった。『あなたがいたら／少女リンダ』にエミリー・ロイドが！　わたしにとってはポルノのビートルズ、やりまくりのディケンズだ！　十代で労働者階級ってことで、年や背景がわたしと近く、さらにセックスを暗くて破滅につながるものじゃなく、バカげていて面白いものとして扱ってくれる最初のキャラクターだった。この映画では、セックスというのは煙草を喫ったり（まだやってなかったけど、するつもり）、自転車に乗ったり（一度やってみたけど落っこちて、ううーん）、そういうことと同じくらいにはまじめに扱われてる。

居間でひとり、ふとんにくるまり、その時うちでウケてたおやつ、チーズロリポップ（フォークの先につけたチーズの塊）を食べながら、目を見開いて、わたしの性のペルソナほぼ全部の源流となる場面を見た。いやらしいおじさんがシンシアを小屋に連れてって、若干のチンコいじりの後、シンシアを壁に押しつけてヤりはじめる。きれいに体に合わせた一九五〇年代の綿のサンドレスに、ハネ上げのアイライナー、ショートストッキングでキメてる。おっさんがうめいて離れると、シンシアはガムをくちゃくちゃして「きたねーおっさん。じじい。エロおやじ」とささやく。

十分後、海沿いでシンシアはパンツにドレスをたくし込んで、ひどく興奮して笑いながら通りすがりの人に「クソくらえ！」と叫ぶ。

パンセクシュアルでフリークショーっぽいバカバカしさのある『ユーロトラッシュ』も一緒に見てた。世界一胸がデカい女ロロ・フェラーリがトランポリンでゆっさゆっさしてた。ディルドーやらアナルプラグやらを持ったドラァグクイーン、ハーネスをつけて足を引きずる人、退屈してるオランダの主婦のアパート掃除なんかも見かけた。これが十八歳になるまでに見たセックス全部だ。芸術っぽくて、イカれてて、時々残酷な短い場面のつながりで、たぶんあわせて十分間くらいだ。こういうのを結びあわせて自分の性的イマジネーションのもとにした。

ハン・ソロと、あと**アスラン**（自分で作ったおかずなんだけど、まあわたしは怠け者じゃないもんで）が出てくる夢を何度か見たのを別にすると、これが未熟ではあっても本当に大人を感じられるものだった。つまりセックスとか欲望とかイきたいと思う気持ちだ。正しい方向に導いてくれる。結局は、なんとかかんとかどうにかして…っていうかよくわからないし、注意深く習って覚える場合に限るんだけど、ちゃんとした格好をして、まともに口がきけるようになって、家を出て、なんだろうと外の世界でわたしを待ってるものを見つけるようになるには、こういうものが要るんだという気がした。

その頃はもっとセックスが見たいと思ってた。サンドイッチを作る間も、頭の中では今知ってるよりもっとポルノが欲しいと考えてた。でも後で、これは結局、そんなに性教育としては悪くない状況だったなと思うようになる。無料で手に入る二十一世紀のハードコアポルノは、男と女の性的イマジネーションを抗生物質よろしくぶっ飛ばしてて、神秘とか不確かなものとか疑いとかは、良いのも悪いのもみんななくなっちゃったもの。

でも、とかくするうちにわたしはこれを見つけた。これまでに、女であることについてひとついい点を見つけて、将来経験できるかもしれない。

二十二年後、ある夜にだらだらと、ネットサーフィンでポルノを探す。好きなものは自分で心得てる。3Pとか、叫びとか、『ナルニア国物語』に出てくる神話の巨大ライオンとかだ。公平を期すため言っとくと、一生懸命探せば全部見つかる。十分間かけて厳密な絞り込み検索でグーグルの探索文

☆アスラン：C・S・ルイスの『ナルニア国物語』に登場する話すことのできるライオンで、神的存在である。

字列につきあえば、性的な想像に関することで見つからないものはほぼ無いと言っていい。でも、たったひとつ、明白かつビックリすることに、見つからないものがある。熟女母とか熟男父とかBDSMとか女同士アナルバイブとかの中に燦然《さんぜん》と存在しないものだ。どんなにたくさんのウェブサイトを探しても、何回自分のデビットカードの情報を入れても全然見つからないものがある。これがポルノについてわたしが激怒してることなんだけど、それはあとで話すことにしよう。

他方、燦然と過剰供給されてるものもある。YouPorn とか RedTube とか wank.net とかになみなみと溢《あふ》れてる。インターネットが蓄えてる、棚から棚へ、クリップからクリップへとどんどん出てくる、どれも六分間以上はないようなビデオだ。これは男がイくまでにかかる平均的な時間だ。以下のようなものが二十一世紀の平均的なヘテロセクシュアルのポルノの内容だ。

むかしむかしあるところに、爪が長くてひどい服装をした若い娘がおり、ソファに座っていました。セクシーに見えるように気を遣っておりましたが、実のところは未払いの駐車料金のことを今思い出してイラついているようにしか見えません。ブラがキツすぎてちょっと目が泳いでるかもしれません。

男が入ってまいります。見えない庭用椅子を手前に持ってるみたいな変な歩き方です。これはこの男が無駄にデカいペニスを持ってるせいで、勃起していて、室内で最も性的に興奮していないものをスキャンしているように見えます。

窓や花瓶はやめておいて、チンコはとうとうソファの娘を目指します。

女が興味なさそうに唇をなめると、男がよりかかって、どういうわけだか不可解にも、手で女の左胸の重さをはかります。これは性的にルビコン川を渡ることであるらしく、というのも三十秒後には女はあまりやりやすいとは言えない体勢でヤられており、さらにずいぶん痛そうに見える様子でケツの穴もヤられます。ふつうはこのへんのあちらこちらでちょっとお尻《しり》をぴしゃっと叩《たた》いたり、髪をひっぱったりするのもあり、五分以内で真っ直ぐ撮ってるだけの二台カメラでやるとよさそうなことをなんでもいろいろやります。

男が女の顔中に汚らしくブチまけて終わります。まるでテレビ番組の『ジェネレーション・ゲーム』で偶然、パンツ…じゃなかった、パンのアイシングに挑戦することになった様子みたいに見えます。

おわり。

☆ジェネレーション・ゲーム：一九七一年からBBCで放送されていた家族対抗ゲームショー番組。

もちろん、これにはちょっとバリエーションがある。ひょっとすると女は二人の男に二穴挿入されるかもしれないし、たぶんもう一人、同じようにひどい服装でとんがった長い爪の女友達が出てきて、いんちきレズビアンごっこの一環として散漫な調子でオーラルセックスしてるふりをするかもしれない。明らかに、ニッチな要素は他にも際限なく入れられるし、手に入る。

本質的に、インターネットが売ってるのはポルノ単一文化だ。**イーストアングリア**の風景みたいなセックス環境を作ってる。見渡すかぎり特徴なく、生け垣がなく、右で説明したみたいなにぶちんで一本調子なイモセックスが植えてある。テスコエッチとかマイクロソフトウィンドウズセックスだ。市場からあらゆる他の種類のセックスを粉砕駆逐する。

☆イーストアングリア：イングランド東部の地方名。

こういう一種類で、バカの一つ覚えみたいに同じことを何度も繰り返すだけのセックスが、まあふつう「ポルノ文化」って呼ばれてるものだ。一九六〇年代のカウンターカルチャー革命以降、おそらく一番浸透した文化現象だろう。ゲイカルチャーとか多文化主義とかフェミニズムみたいなライバルよりも、間違いなく普及してる。

あまりにも刷り込みが強烈なせいで、たいがいはポルノを見てることにすら気付かない。ブラジリアンワックス脱毛、ハリウッド、丸くて垂れてないプラスチックおっぱい、靴の留め具をとめたりタイピングしたりできなくなるアクリルのつけ爪、お股とおっぱいいっぱいのMTVなんかだ。『ナッツ』や『ズー』みたいな雑誌は、どのページも読者の胸ばっかりで、自分から通過儀礼として喜んで胸を出してる。アナルセックスはあらゆる女のレパートリーにある役柄だと思われてる。化粧やらテレビ番組やらのポスターに、どんよりした目で口をあけて、顔中にぶっかけられるのを待ってるみたいな女が載ってる。パンツはTバックに取って代わられていってるし、歩くのには全然向いてなくて、仰向けに倒れてヤられるために作られてるような高いヒールが出回ってる。ドラマの『ホーリーオークス』の「美女」カレンダーに、リンジー・ローハン投獄前の「セックス」写真。インターネットには四百二十万のウェブサイトがあって、一秒あたり二万八千人がポルノを見てるらしいけど、全インターネットの十二パーセントがポルノだとしたら、それはつまりネットにある女の画像の十二パーセントは四つんばいか、えらく非衛生的なポリ塩化ビニルの衣装に詰め込まれてるか、まるで体のいろんな開口部がチューブ包帯かなんかになったみたいな様子で特大サイズ男性器を突っ込まれてるかだってことだ。

ちゃちゃっと比較してみようか。これは明らかに女性全体の心の平穏にとって不幸で有害だ。もしインターネットにある男の画像の十二パーセントがエイリアンのレーザー銃にぞっとするようなやり方で頭を吹き飛ばされてるか、泣き叫びながらナチス鮫《さめ》でいっぱいの井戸に降ろされてるところだったら、男性全体の心の平穏にとって良くないでしょ。それと同じだ。女がやってもいいとされてる性的なことがらは目録みたいに決まってたけど、性革命はごく短い間、この制限を自由化するとお約束してくれた。でもその後すぐに女たちは面前でドアを閉められ、この狭くて居心地悪くて搾取だらけの戯画の中に閉じ込められちゃった。これは…あまりよくない。優雅とはいえない。何もかもブチ壊しだ。

☆ナッツ：二〇〇四年から二〇一四年まで発行されていた男性誌。セクシーなグラビアが売りのひとつだった。

☆ズー：二〇〇四年から二〇一五年まで発行されていた男性誌。『ナッツ』のライバル誌だった。

☆ホーリーオークス：一九九五年からチャンネル4で放送されているメロドラマ。出演しているキャストが脚線美を披露するカレンダーを男性版と女性版、毎年二種類制作している。

ポルノが本質的に問題だっていうわけじゃない。ポルノは人類じたいと同じくらい古い。実際、ネアンデルタール人の男がサルの卵だかなんだかから進化した楽しい日にとった最初の行動は、洞窟《どうくつ》の壁に巨大チンチンがついた男の絵を描くことだった。いや、むしろたぶんネアンデルタール人の女の最初の行動かも。結局、わたしたちはチンコと装飾にはひとかたならぬ興味があるんだし。

だから博物館はとってもすごい。中を歩き回って、泥みたいなものからWi-Fiまで人類のどんちゃん騒ぎの航路を観察すると、素晴らしい鉄製品とか、キマってる陶器とか、綺麗《きれい》な**ヴェラム紙**とか、見事な絵とかを見ることができて、分野を問わず大量の艶っぽい歴史的セックスの痕跡も見つかる。男とヤってる男、女とヤってる女、女にクンニしてる男、自分たちで楽しんでる女、みんないる。人間の性の考えられるかぎりあらゆる表現が、粘土とか石とか黄土とか金とかに華々しく刻まれてる。

ポルノが本来搾取的で性差別的だっていう考えは奇妙に思える。ポルノは結局「ただヤってる」だけだ。セックスするという行動は性差別じゃないし、だからポルノがそれじたいに固有にミソジニーを抱えてるってのはありえない。

まずまずだ。ポルノは問題じゃない。どぎついフェミニストだってポルノは別にいいじゃんとか思ってる。問題なのはポルノ産業だ。これが一番控えめな見積もりでも三百億ドル産業でほとんど野放図に営業してるなんて、まったく侮辱的で、硬直してて、気が滅入《めい》るし、心が破れそうになるし、わけわかんない。最低レベルに俗物でバカでないと、そんな額の金を稼ぐ産業になんてなれっこなかった。

でも俗物で気が滅入るからって禁止することはできない。もしそんなことができるなら、まず**グレッグズ**で売ってるメガソーセージロールを禁止しなきゃならないし、革命になるかもしれない。

ダメだ。必要なのは、手に入るポルノの多様性百パーセント増加を実現することだ。現実を直視しよう。そこらにあるポルノの圧倒的多数は、生産ラインから出てくる一体型冷蔵冷凍庫と同じくらい

☆ヴェラム紙：子牛などの皮を用いて作った上質な紙のこと。豪華本を作る時などに使われる。

☆グレッグズ：イギリスの大手パン屋チェーン。

のできあいで、機械的だ。

そして、これが男にも女にも等しく皆に悪影響を与えるということにはいくつか理由を挙げられる。まず、二十一世紀の子供や十代の若者は、性教育の大部分をインターネットから得る。学校や親がこのことに触れるずっと前に、たぶんネットで見かけることになる。

でも、子供たちがネットから得るのは、ひととおりの役立つ事実とか実用的なこととか、何がどこに入るとか、あるいは強く決心すれば何がどこに入れられるかとかいうような基本的なことに関する性教育だけじゃない。セックスに関する文化的背景ももらってくる。仕組みだけじゃなく、想像力のほうも教えを頂く。

こういうわけで、いくらわたしが十代の時漁《あさ》ってたポルノが限られてて、むらがあって、トレヴァー・イヴに偏ってたとしても、少なくとも、わたしが見つけたあらゆるものにはバランスとか多様性があった。ペチコート、スパイ、森、尼さん、サンルームでの3P、吸血鬼、小屋、ガム、ヤギの下半身を持つ牧神、フォード・カプリの後部座席なんかがあったし、十九世紀の本を読んでてもたいていは女の子たちが楽しんでた。女たちがイってた。女たちの欲望が満たされてた。たしかに、女の欲望があった。

十代の時の性的なイメジャリーが生涯で一番強力なんだから、こういうことが大事だ。のちの生涯全部の欲望を規定する。十代の時にお腹へのキスが一瞬チラっと見えるだけで、三十代になってからのハードコアフィストファック百万回分くらいに相当する。

セックスをはじめてちゃんと研究した学者のひとり、ヴィルヘルム・シュテーケルはマスターベーションのファンタジーを一種のトランス状態とか変性意識状態、「ある種の酩酊《めいてい》、恍惚《こうこつ》で、この間は現在が消え去り、禁じられたファンタジーが至高となって支配する」ものだと描写した。

そういう状態で考えることはなんでも、何かの…喜びが絶対あるようにしたいでしょ。

オブジェクトというフェミニスト圧力団体の会議で去年、話をした。ポルノについての議論では、みんなが禁止すべきだと反射的に思ってたみたいなんだけど、話題は小さな女の子が偶然ハードコアポルノを見てしまうとどれだけ不安になるかという内容に移っていった。

「それに小さな男の子もね」とわたしは穏やかに指摘した。「八歳の男の子だって、リンクをクリックしてハードコアアナルセックスを見ちゃったら女の子同様苦しい気持ちになるでしょ」

「違う！　違う！」と、ある女性がとても怒って叫んだ。

残念なことに、この女性は**アンドレア・ドウォーキン**の影響下にあるフェミニストについてみんなが抱いてるおきまりのステレオタイプみたいに見えなくもなかった。刺繍《ししゅう》と鏡に覆われた、小さいヴェルヴェットのスモーキングキャップをかぶってた。

「男の子はそんなことじゃ苦しい気持ちにはなりません、だって男が支配してるところを男が見てるんだから」

自分が知ってる八歳の男の子を全員思い浮かべた。トムとかハリスとか、あとライアンは『パイレーツ・オブ・カリビアン』に出てくるガイコツ海賊をまだちょっと怖がってた。この子たちが男性支配を見て大喜びするとはあまり思えない気がした。こういう子供たちは、怒った**バート・レイノルズ**みたいに見える人が踊り場で誰かのケツに突っ込んでたら怖がると思う。それから、もしわたしがこの子たちにそういうものを見せて、子供たちが自分のお母さんにそれを告げ口したとしたら、たぶんわたしはゆうに六ヶ月間は朝のチャリティコーヒーパーティ当番から外されると思う。

そしてその時から、わたしはポルノを少なくするんじゃなくてもっと増やす必要があると思うようになった。八歳の子供はハードコアポルノを見るもんじゃないし、だからもちろん、ハードコアポルノに対する子供たちの反応なんか全然考えなくていいのだ。ウィスキーとか消費税とかについて子供からコメントをもらったほうがマシかもしれないくらいだ。

☆アンドレア・ドウォーキン：アメリカのラディカルフェミニストで、『インターコース　性的行為の政治学』寺沢みずほ訳（青土社、一九九八）の著者。

☆バート・レイノルズ：一九六〇年代から八〇年代にかけて活躍したハリウッドスター。

でも、性的イメジャリーを見たいと思いはじめる年齢になった時には、他にあまりいい言い方が見つからないんだけど、そこらへんにある自由に放し飼いされてる感じのポルノをハリスやライアンやトムが見つけられるチャンスがあるといいなと思う。家賃を払わなきゃならない女にただ起こるだけみたいなものじゃなく、二人の人間が一緒にやることとしてセックスを描いたものだ。単純に言うと、みんながイくようなやつだ。すばらしいCGや不滅のモノローグなんかはあんまり期待できなくて、ただただヤるだけのジャンルでは、それが最低ラインの要求だ。あらゆる道を整えよう。

だから自作を始めたほうがいい。見かけは「女性にやさしい」をうたってる無難なポルノじゃない。そういうのはひどい撮り方で画面に映ってる王女様とか、若干の業務外ファックスを職場の部下に送らせようとするSMの女王様上司とかばっかり出てくる。

違う。女性のポルノっていうのは、本当にうまく動き出すようになれば、まったく別物になるんじゃないかと思う。温かくて人間味があり、面白おかしく、危険で、サイケデリックで、男性のポルノとは違う要因で作られる。

ナンシー・フライデーの『わたしの秘密の花園』を読んでみるだけでいい。これは女性のマスターベーションファンタジーを集めた本だ。これを読むと、男のファンタジーは短くて強烈で要領を得た感じでちょっとザ・ナックの「マイ・シャローナ」みたいである一方、女のファンタジーは**アリス・コルトレーン**の曲みたいに交響的で変幻自在だと、楽しくも超ざっくり一般化できる。こういうファンタジーでは、女は大きくなり、縮み、姿を変え、年や色や場所も変える。蒸気、光、音を発し、異なるペルソナ（看護師、ロボット、母、処女、少年、狼）に一瞬で変わりながら黄道十二宮をめぐるように場所を移動する一方、たぶん、いつもキレイに見える髪のことも考えてる。妙ちきりんにふくらませたイケてない髪型を想像してイく女はいない。

これははじめの一歩だ。ポルノがこんなに珍妙で、機械みたいで、工場生産のセックスじゃなかっ

☆アリス・コルトレーン：アメリカのジャズミュージシャン。

たらと想像してほしい。血の気がなく、全裸エアロビみたいで、高速挿入とこれ見よがしの射精にばかりこだわってるやつだ。ポルノがちゃんと欲望についてのものだったらと考えてほしい。

わたしがネットを回ってその夜見つけられなかった唯一のものは、欲望だったからだ。お互いに本当にヤりたいと思ってる人たち。互いにどうしてもヤらなきゃいけなかった人たち。二人の人物が互いに惹《ひ》かれ合ってる最初の白熱段階でセックスしてるのを見てると想像してほしい。互いを見つめて瞳孔《どうこう》が広がり、互いの骨までとろかしてしまいたいと思うあまり、ドアを閉めた瞬間にほとんど相手の服を食いちぎり合ってしまうようなやつだ。あまりにもドラマティックで、包括的で、映画みたいに強烈なので、最後には耳鳴りがするまま仰向けに寝っ転がって、CNNがこれを報道したがるんじゃないかと思うくらいすごいセックスに時々めぐりあったことがあるのは、わたしだけじゃないはずだ。本当に下で電報が飛び交ってるレベルじゃないとおかしい。

移植用の腎臓や闇《やみ》市場で買うピカソや宇宙に行くチケットまで売ってる世の中で、なんで本当のセックスを見られないわけがあるだろうか？　お互いにセックスしたくてたまらない人同士の本当のセックスは？　ちょっとはまともと思える服装の女がサイコーの時間を楽しんでるのは？　お金はある。払う気もまんまん。今では三十五歳の女で、女がイくところを見せてくれる数十億円産業の国際的ポルノ企業にめぐりあいたいだけだ。

楽しい時間を過ごしてるところを見たいだけだ。

第二章　お毛々もじゃもじゃ！

How
To Be
a Woman

家は寒い。寒い上に小さい。お風呂から出て、前に使った人のせいでまだ湿ってるタオルで体を包み、火の前で体を乾かすため階段の下に走る。

土曜の夜なので、テレビドラマの『**バージュラック**』がやってた。ソファには六人のいろんな大きさの人間が座って、様々な角度で押し合いへし合いしてる。他人の上にのっかってるとしか言えないのもいる。エディはソファの背のところに寝っ転がって、七歳の男の子で作った椅子《いす》の背カバーみたいになってる。ちょっとクローン戦争の銀河元老院みたいに見える。もし銀河元老院議員がみんなクリームクラッカーや**ブランストン**のピクルスやチーズを食べてればだけど。

部屋に入って、マントみたいにタオルを体に巻き、火の前にかがむ。まだシャワーキャップをかぶってて、これはうちでも最高のもののひとつだ。うちにあるとびきり女性用品らしいものだ。これをかぶってるといつもちょっと上品な気分になる。長いお姫様ヘアーごっこをするためウールのタイツを頭にかぶってる時ほどじゃないけど。でもけっこう可愛いのだ。

チャーリー・ハンガーフォードが「ジム！　それは誤解だ！」と叫んでいる時に、ナイトガウンを着始める。

「うううううううーっ！」突然、ぎゅうぎゅうに詰め込まれたソファから声が響く。母さんだ。「そ

☆バージュラック：一九八一年から一九九一年までBBCで放送されていた、ジャージー島を舞台にした犯罪捜査ドラマ。主人公であるジム・バージュラックをジョン・ネトルズが、バージュラックの義父だったチャーリー・ハンガーフォードをテレンス・アレクサンダーが、バージュラックと縁のある宝石泥棒フィリッパ・ヴェイルをライザ・ゴダードが演じた。

☆ブランストン：ピクルスチャツネで有名なイギリスの食品メーカー。

こに見えるのは陰毛？　ケイト、陰毛なの？」
すぐソファに警戒が走る。みんな『バージュラック』のダイアモンド泥棒を探すのをやめて、かわりにわたしの陰毛を見始める。何が起こってるかに全然気付かない様子で、テレビを見つめながらクラッカーとチーズを食べてる父さんだけは別だ。娘の思春期という恐怖を生き延びるために、脳の一部がこういうふうに進化したに違いない。

　自分では陰毛を見てはいけないような気がする。率直に言ってこれはえらい大発見だと思うけど、気にしないようにしなきゃ。わたしのパンツの中は少々わたしの潜在意識とか、例の運動場の原っぱみたいな感じだ。ひどい誕生日以降、どっちにも近づかないようにしてる。

「ほら、そこ！」母さんが指さして言う。ソファ全部が首をのばして見ようとする。「絶対に陰毛！ちっちゃい脚に毛も生えてきてるし！　大人になってんのね！　レディになってきてんの！」

　母さんの言い方のせいで、わたしはこれは十三歳の女の子には考え得る最低の結果で、かつどういうわけだか自分のせいなんだと考える。

「ほら！」わたしはナイトガウンをしっかり引き締めてテレビを指さす。「ほら見て！　ライザ・ゴダードだ！」

　翌日、わたしは手に余る事態になる前にこういうこと全部に対処しようと決意する。ただ毛を全部なくせば、居間で見られる一番面白いものは再び『バージュラック』になって、全部フツーに戻るかもしれない。

「犯罪を犯すつもり」と犬に言う。犬はベッドの下にいて、闇《やみ》の中で神経質かつ不吉な感じで目を光らせてる。誕生日の出来事以来、わたしはすべての出来事を記憶から消したけど、犬のほうはさらに不安そうになってる。先週、キャズが作ったプラスチックのミニチュア村模型を食べた。翌日、犬の糞《ふん》から郵便局を経営してる女性のちっちゃい顔がはっきり見えた。

「父さんのレーザーかみそりを盗んで、きれいになるんだ」と続ける。犬に言うだけでそわそわする。陰毛問題に対応するためにかみそりを盗むっていうのは、今までやった中でも一番法を顧みない反逆的行為だ。生理をはじめるために銃を盗むとかなんとかとたいして変わらない。今までにやった最大の犯罪は、いちごの生ジャムを半分以上食べて、お天気が「暖かすぎる」からちゃんと固まらないのだろうと主張したことだが、そんなのとはレベルが違う。

母さんは薬も（「ウンコして熱いお風呂に入って寝なさい、そしたら朝にはよくなってるから」）、「美容術」（「デオドラントはガンになるし、それはイヤでしょ」）も信用しないので、バスルームの棚には四つしかものが無い。暗い青色の一九二〇年代風洗眼コップ、テレビの『**ザ・マジック・ラウンドアバウト**』に出てくる牛のアーミントルードと同じ色をしたカラミンローションの瓶、ベイビージン（腹痛止め水薬）、父さんのレーザーかみそりだ。風呂にお湯を入れるふりをして、棚からレーザーかみそりをとる。あまりにもドキドキしたので、リノリウムの床の上で足の裏がドクドク鼓動してるのがわかるくらいだ。

母さんはドアの鍵《かぎ》ってものも信じてないので（「ガンになるから」）、洗濯籠《かご》で部屋に入れないようにして、お風呂に入り、かみそりのために石けんの泡を体につけて、陰毛を剃《そ》る。お風呂の傍《わき》、石けんのそばに剃った毛を置く。クルっと巻く間もなく剃られた。幼くして摘み取られた。

脚も剃る。レーザーかみそりを脚のどっちの方向に動かして剃ればいいのかよくわからないので、膝《ひざ》と腿《もも》をザクっとやってしまう。九時間くらいもかかったような気がする。こんなにふくらはぎがあったなんてとビックリする。一箇所終わるとすぐ、砂丘に生えてくるビーチグラスみたいな感じで別の毛が頭を出してるのに気付く。一度通れば全部すむように、なんかの「脚刈り機」が発明されたらいいのにと思う。十三歳の女の子がレーザーかみそりを使うのは許されるべきじゃないとしょっ

☆ザ・マジック・ラウンドアバウト：一九六四年にフランスで放送されて以降、イギリスをはじめとする世界各地で人気を博した子供向けのストップモーションアニメ番組。

ちゅう思う。キケンだ。わーお。いっぱい血が出てる！

でもついに毛剃りが終わる。問題はなくなったのだ。フツーに戻れる。

傷に新しいティシュペーパーをあてながら、「キレイですべすべな感じ」とその夜の日記に書く。

「明日はワキの下をやるかも！」

電気を消す。明日の朝も新たな気分で盗みをはたらくために休まなきゃ。


毛は大人の女性たる際の最初にして大きな任務だ。頼んでもいないのに現れるので、決断しなければならない。自分と世界に対して、自分が何者であるかについてを示すための決断だ。十代というのは、こういうことを解決するための、複雑で一生続く仕事のはじまりだ。そうしてこれについて、**ブーツ薬局**で並んだ製品の前に立ち、空の買い物かごを握りしめて「わたしはだれ⁉」と静かに叫びながら過ごす数十年間を華々しく始めるのが、毛というものなのだ。

そして、お金も気遣いも一番食うのがこの毛だ。毛は「あってはいけない」場所に生えてくる。脚とか、ワキの下とか、上唇とか、あごとか、腕とか、乳首とか、ほっぺとか、骨盤の外のいろんなところとかに出てくる。この毛に対して、生涯をかけた消耗戦が行われる。人生の盛衰、ものごとの成り行きを教えてくれるのだ。時には、女の生涯の行く末全部にかかわる。

男なら、来週パーティがあるから、家から出る前に顔をざっとフランネルでふいておこうという感じかもしれない。

他方、女は頭の中に『マイノリティ・リポート』の空中スクリーンみたいなカレンダーを召喚し、毛の処理にもとづくすさまじい計画サイクルをはじめる。

友達のレイチェルとわたしは、日曜の夜に、次のパーティについてこんな話をする。

レイチェルはため息をついて言う。「パーティは金曜だから。金曜。ってことは火曜に日焼け効果

☆ブーツ薬局：イギリスの大手薬局チェーン。

ローションを塗りはじめるには、遅くとも明日には脚をワックス脱毛しなきゃ。月曜にははじめられない。はがしたせいで毛穴が全部開いたままだから」

　二人とも、「はがした」せいで毛穴が開いたままの状態で日焼け効果ローションを塗ってしまったことがあった。ちっちゃな空っぽの穴にローションがしみこむ。そうすると脚は、雑誌の『ＭＡＤ』のカバーに載ってる、そばかす赤毛の子供みたいな見映えになる。

「明日、ワックス脱毛の予約を二人ぶんしておく」とレイチェルが電話をとって言う。「でも上唇と眉毛《まゆげ》は火曜に予約しなきゃ。できるだけ、また生えてきてない状態がいいもん。アンドルーも来ると思うし」

「じゃ、アンドルーとヤるつもり？」と聞く。「下のほうのフーフーはどうなの？」レイチェルのことを気にかける。レイチェルはパンツの中を見て査定する。

「**デスパレート・ダン**のあごみたい。だから暗くて酔っ払ってる時だけ」とようやく言う。「照明が明るい部屋にはちゃんと備えてないの。たぶん、ヤるなら、酔っ払ってて暗いはず。最初にヤる時はいつもそう。だから気にしない」

「でも翌朝は？」とたずねる。レイチェルのことを本当に心配してる。「お泊まりするなら、二回目の、素面《しらふ》の、ちゃんと明るいとこでヤる朝ごはんの前のエッチがあるでしょ。だいじょーぶ？」

「うわーん」レイチェルがまたパンツの中を見直して言う。「考えてなかった。ったくもう、ムカつく。でも二十ポンドもかかって金欠だし。朝ごはん前にヤらないなら、タクシー代をワックス脱毛にブチまけたくないし」レイチェルは憂鬱《ゆううつ》そうにお股を見つめる。「毛なしはイヤだし、深夜バスでエッチなしもイヤだし」

「もしビキニラインもやってもらうんなら、水曜までじゃないと。あのいやらしくて見映えの悪いポツポツがおさまるように」と言う。本当に、できるだけ助けようとしてるんだ。

☆ＭＡＤ：一九五二年創刊のアメリカのユーモア雑誌。ＤＣコミックスの傘下である。

☆デスパレート・ダン：一九三七年に刊行されたイギリスのコミック『ダンディ』に登場するカウボーイのキャラクターで、あごに短い無精髭がたくさん生えている。

お互いを見つめる。レイチェルは悩みはじめる。

「ったくもう。ただ電話くれて『レイチェル、土曜は朝ごはんの前にヤる気ですか?』ってきいてくれればいいのに。一週間の『無作為セックス要因』に全部あわせて正しく予算編成するなんて無理。最近みんながヤリマンになるのも全然無理ないよ。パーティで相手が気にくわなくても、ワックス脱毛の見返りを頂きたいもん。毛なんて大嫌い」

そしてこういうのは全然、火傷《やけど》するほどセクシーになるためでも、不滅の美を得るためでも、ビーチでヌードっぽい写真を撮る準備をするためでもない。モデルみたいに見えるためにやってるわけじゃない。**パメラ・アンダーソン**になるためじゃない。フツーに見えるためだけにこれをやる。フツーに見える脚、フツーに見える顔、安心していられるお股のためだ。セロテープを一巻かかえて不安な気持ちでトイレに立ち、上唇をたたきながら泣いて「照明が明るいところに出たらすぐ、ちょっとヒトラーみたいに見えるのに気付いたの! 正直いってラインライトなんて併合したくない! バカルディ・ブリーザーを飲んでいちゃこらしたいだけ!」

そしてこういう毛のジレンマ、つまり毛穴をどうするとか、自分は何者かとか、自分について何を言いたいのかとかに関する決断の中で、今や一番政治的にアツいのが陰毛だ。手のひらサイズの三角形のせいで、配偶者の有無とか合併所得とかよりもずっとたくさん性心理に関するいろんな推測をしなきゃならなくなる。何年にもわたり、陰毛は少なくとも女の心配ごとにはほとんど含まれてなかった。十七歳の時はブリットポップの時代で、ビキニラインをワックス脱毛するなんて奇っ怪で主流じゃない考えだったし、こじゃれた「セルフケア」のためにポルノモデルだけがふだんからやってることだった。今、陰毛は非常に小さい場所だけに制限しなきゃならないということになり、さらにだんだん、全部除去しなきゃならないことになっていってる。ビキニ姿の女の子のお股を撮った、平均的な商業ミュージックビデオの映像を見ればよーくわかる。なんにもあってはならないのだ。滑らか

☆パメラ・アンダーソン:カナダ出身のプレイメイト・女優。代表作は『ベイウォッチ』。

じゃないといけない。空っぽだ。お毛々エリアはお掃除しなきゃならない。すみっこでちょろっと巻いてる一本の毛が見えただけでも、世界が「今見えたのは陰毛か!?　陰毛、レディ・ガガの!?」と上へ下への大騒ぎだ。

　このことを「ブラジリアン」という婉曲《えんきょく》な言い方で呼ぶ人もいる一方、わたしはありのままに言いたい。「破壊的に高度なメンテを要する、かゆくて、冷たい外見のお子様マンコ」。

　実際、最近わたしは陰毛についてどんどん説教じみた感じになってきてる。そのため、大人の現代女性は、黄色い靴一足（思わぬことに何とでも似合う）、朝の四時にやって来て保釈金をおさめてくれる友達、絶対失敗しないパイのレシピ、毛ぼうぼうのモジャという四つのものだけは持つべきだと信じるレベルにまで達してる。つまり、最後のやつはデカくていっぱい毛が生えたおまんちゃんということだ。全裸で座るとまるで膝にマーモセットが座ってるように見える、かわいらしい毛がふさふさのモジャジャだ。万一必要があれば、『レイダース／失われたアーク《聖櫃《せいひつ》》』の訓練したサルみたいに、その良く慣れたマーモセットを差し向けて何かスらせることもできるかもしれない。

　ワックス脱毛についてのこういう意見は、現在主流の考え方と真っ向から対立するってことはわかってる。陰毛に関するかぎり、わたしはパブに座って、ウルワースに行って新しいアダム・アントのシングルレコードを買うのはどんだけわくわくしたかを涙ながらに回想する人みたいなもんだ。つまり「ヴァギナレトロ」だ。

「このへんが全部毛ぼうぼうだった時のことを思い出すんじゃ」と、ヴァージン・アクティヴ・ジムの更衣室で、滑らかでピンク色の性器に囲まれて悲しそうに言うだろう。「見渡すかぎり毛だらけの娘っこ。野生的で自然のままじゃった。自然のあずまや。若き日の遊び場。昔は何時間もそこで過ごしたもんじゃ。今や…今や全部ワックス脱毛されて空っぽじゃ。野生の生き物はみんな死に絶えた。ブルドーザーが入って来た。ヴァギナに新しい**モリソンズ**スーパーでも建てるつもりなんじゃ」

☆モリソンズ：イギリスの大手スーパーマーケットチェーン。

今では、女はワックス脱毛するもんだと思われてる。これについて議論をしたことなんてない。単にそうなっただけで、議論しようなんて思わなかった。

陰毛絶滅時代に生きてることはわかってるけど、それでもいまだに、自分のレトロで毛に覆われたモジャジャにについて心配をしている三十八歳の離婚経験者が『ザ・タイムズ』のセックスコラムニスト、スージー・ゴドソンに最近送った手紙についてはショックを受けた。この女性は、二十九歳の彼氏が、自分が「個人的なお手入れをしていないこと」に「ショックを受けた」と言っていた。ちょっと世間知らずなことに、わたしはこの『ザ・タイムズ』のセックスコラムニストである、一九五〇年代の生意気な電話交換手みたいに髪を漂白した威勢の良い女性が、寄稿者の彼氏に対して、生き生きした調子で地獄に落ちろと言うものだと思っていた。

そうじゃなくて、ゴドソンは悲しそうにたしなめる調子で言ってた。「性器の手入れという方面に関しては、ずいぶん事情が変わったんです」と答え始めた。「あなたも気付かれたように、スタイリングについてあえてあまり厳密にしないという女性は誰でも、田舎っぽいとか、不衛生とか、おそらくはフランス人だとかいうようなレッテル張りをされる危険性があります。もしあなたの彼がこぎれいなブラジリアンワックス脱毛を当然期待しているのなら、そうでないものは心からとても不愉快だと思うかもしれません」

ゴドソンは寄稿者に確固たる調子でワックス脱毛に行くよう指導し、続けてどの程度痛いかについても描写する。「焼けるように痛いセロテープを想像してください。ではその痛みを三倍にしましょう」これは今まで聞いた中でも一番迷惑な「いいニュース」で終わる前の発言だ。

「幸運なことに、ブラジリアンワックス脱毛への熱狂はおさまりつつあります。今人気のある脱毛はシチリアンワックス脱毛です。ブラジリアンワックス脱毛に似ていますが、シチリア島のような形のきれいな三角形を残すもので、つまり少なくともまだ女らしく見えます。幸運を！」とゴドソンは言う。

シチリア島？　いいニュースが、わたしの犬ぞりがシチリア島みたいに見えるようにできるってことなわけ？　マフィアの故郷？　それがわたしのヴァギナなの？　ゴッドファーザーもいるの？　ははあ！　男にこんなアホなことを我慢してくれと頼んだらどうなると思う？　最初の文章を途中まで言う前に笑われて、窓から放り出されるかも。

　マンコがあるだけで生来金がかかるみたいな状況が発生してるなんて信じられない。まるでわたしのルンルンが共有庭園になったみたいに、維持管理だけにお金をとろうとしてるなんて。隠れた税負担じゃないの。マンコ消費税。そういうお金は電気料金とかチーズとかベレー帽とかなんとかに使うべきでしょ。そうしないで、自分のチワワが**リドル**スーパーで売ってる安っぽい鶏胸肉みたいに見えるようにするため無駄遣いしてる。わたしのパンツまで入り込みやがったポルノの習慣はくたばれ。**くたばれ！**

☆リドル：ドイツの大手ディスカウントスーパーマーケットチェーン。

　もちろん、こんなにお金と時間と毛穴の痛みのせいでつらいめにあってるのはポルノのせいだ。もし「どうして二十一世紀の女は陰毛を脱毛しなきゃならないと思うのか？」っていう質問をしたら、答えは「ポルノでは皆やってるから」だ。ハリウッドのワックス脱毛は今や全産業のスタンダードだ。そう、一九八八年以降に作られたポルノをどれでもいいから見てみたら、下のほうには毛がない。クロースアップはまるで『**イーストエンダーズ**』のミッチェル兄弟から目をとったやつが、極太で落ち着きのないソーセージを食ってるみたいに見える。

　そしてはじめてこういうハードコアポルノを見ると、ちょっとはわくわくする。まったく毛がない？　おおー、やらしいな。アクリルのヒールとか、二穴挿入とか、アナルセックスみたいに、極端で無理してる「おいっ、これは普段のセックスじゃないでしょ？」的要素はけっこうわくわくする。

☆イーストエンダーズ：一九八五年からBBCで放送されている長寿メロドラマシリーズ。ロンドン東部を舞台とする。人気の登場人物であるグラントとフィルのミッチェル兄弟は、ふたりともはげている。

出演者を託児室とか動物園からリクルートしてきたんじゃないかぎり、まあ本当に何でもありってこともある。

　でも毛をなくすってのは興奮させるためにやってるんじゃない。がっかりすることに、変態的ご満足のためにやってるんじゃないのだ。もしそうなら、わたしだってすごく長い時間をかけて議論につきあえる。ちがーう。ポルノスターが全員ワックス脱毛してる本当の理由はたぶん、毛を全部なくしたら挿入を撮る時もっと見えやすいからだ。そんだけ。ブラジリアンワックス脱毛とハリウッドに対して西洋が抱いてる妄執《もうしつ》は巨大で、億単位の金を動かしてる。こういう妄執を何百万ものごくフツーの女性が抱えてて、そのせいで人生におけるイベントのタイミングをはかって悩んだり、痛みと不便に耐えたりしてる。さらに、まあ女性の皆さん、残念なことにこのせいで実際、腿が太く見えるよね？　でもこの妄執は、実は全部、映画撮影上の技術的配慮のせいなのだ。照明とかだけのため。毎日のフーフーの生存がおまん界の**宮川一夫**とかおちん界の**チャールズ・B・ラング**の指示で決められる。

　単なる「業務上の都合」だと考えれば、幅広くこれが採用されてるのはすごくおかしい。白黒テレビの初期に、司会が使ってたような厚塗りのパンスティックメイクと黒い口紅をみんながつけて歩き回ってたなんてことはないし、今の状況はそれくらいはヘンなのだ。まったく、女性の皆さん、こんなバカなことは関係ない！　お金もらってるわけじゃないし！　気にする必要ナシ！　ふわチリおまん毛を昔のように生やそう！　今こそ毛を！

　でも、もちろん、既に言ったとおり、そんなバカなことがわたしたちにとって関係大ありなのだ。ハードコアポルノは今や西洋世界の主たる初期性教育だ。ここから十代の男の子、女の子がお互いに何をするのか、相手の服を脱がせた時何を期待すべきなのか「学ぶ」のだ。

☆宮川一夫：日本の撮影技師。黒澤明や溝口健二、市川崑などの映画の撮影を担当した。

☆チャールズ・B・ラング：アメリカの撮影技師。ビリー・ワイルダーなどの映画の撮影を担当し、アカデミー賞に十八回ノミネートされ、一度受賞している。

結果的に、あらゆる男の子が、女の子を脱がせる時徹底的なワックス脱毛を期待し、女の子は拒否されたり、異常と思われるかもという考えに脅えてワックス脱毛するという、危険な状況に直面することになってしまった。わたしの美容師は十二歳とか十三歳くらいの女の子がブラジリアンワックス脱毛に来ると教えてくれた。生えてくるとすぐに大人の最初の兆候を除去しようとするのだ。幼児化傾向にハードコアポルノによるプロモーションが悪魔合体して、どっから見てもけっこう気味悪い。

今やもう、バスの後ろの席で人の話を盗み聞きしてると、十四歳の男の子が、十三歳の女の子を触ってて陰毛があるとわかり、脅えたなんて言ってるのが聞こえてくるような段階に達してる。二十一世紀にハードコアポルノを見てる現代の少年の陰毛に対するパニックぶりときたら、ヴィクトリア朝の芸術批評家**ジョン・ラスキン**がどうやら一八四八年に新妻の陰毛を見てあまりにも脅えたため、初夜のセックスを拒否したという伝説にも匹敵する。ウゲェ。嘆かわしい性心理的副作用が出るのは想像に難くないけど、それはさておいても、十三歳の女の子がフーフーを剥《む》いてもらうためになけなしの金をはたいてるなんて、悲しくなる。本当に大事なものにそのお金を使うべきだ。染髪料とか、タイツとか、ジリー・クーパーの文庫本とか、ガンズ・アンド・ローゼズのディスコグラフィ制覇とか、**フィリップ・ラーキン**の詩とか、キットカットとか、**サンダーバード22**とか、耳が緑っぽくなって敗血症になるようなピアスとか、できるかぎり家から遠くまで行くための列車乗車券とかだ。お毛々もじゃもじゃのおまん様をダブリンまで連れていきなさい！というのがわたしのアドバイスだ。

ちゃんとした毛深いモジャがあるのはとても楽しいからだ。**ミスター・シーン**のお掃除スプレーを噴射して、不織布をつけた棒で拭《ふ》くだけＯＫみたいに見えるハリウッド版とは違う。

ハンモックに寝っ転がって、空を見ながら自分のウーキーの毛を指でやさしく梳《す》くのは、大人の大きな楽しみだ。毛づくろいが終わるまでに、ちっちゃいふわチリおまんちゃんはむらなくきれいにふくらんでる。ちっちゃな毛のトランポリンみたいに、やわらかく手のひらポンポンできる。

☆ジョン・ラスキン：十九世紀の非常に有名な美術批評家。エフィ・グレイという女性と一度結婚したが、性交渉がないまま婚姻無効となり、エフィはラファエル前派の著名な画家ジョン・エヴァレット・ミレイと再婚した。ラスキンはエフィの陰毛に脅えて性交渉ができなかったのではないかという伝説がある。

☆フィリップ・ラーキン：イギリスの詩人。知的・合理的な作風をよしとする「ザ・ムーヴメント」を代表する存在である。

☆サンダーバード22：フレーヴァーつきの安価な強化ワインの一種で、一九八〇年代から九〇年代頃にかけてとくに若者に人気があった。

☆ミスター・シーン：オーストラリアの清掃用品ブランド。

服を脱いで部屋を歩き回り、ちゃんとよく見るようにすれば、鏡に映っている姿こそ正しいものだ。脚の間の黒っぽいかたまりを傷つけたくなんかない。半ば動物、半ばヒミツ。ある程度の敬意を払って近づかなきゃならないものだ。テレビ番組の『イッツ・ア・ノックアウト』で終わりから二番目にやってるパイ投げゲームみたいに、チンコが投げつけられる間ただそこらで寝転がってろというようなものじゃない。

しかるべきスパの日にはコンディショナーをちょっとつけて、その後カシミアみたいにやわらかくなるのを楽しむのもいい。濁った駄法螺《だぼら》の海でなくしたフェミニズムの断片を取り戻すばかりじゃなく、一生の間にワックス脱毛しないことで、フィンランドにすっ飛んでってヴィンテージもののブランデーでべろんべろんになりながら五つ星ホテルでオーロラを見る金もとっておけるということもわかって、安心していられる。

そういうこと。さっぱりきれいにして、でもあるがままにしときましょ。ムカシながらの、天下御免の、アッくて正しい大人の女のモジャ。

「でもワキ毛はどうすんの」と言う人もいると思う。たいがいは四十代の男で、「かわいくデッカい、くまくんスタイルお毛々おまんちゃん」とかいうような言葉を口にすると不愉快そうになり、ポルノを持ち出すとまぎれもなく警戒する。

「ブラジリアンワックス脱毛に頼らないなら、ワキは？　脚は剃らないんですか？　眉毛は？　僕のことを煙に巻いてますね。口のヒゲはどうなんですか？」

そうしてこういう男は若干のドヤ顔でふんぞりかえる。まるで落とし穴の底にソーセージロールの罠《わな》を仕掛けたみたいな様子で、飛び込んできた者はつかまるとずいぶん自信がおありのようだ。

でもお股と上唇とワキはずいぶん離れた箇所じゃないの。ええっと、平均四十三センチ離れてる。

☆イッツ・ア・ノックアウト：一九六六年にBBCで製作され、それ以降何度かリブートしているゲームショー。

それぞれをどうするか、なぜそうするのかは全然違うことだ。それに本来、ワキは性的成熟とそこまで強く結びつけられてるわけじゃないし、すごくニッチな趣味のウェブサイトとかを見てない限りは全然セクシュアリティと関係ないかもしれないからね。

だから、ワキをどうするかは単純に美的関心の問題だ。この大きな戦いの一部とはあまり言えない。こういうわけで、何年もの間、ワキの見映えについてはいろいろ試してみた。ある時は、ただ剃っただけのワキ…ちょっと退屈に見える。ジーンズの上にベストを着て友達とつるんでる時は、ちょっとジョージ・マイケルっぽくするのもわりといい。「フェイス」みたいに、四日間剃らなかった縮れ毛がチラっと少し見える程度だ。ボヘミアンの夢を生きたり、改造自動車をパワーアップさせたりするので忙しすぎて、毛を剃るみたいなとりすましたことはできかったような感じで、むせかえるような楽しい雰囲気が出る。かなりちゃんと長くしてた時もある。その時は、また一九六九年になってわたしの全人生が寒冷紗《かんれいしゃ》とシタールとマリファナでできてたかのような、湿ったチリチリのくぼみになってた。

ある年のグランストンベリー・フェスティヴァルで、髪の毛が腰まであってチェリーレッドに染めてた時には、ワキ毛とフーフー毛も染めることにして、クレイジー・カラーの染料をあけた。「上から下まで真っ赤になろう!」と楽しく思って、クリームを塗りたくった。

残念ながら、最初の二時間で汗で流れてTシャツに染み、ワキの下に化膿《かのう》した悪性の湿疹でもできたみたいになった。よく聞いてほしいんだけど、その年のグランストンベリーで染めて失敗はしたものの、それでもわたしはまあ軽い事態ですんだほうだった。キャズは赤毛の眉を黒く染めたんだけど、ジンジン照る太陽のせいでナスみたいな色になってしまった。グリーン・フィールドでレディオヘッドのトム・ヨークを見つけた時、走っていって大好きだと言ったんだけど、反応が「ちょっとヘン」だったらしい。

「紫色の眉毛をした人から『大好きです』なんて言われたい人、いないもん」と後でキャズは泣いてた。

脚、上唇、眉毛、あご、乳首、陰毛などの毛のこととなると、美に関する選択肢リストの範囲を広げるのが望ましい結論だと思う。**エディ・イザード**が自分の異性装を「皆が平等に持ってる服装選びの権利」だと説明した時みたいにだ。毎日ドレスを着たいわけじゃないし、一年**スティレットヒール**を履かずにいるかもしれない。でも男がドレスを着たい気分、女が毛を生やしたい気分になったら、選んでいけない理由はない。口ひげがあったほうがキレイに見える女だっているのだ。統計的に見てもね。その時キメてる服装によっては、除去したり抜いたりするより絹みたいなちりちりの毛があったほうが見映えがよくなるワキだってたくさんある。一本眉だって荘厳に見えることがある。うちの六歳の娘はフリーダ・カーロの絵を見て育ったけど、自分の一本眉について戦闘的な態度を取ってる。

「終わらないから、これが好きなんだもん」

学校の「歴史上の人物の格好をする日」で、娘はカーロの服装をして、「もっとよくするため」に眉の真ん中にマスカラをつけた。

わたしが六歳だった時より、娘はずいぶん筋の通った判断力がある。

十三歳で初めて生えてきた恐ろしい孤独な陰毛を剃った後、さらに三ヶ月間、陰毛を全部除去し続けて、それからやめることにした。理由はいっぱいある。

1）　数が多くなると、父さんのレーザーかみそりで除去するのはどんどん難しくなる。誰も触らなかったように見せかけて棚のもとの場所に置いとかなきゃならない。まるで指紋をもっと角張らせようと決めたか、まったく役に立たない自傷行為を試みてるみたいに、指先がちっちゃいレー

☆エディ・イザード：イギリスのコメディアン・男優。トランスジェンダー及びトランスヴェスタイトであることをオープンにしている。

☆スティレットヒール：針のように尖った細長い形状のヒールがついた靴のこと。

ザーかみそりの×みたいな形の傷でいっぱいになる。レーザーかみそりをきれいにするのはキケン行為だ。十三歳の子がすべきじゃない。

2）　かゆい。異常なくらいちくちくする。また生えてくると四分の三はアスベスト、四分の一はアルティザンモヘアでできてるみたいになって、心が乱れる。三週間の間、痘瘡《とうそう》にでもかかったみたいにかきむしってた。これは皮肉なことだ。っていうのも、毛を剃るのをやめた最後の理由は、

3）　ここで何が起こってるのか見る人なんて、数年間は全然いないと気付いた。数年間はね。ひどいめにあった『バージュラック』の日以来、がくがくするほど寒い寝室で服を着るようになった。家族の前でナイトガウンを着ることはもうない。誰の前でも全然ない。何年か後に友達の悪ガキポールが「脱いだらどう見えるかって？　それはまずお前が心配することじゃないだろうよ」と言ったとおりだ。十三歳の処女が陰毛を剃るなんていう考えはバカげてる。月に足を踏み入れる前にニール・アームストロングがアフターシェイブローションを塗りたくると思う？　そんな努力をしたって、脳内の非実在視聴者しか見やしない。わたしは心穏やかに毛を全部生やしっぱなしにすることにして、父さんのレーザーかみそりは洗眼液とローションのとなりに置いておいた。思春期の問題に関わる次の議事に移ろう。

次にわたしが誰かに裸を見られた十七歳の時には、南ロンドンのストックウェルのワンルーム貸間でずーっとわたしを見てる男を相手に処女を失ったんだけど、陰毛をどうしてるかなんて明らかに気にかけてなかった。ただただ緑のドレスを脱がせてわたしを転がしたいと思ってるだけだった。

第三章　胸をなんて呼ぶ⁉

もちろん、思春期がすばらしいものってことになってるのはわかってる…ぶっちゃけてみよう。わたしはその時間を図書館で過ごしてた。オイシイ箇所を探して『グレイの解剖学』を読んでた。思春期の神経の発達とか、性ホルモンが出てくると十代の脳は基本、爆発するとか、そういうことについて章や節を引用できる。脳の白質、つまり針金みたいな繊維が理性の高速道路を作る。アメリカの地図では黄昏《たそがれ》になると東岸の**ボスウォッシュ**地域だけ光って見えるけど、あんな感じで脳に電気が走り、さざ波や星形模様、螺旋《らせん》、大波みたいにチカチカついたり消えたりする。十四歳のわたしの中では科学実験進行中だ。内側が新たな生命活動でいっぱいだ。知覚の爆発の真っ最中だ。後になると、ナイトクラブやパーティのトイレでお薬用に十ポンド札を数えながら、この呵責《かしゃく》なく広がる霊感の十分の一程度を感じるため、大枚はたいてこの爆発感の真似を体験しようとすることになる。

同時代で同世代の人の伝記を読んでひるむ。ボビー・フィッシャーは十五歳でチェスのグランドマスターだった。ピカソは十五歳で展覧会に絵を出してた。**ケイト・ブッシュ**は十四歳で「子供の瞳《ひとみ》を持った男」を書いてる。あんまり若すぎたもんで、男の瞳にいる子供は本当にケイト自身の姿なのかもしれない。他の十代の子もわたしも、世界に居場所を見つけて、大人と同等かあるいはそれ以上のことができる可能性を持ってる。どえらい天才にだってなれるかもしれないんだ。

☆ボスウォッシュ：アメリカ東海岸のボストンからワシントンにかけて、大都市が集まっている地域。ニューヨークなどを含む。

☆ケイト・ブッシュ：イギリスの女性シンガーソングライター。一九七八年、十代の時にエミリー・ブロンテの同名小説を題材とする自作曲「嵐が丘」でデビューし、大ヒットを記録した。「子供の瞳を持った男」は初期作で、デビューアルバム『天使と小悪魔』に収録されている。

とにかく理論上はそうだ。公正を期して言えば、自分でもそれに気付いてる。日記には、わたしの精神の受容力が、かなり大事な疑問とか概念とかを熟考し、いまだかつてない広がりを見せてるとわかる記述がある。「永遠に泣けたらいいのに。すごく慰めになるだろうから」「わたしはおかしな人たちの一員なのでは?」「なーんでもできると思う日もある。なんか小さいことだけど、世界を救うためにここにいるってわかる」「帽子をかぶるとやせて見えるかな?　ほんとに?」一九九〇年三月十四日には「人生の意味を見つけた!　**スクイーズ**の『クール・フォー・キャッツ』。すっごい!」

でも、正直に言うと、わたしはだいたい、自分の脳とか神童のごとき才能とかの可能性に注意を払うには、体にかんするあれこれと闘うので忙しすぎる。うう!、まったくイカれてる。いたるところでとんでもないことが起こる。生理とかマスターベーションの実験とかは序の口だ。ウンコしたりジグソーパズルしたりするだけの体から、いつか赤ちゃんをひねり出す体に変わっていくせいで、ほとんどの時間と心配はそっちにとられてしまう。

ある朝、起きたら全身が鈍い赤色のあざだらけになってた。おなか、腿《もも》、胸、ワキ、ふくらはぎにラズベリー色の波が通ってるみたいだ。最初はただの発疹《ほっしん》だと思って、赤ちゃん用おむつかぶれ軟膏の**スドクリーム**をつけまくり、治ることを期待しながら二日間過ごした。買い置きがなくなってきてるのに気付いた時、母さんは二歳のシェリルがまた食べたんだと思って怒ったけど、わたしは堂々と本当のことを隠す。

でも、ドアに鍵《かぎ》をかけて、心の支えとして「クール・フォー・キャッツ」を大音量でかけながらアングルポイズのランプであざをもっとよく見ると、これは全然みみずばれなんかじゃなくて、もっとギザギザしてるものだとわかる。成長のせいで皮膚が裂けたんだ。体のやわらかい部分ほぼ全部を覆う伸展線だ。思春期というのは、追いつかれないように逃げようとしても爪《つめ》でひっかいてくるライオンみたいなもんだ。でなきゃ、その夜にキャズに言ったように、「残りの人生ずっとタイツとタート

☆スクイーズ:一九七〇年代に活躍した、イギリスのニューウェイヴ系ロックバンド。「クール・フォー・キャッツ」は一九七九年のヒット曲で、クリス・ディフォードのロンドン下町訛りのヴォーカルが特徴である。

☆スドクリーム:フォレスト社が出している、赤ちゃん用おむつかぶれ軟膏。

ルネックを着なきゃならない。夏でさえも。ただいつもすごく寒がってるだけだっていうふりをしなきゃ。みんなに知れわたるようにしなきゃ。わたしが寒がりだってこと」

キャズとわたしは珍しく穏やかな関係を築いていた。二日前、お互いに自然とハグした。母さんはあまりのショックと警戒で、この機会を記録しようと写真まで撮った。まだこの写真を持ってる。二人ともおそろいの部屋着を着て裸足《はだし》で、厚意九十八パーセント、イヤな敵意二パーセントが表れた表情で顔をくっつけてる。母さんはわたしたちがとうとう、七人きょうだいの一番上の二人だという共同責任で結ばれて絆《きずな》を築き上げ、今やどんどんそうなりつつある大人として和解できたんだと思ってる。

わたしたちがハグしたマジな理由というのは、ヴァギナ（vagina）をどう呼ぶべきなのかについて二時間もの議論を終えたばっかりだったからだ。

「言えっこない」とわたしはキャズに言う。寝室にいて、わたしはベッドの上、キャズは床だ。その朝九回目の「クール・フォー・キャッツ」を聴いてる。テープはもうすり切れてきてる。クリス・ディフォードの声が、最初の「インディアンが山道の上の岩から声を出す」歌詞にあわせて震えてる。キャズは着るものが必要なのでセーターを編んでる。

「『ヴァギナ』なんて口に出すよりはそんなものが全然ついてないふりしたほうがマシだと思う」とわたしが言う。「もしケガして、くだけた言葉遣いができないようなすごくきちんとした病院に運ばれるようなことになって、『どこが痛いですか？』ってきかれたら、『ヴァギナです』って言うよりは『当ててみて！』って言って失神したい。ヴァギナって言葉、大嫌い」

「去年なら全然楽だったのに」とキャズが悲しそうに賛成する。

去年までは、モラン家の子供たちはみんな、「おへそ」（navel）という言葉はお腹のボタンじゃなくて、実は女性器を意味するという幻想のもとに生きてた。そのへんにケガすると「おへそぶつけた！」と叫ぶことになり、周りから同情してもらえる。ここから出てくるものとして、「海軍士官」（naval officer）がほとんど我慢できないくらい面白く聞こえるということがある。アンドルー王子がセーラ・ファーガソンと結婚して、式の時にジョナサン・ディンブルビーがBBC1で王子は「海軍士官」（naval officer）だと言った時、階段に逆さまに寝っ転がって頭に血を戻さなきゃならなくなるほどバカ笑いした。

さらに、一九八七年のごく短い期間、妹のウィーナが「ヴァギナ」（vagina／ヴァジャイナ）を「陶器」（china／チャイナ）と言い間違えて、しばらくの間この言葉を使ってた。その後、秋になって**トゥパウ**の曲「手中の陶器」（'China in Your Hand'）がナンバーワンヒットシングルになって、またみんな血液循環が正常に戻るまで階段で逆さまに寝っ転がらなきゃならなくなった。この曲がかかってる店に入るのは危険境界線への侵入だ。フードをかぶって震えながら外に走り出なきゃならない。

そんなわけで、一九八九年の時点では、「ヴァギナ」をさす言葉が全然なかった。下のほうで起こってるあれやこれやのせいで、どうしても何かこれを意味する言葉が要る。黙って座ってちょっと考えた。

「ロルフズって呼んだら」とキャズがとうとう言う。「**ロルフ・ハリス**みたいに？　あのヒゲみたいでしょ」

お互いの顔を見合わせる。ロルフ・ハリスが求めてる答えにならないことは二人ともわかってる。「ヴァギナ」って言葉の問題は、ヴァギナはまったく悪運まみれに見えることだ。ひどいことばかり起こるので、マゾヒスト以外そんなもんほしがりそうにない。ヴァギナは引き裂かれる。ヴァギナは「検査」される。証拠が残ってる。シリアルキラーがモース警部をあざ笑うためにそこに何かを置いていく。まるで鍵とか余分の小銭を置いておく玄関の棚みたいだ。そんなもん誰も要らない。ダメだ。今ここではっきりさせなきゃ。実はわたしにはヴァギナなんてものはない。あったことは

☆海軍士官：「おへそ」を意味する"navel"「ネイヴル」と「海軍の」を意味する"naval"「ネイヴル」は発音がほとんど同じである。

☆トゥパウ：一九八〇年代にイギリスで活躍したポップグループ。「手中の陶器」は一九八七年のヒット曲である。

☆ロルフ・ハリス：オーストラリア出身でイギリスで活動していたミュージシャン・画家。二〇一四年に未成年者に対する性的暴行で有罪となり、収監されている。ヒゲが有名である。

ない。それどころか、そんなもんがある女はほとんどいないと請け合う。ヴィクトリア女王は明らかに持ってた。**バーバラ・キャッスル**とかマーガレット・サッチャーもだ。サッチャーの陰毛はもちろん髪の毛とまったく同じようにスタイリングしてある。

　でも他の女はみんな違う。わたしだけだなんてことはまずない。自分のヴァギナを「ヴァギナ」と言う人は誰も知らない。スラングとか愛称とか勝手に作った名前をつけてる。何世代も受け継がれる、前のお部屋を示す家族だけで通用する名前だ。この間ツイッターで子供の頃どう呼んでたかを聞いたら、二十分間で五百以上もリプライがあった。大部分はおっそろしくトンチキにイカれてるやつだった。モジャジャのパンドラの箱を開けたみたいだった。最初にもらったリプが雰囲気を決定づけてる。

「子供時代の親友のお母さんは『子ガモちゃん』と呼んでて、生理は『カモさんの病気』でした」

　これはおそらく、何世代にもわたって外からの影響を受けなかった、一連の思考の明らかな表れだ。言葉の近親交配みたいなもんだ。

　ものすごく幅広い言葉が使われてる。とても可愛かったり、面白かったりするのもある。お花ちゃん、二ペンス、ピクルス、ティシー、メアリ、ドシン、パット、タチャス、ミニー、パムパム、チリンチリン、妖精《ようせい》、フーフー、貴婦人、ウーウー、こまごま、マフィン、カップケーキ、ポケットとか。

　明らかに家庭内での冗談でできたものもある。ヴァレリー、ヘレンおばさん、パスタシェル、バンジャイナ、ファンダンゴ、ヨークシャプディング（「わたしのヨークシャプディングに砂が！」って叫ぶのかな）、アンダーヘンジ、バーミンガム中心部とか。

　それから、まったく奇妙きてれつで厄介なのがある。あなたの差異、あなたの秘密、あなたの問題、**スウィート・ファニー・アダムズ**（殺害されたヴィクトリア朝の子供のあだ名で、ヴァギナ想像力の殿堂ではまああんまりいい日とは言えない）、**通風孔**とか。「通風孔」ってのはたぶんヘビを飼ってる家族が考えたことで、時間を節約するため種を超えて同じ言葉を使ってたんじゃと想像するほかない。

☆バーバラ・キャッスル：イギリス労働党の著名な女性政治家で、庶民院議員としてさまざまな大臣のポストを歴任した。

☆ファニー・アダムズ：一八六七年に八歳でバラバラ殺人にあった被害者の少女の名前。「スウィート・ファニー・アダムズ」はスラングで「無」を表す。また、「ファニー」は英語で女性器を意味する。

☆通風孔：シャーロック・ホームズものの短編「まだらの紐」で、毒蛇を通風孔に入れて人を殺すという展開がある。

この中でも、「ラーラ」と「ティンキー」と「ポー」があったのは注目していい。つまり『**テレタビーズ**』のほぼ全キャストが家庭内で使われるヴァギナを指すスラングに基づいた名前を持ってるように見えるってことだ。どっか他のとこからインスピレーションを得てくださいよ。

個人的には、自分にはカント（cunt）があると思ってる。「ピラピラ」（flaps）とか「トワット」（twat）って言うこともあるけど、ほとんどはカントだ。カントは適切で、由緒があり、歴史的で、強力な言葉だ。自分の火災非常口が英語で最も力強い罵倒《ばとう》語と一緒なのもいい。うん。すごいでしょ、男子諸君。下にあるもののことを口にしたら、おばあちゃん方や牧師様方は失神しちゃうかもしれない。「カント」って言う時、人がショックを受ける様子は面白い。パンツに核爆弾か怒り狂ったトラか銃でも隠してるみたいだ。

これに比べて、男が自分の陰部から出せる一番強力な罵倒語は「ディック」（dick）だ。でもこれは正直なところ、けっこう甘い。何かの間違いで『**ブルー・ピーター**』とかで使われてもおかしくはなさそうだ。月経とか、閉経とか、誰かを単に「女子」って呼ぶ行為とか、女に関するほぼあらゆるものが、いまだにゲロりそうなくらい気持ち悪いか、弱々しいものだと思われてる文化で、「カント」が至高にして不敗の世界で自立してるのは大変すばらしい。ほとんど神秘的な響きすらある。これはカントだし、みんなカントだと知ってるけど、カントとは呼べないんだ。実際の言葉を口にすることはできない。強力すぎる。ユダヤ教徒が神聖四文字を絶対発音できなくて、かわりに「エホヴァ」で済ませきゃならないみたいなもんだ。

もちろん、カントをカントと呼ぶことについてのわたしの思考は、うちのふたりの娘の前ではたいがい役立たずだとはわかってる。午前中のおやつの時間の直前、英語最大の罵倒語を何気なく言われて怒った保育所の先生が、ほうきを持って子供たちを追いかけ回すような時には、「エホヴァの神秘的な響き」なんちゃらは意味がない。

☆テレタビーズ…一九九七年からBBCで放映されていた子供向け番組。ティンキーウィンキー、ラーラ、ポー、ディプシーというお腹にテレビをつけたキャラクターが登場する。

☆ブルー・ピーター…一九五八年からBBCで放映されている老舗の子供番組。工作コーナーが有名である。

娘のリジーが生まれてほんの数日後、大量のモルヒネがやっと抜けてきて、わたしはまともに頭を働かせられるようになりはじめた。とはいえ、正直言うと、「うげえっ、折れてんじゃないの⁉」と叫ばず座れるようになるには、まだゆうに二週間はかかったけど。夫とわたしはちっちゃなすばらしい娘を見下ろした。青い眼にキスしたくなるような口をしてて、ヴェルヴェットでできたネズミみたいにやわらかかった。巨大うんちをしたばかりで、下半身の皮膚のへこんでるところ全部に入り込んでたけど。

夫がおしりふきを持って自信無さそうに娘の下腹部に近づき、へろへろになってくずおれた。神経がおかしくなりそうだといった調子で夫が言った。「これ全部きれいにしなきゃならないどころか…自分が拭《ふ》いてるやつが何だかもよくわからないよ。なんて呼ぶの？『カント』じゃだめだろ？」

「名前はリジーでしょ！」とショックを受けてわたしが言った。

「言いたいことはわかるでしょ」と夫がため息をついた。「そんな言葉使えないよ。それは君のやつでしょ。君にはカントがある。でもこの子にはない。君のが**スクービー・ドゥー**だとしたらこの子は子犬のスクラッピー・ドゥーだから。全然違う。うげえ、背中じゅうにくっついてて帽子のとこまでいってる。帽子についたウンコをふくよ。子育てが好きだかわかんなくなってきてる。それでこの子のヴァギナをなんて呼ぶの⁉」

それから数週間、新しいハム味ヨーグルト広告キャンペーンについて突拍子もないひらめきを求めてる重役みたいに、この問題についてブレインストーミングを行った。

「テントウムシみたいに見える」と、夫はとくに空想的な気分の時に言った。「テントウムシって呼べるかな！」

「うん、でも同じ理由でフォルクスワーゲン・ビートルみたいにも見えるじゃないの」とわたしが指

☆スクービー・ドゥー：一九六九年からアメリカで製作されている犬が主人公のアニメ。スクービー・ドゥーが主人公で、スクラッピー・ドゥーはその甥。

摘する。「『ラブ・バッグ』のハービーでいいんじゃない。思春期になって男の子のことで頭がいっぱいになったら、あなたがこの子を閉じ込めるドアのない塔だかなんだかを作る時に『ハービー大暴走』(*Herbie Goes Bananas*)だってお互い何度も言えるでしょ」

一週間して、夫は「**ベイビーギャップ**」というのを思いついた。「ベイビーギャップだよ!」これは上出来な冗談であるだけじゃなく、「ベイビーギャップ」のロゴがついたTシャツとかセーターを着せるとたいへんな大爆笑を生む。

でも結果的に、この名前は生き急いで夭折《ようせつ》した。何度も使いすぎて面白みが失せたのだ。この言葉は噛《か》みすぎたガムみたいに古くさくつまらなく聞こえるようになった。

もうちょっと見かけ倒しでない言葉が要るとわかったが、リジーが十二ヶ月くらいで話せるようになり始めた時、やっといい言葉を思いついた。

リジーは転んで「ベイビーギャップ」にケガをした。リジーを膝《ひざ》に乗せて、子供に話し方を教える時にするやり方で、何が起こったか大きな声で言い聞かせた。わたしは潜在意識の闇《やみ》にたどりついて、こんな言葉を携えて戻ってきたらしい。

「ボットボット。ボットボットをケガしたね!」娘の顔から手のひらで涙をぬぐいながらこう言ってた。

「ボットボット」というのは思春期になる前、母さんがわたしたち全員の性器を指して使ってた言葉だった。「ボット」が後ろで「ボットボット」が前だ。一語で何でも表現できる。もっと専門的な言葉を使う余裕は…ちょっとなかった。

そういうわけでこれが次世代にも使われるようになった。丸くてこぎれいで頑丈で小さなボットボットには丸くてこぎれいで頑丈で小さな名前を。

もちろん、リジーが大きくなったら、一九八九年にキャズとわたしが入り込んだのと同じ場所にた

☆『ラブ・バッグ』:一九六八年にディズニーが作った、フォルクスワーゲン・ビートルのハービーが登場する映画シリーズで、何度も続編が製作されている。*Herbie Goes Bananas* は一九八〇年の映画。

☆ベイビーギャップ:衣類販売チェーンGAPのベビー服であるベイビーギャップと、「裂け目」を表す"gap"をかけている。

どりつくだろう。十代の女の子にはもうちょっと…ロックンロールな感じのものが必要だ。思春期が到来したら、その後の四十年にわたって決断したり考えたりしなきゃならないことほとんどの震源地になる場所を「ボットボット」とは呼べっこない。**スカーレット・オハラ**はボットボットのせいでまずアシュリー、次にレットのあとを追いかけてアトランタを走り回ってたわけじゃないのだ。**ジョージア・オキーフ**の絵にはボットボット要素は一切ない。マドンナは『**セックス**』で自分のボットボットを見せてたわけじゃない。

森の開拓地に歩いて行ったり、部族の中で儀式のパイプをすうのに参加したりするのに続いて、自分の性器をどう呼ぶか判断するのは女の子にとって公的通過儀礼だと思ってる。初潮とか、ブルーデニムのオーバーオールを着こなせるかどうか判断するのと同じくらい重要だ。今は十二歳くらいの時だと思うんだけど、「モミモミ」が学校で始まると、いったいどこが指でモミモミされてるのか、女の子が正確に考えられるようになるのは大事なことだ。まあ、このモミモミはDVDプレーヤーに指をつっこみたいという幼児の抑えがたい欲望が少しだけ成長したものにすぎないように見えるけど。「内側」と言うところから始めても十分だけど、これは本質的には方向とか位置の指示で、名前じゃない。

今では、思春期の子供たちは性教育を全部ポルノから得る世界になっているので、アダムは動物に名をつけたかもしれないけど、**ロン・ジェレミー**がヴァギナに名前をつける。想像できるように、二穴挿入中に会話を即席で考えてるポルノスターに語彙《ごい》選択をまかせると、熟考とか繊細さとか美学はさっぱり期待できない。

結果として、自分の性器を示す「主力」の言葉が「プッシー」(pussy、「ニャンニャン」)になってる女の子が一世代、育ってる。個人的には「プッシー」は大嫌いだ。愉快な楽しい言葉みたいに見せようと、ポルノ映画で「プッシー」が三人称で使われるのをずいぶん聞いたことがある。

☆スカーレット・オハラ：一九三六年に刊行されたマーガレット・ミッチェルの小説『風と共に去りぬ』のヒロイン。一九三九年に映画化された。南北戦争期の南部の令嬢スカーレットをめぐる大河ロマンスで、アシュリーとレットはスカーレットの恋の相手である。

☆ジョージア・オキーフ：二十世紀アメリカの女性画家で、女性器を連想させるような花や、動物の骨を描いた絵が有名である。

☆セックス：一九九二年にマドンナと写真家のスティーヴン・マイゼルが作った写真集で、BDSMなどをセクシュアリティをモチーフにした当時としては過激な表現で話題を呼んだ。

☆ロン・ジェレミー：アメリカのポルノ男優。

「あんたのプッシーはこいつが好きだろ?」「これをあんたのプッシーにあげようか?」

こんなのは肉体的なまとまりをバラバラにする不愉快な駄法螺《だぼら》だ。女がヴァギナから切り離されてるなんて。出来の悪いポルノに出てくるお色気ゼロの表現だ。さらに、カメラに映らないすぐ側に女の飼い猫が不吉に目を光らせながら座ってて、男のほうは実はそっちのことを言ってるんじゃないかという不安な印象を常に与える。

いつか製作中のポルノを見てる全猫が、表向き自分たちに向けられている野暮な会話に反乱を起こして立ち上がり、セットに入っていってこれ見よがしにアナルセックスのど真ん中で毛玉を吐いてくれないかなーと、ぐだぐだ考える。

でも、正直言って、「プッシー」はまだ控えめなほうだ。いろんな意味で本当に「ヴァギナ」と同じくらいひどいスラングがどっさりある。箇条書きしてみよう!

・あなたのセックス(Your Sex)…あらかじめ責任転嫁しようとしてるみたいに聞こえる。
・穴(Hole/ホール)…ストッキングやタイツに発生する困りものだ。わたしのジョニールルはストッキングやタイツにとってはいいものだ。
・蜜《みつ》壺(Honeypot/ハニーポット)…そのへんにハチでもいるのかと想像する。
・トワット(Twat)…牛の糞《ふん》(cow-pat/カウパット)、バカ、パンチを不愉快にまぜたやつ。ダメ。
・藪(Bush/**ブッシュ**)…同名のバンドにはうんざりした。植物にはクモもいる。ダメ。
・ヴァグ(Vag)…「バーブ」とか「ヴァル」とかいうようなお節介焼きのお局様の名前みたいだ。**ロスマンズ**煙草《たばこ》のチェーンスモーカーや、ビンゴ中毒すれすれかもしれない。ダメだ。

他方、いいと思うやつもある。

☆ブッシュ:一九九〇年代に活躍した、ポストグランジ系のイギリスのロックバンド。

☆ロスマンズ:イギリスの煙草会社。一九九九年にブリティッシュ・アメリカン・タバコに統合された。

・おまんちゃん（Minge／ミンジ）…ちょっといじめられてる猫みたいに聞こえる。時々わたしのやつもそういう感じだ。
・ピラピラ（Flaps／フラップス）…なんか面白い。
・フーフー（Foof）…甘やかされたちょっと滑稽《こっけい》なフレンチプードルみたいだ。
・**サルラック**の穴（Saarlac Pit）…果てしなく心に響くものがある。どんだけハン・ソロを中に入れたがってもできないんだから。

もちろん、自分の主要玄関にバカっぽい名前をひとたびつけたら、やめる理由なんてない。「ウエストミッドランド・サファリパーク動物園にて下車」と、膀胱炎《ぼうこうえん》に襲われた時にトイレに座って悲しく言うかもしれない。「**トムの真夜中の庭**では木が落雷で倒れています」そうじゃない楽しい日には、「今夜、キンタイア岬にはすごくもやがかかってる」と言えるかもしれない。

☆サルラック…『スター・ウォーズ』シリーズに登場する生き物で、ハン・ソロたちはこの生き物に食われそうになるのをすんでのところで逃れる。

☆トムは真夜中の庭で…一九五八年にアン・フィリッパ・ピアスが発表した、イギリス児童文学における古典的な小説。

じゃあバストのほうはどうする？　結局、胸の名前を考えるのだってこれより簡単ってわけじゃない。十三歳からこのかた、胸郭《きょうかく》に構えてる。自分や他の人をばつの悪い状態に追い込まずにこれを指せる言葉はほとんどない。

数年前、ふっくら唇の本日の色気爆発娘スカーレット・ジョハンソンが、自分の胸を「うちの子たち」と呼んでると明らかにした。「自分の体も顔も好きなんです」と、目が見える人は全員そう思ってるはずの考えを反映した発言をする。「胸も好きです。『うちの娘たち』と呼んでます」

キャリアで初めてというわけではないのだが、ジョハンソンはイラつく問題を提示してくれた★。分別と知性のある大人の女は厳密にはどうおっぱいを呼ぶとよいのか？　ジョハンソンは完璧《かんぺき》な答えを思いついた。「うちの娘たち」はふざけてて面白く、自分のものだという主張を含んでおり、女っぽい。でも、自分のよりはスカーレット・ジョハンソンのおっぱいのことを言ってると思われそうで、他の誰も自分がぶらさげてる楽器を「うちの娘たち」とは言わない。

「わかんない、この上半身にうちの娘たちがいたらおかしい？」と言いたくなるかもしれない。

友達はこう答えるだろう。「うん、うちの娘たちって表現はあの人の上半身なら素晴らしいけど、それはスカーレット・ジョハンソンが世界平和をもたらしそうな台にのっけてるから。でもあんたのは不均衡で全部乳首みたいな様子でしょ。正直、**マーティ・フェルドマン**の目みたい」

タブロイドの世界では、もちろん簡単だ。「ブーブズ」(Boobs) って言葉を使えばいい。でなきゃ、「ブーブズ！」(BOOBS!) だ。「**ページ・スリー・ガール**のキーリーは美乳！(great BOOBS!)」と**シェイン・ワード**が言う。「**シェリル**はガールズ・アラウド一の美乳！(best BOOBS!)」とかでいい。『サン』の記者と話してて違う言葉を使っても、めざましい校正のおかげでとにかくやっぱり「ブーブズ」になって出てくる。一度『サン』にインタビューされて、その時は自分のおっぱいを「ジャグズ」(jugs) って言った。ブリットポップ最盛期で、ブラーが認めてくれそうなことをやってただけだ。ところがどっこい、案の定次の日に出てきた記事では「自乳 (my BOOBS) 大好きキャトリン・モラン」になってた。

個人的には、自分にはブーブズはない。それじゃない。「自前のワオキツネザル尾が大好きキャトリン・モラン」くらいは変な感じがする。

「ブーブズ」は**ベニー・ヒル**っぽすぎる。ブーブズは完全な球体で、ゆっさゆっさしててふざけた感じじゃないといけない。トロンボーンっぽい「ボワワワワーン」の音をたてながら「ピンクの胸のピ

☆マーティ・フェルドマン：イギリスのコメディアン。バセドウ病の後遺症で斜視を患っていた。

☆ページ・スリー・ガール：タブロイド紙『サン』の第三面に掲載されていた、トップレス写真のモデルをつとめる女性のこと。「キーリー」はこのページ・スリー・ガールをつとめたことがあるグラビアモデルのキーリー・ヘイゼルのことである。第三面のグラビアは二〇一五年に廃止された。

☆シェイン・ワード：イギリスのオーディション番組『Xファクター』出身の歌手。アイリッシュ・トラヴェラーの家庭に生まれ育った。

☆シェリル：イギリスの歌手で、ガールズグループであるガールズ・アラウドの元メンバー、シェリル・コールのこと。サッカー選手のアシュリー・コールと一時期結婚していた。二〇一七年には元ワン・ダイレクションのリアム・ペインとの間に子供が生まれている。

☆ベニー・ヒル：イギリスのコメディアン。美人が登場するお笑い番組『ベニー・ヒル・ショー』で有名。この番組のテーマ曲「ヤケティ・サックス」はお笑いの音楽としてよく知られるようになった。

エロ」に触れてそれでおしまいってとこだ。

「ブーブズ」はだいたい、白人で労働者階級っぽいというのもある。バングラデシュブーブズとかバーレーンブーブズとかあんまりなさそうだ。「**レディ・アントニア・フレイザー**のブーブズ」もない。ジョーダンとかパメラ・アンダーソンとか**バーバラ・ウィンザー**が持ってるのがブーブズだ。ただしバーバラが『イーストエンダーズ』のペギー役で乳ガンになるプロットが盛り込まれた時は、一瞬にして「胸」になった。「ブーブズ」はもちろんガンにならないし、授乳もしないし、道教の精妙な房中術の主題にもならない。ブーブズは十四歳から三十二歳の間の女の胸部で上下に揺れるためだけに存在してて、その後は垂れて、たぶん地表に落ちて宇宙に消える。ひょっとすると最後は土星の巨大な輪の一部になるのかもしれない。

まったく反対の理由で「胸」（breast／ブレスト）もうまくいかない。肯定的な状況で「胸」っていう言葉を聞いたことがない。胸は悪いニュースだ。ヴァギナ同様、胸は医者に診てもらったり、ガンになったりする。さらに鶏肉から切り取られて白ワインで煮込まれるという強烈な恐怖ポイントもあるし、すごく下手なセックスをするぶきっちょな男（「指で左胸に触っていいですか？」）とか変態じじい（「彼女のすばらしい胸は薄布から解き放たれて、踊ってヘンギストのもとに向かうようだった」）が選ぶ言葉だ。

「ブザム」（bosom）はちょっと**レス・ドーソン**っぽい。「谷間」（cleavage／クリーヴィッジ）はもちろん全然ダメだ。「谷間が痛いです」なんて言えない。「アンボンポワン」（embonpoint、「肉付きの良さ」）も、刺繍《ししゅう》つきで（embroidered）、しかもとんがってる（pointy）みたいに聞こえて、ブラを外すと存在しなくなりそうなのでダメだ。「ティッツ」（tits）は日常的に昼に使うにはほどよく気取らない表現だ。「ドアにティッツぶつけちゃったの、キットカットちょうだい」とか。でもちょっとぞんざいすぎて夜使うにはうまく移行できそうにない。個人的には「ザ・ガイズ」（The Guys、「連中」）というのはと

☆アントニア・フレイザー：イギリスの作家で、時代考証のしっかりした重厚な伝記作品で有名である。貴族の令嬢で、夫は劇作家のハロルド・ピンターだった。すぐ後に登場する『ロスト・イン・トランスレーション』の監督であるソフィア・コッポラが二〇〇六年に撮影した『マリー・アントワネット』の原作もフレイザーが書いている。

☆バーバラ・ウィンザー：イギリスの女優。ロンドンの労働者階級の家庭出身で、舞台やテレビで幅広く活躍し、叙勲でデイムの称号を受けている。

☆レス・ドーソン：イギリスのコメディアン。義理の母親など、家族の女性を題材にした冗談で有名。

てもいい考えに思えるが、自分の七人の兄弟姉妹のこともそう言ってる。混乱が起こると、今既に抱えてるよりもっと精神疾患が発生しそうなので、たぶんそのまま使わないでほっておくと思う。

自分の上半身の例の箇所を、有名な二人組の名前で呼んでたことがある。「あいつ、わたしの**トゥー・ロニーズ**を出させたんだから!」「**スケアクロウ・アンド・ミセス・キング**がトップスに入らなくなるまではうまくいったのに」「片方がもう片方より大きいから実はサイモン&ガーファンクルって呼んでんの」とかだ。でもそれから赤ちゃんが生まれた。助産師がわたしを厳しく見下ろして、新生児の口に「**クリストファー・ディーン**」の先端部をくっつけようとし、一方で「**ジェーン・トーヴィル**」はそばで傷ついて出血したまま横たわってた。

英語という言語は、平均的な女のおっぱいにまつわる問題をまだちゃんと受け入れてない。もちろん、われわれがどんだけ警戒心に満ち、無知で、クスクス笑いばかりしてるバカかを考えれば、この問題はしばらくつきまとう可能性が高い。たぶんもうあきらめて話し言葉を使うのはやめ、「(.)(.)」とだけ書くことにすべきかもしれない。

きっとわたしとキャズが抱えてた問題の答えは、胸とかヴァギナのことになると、本当は言葉は要らないんだと気付くことにある。ふたつあわせて「上下階」と呼んでたことが少しあって、これは多くの人が気持ち良く思い出せる、上品なBBCのテレビ番組『上下階』(*Upstairs, Downstairs*)みたいに聞こえるというさらなる利点があった。この後、レス・ドーソン風の派手な調子で例の場所を指さして「そこ」というだけでいいとわかりはじめるようになった。「そこ」とかいう言葉は「ティッツ」とか「カント」という言葉を使えるくらい、世間を知ってうさんくさいこともできるようになったとようやく思えるようになるまで、引き延ばし作戦として機能した。わたしは十五歳、キャズは二十七歳の時にそう思えるようになったはずだ。でも、ううん、花嫁付添人のスピーチとしてはちょっとすごかったね。

☆トゥー・ロニーズ：ロニー・コーベットとロニー・バーカーのコメディアン二人組で、一九七一年から一九八七年まで『トゥー・ロニーズ』という人気コント番組を持っていた。

☆スケアクロウ・アンド・ミセス・キング：一九八三年第から八七年までアメリカで放送されていたドラマで、「スケアクロウ」は登場人物であるエージェント、リー・ステットソンの暗号名、「ミセス・キング」はヒロインであるアマンダ・キングのことである。

☆クリストファー・ディーンとジェーン・トーヴィル：トーヴィルとディーンはオリンピックで優勝したこともあるイギリスの著名なアイスダンスデュオである。

★『ロスト・イン・トランスレーション』で、ジョハンソンは「日本に旅する間ビル・マーリーとセックスしないのはいったい正しいのか?」という疑問を提示し、分別のある人間なら誰でも「いや、日本に旅してる間には常にビル・マーリーとセックスしなきゃならない」と答えられた。

第四章　わたしはフェミニスト！

How To Be a Woman

『去勢された女』で、ジャーメイン・グリアは読者に対して、経血の味見を提案してる。「まだ味見したことないなら、まだまだですよ」と言ってる。

うん、賛成せざるを得ない。一度はなんでも試さなきゃ。レスターのあやしいフードトラックで買った甘酢エビを食べるとか、パフボールスカートを穿くとかであろうとも。わたしはもちろん、自分の経血を味見したことがある。だいたいは**ニックナックス**一袋のほうがいいけど、まあ大丈夫だ。都市間列車のビュッフェで買えるたいがいのものよりはマシだし、確実に倫理的問題はない製品だ。わたしの衛生生活は模範的だし。いつも清潔で深いベッドで寝てる。

でも個人的には、今すぐ経血を味見するよう強くすすめはしない。これを読んでるあなたはバスに乗ってるかもしれないし、ティック・トック・トドラーズ・クラブの後ろの席に座ってるかもしれないし、「バーブ」って名前の女ととりとめのない世間話をしてるかもしれないってことはよくわかってる。パラシュートでジャンプするとか、ベリーダンスを習うとか、タトゥーをするとかいうような、「エンパワーメント」になるらしいいろんなことの中では、経血味見は率直に言って、カーテンポールを直してもらうとか、猫のノミ取りとか、二〇〇三年に落ちたと思われるボタンをコートにつけ直すとかいうことが入ってる「やることリスト」に、またちょっと付け加えるだけのものにすぎない。

☆ニックナックス：イギリスで売られているコーンスナック。

いや、ご婦人方、安心して。今日経血を味見しなくていいから。わたしが見てるとこでは。
でも、わたしがみんなにやってほしいのは、「わたしはフェミニスト」って言うことだ。できれば椅子《いす》の上に立って「わたしはフェミニスト‼」って叫んでほしい。でも、これはただ椅子の上に立ってやったほうがなんでもわくわくすると信じてるからすすめてるだけなんだけど。

大声でこの言葉を言うのがホントに大事だ。「わたしはフェミニスト！」地面に立ってる状態ですら、言えないなと思うなら、警戒信号。たぶんこれは女が言うことの中でも一番大事なやつのひとつだ。「愛してる」とか「男の子、それとも女の子？」とか、「ダメ！　気が変わった！　前髪切らないで！」と同じくらいには大事だ。

言ってみよう。言ってみよう！　今言ってみよう‼　もしできないんなら、それってキホン、四つんばいになって「わたしのケツを蹴り飛ばして選挙権をとりあげてください、家父長制さま」って言ってんのと同じだもん。

それから、もしあなたが男子でも、椅子の上に立って「わたしはフェミニスト！」って言うのはよくないんじゃないかとは思わないでほしい。男性のフェミニストは進化の最も素晴らしい最終形態の一種だもん。男性のフェミニストもモチのロンのロンロン椅子に立つべきだ。そしたらわれら女性陣はみんなシャンパンで乾杯して、めちゃくちゃあなたの体が欲しいとか言い出す可能性もある。それからそこにいる間に電球も替えてもらいたいかもしれない。自分でできないから。部品のところにばかでかいクモの巣があるもんで。

はじめて「わたしはフェミニスト」って言った時は十五歳だった。今ここ、この寝室で言ってる。鏡をのぞきこんで、自分が「わたしはフェミニスト。わたしはフェミニスト」って言ってるとこを見てる。

「十八歳になるまでにやることリスト」を書いてから三年近く経ってる時期だった。自分がどういう人間になるべきかについて、徐々になんとなくの計画を組み立て始めてる。まだ耳にピアスはしてないし、体重も減らしてないし、犬も訓練してないし、服は全部いまだにダサい。二番目にいい服はビールを持ったワニのイラストの下に「フロリダの太陽の下で楽しもう！」って蛍光ピンクで書いてあるTシャツだ。腰まで髪の毛をのばして雨のウルヴァーハンプトンを歩き回る、憂鬱《ゆううつ》で太ったヒッピー娘にはとうてい似合わない。正直言って、ものすごい皮肉が進行中って感じだ。

友達もまだいない。ひとりもいない。家族を入れれば別だけど、家族は明らかに違う。家族は、地元の新聞の隙間《すきま》から落ちてくる、スペクトラム１２８K家庭用コンピュータやでっかいラジオを宣伝する**カリーズ**の六ページパンフみたいに、望むと望まざるとにかかわらず無遠慮に人生に入り込んでくるだけだからだ。違う。家族は全然数に入らない。

でも、いい面としては、ひとりじゃないっていうのがある。以前からたくさんの孤独な少女少年がしてるように、本、テレビ、音楽が面倒をみてくれる。魔女や狼《おおかみ》、『**ウォーガン**』のサプライズゲストスターに育ててもらってる。あらゆる芸術は教えるものを持ってると気付く。本を開いたり、テレビをつけてショーを見たりするかぎり、わたしに語りかけたいと思ってる人が山ほどいる。重要情報やアドバイスがつまった大量の電報だ。悪い情報とか誤解に満ちたアドバイスかもしれないけど、少なくとも外の世界はどんな感じかについてのなんかのデータを得ることができる。自分のCNN電報受信機は全開フル稼働だ。入力中！

本が一番強力な情報源に思える。それぞれの一冊がひとつの全人生になっていて、一日で吸収できる。速く読んで、恐るべきペースでいろんな人生を吸い込んでる。一週間に六とか七とか八つもだ。自伝がとくに好きだ。日が落ちるまでに一人イタダキだ。ウェールズの丘陵の農民とか、世界一周した女性ヨット乗り、第二次世界大戦の兵士、戦前のシュロップシャのお屋敷の家政婦、ジャーナリスト、映画スター、脚本家、チューダー朝の王子、十七世紀の**有力政治家**についての本を読んでる。

☆カリーズ：イギリスの電気製品販売チェーン。

☆ウォーガン：BBCで一九八二年から放送されていた、テリー・ウォーガンが司会をつとめるトーク番組。

☆有力政治家：原文では「首相」(prime ministers)となっているが、十七世紀のイングランド政府にはまだ正式な首相は存在しなかったので、おそらくこの文脈では王のもとで政治を取り仕切っていた政府首脳陣を指す。

あらゆる本には属している社会的グループがあるとわかるようになる。まるで決して終わらない図書館のパーティみたいに、本には紹介したい友達がいるのだ。**デイヴィッド・ニーヴン**の『月は風船』に初めて出会った時、**ハーポ・マルクス**のことばかり出てきた。ようやく図書館の「自伝：M」の棚でハーポに出会い、意気投合だ。想像通りすぐに、ハーポがどんなふうに午後を過ごしていたかにたどり着く。ニューヨークの**アルゴンキン円卓**で過ごしていて、そこはカクテル浸りでタイプライターを抱えたダンディにとっては戦前のヴァルハラということになってた。ロバート・ベンチリーとロバート・E・シャーウッドとアレクサンダー・ウルコットのせいで、わたしは**キャンプ**でハチみたいに辛辣《しんらつ》で、下品な罵倒《ばとう》（「こんにちは、ムカつく君」）をエスカレートさせるのが好きな男に一生惹《ひ》かれ続けることになる。

とうとうウルコットを通して聖なるドロシー・パーカーと対面することになる。一九二三年に口紅と煙草《たばこ》と伝説的な鋭い絶望を抱えて、永遠にわたしを待っていてくれたみたいな気がする。ドロシー・パーカーはとんでもなく重要だ。少なくともその時のわたしには、面白おかしいことをする能力がある初めての女性に見えたからだ。他の指と向かい合わせにできる親指の発達とか、車輪の発明と同じくらい、女にとって重要な進化のステップだ。パーカーは一九二〇年代でも、その後の基準でも面白おかしい。わたしは、**ドーン・フレンチ**と**ジェニファー・ソーンダース**と**ヴィクトリア・ウッド**が出てくるまで、他に面白い女なんかいなかったんじゃと思い込んでる。パーカーは女のユーモアのイヴだ。

ロバート・ジョンソンは真夜中に十字路で悪魔に魂を売った後、ブルースを発明した。ドロシー・パーカーはニューヨーク一のカクテルバーで、午後二時にマティーニを持ってきたウェイターに五十セントのチップをあげた後、面白い女を発明した。どっちの性別がサエてるかについては結論を出さざるを得ない。

☆デイヴィッド・ニーヴン：イギリスの映画スターで、英国紳士の役柄で名高かった。『月は風船』は一九七一年に刊行されたニーヴンの自伝。

☆ハーポ・マルクス：有名なコメディアンの家族であるマルクス兄弟の一員で、台詞に頼らない身体的なギャグで有名。後述するアルゴンキン円卓のメンバーだった。

☆アルゴンキン円卓：一九二〇年代にニューヨークのアルゴンキン・ホテルに集い、円卓に座って社交を楽しんでいた文人や芸術家のグループを指す。中心人物は作家のドロシー・パーカー、コラムニストのロバート・ベンチリー、劇作家のロバート・E・シャーウッド、批評家のアレクサンダー・ウルコットなどだった。

☆キャンプ：人工的で過剰なものに面白さや皮肉を見いだす美意識の一種。しばしばゲイコミュニティにおいて重要視されるスタイルであるとされる。

☆ドーン・フレンチとジェニファー・ソーンダースとヴィクトリア・ウッド：いずれもイギリスの女優でコメディアン。フレンチとソーンダースは一九八〇年代末から二人で『フレンチ・アンド・ソーンダース』というコント番組でもパーカーのせいで心配にもなる。パーカーが書いた面白おかしい内容の半分は自殺についてだからだ。面白おかしいってことは、たとえば**ベン・エルトン**にとってそうだったようには、パーカーにとってうまくいってなかったらしい。そしてパーカーの後、女が再び面白おかしくなるには六十年くらいかかったというのは無視できない。パーカーが切り開いた道に続く人はびっくりするくらいいなかった。結局、噂《うわさ》どおり、女は男ほど優れてないんじゃないかと心配になりはじめる。

パーカーの詩「結論」はこんな内容だ。「カミソリは痛い／川は湿っぽい／酸は汚れる／薬は痙攣《けいれん》／銃は違法／縄はたわむ／ガスは臭い／生きたほうがいいかも」。これを読んだ同じ月にシルヴィア・プラスを読み始める。誰もが男と同じくらい優れた作品を残したと認める数少ない女のひとりだけど、ひたすら自殺しようとしてた人でもある。いつも同じ車で事故ったり、過剰摂取したりしてた。これは不安になる。**ベッシー・スミス**にも夢中になってるけど、ヘロインまみれの人生だった。ジャニス・ジョプリンも大好きだけど、六十年代らしく自分を死に追い込んだ。それから、みんなだんだん赤毛だからっていうだけでヨーク公爵夫人につらくあたるようになってきてる。

男に伍《ご》して生きた女のほとんどは不幸で早死にしがちだと気付かざるを得ない。トロくさいが広く世間で言われてる話によると、これは女が危険を冒して男と同じ条件で競うのに根本的に向いてないからだ。おにいちゃん方の領域が扱えないだけだ。ただチャレンジをやめるべきなのだ。

こういう女たちは絶望、自己嫌悪、低い自尊感情、消耗、機会と場所と理解と支援と活動できる背景を何度も繰り返し奪われたことへの苛立《いらだ》ちなどに見舞われて破滅していった。でも、こういう失敗の状況を見ていると、わたしには全員同じ理由で死んだように見える。生まれた時代が間違ってた。過去の時代はいつも女にとって毒にしかならなかったと思いはじめる。前からわかってたけど、ただ静かに事実として受け入れてただけだ。今、再認識したけど、今回はこの事実はもっと鳴り物入りでやってきて、イライラする。

を作っていた。

☆ベン・エルトン：イギリス出身のコメディアンで、『ブラックアダー』のライターのひとりである。

☆ベッシー・スミス：一九二〇年代から三〇年代にかけて活躍したジャズ歌手で、「ブルースの女帝」と言われる。一九三七年に交通事故死している。スミスの墓にはきちんとした墓標が建てられていなかったため、後に出てくるロック歌手ジャニス・ジョプリンが、死後しばらくたってからスミスの生前の知人と一緒に墓碑を作っている。

こういう女たちは男に囲まれて、応援してくれるチームも女のリーダーもいなかった。革靴でいっぱいの部屋をコツコツ通り抜ける唯一のハイヒールだ。新しくて珍しい存在扱いされ、疲れ果ててる。初めからずっと女がわかってることを男に説明し続けなきゃならなくて疲弊し、怒ってる。ミール宇宙ステーションの宇宙飛行士や、初期の移植患者が手術で受け取った心臓みたいなもんだ。たしかにパイオニアだが、続けられない。結局、体が拒否反応を起こす。大気が薄すぎる。うまくいかない。

そうしてとうとう、まさに必要だった時にジャーメイン・グリアを発見する。もちろん、大ざっぱには何の人だか知ってた。車の故障について母さんがあてずっぽうを言うといつも、父さんがため息まじりに「わかったよ、ジャーメイン・グリア。静かにしてくれ」とこたえる。でも、グリアに実際に会ったことはなかった。グリアが書いたものは読んだことがなかったし、話すのを聞いたこともない。尼さんみたいで、でも怒ってて、いつも「正しい」すべきことを指摘しながら何かを厳しく叫んでる人だろうくらいに思ってる。

そうしてテレビでグリアを見た。日記に書いてないので、何のプログラムかはわかんないけど。でも、その日のことはビックリマークの花冠で書いてある。「ジャーメイン・グリアをテレビで見たところ。超いい！！！！！」とのことだ。「おもしろい！！！！！」

グリアは「解放」と「フェミニズム」って言葉を使ってる。グリアは、十五歳のわたしが見たなかで、皮肉をまじえず、見えないカギカッコでやわらげたりもせずにこういう言葉を使う初めての人だと気付いた。こういう言葉を、ちょっと悪趣味でかつ危険であり、屎尿《しにょう》やチフスみたいにトングの先だけでつまんで扱うべきだという雰囲気なしに使ってる。

かわりに、グリアは完璧《かんぺき》に落ち着いて論理的で当然だという様子で「わたしはフェミニスト」と言ってる。長年かけてやってるパズルの答えが見つかったみたいに聞こえる。グリアは当然の権利だという気持ちと誇りを持って言ってる。この言葉は、たくさんの女が人類史の中で戦って勝ち取った戦利品だ。これが過去のパイオニアの失敗に対するワクチンになる。これが宇宙で生き延びるための大気だ。みんながなくしてた部品だ。このおかげで生きられる。

一週間後、わたしも「わたしはフェミニスト」と鏡に向かって言ってみる。トイレットペーパーをまるめたニセ煙草を喫《す》うふりをしてる。**ローレン・バコール**みたいに架空の煙を吐きながら「ハンフリー・ボガート、わたしはフェミニストなの」と言ってみる。

悪態をつくよりもこの言葉のほうがもっとわくわくする。興奮する。頭がくらくらする。

グリアをテレビで見て好きになった今、わたしは自分がフェミニストだとわかった。『去勢された女』を読み終わったとこだ。解放の展望だけに惹かれたんじゃなく、セックスシーンも探してたってことは認めざるを得ない。『**ミュージック・マン**』でユーラリー・マケクニー・シンがバルザックの詩を指して言ってた表現を借りると、これは「ワイセツな本」だとわかってた。ほら、カバーにおっぱいが載ってる。中では絶対ヤってるはずだ。

でも、お行儀の悪いところがある一方で、ロックで育った人にとって一番大事なのは、グリアが女であることについて、男が男であることについて歌うのと同じように書いてたことだ。デヴィッド・ボウイが「ジギー・スターダスト」でジギーを「ジギーは天与のケツを戴《いただ》く／最高にイケてるヤツだった／ちょっとやりすぎだった／でもギターはほんとに弾けた」と描写してる。グリアが自分のことをこう言っててもおかしくない。グリアは天与のケツを戴く最高にイケてるヤツだ。ピアノソロみたいな文章を書き、フェミニズムをシンプルに解釈してる。つまり、あらゆる人がもうちょっとだけ自分みたいになるべきだってことだ。役立たずの古くさい駄法螺《だぼら》はバカにする。新しく、速く、自由に。笑って、セックスして、ボーイフレンドから政府まで、もしバカだったり間違ったりすることがあれば恐れず非難する。デカい声で。ロックみたいに！

☆ローレン・バコール：一九四〇年代から二〇一四年に亡くなる直前まで映画や舞台で活躍していたハリウッドスターで、ハンフリー・ボガートと公私ともにパートナーだった。低い声を生かしたタフな女性の役柄を得意としていた。

☆ミュージック・マン：一九五七年にブロードウェイで初演されたミュージカル。アイオワ州の田舎町で詐欺師の男が引き起こす騒動を描いた作品である。

さらに、『去勢された女』は誰かが部屋、つまりわたしの部屋に走って入ってきて、「うおーっ！」と叫んで、キンキンキラキラを連続砲撃したみたいな作品だ。グリアは絶好調で活動してる人らしい止まらないスピードを持ってる。そうしてグリアには、誰も以前には言ってなかったことを自分が言ってるという発見からくる、びっくりするような嬉《うれ》しさがある。自分が新発生の気象前線だとわかってる。嵐《あらし》が来るのだ。

言ってることは半分くらいしかわからなかった。十五歳では、職場の性差別とか、男の女に対する嫌悪とか、あともちろんわたしがそもそもこの本を書く気になった動機である、しこしこなでなでしてもらいたがってるペニスなんかにはまだ出会ってなかった。この本の半分くらいはえらく混乱するような内容だった。グリアの男に対する怒りと、自分自身に期待を抱かず弱くなっている女たちへの信頼が組み合わさった感情は、わたしの考え方にとってはずいぶん目新しいものだ。だいたいにおいて、わたしは自分たちはみんな、できるだけ互いにうまくやろうとしてる「連中」だと思ってるからだ。

実のところ、ひどく一般化するのはよくないと思うけど、世間のほうについては、なんかそうは思ってないんじゃないか、とわたしはひとり思う。

でも、この本、そこに出てくる世界は間違いなくスリルそのものだ。ジャーメインのおかげで、女、つまり一線から外され、悪し様に言われ、黙らされ、押しつぶされた性別であることが、突然素晴らしいものに思えるようになる。二十世紀は新しいものに夢中の時代で、女は一番新しいものになるとわかった。いまだにセロファンに包まれ、箱にたたんでしまわれていて、歴史上長いこと死んだふりしてきた。でも今やわれわれは新種だ！　新しい熱狂！　チューリップ、アメリカ大陸、フラフープ、月ロケット、コカインだ！　わたしたちがするあらゆることが、なんとなくスゴいことになるのだ。ファンダムに入った気分だ。ヒーローが言うことなすこと全部をただ信じ、ヒーローが出す蛍光プロペラストリームを疑問も抱かず追いかけるという、ちょっと無精だけど、全部スリリングな決断をする。このヒーローはわたしを傷つけない。突然ショッキングなやり方で、たぶんわたしを嫌ってると明かすことはない。レッド・ツェッペリンの裏方が未成年のグルーピーに、目と鳥と水夫で飾った「精液飲みます」っていうラミネートを渡してたとか、「朝ご飯のおとうさん」ことフランク・**バフ**がSMにはまってたとか、そういうのを知った時とは違う。

やわな十代の女の子には、魂にいい影響を及ぼす珍しいヒーローだ。

もちろん、あとになってから、わたしはグリアが言ったことに反対できるくらいグリアっぽくなった。グリアは八〇年代にはセックスなしになったし、女子学寮であるケンブリッジ大学ニューナム・コレッジにトランスセクシュアルの講師が選出されたのに反対したし、男から女になったトランスジェンダーの人に対して妙なこだわりを抱いているし、一番問題なのは『ガーディアン』のコラムニスト、**スザンヌ・ムーア**の逆立った髪の毛に「鳥の巣ヘアとケツ揺れ靴」だと言ってケンカを売ったことで、こういうのは悲しくなった。わたしは逆立ててふくらませたヘアスタイルが好きだ。

でも十五歳の時、『去勢された女』を読み終わるまでに、わたしは女であることにすごくわくわくするようになっていたので、もし男の子だったとしても寝返ってたと思う。

一九九〇年、十五歳半で、まるでフツーの人たちが「**大金持ちだぞ！**」とか「**ロドニーのバカタレ**」とか「**クマを追え！**」みたいに言って回るような調子で、「わたしはフェミニスト」と言って回ってた。自分は何者なのかちょっとわかったんだ。

でも、もちろん、「わたしはフェミニストか？」と自問してる人もいるかもしれない。わたしも違うかも。わかんない！　わたしもまだなんだかわかんない！　ちゃんとわかるにはわたしはポンコツでハチャメチャすぎる。カーテンポールもまだちゃんと直ってないのに！　女性解放運動活動家なら

☆フランク・バフ：BBCで朝のニュース番組『ブレックファスト・タイム』を担当していたキャスター。一九八〇年代にセックスとドラッグが絡んだスキャンダルでBBCをクビになった。

☆スザンヌ・ムーア：イギリスの大手新聞『ガーディアン』などにコラムを書いているジャーナリストで、フェミニスト。一九九〇年代半ばにグリアと論争した。

☆大金持ちだぞ！：原文は"Loadsmoney"で、一九八八年にコメディアンのハリー・エンフィールドがリリースした歌のタイトルである。

☆ロドニーのバカタレ：一九八一年から二〇〇三年までBBCで放送されていた人気シットコム『馬鹿と馬だけ』からの引用。登場人物であるロドニーが失敗すると、兄であるデルが弟をバカ呼ばわりするのがお決まりの展開である。

☆クマを追え！：ビールブランドで、クマのマスコットを用いているホフマイスター・ラガーの広告用キャッチフレーズ。

そんなこと解決する時間はない！　いろいろありすぎる。どっ、どういうことなの？
まあ、そういう気持ちになるのはわかる。
そういうわけで、自分がフェミニストかどうかわかるための簡単な方法をご紹介。パンツに手をあてて。

（1）ヴァギナはありますか？
（2）ヴァギナについては責任を持って自分の好きなようにしたいですか？

両方「はい」なら、おめでとう！　あなたはフェミニストです。

「フェミニズム」って言葉を取り戻す必要があるんだもん。めちゃくちゃ切実に「フェミニズム」って言葉を回復する必要がある。アメリカ女性の二十九パーセント、イギリス女性の四十二パーセントしか自分をフェミニストだと思ってないっていう統計が出た時、わたしはこう思った。女性の皆さん、フェミニズムをなんだと思ってるの？　「女性の解放」の何が気に入らないの？　女性の選挙権？　結婚した相手の男に所有されない権利？　男女同一賃金キャンペーン？　マドンナの「ヴォーグ」？　ジーンズ？　こういうステキなあれこれなんちゃらが全部**気に障るの？　それとも調査の時べろんべろんに酔ってただけ？**

　でも、今ではわたしはずっと冷静になってる。女がフェミニズムに反対するのは実質的に不可能だと気付いたのだ。フェミニズムなしでは、社会における女の地位について議論することすら許されない。便所に生石灰を撒《ま》いて掃除するのに戻る前に、男どものカードゲームを邪魔しないよう木のスプーンを食いしばって耐えながら、台所の床で出産するのに忙しすぎるだろうから。このせいで、

『**デイリー・メイル**』の女コラムニストが毎日フェミニズムに文句垂れてるのを見ると笑える。これで千六百ポンドももらってるってんでしょ。それでその金はあんたの夫じゃなくて自分の銀行口座にいくんでしょ。より多くの女が声高にフェミニズムに反対するほど、フェミニズムが存在することも、そのおかげで苦労の末に勝ち取られた権利を楽しく使ってることも、よりはっきり証明されるだけだ。

みんなフェミニズムにひどい扱いをして正当性を認めようとしないけど、「フェミニズム」はそれでもわたしたちが必要とする言葉なんだもん。他の言葉じゃダメだ。じゃあ率直にいこう、他には言葉がない。「ガールパワー」はあるけど、**ジェリ・ハリウェル**がやってるサイエントロジーのなんかの宗派にはまってるみたいに聞こえる。過去五十年間で、「ガールパワー」だけが「フェミニズム」って言葉のライバルだったとは、女性にとってはひどく悲しくなってしまうようなことだ。だってP・ダディは四つも名前があるのに、たったひとりの男にすぎない。

個人的に、「フェミニズム」って言葉だけでは十分じゃないと思う。とことんやる気だ。「どぎつい」って言葉と一緒に取り戻したい。そっちのほうがセクシーな感じがする。あまりにも長いことひどすぎる状態だったんだから、正しく復帰させなきゃならない。わたしたちを虐待するために使われてきたんだ！　ちゃんとこの言葉を使って反撃しよう！　黒人コミュニティが「ニガー」という言葉を回復したのと同じように、「どぎついフェミニズム」って言葉を取り戻したい。

「行け、わがどぎついフェミニスト！　男女の弁証法的二分法がターゲットだ！」と、バーで友達に叫び、みんなわたしたちのとんがった本気の様子にうなずく。シャンパンとかハンドブレーキターンとか**ヘルター・スケルター**と同じくらいわくわくする言葉だ。

今、フェミニズムって言葉があまり使われてなくて、悪口ばかり言われてるおかげで余計セクシーに聞こえる。ひとりでトップハットの流行を復活させようとしてる人になるみたいな感じだ。これを使うとどんなにセクシーになるかひとたびわかれば、みんな欲しがるようになる。

☆デイリー・メイル：イギリスのタブロイド紙で、論調は右寄り。

☆ジェリ・ハリウェル：「ガールパワー」を象徴するグループとされていたスパイスガールズのメンバーで、グループ在籍中はジンジャー・スパイスと呼ばれていた。

☆ヘルター・スケルター：もともとはイギリスの遊園地によくあるらせん形滑り台のアトラクションを指す。一九六八年にビートルズが同名の楽曲を発表し、非常に有名になった。

「男女が平等な世界を作る」ことを示す、史上唯一の言葉が必要なんだ。女がこれを使いたがらないってことはすごく悪いサインだ。一九六〇年代に、黒人の人たちが公民権に「あまりノらない」と言うのがオシャレだったらと想像してほしい。

「ダメだよ！　公民権には気がノらない！　あのマーティン・ルーサー・キングは叫びすぎ。正直、頭を冷やしたほうがいいよ」

でも、わたしにはどうして女が「フェミニズム」って言葉を嫌がり始めたかもわかってる。あまりにも頻繁に、困っちゃうほど不適切な文脈で引き合いに出されまくるようになってたもん。フェミニズムの芯《しん》にある目的にしっかり気付いていなくて、周りの会話からただわかろうとしてるだけだったら、なんかめざましく面白みがなくて男嫌いでお寒いおためごかしが合わさったやつだと思い込むかもしれない。カッコ悪い服装でいつも怒ってて、まあ正直言ってセックスがないという意味だ。

たとえば、清掃業者がこっそり考えてることを載せた二〇一〇年の『ガーディアン』のコラム「わたしが本当に考えていること」をあげてみよう。

> 時々…わたしはこの仕事の皮肉について考えます。たとえば、男性の服のためのアイロンかけとか。家庭生活から逃れることを目指し、女性は夫のシャツのアイロンかけを拒んでいます。おめでとうございます。あなたのフェミニズム的行いにより、その仕事は他の女に降りかかることになり、その女は地位が違うということになるんです。

こういう考えが出てくるのを何度も見たことがある。ちゃーんとしたフェミニストは自分で掃除機をかけるとか、ジャーメイン・グリアは自分でトイレ掃除をするとか、**エミリー・ワイルディング・デイヴィソン**は**ミスター・マッスル**・オーヴァン・クリーナーを使ったばかりのまだ手がガサガサの状

☆エミリー・ワイルディング・デイヴィソン：女性参政権運動家。一九一三年のエプソム・ダービー開催中に参政権獲得のための抗議活動を行い、走っている馬の下敷きになって死亡した。

☆ミスター・マッスル：SCジョンソンが出している洗剤のブランド。

態で馬の下に身を投げたとか。これに基づいて判断したら、どんだけの女が、清掃業者を雇ってるから自分はフェミニストにはなれないと、ため息をつきながら結論づけなきゃならなくなると思う？

　でももちろん、家事の手伝いを雇うのは他の女を抑圧してる女だってことにはならない。だって女がホコリを発明したんじゃないもん。やかんに積もったねばねばした残りカスは女のヴァギナから出てきたわけじゃない。ディナーの皿をトマトソースや魚フライのパン粉やマッシュの残りで埋めるのはエストロゲンじゃない。わたしの子宮は階段を駆け上がって子供服を床中に全部散らかしたり、階段の手すりにジャムをつけたりはしない。それにグローバル経済が家事を女に押しつけてる原因はわたしのおっぱいじゃない。

　散らかるのは人間が抱える問題だ。家庭は皆の関心だ。男の清掃業者を雇ってる男は単なる雇用をしていると思われるだけだ。いったいどういうわけで、女の清掃業者を雇ってる異性愛者のカップルがフェミニズムに対する裏切りだってことになるのかは、すごくわかりやすいとは言えない。まあ、あなたがなんとなく、家庭の維持について以下のことを信じてるのでなきゃってことだけど。つまり、家事は、

（1）議論の余地なく女の責務であり、さらに
（2）決して金のためではなく、愛のためだけに行われるものでなければならない。どういうわけだか所帯の魔法を「台無しに」してしまうからだ。まるで皿が家の女主人じゃなく、雇った手伝いに洗われてると自分でわかってて、「とても悲しく」なるかのように。

　これは明らかに、専門用語で言うと、ぜんぶしょうもねえ駄法螺だ。世の中の他のあらゆることについてはお金を払ってしてもらうことができる。皮膚の色が黒っぽすぎると考えた場合に自分の肛門《こうもん》

を漂白してもらえる場所すらある。まあいい。お金のために、誰かが尻《しり》の穴に漂白剤をあててマリリン・モンローみたいに見えるようにしてくれるだろう。自分の土地に地雷があれば、誰かにお金を払い、命を危険にさらして除去作業してもらうこともできる。人がお互いの鼻の軟骨をぺしゃんこになるまで拳で殴り合うところを見たければ、ケージファイトを見に行けばいい。屎尿《しにょう》をくみ取って運んだり、傭兵になったり、ブタの性器をいじって壺に射精させる仕事をする人だっているのだ。

　でも、どういうわけだか、こういうあらゆるビビっちゃうような仕事がある中で、北ロンドンに住んでる女が家を掃除してくれる人を雇うのはいまだにおかしいとされてる。

　十六歳の時、わたしは清掃業者だった。ウルヴァーハンプトンのペン・ロードで、大量の羽目板がある家に住んでる女性の家を掃除してた。わたしみたいな資格（つまり何もない）の人でも、湯水混合蛇口のまわりに**ヴィム**洗剤をかけてたたいたり、フォークで電気ケトルの**石灰ウロコ**を割るだけでお金が稼げるなんでワクワクした。二十年後、今ではうちにも清掃業者が来てる。

　そして、清掃業者を雇うのはフェミニズムとは何の関係もない。もしミドルクラスの女が別の女を雇って掃除をさせることでアンチフェミニズム活動に従事してるとしたら、もちろんミドルクラスの男が、男の配管工を雇うのも階級的抑圧に従事してることになるよね？　フェミニズムは「ポリティカルコレクトネス」が抱えてるのとまったく同じ問題を抱えてる。何を意味してるのか本当はよくわからずにみんなこの言葉を使い続けてるってことだ。

　友達のアレクシスは最近、店の玄関に座って朝の九時七分に**ケストレル**の缶からビールを飲んでる「路上の紳士」に出会した。

「ハハハ！　オレはあまりポリコレじゃないぞ！」とその浮浪者は言いながら、乾杯のつもりで缶を振り上げてたそうだ。

　もちろん、ブライトンのウェスタン・ロードにある**プライマーク**の外で朝九時に酔っ払うのは、ポ

☆ヴィム：スポットレス・グループが出している洗剤のブランド。

☆石灰ウロコ：イングランドの多くの地域では水が硬水なので、電気ケトルなどにうろこ状の水垢が付着しやすい。専用の洗剤などでこれをきれいにする必要がある。

☆ケストレル：スコットランドのビールブランド。

☆プライマーク：アイルランドの衣服小売チェーン。ヨーロッパ中に展開している激安店である。

リティカルコレクトネスとは全然関係ない。誠意をこめて言うけど、おじさん、あんたは浮浪者でべろんべろんになってるだけだ。**ポリー・トインビー**やバラク・オバマやBBCを侮辱してるわけでもない。でもたくさんの人がこの浮浪者の「ポリティカルコレクトネス」の定義には賛成するかもしれない。つまり、「ポリコレ棒軍団」によって「禁止」された、なんかもやっと危険そうな楽しいこと全部ってことだ。ポリティカルコレクトネスの実際の定義では全然違ってて、礼儀正しさを形式化するってことに意味がある。かつては「パキ」とか、わたしが十五歳の時に建設業者に言われた「デカパイパイ」みたいな、とんでもなくひどい言葉が投げつけられてたところでまともな礼儀を定めるってことだ。

「フェミニズム」を「なんか女のことなんでも」と混同してる人が一世代ばかりいる。「フェミニズム」が「現代女性」と完全に互換可能だと思われてる。ある意味では、フェミニズムがなしてきたことの明るい遺産だけど、他方では政治的、語彙《ごい》的、文法的混乱でもある。

　過去数年、フェミニズム――つまり念のために言っとくと女性解放ってことだけど――、は以下のようなことで責められてきた。摂食障害、女性の鬱《うつ》、離婚率上昇、子供の肥満、男性の鬱、女性が受胎可能年齢を過ぎてしまうこと、中絶増加、女性の飲み過ぎ、女性による犯罪の増加などだ。でもこれはみんな女に関係があるだけで、政治運動としての「フェミニズム」には全然関係ない。

　最も皮肉なねじれ現象として、フェミニズムが、女が男同様自由に、フツーに、気取らずふるまうのを妨害する傾向にサオさす…いや、サオはこの場合不適切に男根中心的だから、たぶん前の章にあわせて「繁茂させる」とかのほうがいいかもしれないけど、まあとにかく妨害を強化するものとしてよく使われてるってことがある。極端な場合だけど、女が男同様自由に、フツーに、気取らずふるま

☆ポリー・トインビー：イギリスのジャーナリストで、『ハードワーク　低賃金で働くということ』椋田直子訳（東洋経済新報社、二〇〇五）などの著者。

うのをすすめるだけで他の女に対する破壊行為だとか言われることがある。

たとえば文句を言うことだ。フェミニストはお互いについて文句を言わないことになってるという思い込みが流通してる。

わたしが他の女をこき下ろすと、「あまりフェミニストらしくないよ」と言う人がいる。**ジュリー・バーチル**がカミール・パーリアをけなしたり、ジャーメイン・グリアがスザンヌ・ムーアをバカにした時、「姉妹の絆《きずな》はどうしたの?」って叫ぶ人がいる。

ええっと、個人的には、フェミニズムのおかげでここまで来たかぁと思うけど…でも文句を言えるようにならなきゃ。いつからフェミニズムが仏教と混同されるようになったわけ? 一体全体、わたしが女だからってだけでみんなに**優しく**することになってんの? そして、なんで女が他の何よりもいつもお互いに「可愛らしく」相手を「後押し」するようとくに気をつけなきゃならないの? この手の「姉妹の絆」に関する考えは、率直に言って、非論理的だと思う。ブラをつけた他人に会っても、二十パーセントの「性器共通性シンクロボーナス」とかが出るわけじゃないんだし。お互いフェスの長いほうのトイレの列に並んでるかどうかには関係なく、バカタレはバカタレだもん。

女の足を引っ張るのはいつも**他の女**で、お互いの文句ばかり言ってると主張したい人がいたら、わたしはそういう人は煙草休憩の間の口頭キャットファイトをひどく過大評価してると思う。こずるい感じで「あの子、髪の上がちょっとまとまってない」とか言ってるせいで、三十パーセントの男女賃金格差を縮めたり、女が取締役会に入ったりするのが止まってるわけじゃない。正直、何十万年かけて染みこんだ社会的、政治的、経済的ミソジニーと家父長制のせいだって可能性のほうがずっと高いでしょ。誰かが穿いてる似合わないズボンについて冗談を言うより、ちょっとはそっちのほうが強力だもん。

時間に余裕がなくて即座に判断しなきゃならない時、性差別的な駄法螺が進行中かどうかだいたい

☆ジュリー・バーチル:イギリスのジャーナリストで、フェミニスト。高等教育を受けず、若くして『ニュー・ミュージカル・エクスプレス』のライターとして名を馳せた。パーリア同様、コントロヴァーシャルな人物である。

判断する基準がある。もちろん百パーセント確実じゃないけど、だいたいちゃんと正しい方向に導いてくれる。

この質問をしてみて。「男もこれやってる？　男も同じくこれを心配してる？　男の時間をとるようなこと？　男も『味方の足を引っ張る』からこれをしないように言われる？　男もこのイライラして時間をくうとんまな駄法螺についてしょうもねえ本を書かなきゃならないようなことになってる？　このせいで**ジェレミー・クラークソン**が不安になったりする？」

だいたいいつも、答えはこうだ。「いいえ。男はとくにどうあれとかは言われてない。ただやってるだけ」

男は、自分が何か言った時、他の男を抑圧してるとかなんとか言われることは少ない。男は、自分について文句を言う他の男がいても完璧にちゃんと対処できると考えられてる。これに基づき、わたしは女も、自分について文句を言う他の女がいても完璧にちゃんと対処できると思う。お互いに対してイヤなことをするっていうことでは、われわれも本質的に男と同じだからだ。

別にこれは、みんな互いに文句ばかり言って、人生や衣服や精神が目の前で破壊される二十四時間こきおろし会の毎日を生きろってすすめてるわけじゃない。「礼儀正しくせよ」という、一番重要な人間性の指針をいつも思い出さなきゃならない。礼儀正しくするのはたぶん地上で暮らすにあたり、みんなが毎日できる最大の貢献だ。

でも同時に、「男もこれをやってる？」は土壌にひそむミソジニー胞子を探知するいい方法だ。この土壌は他の点では、哲学を育てるにあたって完璧に肥沃で安全なところだ。

「男もこれをやってる？」原則により、わたしは結局、女性のブルカ着用に反対すると決めた。うん、これは品位を保ち、単なる性的対象物じゃなく人間として見なされるのを確実にするためのものだ。確かにそうだ。でも誰から守られてるんだろう？　男だ。そして、ルールに従い、正しい服を着てい

☆ジェレミー・クラークソン：イギリスのテレビ司会者で、BBCの自動車番組『トップ・ギア』の司会として有名。たびたび差別発言や交通安全をないがしろにするような言動で物議を醸し、二〇一五年にプロデューサーに対するハラスメントで『トップ・ギア』を降ろされた。

るかぎりは、誰が男から守ってくれるんだろう？　男だ。そして、そもそも女を自分同様の人間じゃなく、性的対象物にすぎないとみなすのは誰だろう？　男だ。

　うん。これは全部本当にすごく男のせいで起こっている問題に見える。間違いなく、「百パーセント男が片付けなきゃならない問題」っていう見出しを付けて出せる。なんで突然、状況改善のためにわれわれ女が頭になんかのっけなきゃならないのか、わかんない。本当に心からこの装備が好きで、ひとりで『イーストエンダーズ』を見てる時も着たいというなら別で、その時は続けてください。わたしは礼儀正しいのでその選択を尊重する。どっちの選択肢もあやしい二択を押しつけられてるんじゃなく、ほんとうにそうしたいとわかってるかぎりはなんでもしていいと思う。

　フェミニズムの目的は、特定のタイプの女を作ることじゃないんだもん。女に本来ダメなのと本来いい「タイプ」があるって考えは長いことフェミニズムをダメにしてきた。ふしだら女とか、うすのろ女とか、がみがみ女とか、清掃業者雇用女とか、子供とおうちで主婦女とか、ピンクの**オースティンミニメトロ**に「妖精《ようせい》の粉で動いてます」っていうバンパーステッカー貼ってる女とか、ブルカ女とか、頭の中では『**Scrubs〜恋のお騒がせ病棟**』のザック・ブラフと結婚しててキャスト全員が見守る中救急車内でセックスして最後で拍手までもらうふりが大好き女とか、そういうのは「われわれ」は受け入れられないという考えだ。あのね、フェミニズムは皆さん大歓迎だよ。

　フェミニズムって何？　どんだけイカれてて、ウスノロで、勘違いしてて、服が格好悪くて、太ってて、退行的で、怠け者で、ひとりよがりだろうと、女は男と同等に自由であるべきだっていうだけの信念だ。

　あなたはフェミニストですか？　ハハハ。もちろんそうでしょ。

☆オースティンミニメトロ：一九八〇年代から作られていたイギリスの小型車。

☆『Scrubs〜恋のお騒がせ病棟』：二〇〇一年から二〇一〇年までアメリカで放送されていた医療もののコメディドラマ。ザック・ブラフは主人公の医師の名前である。

第五章　ブラが要る！

How To Be a Woman

もちろん、フェミニズムのおかげでこのへんまでは来られたとしても、まあそれから買い物にも行かなきゃならない。ここでは、『セックス・アンド・ザ・シティ』的買い物観の話をしてるわけじゃない。つまり、ショッピングは楽しくて、新しい刺激を与えてくれる、ちょっと瞑想《めいそう》みたいな経験だっていう立場に立ってるわけじゃないのだ。**トップショップ**でサイズ12のデニムレギンズに片足を突っ込んだままになっちゃうようなやつのことを話してる。個人的に、女は買い物が「好き」だってことになってるのはひどく奇っ怪な考えだと思う。わたしが知ってるほぼあらゆる女は、ハイストリートで四十五分シャツを探した後には泣きたくなり、どうしてもジーンズを見つけなきゃならない悲しい機会にはジンをすごい勢いで飲みまくりたい気分になる。

ダメだ。「買い物」っていう時、わたしは「出かけて本当に必要なものを買うこと」を指してる。つまりパンツとかだ。十五歳の時にはパンツが必要だったからだ。すごくパンツが必要だった。家父長制を粉砕して「わたしはどぎついフェミニスト」タトゥーを入れる準備はできてたかもしれないけど、もし下着の引き出しの中身を誰かに見せることに関係があるとかなんとかならそういうわけにはいかない。わたし何言ってんの？　下着の引き出しすらないんだった。パンツ、ベストが二枚、タイツ二本、スカート一着、Tシャツ三枚、ボロいセーターたった一枚が、ベッドの下の段ボール箱に

☆トップショップ：イギリスの衣料小売チェーン。日本にもかつては店舗があったが、今はない。

入ってるだけだ。「下着」らしいものは全然持ってるとは言えない。

かわりに家族の遺産がある。十五歳の時には、ウォーストーンズ・ロードのちっぽけな古い服屋で買える服が着られなくなるくらい大きく成長してた。この店では、子供のパンツが壁いっぱいの大きな木のタンスに入ってて、まるで量り売りのハードキャンディとかラムチョップ四分の一ポンド分みたいに、正しいサイズのやつを紙袋に入れて手渡してもらえる。

それで、うちは新しい大人のパンツを買うには貧しすぎたので、かわりにモラン下着遺産を受け取ることになる。母さんの古めかしいデカパンツを四枚もらう。洗濯ロープにかけてあって、五歳児が引っ張りたがるようなやつだ。ボールド洗剤で何度も湯洗い攻勢をかけられたせいで、前は明るいピンクだった縞《しま》がすっかり薄い影になってる。原子爆弾の爆心地では、人の影が灰色に壁に残るっていう話を思い出す。

さらに、腰のゴム紐《ひも》はまだらみたいにようやくパンツの本体についてるような状態だ。旗みたいに伸びきったゴムにぶらさがってる。パンツの中でパーティがあったけど一切誰も招待されてなかったみたいな感じだ。

とくに下品な子供ってわけじゃなかったけど、母さんの古いパンツを穿くことですごく気持ち悪くなるとかいうことはなかった。結局、ばあちゃんが死んだベッド、しかもマットにばあちゃんの体のせいで残ったでっかいへこみの真ん中に寝てて、ナイトガウンにばあちゃんの幽霊を着てるという事実に比べれば、たいしたことじゃない。

キャズと庭に座ってたある日まではたいしたことじゃなかったんだけど。

キャズとわたしは、眠ってる二歳のシェリルに、炭のかけらで口ひげとあごひげと一本眉《まゆ》を静かかつやさしく描く作業にとりかかってる。

キャズがシェリルのほうを顔で示してこう言うまでは、牧歌的なもんだった。イヤそうに、かつ藪をつついてヘビを出すような調子で言ったんだけど、こういうことのおかげでキャズとすごしたわたしの思春期はずいぶんタノシイことになったもんだ。「ねえ、たぶんあの子を妊娠した時、母さんはあんたのパンツを穿いてたよ。たぶん父さんが母さんからそのパンツを引きはがしてシェリルができたんだ。父さんがムラムラしてたんだよ。あんたのパンツにね」

　もちろんその後、わたしはキャズを殴る。力一杯殴ったせいでキャズは後ろ向きに倒れた。

「ヘンタイ！」とわたしは叫ぶ。「ヘンタイ」はうちの新しい言葉だ。わたしたちは皆大変な読書家で、たぶん速読家だ。最近「パラダイム」(paradigm)って言葉も使えるようになったけど、綴《つづ》りどおり「パラディグム」って発音してた。独学には欠点もある。でなきゃテンケツかも。たぶん速読しすぎてるし、正しいほうを教えてもらえることも全然なかった。

「チンコヅラ！」キャズは叫んで、カンガルーみたいにわたしを蹴りつける。映画だったら、母さんが三週間前に撮った、わたしたちがナイトガウン姿で踊り場に立ってハグしてる写真がフェードインして静かに燃えて灰になるところだ。和親条約は一年の間、反故《ほご》になる。

　でも、わたしの動揺はその午後だけで終わった。落ち着いて考え直し、そのままこのパンツを穿き続けるしかなかったし、あと四年も長いパンツ不作年を生きることになる。他に全然選択肢がなかった。すっごくすっごく貧乏なのがサイテーな理由はたくさんあるけど、ひとつはこれだ。悪夢を見るようなパンツを穿いて暮らさなきゃならない。

　下着っていうのは、主にパンツとブラだけど、ペティコートとか靴下、「コントロール用衣類」も含んでて、女であることに特化した専門家用の衣類だ。女にとっては、消防士のジャンプスーツとかヘルメット、あるいはピエロのどた靴に等しい。女であるという「仕事」のためにこういうものが必要だ。技術上の要請で必要だ。つまり、あらゆる女には違いがあるけど、だいたいの場合、そしてとくにバスに乗ろうと走るとか、襟ぐりの深いドレスを着るとかいうことがある日は、一日を生き延びるのにブラがなきゃならない。そうでないと、急に速歩になる時、ストリッパーのタッセル回しみたいにひどく揺れてまるで胸同士がケンカでもしてるように見えたり、通行人にうっかり催眠術をかけたりしないよう、自分のバストをつかまなきゃならない。やったことがあるけど、ひどいもんだった。

同様に、旅行番組『あなたがここにいたとしたら…?』のジュディス・チャーマーズがパンツを全然穿かないのは有名だ。アクロポリスを登る時すら穿いてない。ほとんどの人はパンツを穿かないこと固有のリスクについて知ってると思う。うん。クモが足をのぼってきて体内に巣を作り、大事なところに卵を産むかもしれない。学校で会ったエマ・パリーが知ってた女の子のいとこに、レスターでそういうことが起こったそうな。クモの幼虫が産まれた時、空腹だったのでその人のケツ毛を食べたらしい。脅えてわたしのことを見ないでよ。ただ一九八六年のウルヴァーハンプトンで大ニュースだったことを伝えてるだけなんから。その時は全国ニュースになってないことに驚いたもん。

すごくはっきりおわかり頂けたと思うけど、パンツなしで暮らすのは女にとって危険すぎる。


四年半もの間ずっと母さんのパンツを穿いてたので、女になるにあたり経験しなきゃならない必須科目はずいぶん落とすことになった。女は下着姿でもきれいに見えることになってるのだ。若いギャルはパンツをキメなきゃならない。ブラも完璧《かんぺき》でないと。つまり、女は下着姿が一番いいっていう仮説が広く信じられてる。

正直言って、まあ、だいたいそうだ。これは、やわらかくて穏やかで丸いほうの性別が持ってるありがたくない才能だ。パンツとブラを本当にずいぶんときれいにふくらませることができる。中程度まともなおっぱいと中程度まともなブラがあれば、残りは床に落ちて猫に襲われた子供のおやつ用ブラマンジェみたいでも問題ない。みんなブラのおっぱいしか見ないもん。簡単な技術で相当な効き目

☆ジュディス・チャーマーズ：イギリスのテレビ司会者で、一九七四年から二〇〇三年まで放送されていた旅行番組『あなたがここにいたとしたら…?』は代表作である。

の魔法を使うことができるもんで、まったく釣り合いがとれない。病者を癒やすとか複雑な方程式を解くとかじゃなく、ブラ姿で座って、ときどきはちょっといい感じで揺れればいい。

もちろん、下着一式っていうのは、年代や文化を超えて、ほとんど全部がセクシーに見えるっていう事実がある点で注目に値する。これはまったく、どんでん返しみたいなすごいことだ。『**メン・イン・ブラック**』のウィル・スミスの言葉を借りてわかりやすく言い換えると、このしょうもねえものの見映えを向上させてる。

☆『メン・イン・ブラック』：一九九七年のアメリカ映画。ウィル・スミスとトミー・リー・ジョーンズ主演で、地球に訪れた宇宙人の痕跡を隠す仕事をしている黒服の男たちの活躍を描く。

良き下着、つまりあまりにもすばらしいのでフランス語っぽく「ランジェリー」とか言いたくなるような下着の魔法は無限だ。「特別なお客様」にしか業者が売らないというオリンピックレベルのすっごくいい下着を手に入れると、ストレートの女がストレートの女に振り向くようになる。

かつて、友達のヴィッキーとストリップクラブに行き着いたことがある。長い話なんだけど。ま、第九章でだいたい話しましょ。でも、午前一時くらいにマリーナっていうストリップダンサーがプライベートダンスをしてくれた時、三分くらいでもう頭がくらくらしてきた。下着がすごすぎて失神するかと思うレベル。マリーナの素晴らしい白雪姫みたいなお尻《しり》が、プレゼントみたいに赤色のサテンに包まれてて、リボンタイが腿《もも》まで垂れてる。マリーナが酔っ払った様子で笑いながら体を左右に揺らす。マリーナの肌の上で生地がかすかにサラサラいうのに耳をすますので精一杯だ。サイドブレーキみたいにリボンを引っ張って、顔のすぐ横で突然マリーナが震えて止まるようにしたらどんだけすごいだろうということ以外何も考えられなくなる。

マリーナは明らかに同じ考えだった。ウォッカで酔っ払ったマリーナが歯でリボンを引張れとわたしたちに頼んだ直後、セキュリティが入って来て大声で「触らないで！　触らないで！」と叫んだ。

マリーナはブスっとした感じでわたしたちから離れた。女の子の楽しみはおしまいだった。クラブからよろよろ出てきた時、わたしの頭はねばっこいやや辛口シャンパンと、マリーナの緊急警戒レベル第三度下着引き出しがあわさったもので殴られたような感じだった。

そういうわけで、ちょっとランジェリーを讃美《さんび》する歌を歌おう。タンスの上の小さい引き出しについての聖なる詩を暗唱しよう。ストッキングは黒かったり、シーム入りだったり、シアーだったりして、すぐに、自発的に、立ったままでもセックスできる。たぶん「じゃあこの小包にサインしてほしいんですか?」と言ってる時ですらできる。

ピーチサテンのフランス製パンツは後ろ側の上まで飾りひだがついてる。キャミニッカーズはとんでもない色で、バスクの下で光ってる。カワセミ色とか、バラ色とか、金色だと床の上に置いた結婚指輪みたいだ。泡立つ雲がかかった卵白色のチュールの喜びだ。オイルが広がるように絹が体の上をすべり落ちる。透けたレースから血の流れまで見える。ふくらはぎから腿まで黒い線が通ってる。肉がかぎホックの下でふくれる。引き裂かれたボタン。服のへり。

小さいピンクのバラがついたオーガストブルーのペティコートと、黒いサスペンダーを持ってるけど、他にわたしが持ってるたいがいのものよりも、この服のおかげで嬉《うれ》しい気持ちをどっさり味わえる。わたしのワードローブやセクシュアリティはたいがい一九五〇年代の、ノドを鳴らす猫みたいで、SMっぽくて、楽しいソフトポルノ絵葉書によって作られてるけど、この下着はそういうものを具現化してる。それだけじゃなく、着るとすっごく細く見える。下着を着るとよくこれに気付く。着ると一番いい気になれる服こそ必要なものだ。

こういう服を着るとどんだけステキに見えるか、世界が知ってくれたらいいのに。

でももちろん、そういうことだってよくある! 下着を輝かしく着こなせる能力は女にとってカギになる才能なので、誰が一番得意か判断する競争まである。ミス・アメリカとか、ミス・ワールドとか、ミス・インターナショナルとか、ミス・ユニヴァースとかだ。そっちのほうがいいならいくらでも「水着ラウンド」とか呼べばいいけど、本当の意味はみんなわかってる。「ブラパンツラウンド」だ。

史上初のミス・ワールドが行われる三十秒前まではそう言われてたに違いないと思う。そんときに、誰かが**エリック・モーリー**のほうに身を乗り出し、テーマ曲が鳴り響く中マイクに手を置いて、こう言ったんだろう。「エリック、ほら、このフェミニズムとかいうやつがあるだろ。『新しい**スキッフル**』とかじゃないと思うが。ちょっと面倒なことになるかもと思うんだ。例の『ウォー、ブラパンツラウンド』は、そういうのじゃなくて水泳に関するやつだってふりをしよう」

たぶん、老人や子供に会いながら世界を回るとか、サッカー選手とセックスできるとか、冠がもらえるとかいう素晴らしいご褒美つきでブラパンツ着用能力競争を正式に承認したせいで、ここ何年も、パンツを穿くのがどんどん難しくなってる。パンツはだんだん難しくなってる。この理由は、パンツが小さくなってるってことだ。どんどん。すっごく。

いい例がある。数ヶ月前、友達と混んでる地下鉄に乗ってたんだけど、その友達の顔色がどんどん青くなって口もきかなくなり、最後は前屈みになって、パンツの露出度があまりにも高いので、下腹部がすっかりパンツを追いやってしまったと認めた。

「クリトリスでちっちゃな帽子みたいにパンツ穿いてる状態になってる」と、友達は言った。

明らかに、これはダメだ。うげぇーっ。そんなパンツは石器時代に爆弾で送り返してやんなきゃ。バットマンはこんなバカなことに耐えなくていい。なんでわたしたちはしなきゃなんないわけ？　基本的人権として、女はヒトデみたいに体の外側にちゃんとくっつく下着を十分着られるようになるべきだ。内側の重力にゆっくり引きずられて運動の摩擦で中にはいっちゃうなんてものじゃダメだ。イ

☆エリック・モーリー：イギリスのテレビ司会者で、ミス・ワールドのイベントを初めて企画した人物である。

☆スキッフル：アメリカのさまざまな音楽を取り込んで発展した、洗濯板など日用品を改良した楽器を使って演奏する音楽ジャンルで、一九五〇年代にイギリスで流行した。ジョン・レノンはビートルズを結成する前にスキッフルのバンドを組んでいた。

カれてる。
　今ここでこの権利をはっきり掲げたい。わたしはデカパン擁護派だ。どぎついフェミニズムにはデカパンが必要だ。本当にデカいやつだ。今は出火後四十八時間以内ならいつでも**ロンドン大火**の消火用毛布として使えそうなパンツを穿いてる。腿の上の付け根からへそまで広がってて、事実上週末に避難する別荘として機能しそうだ。もし議会に立候補するなら、「女にデカい下着を」っていう綱領だけを掲げる。

　すばらしき読者の皆さん、もしわたしの下着の趣味についてたくさん知りすぎて落ち着かないなら、残念なことに、わたしも同じくらいは他人の下着の趣味について知りすぎて落ち着かなくなってる。二十一世紀にはそういうことはもう秘密じゃない。ペンシルスカート、ピタっとしたジーンズ、レギンズなんかのせいで、まるで考古学番組の『**タイムチーム**』に出てくる、古代の排水システムの「物理探査」プリントアウトみたいに、着てる人のパンツの輪郭がはっきり見えるようになってる。

　そしてこの結果からわかることは、イギリスには自分にちゃんとあうパンツを穿いてる女はほとんどいないってことだ。分別と安心でお尻を両方とも包んでくれる、わたしが良いパンツと言いたいもののかわりに、臀部アクセサリー、つまりケツ飾りとしか言えないようなものを着てる。みんなブリーフとか、デミブリーフとか、ビキニとか、ストリングとか、ミディとか、ハイレグとか、ショーツとかを穿いてる★。

　こういうピタっと伸縮性を保ちつつお尻の中で独立してる分離壁は、快適さの点でも美しさの点でも、インドとパキスタンの分離独立くらいは残酷だ。肉体を破壊的にゴチャゴチャにしてしまう。体の部分がどこもバラバラに割かれて、大規模移住でもしてるみたいだ。わたしの目からすると、お尻が二つから八つに割れた状態で、腰から腿の真ん中あたりのどっかにあるというようにしか見えないような様子でそのへんを歩き回ってる女を見かける。こんなふうに無理矢理、体を歪《ゆが》んだ状態にする

☆ロンドン大火：一六六六年にロンドン市内で発生した大火災。この火事で中世の建物の大部分が焼失した。

☆タイムチーム：一九九四年から二〇一四年までチャンネル4で放送されていた考古学番組。物理探査（ジオフィジックス）を用いて遺跡を調査し、イメージマップを作る様子などを放送していた。

のはパンツが悪いってわけじゃない。パンツはちっちゃいもので、直面してる仕事に圧倒されてるだけだ。相手の数が多すぎる。アラモ砦《とりで》だ。

女たちよ、こんな下着の状態は正気の沙汰《さた》じゃない。なんで自分たちのお尻から、快適に過ごすためのもう一メートル程度の布資源を取り上げるわけ？　なんでパンツ欠如症に屈したの？

もちろん、これはぜんぶ、いつでも女は「全体セクシー度」に関するとっさの評価に直面する可能性があるという、長きにわたる馬鹿《ばか》げた信念による徴候だ。女は自分がセクシーだと思うためにちっちゃいパンツを穿く。でも、この点では、女全体にとってそうする理由はない。女性のみなさん！　去年何回くらい、ちっこいすけすけパンツを穿く必要がありましたか？　つまり、これを嚙《か》み砕いて言うと、何回くらい、照明が明るい部屋で、気難しいエロ目利きと突然の予期せぬセックスをやりましたか？

そうだ。こんな低確率のことにそなえるなら、緊急事態にお年を召した女性の集団を楽しませるため、バックギャモンボードをパンツの下のほうに隠しといたほうがまだ使える確率が高いかもしれない。こっちのほうが起こりそうだ。

まあわかると思うけど、セックスのこととなると、男は幸いにも寛大な生き物だってことをほんとに思い出さなきゃならない。女がどんなパンツを穿いてるかなんて気にもしない。スカートを脱ぐ時までには、足を入れる穴をあけたグレッグズの紙袋を穿いてたとしても相手はやる気を失わなくなってる。自転車とセックスする男すら実在するという。セクシーなパンツを穿いてるかどうかなんて男はかすかにも気にしてない。

男がこんな大バカレベルの過剰準備に苦しんでたらと考えてほしい。もしそうだったら、今すぐロマンスを求めてる女に突然会うといけないから、ボクサーパンツに週末の小旅行でプラハに行くための切符を二枚詰めてるだろう。そして男はそんなことやってない。ホントにやってない。

もちろん、これ見よがしに文字通りかつ比喩《ひゆ》的にもちっちゃい問題である一方、ちっちゃいパンツはイギリス国民に大きな影響を与えてる。国として、われわれの力はパンツが退潮するのと一緒に退潮してることには気付かざるを得ない。女があごから爪《つま》先まで広がる下着を着てた時代には、大英帝国に日が沈むことはなかった。いまや平均的なイギリス女性は一週間分のパンツをマッチ箱に詰め込めるようになって、自治領は**ジャージー代官管轄区とマン島**くらいなもんだ。投票権を得た女がやったいいことは、ちっちゃいパンツに対する絶え間ない戦いで台無しだ。ひるまずに座ることもできないのに、どうやって人口の五十二パーセントが対テロ戦争に勝てるっての？

☆ジャージー代官管轄区とマン島：ジャージー島があるチャンネル諸島やマン島は連合王国の一部ではなく、王室属領である。イギリス議会には議員を送っておらず、自治を行っている。

注意：パンツを全然穿かないのが本当にいい考えと見なせる唯一の機会はロックフェスで、床まで届くドレスを着てる場合だ。こういうイベントでは、まあわかるようにどんな女でも三十分もかかるトイレの列にムカついて、ただ「フェスおしっこ」をすることになりうる。このためには、女性は空き地の草にしゃがみこんで、気をつけて『**王様と私**』のデボラ・カーみたいにスカートを周りに広げる。スカートを適切にしっかり整えたのち、しゃがんだところで誰にも気付かれず静かにおしっこする。それからは自然の穏やかな風がその女性の「場所」を乾かしてくれるのを待てばいい。

たぶん森で狩人に見捨てられた時、白雪姫はこうやっておしっこしたんじゃないかと思う。『指輪物語』のガラドリエルも必要な時はこうやっておしっこしたかも。

さらなる注意：この計画はアリが出た時にかぎりまずいことになる。アリはおしっこをかけられるのが好きじゃない。

☆王様と私：一九五六年のミュージカル映画。タイの国王とイギリスから来た家庭教師アンナの交流を描いた舞台ミュージカルの映画化で、アンナ役を演じたデボラ・カーは裾の長いシックなドレスを着ていた。

でももちろん、パンツは下着の半分にすぎない。下半分だ。上半分のブラはどうだろう？　ブラはそれ自体、力がある。四年ごとにワールドカップがやって来ると、わたしと五人の妹にとってこのイベント全部のハイライトはブラジル戦だ。ブラジル戦ならなんでもいい。ブラジル対どっかだ。

「ブラ！」と叫んでスクリーンを指す。「ブラ！　シャツの背中にブラ（ＢＲＡ）って書いてある！ブラ！！！！！」

面白さで息が詰まりそうだとでもいうような様子で、ソファを脚でバタバタ蹴る。

「ブラ！！！！！！！」と叫んで、大声と涙で熱くなり、湿ったゆでだこみたいな顔になる。「ブラ――――！！！！！！！」

一九九一年に世界地図でブレスト（Brest）の港を見つけた以外では、これはわたしたちにとっては最もケッサクだった。

ブラはたぶん、女の服の中でも一番不作法なものだ。これを疑うなら、この簡単なテストをやってみて。九歳の男の子にブラを投げてみよう。生きてるネズミを頭に投げつけられたみたいに反応するから。**ナパームまみれになったヴェトナムの子供**を思わせるようなひどい様子で、叫んで走って逃げていくと思う。ブラの不作法さに対処できない。

ありがたいことに、われわれ女性は対処できる。というのも、いいブラというのは女が知るかぎり最高に役立つからだ。三十五歳で、わたしの胸はまだ桃みたいだ。でも、おやつ用にハンドバッグの底に入れたことをすっかり忘れてて、あとで見つけたみたいな桃だけど。片方に明らかにカギに押された痕《あと》があって、ねばねばしたところにバスチケットがくっついてる桃ね。市場で十個一ポンドくらいで売ってて、疑《うたぐ》り深く見て「スムージーくらいなら作れるかな」って言うような桃。

授乳のおかげだ。二人のものすごい泣きぐせがある赤ん坊に授乳したからだ。二人目の子供がＭ１モーターウェイで叫び痙攣《けいれん》を起こして、後部座席の隣に座ってシートベルトをつけたまま、娘をあやそうとまるで母乳を出すＵベンドパイプみたいに自分の胸を娘の口にふらふらあてがおうとして以来、

☆ナパームまみれになったヴェトナムの子供…一九七二年、写真家のニック・ウトが撮影したヴェトナム戦争の報道写真「戦争の恐怖」を指す。キム・フックという少女がナパーム弾の投下でひどい火傷を負いながら逃げる様子を撮ったものである。この写真は非常に有名で、ウトはピューリッツァー賞も受賞した。

わたしのおっぱいは乳房になった。そして幸あれかし、おっぱいもそのことを知ってた。もし映画のキャラクターだったら、ナチスに追われてる時に倒れて「わたしにかまわず行って！　いい人生だった！」と叫ぶ若い女性だ。わたしの胸は後の幸運を祈ってるけど、もうダメだ。

　でも、あのね、それでいいんだって！　本当に。まず、わたしは国際的スーパーモデルじゃないし、だから**ヨセミテ・サム**の顔みたいなおっぱいだろうがどこ吹く風だ。誰もそんなことでわたしを値踏みしないし！　は！　家父長制は、好きなだけおっぱいについてわたしが不安を感じるよう工作すればいい！　それが家父長制の趣味だもん！　ダーツ以外ではね！　でもそんなことできっこない！なぜならわたしは、自分の裸のおっぱいを見るような人っていうのはお腹がすいた子供とかセックスしようとしてる男とか、たいへんな感謝の態度を示して近付いてくる人だけだって知ってるもん。

　そしていつも、わたしには助けてくれる忠実な友達、ブラがいる。おお、ブラ。大好きだよ、ブラ。トマトケチャップのランジェリー版みたいなもんだ。ブラがあればなんでもよくなる。正しいブラをすれば、乳房の残ってる部分を全部入れられる。まあ、たぶんスコップとか恋人の助けが要るかもしれないけど。そうすれば原材料を型に入れて、ふたつの可愛く女性らしい山を作れる。

　このごろは、わたしはただ自分の破壊されたおっぱいを消防ホースみたいに巻いて、**リグビー&ペラー**が作り上げたすさまじい部品に頼り、だいたい解剖学的に正しい場所にもっていけるようにしてる。自力だけの時だと、長すぎるドレスみたいにおっぱいを自分の前ではねさせておくままだ。でもブラがあればどこにでももっていける。たしかに、ブラのストラップを直す時は乳房版「**ロバのしっぽ付け**」ゲームみたいだ。「三十代女性のおっぱい付け」ゲームだ。コンタクトレンズをつけてないと、どっかにいっちゃう。いつか二日酔いで急いでるとき、おっぱいが頭にある状態で家を出ることになるのも大いにあり得る。

☆ヨセミテ・サム：『ルーニー・テューンズ』に登場するアニメキャラクター。ヒゲに大きな目がついたガンマンである。

☆リグビー&ペラー：イギリスの高級志向なランジェリーブランド。

☆ロバのしっぽ付け：子供の遊びの一種で、壁などにつけたロバの絵に向かって、目隠しをした子供がしっぽをつけるゲーム。日本の福笑いに似ている。

他方、ブラと生きるならブラと死ななきゃならない。こんな強力な魔法が使えるアイテムなので、想像がつくと思うけど、ときどきブラは突然邪悪になって、着けてる人を破壊しようとする傾向がある。ちょっと『指輪物語』のサルマンみたいだと思ってほしいけど、真ん中に湾曲がある。サルマムネだ。

　コートニー・コックスが出てる、四十代の離婚した女性が毎週、真夜中になる前に四十五センチはあろうかという二十代男性のペニスに巡り会おうとするシットコム『**クーガータウン**』で、ヒロインがどうしてもうクラブに行きたくないのか若い友達に説明する台詞《せりふ》がある。

「これよりいいワインが家にあるし」と、テレビで見てすらけっこうつやがないとわかるピニョ・グリジオを持ってヒロインが言う。「それに夜のこの時間にやりたいことって言ったら、ブラを外すことだけ」

　男性、子供、動物、**アギネス・ディーン**みたいにブラを一度もつけたことない人に対して、ある種のブラを外すと得られる生々しい完全な喜びを描写するのはほぼ無理だ。鴨《かも》の羽色でフルカップでちょっとパッドが入ってて綺麗《きれい》ですごく高いブラを以前持ってたんだけど、あまりに無慈悲に締め付けるので、三日目には泣いて買った店に電話したくらいだ。

「こんなに痛いもんですか？」と、涙をこらえようとしながら聞いた。

「慣らせばいいだけですよ」と、店の女性はまるで、新兵に対してレザーを柔らかくするためブーツに小便しろと教える軍隊の練兵係軍曹みたいな厳しい調子で言った。結局このブラを手なずけたけど、最初に着た二十回は、毎晩六時になると、宇宙服を脱ごうとする宇宙飛行士みたいにため息をつきながら、ブラを脱ごうと体をかきむしって二階に駆け上がってた。床にブラを**投げつけ**て、馬巣織りのベルトの後遺症を手当してる修道僧みたいに、皮膚に残った赤いみみずばれをこすったもんだ。

　ひどいブラを脱ぎ捨てる時の安心感ははかり知れない。足をどこかにのせて横になって休むのと、

☆クーガータウン：二〇〇九年から二〇一五年までアメリカで放送されていたシットコム。「クーガータウン」というのは、舞台になっている場所にある高校のスポーツチームがクーガーをマスコットにしていることから来た町の愛称だが、一方で「クーガー」は若い男性とデートをする肉食系の中年女性を示す俗語でもある。主役の「クーガー」ことジュールズをコートニー・コックスが演じる。

☆アギネス・ディーン：イギリスのモデル・女優。

トイレに行くのと、暑い日に冷たい水を飲むのと、ワゴン車の段に座って煙草《たばこ》を喫《す》うのをあわせたくらいは心が安まる。ひどいブラを脱ぐことで友情を測定できる。長い一日の終わりに誰かの家にたどり着いて、「ちょっとブラ外してくる」と気持ちよく言えれば、その家の人とは親しい友達だとわかる。

もちろん、時々ひどいブラをもっと切迫した場所で外さなきゃいけないこともある。クラブから帰るタクシーでブラを外す女たちを見たことがある。まだクラブの外に止まってるタクシーでブラを外してたのだ。

カムデン・ハイ・ストリートのバー・ランバの外のバス停でこれをやってるのを一度見たことがある。

まあ、わかる。

「フェミニストなの？　ブラ燃やすんでしょ？　でしょ？　ブラ燃やすのってフェミニストなんでしょ？」と言うバカタレには、落ち着いてこう答えなきゃならない。「バカ。バーカ。ブラはわたしの友達。ブラは胸襟を開いて語り合える友なの。オトモダチなの。一インチ小さすぎて頭に血液がまわるのを疎外する**ジャネット・レーガー**のバルコニーブラ以外はね。うん。あれについては、石油をぶっかけてアメリカ大使館の外で焼いたけど」

☆ジャネット・レーガー：イギリスのランジェリーデザイナー。

★最後のやつは、新参者には全部を覆うパンツみたいに聞こえるけど、実は単に真ん中あたりを覆う黒い切れっ端だけだ。まるで生殖器のあるあたりがひどい犯罪の犠牲になって、身元を隠して『六時のニュース』のインタビューを受けてるみたいに見える。

第六章　わたしはデブ！

How To Be a Woman

今は一九九一年で、わたしは十六歳で、聖ピーター教会の芝生の上、マシュー（マット）・ヴェイルと一緒に煙草《たばこ》を喫《す》いながら座ってる。

マットは自身の判断でも、複数の独立した裁定者の判断でも、ウルヴァーハンプトン一クールな若者だ。ザ・バーズのディスコグラフィを全制覇してて、チャリティショップで売ってるバギージャンパーをたくさん持ってて、ダンスする時はちゃんと動ける。スプリームズを真似た動きもやってる。マットが最初に教えてくれたことのひとつは、ダンスフロアに向かう時はどのように「常に計画して」おくかってことだった。

「ただ行って…チンタラ動くんじゃダメだ」と煙草を喫いながら言う。「なんか話をするつもりで行くんだ」いいアドバイスだ。マットはいっぱいいいアドバイスをしてくれる。別のアドバイスで「完全なチンコ野郎にならないようにしなよ」ってのもある。ひとたびこう言われると、どんだけの人がそんなこと言われたこともないように見えるかわかってびっくりする。賢い忠告だ。

初めてマットに会った時、マットは目の上の前髪を引っ張りながら、ひどいＬＳＤ体験のせいで人の目を見られなくなって前髪を目にかけてるって言ってた。「ときどき、人がオレの目を見て、オレのこと悪霊だと思ってんじゃないかと不安になるもんで」

マットと知り合って六ヶ月たった後、ある日マットが髪を後ろに流してベッドに横になってるのを見た。そしてわたしは、マットがたしかにちょっと斜視で、誰にもそれを見られたくないと思ってるのに気付いた。

うん、もちろんわたしはマットに憧《あこが》れてる。うおお、憧れてる。友達のジュールズがマットを街で見かけて、後で電話で「あれ誰だったの？　カッコいいじゃん！」と叫ぶまではそうじゃなかったけど。

それより前は、自分たちが兄弟姉妹みたいにうまが合ってるのを誇りにしてた。でも、ジュールズが大声で欲望をあらわにするのを聞いてからは、自分を欺くのをやめて、マットは身長が百九十センチ近くあって、バギージャンパーを着るとすごくたくましく、ドラゴンみたいに緑の目をしてるのを認めた。マットにキスするのを思うと、女の子みたいなピンクの唇がどんだけ可愛いかを考えてしまう。キスをすぐやめたくないから、どうやってじっくり唇を食べ続けられるかも考えてしまう。すごく小さい唇だった。頭の半分はそのことでいっぱいだった。わたしは十六歳でわたしは十六歳でわたしは十六歳で、マットは十九歳で、聖ピーター教会の芝生でふたりで煙草を喫ってる。

わたしたちが煙草を喫ってたのは十月の末だった。映画制作の成人教育コースで最初に会ってから二ヶ月後で、二人ともこのクラスではすぐ全然ぱっとしないとわかったんだけど。この日に初めて二人だけで一緒に出かけた。要するに、お互いお友達オーディションをやってる最中だ。

マットの彼女を見たことがあったので、何も「起こる」わけないのはわかってる。彼女が突然死するみたいな、ものすごくものすっごく悲しいことが起こんないかぎりは。でもとっても楽しく過ごした。フリートウッド・マックの『**タンゴ・イン・ザ・ナイト**』のカセットテープを英国ガン研究所チャリティショップで五十ペンスで買い、ブーツ薬局で消臭剤を万引きし、マンダー・センターからクイーン・ストリートあたりをだいたい制覇した。

☆タンゴ・イン・ザ・ナイト：一九八七年に発表されたフリートウッド・マックのアルバム。

ひと息つきながら教会の芝生に座った時、わたしはすごく気を遣った格好をしてた。一九九一年にはわたしはお金を稼ぎ始めてた。『**メロディ・メイカー**』最低レベルの下っ端だったけど。そういうわけで、生涯ではじめてチャリティバザーじゃなくお店で服を買えるようになってた。ターコイズの絞り染めのシャツとロングスカートを穿いて、**ドクターマーチン**のブーツとベストも着けてた。わたしは十六歳で十六歳で十六歳でこれが一張羅で、この日が最高の日で、リネンみたいな翼をはためかせたハトの群れがわたしたちの前を飛んで通り抜け、秋で、空はどこまでも続き、わたしはマットを待てると思ってる。マットをただ待とう。彼女は最後には死ぬかもしんないし、とても楽な死に方かもしれない。バスで急死する人とか、よくいる。

そしてマットが言う。

「学校であだ名あった？」

わたしが答える。

「うん」

マットが言う。

「おデブちゃんって呼ばれてた？」

この時初めて、世界が止まったと思った。もちろん、この後もそう思うことはあったけど。全部が全部、一瞬にしてとても冷たくて静かで明るくなった。電球ピッカーン。人生の終わりにスライドショーでまた見せてくれるために、誰かが写真を撮ったところみたいな感じだ。「サイテーだった時のことだよ！」わたしとマッティ・ヴェイル、一九九一年十月、教会の芝生にて。

マットは全然気付いてないと心から信じてたんだもん。ハハハ。余分な二十五キロは新しいシャツとベストの下に隠してるつもりで、マットに見えないようすごく速歩きしてた。髪が長くてつやつや

☆メロディ・メイカー：一九二六年から二〇〇〇年まで刊行されていたイギリスの老舗音楽雑誌。
☆ドクターマーチン：イギリスの靴ブランド。

してるし、目は青いし、秘密にできると思ってた。わたしがデブなのには気付かれてないと思ってた。言ったでしょ。ほら、言ったでしょ。わたしは十六歳、十六歳、十六歳で百キロくらいある。座ってパンとチーズを食って本を読むしかしてなかった。わたしはデブだ。われわれはみんなデブだ。家族全員肥満だ。

家には全身が映る鏡がなかったので、裸の全身を見たい時にはいつも街の**マークス・アンド・スペンサー**まで行って、タータンのスカートを試着したいふりして試着室に入り、そこで自分を見なきゃならない。

わたしは処女で、スポーツもしないし、重いものも運ばないし、どこにも行かないし、何もしないので、体はでっかくて眠れる青白い物体だ。ほら、なすすべもなく鏡を見て、まるで悪いニュースの到着を待ってるみたいだ。いや、それこそ悪いニュースなんだ。十代の女の子はほっそりして、セクシーなもんだ。デブの十代の女の子の体は、その十代の女の子自身はもちろん、誰にとっても役立たずだ。アホウドリだ。育ちすぎた白い鳥だ。海に落とすイカリみたいに引きずってる。

でも、わたしはただのツボに入った脳だ、と自分に言い聞かせる。ちょっとは気が休まる。ただツボに入った脳。他んとこはどうでもいい。わたしの体はそれだ。「他んとこ」。ツボ。わたしは賢いから、デブでも関係ない。

わたしはデブだ。

わたしは「デブ」がどういう意味か完全に気付いてたんだもん。この言葉を口にしたり、思いついたりする時、ホントはどういう意味か。「ブルネット」とか「三十四歳」みたいに単純で記述的な言葉じゃない。

これは悪口だ。武器だ。社会学的亜種を指す。断罪、却下、拒否だ。マットが「おデブちゃん」っ

☆マークス・アンド・スペンサー：イギリスの小売チェーンで、衣類や高級志向の食品などを販売している。略称はM＆S。

て呼ばれてたかどうか聞いた時、マットは既に憐《あわ》れみを持ってわたしがスクールカースト下層にいるところを想像してる。一九八六年のウルヴァーハンプトンなもんで、二人の南アジア系の子、吃音《きつおん》症の子、片目でエホヴァの証人の子、特殊支援が必要な子、イカニモゲイの子、あまりにもやせてるので**ボブ・ゲルドフ**がまだ家に来てないのかいつも聞かれてる子と同じカテゴリだ。

マットはわたしに同情してくれてるんだろうけど、それはわたしとはヤらないってことで、つまりわたしは悲しいことに末期不幸症で死ぬってことだ。たぶんあと一時間くらいで、おそらくはこの煙草を喫い終わる前に、っていうか気付いたんだけど今喫いながら泣いてる。

家族はみんな太ってて、「デブ」って言葉は誰も言わない。「デブ」は運動場とか通りで叫んでるのを聞くような言葉だ。自宅の敷居をまたぐと許されない。母さんはこんな汚れた言葉を家に入れない。家では、みんな安全だ。のろくて優しい者のための安息日の境界みたいなもんだ。デブの存在は認めないので、感情が傷つくことはない。体の大きさの話はしない。部屋の中に象がいるのにみんな見ないふりをしてる。

でも、沈黙というのはあらゆるものの中で一番抑圧的だ。というのも、自分が決して参加できない世界があり、そこにあるすべてのものには手が届かないってことを、静かに肩をすくめて禁欲的に受け入れる態度だからだ。ショーツ、水泳プール、ストラップドレス、田舎の散策、ローラースケート、**ララスカート**、タンクトップ、ハイヒール、ロープ登山、高いストールに座る、建築現場を歩く、いちゃつく、キスされる、自信を持つなどなどをあきらめることになる。

それから、いつか体重を落とすこともだ。

わたしたちはデブじゃなくてもいいとすすめる考え、状況は変わるんだという考えは、とにかく完全になじみがなく、奇っ怪なものだ。今デブだから永遠にデブだし、決してそれに言及してはいけない、それだけだ。ハリー・ポッターの組み分け帽子みたいなもんだ。「デブ」って書かれた帽子に呼

☆ボブ・ゲルドフ：アイルランドのミュージシャンで、一九七〇年代末から八〇年代にかけて人気があったバンド、ブームタウン・ラッツのボーカリスト。一九八四年にエチオピアの飢餓問題に取り組むためのチャリティ・スーパーグループ、バンド・エイドを結成し、「ドゥ・ゼイ・ノウ・イッツ・クリスマス？」をリリースした。子供向けチャリティに大変熱心な人物だというパブリックイメージがある。

☆ララスカート：チアガールが穿くような、大きいひだのあるスカート。

ばれて、もはや死ぬまでそのまんまでいなきゃならない。デブがわれわれの民族だ。われわれの種だ。われわれの流儀だ。

結果的に、外の世界をほとんど楽しめなくなるし、一年のだいたいは楽しくない。夏は人目を意識して着込むんで汗をかく。嵐《あらし》の日にはスカートが風で腿《もも》にぴったり張り付いて、自分は緊張するし、見てる人や通りがかりの人も警戒するのではと思ってる。

冬だけが本当に居心地良く過ごせる時期だ。頭から爪《つま》先までセーター、コート、ブーツ、帽子で覆われてる。サンタクロースに恋心をつのらせてる。もしサンタと結婚したら、デブのままいられるだけじゃなく、隣に立ったら比較的細く見えるかもしれない。遠近法は友達だ。みんなノルウェイとかアラスカに行くことを夢見てたけど、そういうとこならまったく体を見せずに、詰め物したばかでかいコートをずっと着ていられる。雨が降るとみんな一番嬉《うれ》しい。そんならただ中にいて、誰とも会わず、パジャマで心配せずに過ごせる。ツボの中の脳は気持ちよく濡《ぬ》れずに中にいられる。

マッティ・ヴェイルがわたしにおデブちゃんって呼ばれてたかどうかきいた時、わたしは服の下に十二歳の時の水着を着てた。原始的で、究極的には機能しないコルセットとしてだ。正午から、苦しいながらもお腹を引っ込めてたし。

「ううん！」とわたしは言う。**エヴァ・ガードナー**っぽく傲慢《ごうまん》に眉《まゆ》を上げ、目を光らせて「ご冗談！」と言う。

煙草をもう一服喫って、お腹を引っ込めるのをやめる。マットのせいでおしまいだ。もう気にすることない。

違う。学校ではおデブちゃんとは呼ばれてなかったよ、セクシーで忘れっぽいマットさん。それから二年間、クラックコカインをほしがるみたいにマットに恋い焦がれて過ごし、バギージャンパーを盗んで枕《まくら》の下に入れとくレベルまでこじらせた。それからわたしがヤバい秘密を間違った相手に教え

☆エヴァ・ガードナー：アメリカの映画女優。一九四〇年代から五〇年代にかけて、ハリウッドでグラマーガール、ファム・ファタルの役柄をしばしば演じてスターとなった。

てしまったため、マットが彼女と別れるという事態をうっかり引き起こしてしまい、われわれの小さな社交ネットワークはおっそろしくめちゃくちゃな状態で大爆発するところまでいった。

デブっちょのせいだ。

「デブ」って言葉を読むとひるんじゃう？　そんなこと言うなんて、礼儀知らずで無神経だと思う？　過去二世代の間に、この言葉は極端にヤバい意味を持つ地雷ワードになった。会話で「デブ」って言葉が出現すると、みんなたいがい警戒し、まるでサイレンが鳴り出したみたいに「あんたはデブじゃない！　もちろんデブじゃない！　お嬢ちゃん、あんたはデブじゃない！」という親切だけど脅えた否定の声が殺到する。もしその人が明らかに否定できないレベルでデブだったら、ただそれについて議論したがる。

でも、たいがいは会話をブッ殺す武器として使われる。「黙れ、クソデブ女」沈黙。

「デブさ」の告発は、運動場で人をバカにする時に使う言葉として「ゲイ」とか「レズビアン」にとってかわるようになってる。ヒロシマ級の告発だと広く考えられてる。一度落とすと、告発されたほうはすぐに降伏するほかないような爆弾だ。もし「いや、でも、少なくともわたしはデブじゃない」と完璧《かんぺき》かつ有効に議論して反撃できれば、連合国の仲間入りで勝ちだ。

この告発は強力すぎて、全然真実に基づいてなくてもまだ効果ある。サイズ10の女性がこの台詞《せりふ》で黙らされたのを見たことある。これを言われると、まるで告発者が秘密の「デブオーラ」を感知して、将来やがて太ることを見越してそう呼んだみたいに感じる。

「いや、でも、少なくともわたしはデブじゃない」と言う機会に二回めぐまれたので、わたしはこれを悪用し、伝説になりそうな台詞を考えて応《こた》えた。「あんたの父さんとヤるたびにビスケットがもらえるからデブなんだよ」

でもこれを聞いた人は、クリシェをひっくり返すこの時代を先取りした技術についてけなくて、わたしが不幸な小児性愛体験に対処しようと摂食障害になってると解釈しちゃったようだ。

わたしはもともとあんまり感じがいいわけじゃなく、デブはそれをちょっと増すだけだ。体のほうの二つの曲線も、年齢に応じた体重平均も超越してる。

でも「デブ」という言葉がそんなに力を持つのは、もちろん、全然良くない。さっき椅子《いす》の上に立って「わたしはどぎついフェミニスト」って言うようすすめたので、今度は椅子に立って「デブ」って言って欲しい。「デブデブデブデブデブデブ」

神経を使うことがなくなり、フツーに言えるようになるまでこの言葉を言い続けよう。「トレイ」みたいな言葉と同じ感じで言えて、とうとう無意味になるまでだ。何か指さして「デブ」って言ってみよう。「タイルはデブ」「壁はデブ」「イエスはデブだと思う」とかだ。発熱中の子供みたいに、「デブ」って言葉を解熱処理する必要がある。デブの真ん中をはっきり冷静に見つめて、それが何であり、どういう意味で、どうして二十一世紀の西洋女性にとって大きな問題になったのかを話し合えるようになる必要がある。デブデブデブデブ。

まず、「デブ」とは実際には何なのかについてすりあわせをすべきだ。もちろん、美の基準は変わるし、メタボリズムとか体型には極端なものもある。骨太《ほねぶと》とかいうのは本当にある！　最近やっとわかった！　**カイリー・ミノーグ**に比べると、わたしは生来マストドンレベルで骨太だ。カルシウムが多すぎてあんな金のホットパンツには絶対入りゃしない！

こういうことを全部念頭に置くと、「フツー」って言葉に関してあまりにも排除的になるのは割に合わない。

でも今までの人生でずっと考えて、良好かつ賢明な「フツー」の体重の分別ある定義をとうとう打

☆カイリー・ミノーグ：オーストラリアの歌手。オーストラリアの女性としてはかなり小柄である。ゲイに絶大な人気を誇る。

ち出した。「デブ」と「デブでない」が何かだ。そして結果がこれだ。

「人間らしい形をしている」

それとわかる感じで明白にそうだとわかる人間、十歳の子供が一分間で人間をスケッチしろと言われた時に描くような妥当な人間の姿に見えるんなら、大丈夫だ。グリア女神様も言うように、「穏当に健康で清潔な体が美しい体」だ。

後ろのほうの腿の間の肉付きとか、ビールの樽《たる》みたいにふくれた腹とか、走る時にお尻《しり》がカチカチボールみたいに揺れて互いにぶつかるのを感じるとか、そういうことに執着して残りの人生を過ごすことだって別にできる。でも、そういうふうにするのは、いつか人前に全裸で出て十点満点で評価されることを強いられるかもっていう無意識の仮定が働いてるってことだ。でも、既に議論したように、こんなことは『アメリカズ・ネクスト・トップ・モデル』にエントリーしないかぎり起こりゃしない。ブラとパンツの中で起こることはブラとパンツにとどまる。もしフロックを着てまともな見映えでいることができ、三階分くらい階段を駆け上がることができれば、デブじゃない。

単に「人間らしい形をしている」のよりマシな見映えじゃなきゃならないという考えでは、センチ刻みの完璧な調整が必要で、膝《ひざ》からテーブルスプーン一杯の肉がぶらさがってるだけで受け入れられなくなる。サイズ12が「XL」である世界なんてものまである。こんな世界観は、どぎついフェミニストが「全部しょうもねえ駄法螺《だぼら》」として規則にのっとり拒否するものだ。

わたしのデブな日々というのは、わたしが人間らしい形をしてなかった時のことだ。百キロあった時は三角形に逆三角の足が生えてて、首らしい首は全然なかった。そしてそのせいで人間らしいことはできなかった。歩いたり、走ったり、泳いだり、階段を上がったりできなかった。食べてる食品は人間が食べるようなものじゃなかった。マーガリンまみれの半キロ近い茹《ゆ》でたジャガイモとか、ロリポップみたいにフォークに刺したこぶし大のチーズのかたまりとかは人間の食うものじゃない。自分の体に何のつながりも感じてなかったし、理解もしてなかった。ただのツボに入った脳だった。女じゃなかった。

皮肉なことに、聖ピーター教会の芝生で意図せずわたしの心がこぶしで粉々に砕かれた後、マシュー・ヴェイルのおかげでわたしは四ヶ月かけて十六キロ落とし、その結果自分の半身に気付いた。つまり、脚がついてるとこだ。

わたしたちは、木曜日と金曜日の夜に、ひどくへんぴなところにあるパブに通じる二車線道路を手すりにつかまってのぼり、一九八六年から一九九一年までの間に『NME』と『メロディ・メイカー』に載ったイギリスの白人バンドが発表したレコードだけにあわせて五時間ぶっ続けで踊るようになった。**スピリチュアライズド**、**ハッピー・マンデーズ**、**ザ・フォール**、**ニュー・オーダー**なんかだ。マットと一緒にいると一日にシルクカットの煙草を十本喫うようになり、そのせいで昼ご飯を買う金がなくなった。これも役に立つ。

監視カメラの映像を早回しすれば、ダンスフロアで六ヶ月過ごす間に、わたしが子供番組『**ザ・フランプス**』のキャラクターみたいなかなり丸っこい状態から、明白に人間らしい形をした十代の女の子に変わるのが見えると思う。今では出かけてドレスもフツーのお店で買える。短くて花柄で、カーディガン、ブーツ、アイライナーと一緒に着るようなドレスだ。注意深く服を選べば「フツー」で通るようになった。でも、誰かの注意を引くといけないから、今でも「やせてる」とか「デブ」って言葉は絶対使わない。自分がどっちだかわかろうとし始めてる。

でも、もっと大事なのは、**ミレニアム・ファルコン**みたいに照明したデッキがついた、巨大な空間みたいに思えるけど実はちっちゃいダンスフロアで、片手に煙草、もう片手にシードルを持って、スミスがわたしたちの前を素早く通り過ぎていくみたいに「**ハウ・スーン・イズ・ナウ**」が流れてたあ

☆NME：イギリスの老舗音楽雑誌『ニュー・ミュージカル・エクスプレス』の略称。二〇一八年三月で紙での発行が停止され、ウェブ版のみとなった。

☆スピリチュアライズド：一九九〇年から活動しているイギリスのロックバンド。サイケデリック系のサウンドが特徴。

☆ハッピー・マンデーズ：一九八〇年代半ばから九〇年代初頭にかけて活動していたロックバンド。ニュー・オーダーとともにマッドチェスター・ムーブメントを牽引した。

☆ザ・フォール：一九七〇年代中盤からマンチェスターで活動している、ポストパンク系ロックバンド。

☆ニュー・オーダー：ジョイ・ディヴィジョンの後身にあたり、マッドチェスター・ムーブメントの中心的バンドである。

☆ザ・フランプス：一九七七年からBBCで放送された子供向け番組で、丸いフランプスというキャラクターが主役である。

☆ミレニアム・ファルコン：『スター・ウォーズ』シリーズでハン・ソロが乗っている宇宙船。

の場所で、わたしは新しい幸せを見つけたってことだ。自分の体がある場所を見つけた。頭の下でいつも元気だとわかった。全然そうとはわかんなかった！　いつもほとんど見ないようなとこだ。

そして今やこちらで不格好に回り、あちらでバカみたいに跳ね、あと最低でも数年は処女でいるほかないと思わざるを得ないような動きでマラカスごっこのダンスもできるようになった。でも楽しい。この腕、この脚、このちっちゃなお腹。

そうしてここを起点に、ゆっくりと時間をかけて、三十五歳にしてわたしは自分の体が頭と同じくらい好きだと言えるところにたどりついた。その間に妊娠とか出産とか、長くてラリった午後のセックスとか、四十キロメートル歩くとか、まるでまっすぐ踊って進んでるように感じるくらいほんとに速く走る方法を学ぶとかいうことがあった。脳はフロックを着てもあまり見映えが改善しないし、体もまだ**ヴィクトリア・ベッカム**の人生に起こった滑稽《こっけい》な出来事についてジョークを言うのはけっこう下手だけど、それでもみんな友達だ。仲良くしてるし、「適切な」ポテトチップスの量とは合計でどれくらいかとか、エスカレータを駆け上がるべきかとか（うん、そうだ）、そういうことについても意見が合う。

十五歳の時には、深刻な自動車事故にあって、今ある原材料の半分くらいだけ使って全身をゼロから再建しなきゃならないようなことにならないかなと、けっこう病的かつ頻繁に思ってたけど、今はそんなこと願ってない。

今マークス・アンド・スペンサーの試着室の鏡で自分を見ると、体がとうとう目覚めてるように見える。

でもなんでわたしはデブったんだろう？　なんでつらくなるまで食べ続けて、自分自身の体がブエノスアイレスの住宅市場の状態とかなんとかになったみたいに、遠くて共感できないものとして考え

☆ハウ・スーン・イズ・ナウ：一九八四年にザ・スミスが発表した楽曲。

☆ヴィクトリア・ベッカム：元スパイスガールズのメンバーで、サッカー選手デヴィッド・ベッカムの妻。ファッションアイコンとして有名。非常に高いヒールのある靴を好んで履いている。

るようになったんだろう？　まあ、あまりにも太ったせいで、あるすごくひどい日に地元のフェアでバケットシートにはまって出られなくなり、元校長のトンプソン先生に助けてもらわなきゃならなくなるのは明らかに全然オススメできるもんじゃないのはわかってる。それでも、どうしてデブはひどい恥と完全な悲劇の間にある試練みたいに扱われてるんだろう？　なんで女にとっては、かなり大きい顔の傷を持ち続けるか、ナチスと寝るかの間にあるものみたいに扱われてるんだろう？　どうして女は楽しくお金の使いすぎとか（「そうしたら銀行のマネージャーがクレジットカードをとりあげて、剣で半分に切断したの！」）、飲み過ぎとか（「そうして靴を脱いでバス停に投げ捨てたの！」）、働き過ぎとか（「疲れすぎてコントロールパネルの上に突っ伏して寝ちゃって、起きたら核発射ボタンを押してんのに気付いたの！　まただよ！」）、そういうことについては楽しく愚痴自慢するのに、決して食べ過ぎについては話さないんだろう？　一日六個キットカットを食べ続けたらそんなに長く隠しておけるわけないのに、どうして不幸な食習慣は、一番空《むな》しくて惨めで秘密にすべきことなんだろう？

　七年後、わたしの友達がポップスターと別れて、過食症を再発させ、九日間ぶっ続けて暴飲暴食と嘔吐《おうと》下痢を繰り返し、そうして**プライオリ・グループ**の医療施設に入ることになった。

　うちの幼児をベビーカーにくくりつけて、友達の見舞いに行った。愛情と、プライオリの施設っていうのはどういうものなのかに関する好奇心が両方ともあった。すごい処方薬つきの**シャトー・マーモント・ホテル**みたいなもんだろうと思ってたのかも。少しずつフツーに戻ろうとしている、独創的に破滅しかけたセレブでいっぱいで、それに役立つゴージャスな装飾に囲まれてる。

　結果的にわかったのは、プライオリは中に入ってみると、実はウェルシュプールにある中の下レベルの家族経営ホテルみたいな見かけとにおいだってことだ。渦巻模様の色褪《いろあ》せたカーペット、チーク材っぽい効果を狙《ねら》った防火扉、さらににおいからすると、どっかで常にミンスパイの中身にするドライフルーツを大鍋《おおなべ》で煮てて、世界最大の**グレード**のプラグイン芳香剤として機能してるような感じだ。

☆プライオリ・グループ：イギリスの精神医療ケア施設。

☆シャトー・マーモント・ホテル：ロサンゼルスにあるお城のようなホテル。

☆グレード：SCジョンソンが保有している消臭剤のブランド。

「神々の家オリンピア」というより「展示場の最寄りの地下鉄駅**オリンピア**」って感じだ。

そうして、ベッドの端に座って煙草を喫いまくりながら友達が言うには、心の問題を抱えた薬物乱用者でいっぱいの施設はまったく面白くないとわかったらしい。

「序列があんの」と、ため息をつき、爪《つめ》の甘皮を向かい合った親指の爪で削りながら言う。朝食を吐いちゃったばかりなのをもみ消すため、**ディプティック**のジャスミンキャンドルを焚《た》いてたけど、思ったより長く胆汁の気配が残ってた。

「ヘロイン中毒者はコカイン中毒者を見下してる。コカイン中毒者はアルコール中毒者を見下してる。そしてみんな、デブだろうがやせてようが、摂食障害の人は最下層だと思ってる」

簡潔に言うと、これが不幸の序列らしい。人を破滅させうるあらゆる手強《てごわ》い強迫には、どれもなんかちょっとは変態的で自己破壊的な魅力的可能性があるけど、その中でも摂食障害だけは例外だ。

たとえば、デヴィッド・ボウイを考えてみよう。コカインをキメすぎたせいで自分の尿を瓶に詰めて冷蔵庫にしまうようにしてて、なんでかっていうと、魔法使いが尿を「盗むかもしれない」と怖かったかららしい。自分の腐った小便をハムの傍《わき》に蓄えたにもかかわらず、ボウイがクールでなくなるってことはない。反対に、ボウイがもし自分の心がコカイン乱用のせいで「スイスチーズみたい」になったって言ったら、誰もロックンロールっぽい魅力があるとは思わないでしょ？　デヴィッド・ボウイなんだもん！

でなきゃキース・リチャーズがミックと「グリマー・ツインズ」を名乗って、クスリやら煙草やら酒やらなんやらを鼻で吸ったり、口でふかしたり、注射したり、飲んだり、目に入る相手とは誰でもヤってたりした頃のことを考えてほしい。みんなキースが大好きでしょ！　ラリラリきいふ？　キースはあまりにもワケがわかんなくなってたもんで、ふたりのグルーピーが自分の目の前でセックスしてうっかり自分たちの髪に火をつけちゃった時も気付かなかったらしいよ？　ロックンロール！

☆オリンピア：ロンドンのケンジントンにある見本市会場の名前で、ケンジントン・オリンピア駅が最寄りの地下鉄駅である。
☆ディプティック：アロマキャンドルなどを作っているフランスのメーカー。

けっこうな数の人たちにとって、そういうのがストーンズの一番面白いとこだ。

　どう考えても、そういう状態のキースと一緒にいたとしたら、ほぼ確実に完全な悪夢だ。パラノイアで、震えてて、あてにならないし、極端に不機嫌か極端にハイテンションになりやすく、たいていの時は意識を失って全然起きないので、場所を移動する時の主要手段は足首をつかんで引っ張ることになる。それでも、こんなにメチャクチャな状態の時ですら、まだちょっとばかりは「おう…クールだ」みたいにワクワクする文化ってもんがある。

　でも、もしラリラリきぃふがヘロインをやるんじゃなくて、ドカ食いを始めてすっごく太ったらと想像してほしい。キースがものすごくスパゲティボロネーゼにはまったり、三十センチもあるようなサブウェイのミートボールサンドイッチを持っていつもステージに現れるようになり、曲の間に休んでちょっと食ってたら？　落ち着きなく体を震わせ、四時間もコツコツ、というよりはコッコッと鳴いて、捨て鉢になって**デイリーリー**のチーズを探しながらアルファベット・ストリートをうろついてたら？　ギグの後の長くてイカれてハイテンションな夜、若くてカワイイ女の子が部屋中に散らばってるペントハウスで、キースが真ん中にある絹で覆われたエンペラーサイズのウォーターベッドに体を広げて、ソルト&ヴィネガーの**フラフープ**が入ってるサンドイッチと**ターノック**のティーケーキをトレイから食べてたら？

『サタニック・マジェスティーズ』の頃までに、この魔王様がご所望されるのが一メートル近いウェストバンドになってたとしたら、みんなストーンズにはギターの上でフラフラするちょっとバカげた丸いロボットがいて、ロックンロールのコンセプトを台無しにしてると言ってバカにするようになってただろう。

　でも、もちろん、ラリラリきぃふはこの間ずっとすっごく立派な人として振る舞ってたとしよう。朝は午前八時に起きて、ホテルの部屋はきちんと片付け、みんなに感謝し、一日十二時間勤勉に働く。

☆デイリーリー：イギリスやアイルランドで売られているプロセスチーズ商品。

☆フラフープ：イギリスやアイルランドで売られている、輪の形をしたお菓子。イギリスではポテトチップスをパンに挟んでサンドイッチにすることが普通に行われており、フラフープも同様に使われる。

☆ターノック：スコットランドにある製菓会社。

四十八時間も人に言わずに行方不明になって、ポケットには死んだ金魚、アラン・ファックとかいう名前の新しい浮浪者の友達も連れて帰ってくるようなことはなかっただろう。

人が食べ過ぎるのは、酒を飲んだり、煙草を喫ったり、ヤりまくったり、ドラッグやったりするのとまったく同じ理由で起こる。ここでは、わかりやすい陽性の食い意地、つまり**フランソワ・ラブレー**とか**フォルスタッフ**風の、世界を感覚的な喜びでいっぱいだと見なしてて、ワインやパンや肉を心ゆくまで楽しむ人がやるような食べすぎの話をしてるんじゃないってことははっきりさせておかなきゃならない。腹いっぱいになって「サイコーだった！」と叫びながら食卓を離れて、暖炉の前に座ってポートワインを飲みながらトリュフを食うような人は、神経性の食欲みたいなものは抱えていない。食べることと合意にもとづくいい関係を築いてて、ほとんどたいてい、食べると余分な肉が何キロつくとかいうようなことは全然気にしてない。体重を毛皮のコートとかダイアモンドのサッシュみたいに贅沢《ぜいたく》にうまく着こなしてて、神経質に隠そうとしたり、言い訳しようとはしてない。こういう人たちは「デブ」じゃない。ただ…豪勢なだけだ。トリュフオイルを切らしたとか、すごく楽しみにしてたマテガイの料理がたいしたことないとわかったとかいうんじゃないかぎり、食べることに問題を抱えることはない。

違う違う、わたしが話してるのは、食べものに関して全然楽しみを見出してなくて、強迫的に考えてる人のことだ。そういう人にとっては、食べものについての考えとか、食べものが及ぼす効果とかが、常にまともな考えをイヤな感じで後ろから撃ってくる。朝ご飯を食べてる間に昼ご飯のことを、ポテトチップスのことを考える間にプディングのことを常に考えてるような人だ。パニックすれすれの状態で台所に歩いていって、パンとバターを一切れずつ、味わうどころか噛《か》みもせず、息もつかずにどんどん食べて、ほとんど瞑想みたいにスプーンを口に運んで飲み込む、スプーンを口に運んで飲み込むという動作を繰り返すことでパニックが終わるような人だ。

☆フランソワ・ラブレーとかフォルスタッフ：フランソワ・ラブレーは十六世紀にフランスで活躍した作家で、作品『ガルガンチュワとパンタグリュエル』には途方もない大食が登場する。フォルスタッフはウィリアム・シェイクスピアの『ヘンリー四世』二部作などに登場する太った陽気な騎士で、大変な酒好きかつ大食いである。

こういうトランスみたいな状態では、一度に十分か二十分くらいは思考停止して一時的にゆっくり落ち着くことができるけど、その後で結局、身体的な不快感と巨大な後悔の念が襲ってきて、この新しい感情のせいで食べる手を止めるようになる。ウィスキーや麻薬で最後は気を失うのと同じだ。食べ過ぎ、あるいは安心のために食べることっていうのは、自己満足、あるいは自己消去のための安っぽくて生気の無い選択肢だ。酒を飲んだり、セックスしたり、ドラッグをやったりすることでも一時的な安心は得られるけど、必ず責任を持ってまともに振る舞えない状態に取り残される。わたしが考えるに、これが大事なところだ。

要約すると、食べものをドラッグとして選ぶこと、つまりシュガーハイになり、炭水化物をとりすぎてぼんやり眠くなるっていうのは労働者階級のジアゼパムみたいなもんだけど、それでも弁当を作ったり、学校で走ったり、赤ちゃんの面倒をみたり、母さんのところに寄った後に病気の五歳児を一晩中世話したりすることができる。巨大な袋に入ったマリファナをキメたり、階段下の食器棚に忍び込んでスコッチを一リットル飲んだりしてたら、そういうことはできなくなる。

食べ過ぎってのは世話をする人間が選んでなる中毒で、だからあらゆる中毒の中でも最低ランクと見なされる。どうしてもそうせざるを得ないので完全に活動できる状態を保ちつつ、自分をめちゃめちゃにする手段なのだ。デブな人っていうのは、中毒になることで役立たずでカオスでお荷物な存在になれるという「贅沢」にふけってるわけじゃない。そのかわりに、誰にも迷惑をかけないやり方でゆっくり自己破壊をしてる。だから、この中毒には、女がすごくよくかかる。静かに食べてるお母さんたちはみんなそうだ。オフィスの引き出しにあるキットカットもみんなそうだ。冷蔵庫の明かりの中だけで見つかる、深夜の不幸な瞬間はみんなそうだ。

わたしはときどき思うんだけど、わたしたちが食べ過ぎを適切に認識できるようになるかどうかは、これが他の中毒と同じ、邪悪でロックンロールなクールさを帯びるようになるかにかかってると思う。

これが唯一の方法だ。たぶん、もはや女は自分たちの悪徳について秘密主義的になるのをやめて、かわりに他の中毒者みんなが自分の習慣を扱うのと同様に振る舞うようにすべき時が来てる。赤い顔でため息をつきながら職場に来て、「ちょっとぉ、昨日の夜信じられないくらいシェパーズパイを食べちゃったの。午後の十時に眉毛《まゆげ》までマッシュポテトまみれだったよ。挽肉《ひきにく》でハイだったの！」

　あるいは、友達の家に歩いて行って、テーブルにハンドバッグの中身をぶちまけてこう吠《ほ》える。

「子供たちのせいで地獄のような一日だったの。すぐクリームクラッカー六発とチーズを食べなきゃ、もうホントお手上げ」

　そうすれば、みんなこの機能障害を他のと同様オープンに話せるようになるだろう。「おっと、ちょっと落ち着いて、たぶんちょっと高グリセミック負荷炭水化物かなんかを摂《と》って落ち着かなきゃ。ちょっとしっちゃかめっちゃかになってるでしょ。わたしもだけど。昨日の夜、三時間もレンジでチンしたラザニアを食べ続けてたの。たぶんちょっと田舎にでも行くべきじゃない。一緒に行こうよ。クリーンになろうよ」

　というのも、こんなにデブに取り憑《つ》かれてて、デブ呼ばわりしたがってばかり、デブ断罪したがってばかりの社会で、デブについて話さない唯一の人たちこそ、その問題を一番抱えてる人たちだってことに、わたしは今、気付かざるを得ないからだ。

第七章　性差別に遭遇！

そういうわけで、体重も減らしたし、ドレスも着られるし、仕事にもついた。明るくみんなに宣言しよう。今やわたしは、はるかに有名だけどわたしたちはあまりクールじゃないと思ってる『NME』とみんながごっちゃにしている週刊音楽雑誌、『メロディ・メイカー』最低レベルの下っ端だ。『NME』ではみんなドラッグをやってるけど、そのことについてはまあ書かない。他方『メロディ・メイカー』ではよく特集記事全部がその話だ。

『NME』はフツーでまともな男たちを雇ってて、**スチュアート・マコニー**とか、**アンドルー・コリンズ**とか、**デヴィッド・クアンティック**とか、みんな放送業界で羽振りのいいキャリアを築くようになる。『メロディ・メイカー』の一団は『アダムス・ファミリー』のキャストみたいに見える。編集会議では、みんな『スター・ウォーズ』のカンティーナの入場規制にひっかかったせいでここにいるというはっきりした感じがある。

妙ちきりんでつりあいのとれない集団だ。ここにいる人はみんな、どういうわけだか社会的に外れ者だ。スタッフの一部については、変な髪型をしたノアの洪水以前の遺物みたいな性差別主義者で、一九七六年からパブを出たことがないとはっきりわかりそうなオーラがあるってのもその理由だ。他の人については、ロンドン以外の都市や、この出版社以外の雇用主は絶対雇ってくれないくらい、革

☆スチュアート・マコニー：イギリスのラジオDJ・音楽ライター。『NME』の編集に携わった後、BBCラジオなどで働くようになった。

☆アンドルー・コリンズ：イギリスの脚本家。『NME』でジャーナリストとして働いたのち、ラジオやテレビの脚本を手がけるようになった。

☆デヴィッド・クアンティック：イギリスの音楽ジャーナリスト。

新的かつお見事にフツーじゃないってのが理由だ。

プライシーは赤毛のドレッドを二本のブタの尻尾《しっぽ》ヘアーにしたがっしりしたウェールズ人のゴスで、口紅とマニキュアをしてパブリック・エナミーのギグの最前列に行ってた。マニック・ストリート・プリーチャーズが街に来た時、黒いレースのファンとマリブリキュールの瓶を持ってオフィスを出た。プライシーと話した人は誰でも、プライシーが（1）ヘテロセクシュアルで、（2）地球出身であることを知ってビックリする。

ベン・ターナーは頭を剃《そ》ってる小さいおとなこどもで、十三歳くらいに見える。最初に会った時は、**メイク・ア・ウィッシュ財団**に手紙を書いて「本当の音楽雑誌のオフィス」で一日でぶらぶらしたいと頼んだ白血病の子供かと思った。数週間後、ベンは実は（1）完全に大人で、（2）イギリスにおけるダンスミュージックの重要な権威のひとりだとわかった。結局、わたしが想像してた架空の白血病を克服して**ベスティヴァル・フェスティヴァル**を創設するようになる。

編集者のジョンジーは四十代後半で、いかついバイソンみたいに見える男性だ。ただし、トゥパウのキャロル・デッカーみたいな不釣り合いにつやつやグラマラスな赤褐色の髪をしてる。バーで後ろから見ると、最初のうちは男どもがよく好色なコメントをしてた。振り返るとこいつらは叫んで逃げる。

スタッド兄弟はレザーを着てて、ろくでもない港湾労働者みたいに人を罵倒《ばとう》し、よく前の晩から酔っ払った状態で出勤してデスクの下で寝てた。サイモン・レイノルズはラファエル前派風の美男なオクスフォード大学卒業生で、聞くに堪えないくらい前衛的なダンスミュージックにはまっており、銃を持った人がうろついてるクラブでほとんどの時間を過ごしてて、賢すぎるので社員の半分は話すのを怖がってた。ピート・パフィデスはバーミンガムにある両親のフライドポテト屋を出てきたばかりで、「クールすぎたり、変てこりんすぎたり、ニッチすぎたりする音楽は無い」という社風の雑誌

☆メイク・ア・ウィッシュ財団：アメリカの財団で、難病の子供の夢を叶える事業を行っている。

☆ベスティヴァル・フェスティヴァル：イングランドのドーセットで二〇〇四年から実施されている音楽フェス。

に仕事をしに来る一方、アバ、エレクトリック・ライツ・オーケストラ、**クラウデッド・ハウス**、ビー・ジーズのディスコグラフィ制覇を大事な目標にしてて、マークス・アンド・スペンサーの着心地がいいカーディガンを着てた。

そうして今、ウルヴァーハンプトンの十六歳が帽子をかぶり、煙草《たばこ》を喫《す》いまくり、**ワンダー・スタッフ**をこきおろす相手のすねを蹴っ飛ばしてる。一週目にデヴィッド・ベナンが血を見た。二十年後、マンチェスターでのレディ・ガガのギグでばったり会った時、デヴィッドは悲しそうにズボンをまくりあげてわたしが作った傷跡を見せてくれた。それからデヴィッドは、わたしが二十六階の窓から誰かを突き落とすと脅してるのに、スタッフの大部分はコンピュータに向かってどこ吹く風でタイピングを続けてた時のことを思い出して話した。フツーの職場じゃなかった。だからクールだと思ってる。『NME』は、まったく同じ理由でわたしたちがクズだと思ってる。

これが、わたしがホントに外の世界に出て大人と会った最初の機会だった。それ以前のわたしの社交は全部、ちっちゃくて暗くて、フリンジとブーツで着飾った十代でいっぱいの穴蔵みたいなラグランの店のダンスフロアとトイレで起こってた。本質的には、バーがついた赤ちゃんの遊び場だ。わたしたちは明らかに純粋無垢《むく》だった。紫外線の下で歯が白く光るのと同様、顔から純粋無垢が光を発してた。うん、セックスはしてたし、ケンカもしたし、噂話《うわさ》を広めてたし、ドラッグもやってた。でも、実際にはツメをヴェルヴェットで止めて相手を小突き回す子トラだった。全員、平等だった。計算も非難合戦も無かった。昼寝したらみんな忘れた。

そういうわけで、大人の世界に入るのはショックだった。出勤初日、エレベータから降りる時に煙草を喫ってた。わたしも大人だとわかるようにだ。同じ理由で、リュックサックの瓶に入ってる**サザンカンフォート**は一服どうかとみんなにすすめた。ほとんどは断ったけど、バンドにインタビューしてアムステルダムからフェリーで戻ってきたばかりのベン・スタッドは、「いいね！」と言って明る

☆クラウデッド・ハウス：オーストラリアのポップ・ロック系バンド。

☆ワンダー・スタッフ：イギリスのミッドランド地方出身のオルタナティヴ・ロック・バンド。

☆サザンカンフォート：アメリカのニューオーリンズ発祥のリキュール。

くぐいっと飲み干した。見下ろして気付いたんだけど、ベン・スタッドはプロモーションでもらったフリスビーを灰皿、ベーコンパンの皿、家のカギの安全な保管場所としていろんな目的に使ってた。

ロンドンでは、できるかぎりたくさんの人とセックスしようと既に決めてた。しない理由はない。二十八ポンド四十二ペンスの最初の給与小切手で、マークス・アンド・スペンサーに行き、新しくて可愛いグレーのレースのパンツを買った。まさかの時にも全然みすぼらしく見えないよう、とうとう母さんのデカすぎる遺産を投げ捨てることができた。街中で申し出てたのに、ウルヴァーハンプトンでは誰もわたしの処女を頂くことにかすかにも興味を示さなかったので、そういうのは自然に見えるハイライトとか**ダーティ・マティーニ**みたいに、ロンドンでしか入手できないんだろうと結論づけたのだ。これは専門的なお仕事なんだ。

☆ダーティ・マティーニ：マティーニにオリーヴの汁が入るカクテル。

そういうわけで、今月のわたしの仕事は、超ホットなジャーナリズムの神童で、かつできればすぐに、とはいえ「噂」にはならずに、誰かがセックスしたいと思うような超ホットなセクシー女になるにはどうしたらいいのか、両方とも理解することだ。うん。十六歳で、キャリアを台無しにせずに自分の十六輪おふざけドライブを運転するやり方を学ばなきゃならない。


職場で色っぽくふざけるのはフェミニストにとっては難しい問題だ。ハードコアなフェミニストの多くはそんなもん信じない。ハードコアな人の考えでは、とことんまでやることにして、「モデル、十八歳、手コキします」と書いたカードを玄関ベルの隣につけて、ソーホーの家の窓に立ってたほうがマシだ。

そうして、多くの人にとってはそれが正しい。女がうまくやるために色っぽくふざけなきゃなんないって考えは、女がやんなきゃならないとされてる他のこと、つまりやせてなきゃならないとか、三十パーセント低い賃金を受け入れなきゃならないとか、口に食べものが入っててそれがちょっと床に落っこちて猫が食っちゃいそうな時は『30ロック』を見て笑っちゃいけないとかいうような考えと同じくらいイラつく。

色っぽいおふざけを全然しない女もいる。やりたくないし、向いてないし、誰かをパンチするみたいに神経がイラつくからだ。こういう女たちにとって色っぽくふざけることは、わたしにとっての上半身の力とか、ハイヒールとか、空間認識とかと同じようなもんだ。ただほっといてほしい。

でも他のところでは、ナチュラルに色っぽくふざけてる女もいる。防衛機制とか、クズな家父長制から意思に反して性的対象にされ続けてきたせいとかじゃない。結果じゃない。アクションだ。退屈で死にそうにはならない相手と話して、「あんたが好きだし、あんたもわたしが好きでしょ。おそろいになったらお似合いじゃない？」みたいな陰謀を言葉に出さず、一瞬で、キランと共謀することに、ほとんど無我夢中になるくらい嬉《うれ》しい生き甲斐を感じるからやってる。

もとから色っぽくふざけるのが得意なら、実際、それはセックスに関係すらないかもしれない。男、女、子供、動物、誰とでもふざける。チケット予約の自動応答電話みたいなもんだ。「他のご用については三番を押してください。あらまあ、わたしが選びたい選択肢にはボタンがないようですね」

根っからの明るい色目使いとして、わたしの説明は以下のとおりだ。一日人と話して過ごすんなら、たとえそれが電話で新しい皿洗い機の配達を頼むだけだったとしても、みんながちょっと機嫌良く、明るくなって終わったほうがいいじゃない？　わたしにとっては、色っぽくふざけるのは『メアリ・ポピンズ』でメアリが「やらなきゃならないあらゆる仕事には、楽しみがあるものです。楽しみを見つけて、パチン！　お仕事は終わり」って言うとこみたいなもんだ。

でも、『メロディ・メイカー』でこの色っぽいおふざけは役立ったかな？　わたしの壊滅的な性的魅力のせいでキャリアが進んだかな？　端的に言って、ぜんぜんそんなことはなかった。でも、わたしがでかい帽子をかぶってフラフラした十六歳で、煙草に火をつける時に使うライターをいまだに

☆30ロック：二〇〇六年から二〇一三年までNBCで放送されていたアメリカのシットコム。

ちょっと怖がってるみたいに見えたってことを思い出してほしい。この時、わたしのおふざけ技術はすっごくすっごく初歩的なもので、思い出すに、ほとんどが「大胆な」ウィンクを中心にしてたので、ちょっとばかりイカれた海賊みたいに見えた。さらに、性的なことがらに対する興味をほのめかす時にわたしがやってたことっていうのは、エレベータが着くまでとかの他の点では完全にフツーな会話で「あら。セクシーな関係だね？　セクシーでしょ」って言う程度のもんだったんじゃないかとも思える。

雑誌の上司はわたしのことを、開いてる窓から登って入って来たもんで、興奮して人を噛《か》み始めないよう、静かにコンピュータと遊ばせておくままにすると決めたドレス姿のチンパンジーみたいに見なすようになってた。ほぼ例外なくそうだったし、それはまあ完全に理解できる。わたしのことを恐怖すれすれの目で見てなかったとしても、とにかく職場の人たちに色っぽくふざけかけたいとは思ってなかった。ちゃんとした大人だもん！　すっごく年取ってる！　三十代くらい！　誰かひとりとうまくいったとしても、突然地方自治体税とか中空壁断熱とか、大人の話をはじめて、わたしは会話の海に飲み込まれちゃうかもしれない。全然魅力的には見えなかった。

だからダメだ。色っぽくふざけてキャリアを進めるなんてことはなかった。っていうか逆だ。そこらじゅうで手当たり次第に開花しまくりつつあるわたしのセクシュアリティのせいで、バーミンガムのロリータを食い物にしたと断罪されるかもっていう恐れが広がり、そのせいでずいぶんたくさん仕事のチャンスを失ったんじゃないかと疑ってる。でもわたしは、もし望むなら、どぎついフェミニストであっても自分のどぎついフェミニズム的原則を一切妥協させることなく、色っぽくふざけることでトップへの道を切り開くことは許されると心から信じてる。

女性の皆さん、わたしたちは職場ではひどく不利な立場に置かれてる。男の同僚はいつも男の上司とふざけてる。平均的な職場っていうのはまるで『ブロマンシング・ザ・ストーン　秘宝のタマ』とかいうような感じだ。男は基本的にそういうふうに絆《きずな》作りをしてる。色っぽくふざけるのでだ。ゴルフをしてふざけあい、サッカーしてふざけあい、小便器の前でふざけあい、また悲しいことに、仕事の後にストリップクラブやパブでふざけあう。生物学的類似にもとづいて絆を作ってる。もし生理学的差異が男と絆を作れる唯一のやり方なら、いちかばちかやってみて。そうすると、実際に男たちとセックスしなきゃっていうプレッシャーを感じる？　じゃあ色っぽくふざけちゃダメだ。ふりをするのが簡単だと思った？　じゃあふりをしよう。でも他の女たちがそうしないからって責めちゃダメだ。うん、ともかく面前ではいけない。トイレで文句を言うのはもちろんいつでもできる。

そういうわけで、色っぽくふざけることについて学んでる。仕事のためじゃなく、楽しみのためだけにだ。うーん、難しい、今までは十代の男の子としかふざけたことがなくて、その子たちはよくもまあ、半分はそのことに気づきもしなかった。実際のところ、半分以上だったんだろう。今はそう思うようになってる。わたしはまだ処女だし。明らかに全然わかってなかった。

数週間後、パーティで、わたしは今までのやり方はちょっとかすかすぎたのかもしれないと思う。いまだにデカい帽子をかぶってる。帽子をかぶれば遠近法のおかげで体が小さく見えるかもしれないというのが思い浮かんでそれを日記に書いて以来、一度も脱いでない。一メートルもあるアイライナーをつけてるみたいな帽子で、かなり安定感が無い。うん、**イレイジャー**の「リスペクト」にあわせてバーで「セクシーダンス」をしてみる。かなりリラックスしてる。「こんなにかすかにやるんじゃダメなんだ。効かない」

次に男性がわたしのところに来た時は、五分間イレイジャーの話をして、相手が注文を聞いてもらえるようちょっとだけ自分が左にずれる可能性を提示し、それから黙って相手を見つめる。

「大丈夫？」と、男性がとうとう、ちょっと不安そうに、ビール代の五ポンド札をバーテンに渡そう

☆イレイジャー：一九八〇年代半ばから活動しているイギリスのエレクトロポップバンド。オープンリー・ゲイのヴォーカリストであるアンディ・ベルと、元デペッシュ・モードのヴィンス・クラークによるプロジェクトである。

としながら聞く。

「あんたにキスしたらどういう感じかなと思ってただけ」とわたしは帽子の下からしっかり男性を見つめつつ応《こた》える。その時のわたしは気付いてはいなかったんだけど、振り返ってみると、不用心なプランクトンを探す寄り目のハマグリみたいに見えたかもと思う。

十秒後、わたしたちはキスしてる。まるでわたしがハンストをしてて、彼はチューブで強制摂食させようとしてるみたいに舌をのどに突っ込んできて、わたしは相手が咳《せ》き込まないよう最善を尽くす。すごく幸せだ。おお！　こんなに簡単だったなんて！　ちょっとした性的接触は頼めば得られる！わたしが以前ウルヴァーハンプトンでやってた戦略、つまりただ男の子たちと一緒にいて、誰かがつまずいてわたしの顔に落っこちてきて、「そこにいる間」わたしとセックスしてくれないかなと望むだけっていうのは、絶望的にシロウトっぽかったのだ。これが進むべき道だ。**アルゴス**でやるみたいに、キスの注文を出すだけだ！

次の数週間では啓示がある。基本、できるだけたくさんキスされるよう動くために、キャリアを一次停止させた。ずいぶんたくさん学んだ。だいたい、キスがうまい人は会話もうまいとわかった。相手がしていることを聞いて、応えてくれるみたいな…ソーホーの横町である男性が靴が脱げるくらいキスしてくれて、次の三日間わたしはこの経験のせいでえらいハイになって、星とかアネモネとか流砂に関するひどい比喩《ひゆ》だらけの六ページにわたる詩を書いた。別の男性と別のキスをした夜、キスの間ずっと煙草も喫い続けてた。相手のチューインガムには抗議しなきゃならなかったけど、相手の口から探し出して自分の肩ごしにドラマティックに放り投げ、「かわりにわたしを噛みなよ！」とむせかえるようなウルヴァーハンプトン訛《なま》りで言った。

でも音楽とメディア産業は狭い世界で、本質的には同じ五つか六つのバーや会場に毎晩集まる小さいムラにすぎない。わたしは『メロディ・メイカー』で「噂」になりはじめる。居心地の悪い思いを

☆アルゴス：イギリスの小売チェーンで、カタログ注文式で家電などを販売している。

するようなことがオフィスで起こりはじめる。あるライターが、その週のゴシップコラムで、わたしと別のライターが関係したということについて、かろうじて名前が出ない程度のやり方で触れる。パブでのある編集会議で、美術部門の男が、わたしがセックスした別の人の早漏問題にばかりコメントしてる。「あのドレスはちゃんと拭《ふ》いてきれいにしたならいいけど」

それからあるセクション編集責任者がデスクにわたしを呼び出し、わたしが出したばかりの記事がカバーストーリーになるかもしれないと言う。「だから話をする間、オレの膝《ひざ》に座ったらどうだ？」

わお、とわたしは思う。これが性差別だ！　性差別がわたしに起こってる！　進歩的な考えのリベラルな外れ者でいっぱいのオフィスでも、わたしが性的に活動的な女だってことだけで決めつける人がまだいるんだ！　ある点では、ほとんどワクワクすらする。結局、最後にわたしが自分のセクシュアリティについて決めつけられた時というのは、誕生日にチンピラどもが石を投げてくるので終わった。もしわたしがまったく人に好かれない状態（当時）からヤリマンと見下される状態（今）に移ったんなら、これはたしかに、ちょっとは上昇では？　女になるのは一度に一歩ずつやらなきゃならなくて、これはそれなりにけっこうな進歩とは言える。

他方、最初はどうすればいいのか立ち往生してしまう。家父長制が性的に活動的な女を決めつけることに関する**小説**は読んだことあるけど、こういう本からは次にどうすればいいのかに関するアドバイスはあんまりもらえなかった。だいたい、こういう女はムーアで死亡したり、アトランタの社会から爪弾《つまはじ》きにされたり、砒素《ひそ》を飲んだ後にその娘が紡績工場に働きに出されたりして終わりだ。十九世紀の大人の女性の対処法はほとんどわたしには役立たないし、もっといいロールモデルなしでは、ただ子供時代のやり方に退行することになる。お互い殴り合う八人きょうだいの長女として、『メロディ・メイカー』のわたしの戦略はちょっと…偏ってる。「あのドレスはちゃんと拭いてきれいにした」コメントをした美術部門の男に、「感情を傷つけた」からウィスキーのダブルをおごれと要求す

☆小説：ムーアに住むヒロインが死亡するのはエミリー・ブロンテ『嵐が丘』、アトランタの社会から爪弾きにされるのはマーガレット・ミッチェル『風と共に去りぬ』、砒素をのんで死ぬのはギュスターヴ・フローベール『ボヴァリー夫人』である。

る。わたしの名誉を傷つけたゴシップコラムのライターは椅子《いす》の上に立って職場の全員の前でわたしに謝り、その間わたしは相手を指さして「あのコラムにはひとつもジョークがなかった」と言う。もっとひどい侮辱なんて思いつかない。

そして、セクション編集責任者がわたしの「昇進」について話すため膝に座るよう頼んできた時はただ、バカを見るのはお前だと思って、相手の上にすごい勢いで座って重く体重をかけ、煙草に火をつける。

「もう血流が止まったんですか？」と、相手が汗をかいて咳き込む中、わたしは明るくたずねる。はじめてカバーストーリーを書く。相手は会議室で十分間も、脚に血が戻ってくるまで腿《もも》を叩《たた》いてる。

一方では、わたしは自分がどうしてオフィスでちょっとばかりお約束のギャグのネタにされてたのかわかってる。厳正に言うことにしよう、わたしは性的に興奮した女パックマンみたいに振る舞ってる。口をぱくぱく開け閉めして、人の顔を吸い尽くして走り回ってる。たしかに百回くらいはギャグになる。ううっ、自分でこの題材について五十くらいはギャグを考えられる。

でもそういうジョークは「愉快な」ジョークじゃない。そういうコメントには変な雰囲気がつきまとう。突っついたり、つねったりするようなイヤな感じだ。そして、わたしは自分にキスした職場の男たちに対してはそういうジョークが言われないことに気付く。そういうジョークには人を押しつぶすような要素がある。闇《やみ》の場所から来たみたいな感じのジョークだ。一日の仕事を終えて、自分が大人で、まだここの一員だと証明するため煙草を喫いながらオフィスを歩いて出る時、闇を感じる。居心地の悪い闇だ。

今では、性差別っていうのはちょっと新作映画に出るメリル・ストリープみたいなもんだ。ときどき即座にわかんないことがある。二十分くらいたって、恐竜とか宇宙飛行とかホームシックになった南軍兵士とかを全部楽しんで、そうしてからやっと「あれっ！　カツラをかぶってたの、あれメリルだ！」と気付く。

　とてもよくあることだけど、女はパーティを出て、バスに乗って帰宅し、顔を洗ってベッドに入り、二十分間『去勢された女』を読んでライトを消した後、またライトをつけて真っ直ぐに座り、こう叫んだりする。「待って。性差別を受けたんじゃないの。性差別だった！　あの男がわたしを『甘パイ』って呼んだのは、性差別だった。『アンドレア』って名前の無邪気な言い間違いじゃなかった！」

　もちろん、以前はこうじゃなかった。第二波フェミニズム、ポリティカルコレクトネス、**メイス**の催涙スプレーをハンドバッグに入れた女の出現の前には、性差別は明白でそこらじゅうにあったもんだ。見ればわかった。「限界を知れ、女ども」「お茶入れといて、ねえちゃん」「あの胸を見ろよ」みたいな言葉に、十二歳以上のどの男もいやらしい口笛を吹いてくるみたいなことばっかりだった。

　ベニー・ヒルがブロンドをデスクの周りで追っかけ回して、手で「プップー」の仕草をするのは、当時は「軽い娯楽」じゃなかった。単なる人生の事実だった。性差別は灰皿とか、**デヴィッド・エセックス**とか、わきがの臭いみたいにどこにでもあった。どんなに設定が不適切でもだ。最近、ビル・フォーサイスの、サッカーが得意で学校のチームでプレーしたいと思ってる女の子についての、可愛くてふわふわして心温まる映画『グレゴリーの〝彼女〟』を見直したんだけど、ある場面で料理を教えてる男が女生徒スーザンのお尻《しり》を触り、スーザンがただ体を引くだけで、スーザンも映画もこれ以上このことにコメントしないのに気付いてびっくりした。『グレゴリーの〝彼女〟』で！　わたしの記憶では、その頃に**ホリー・ホビー**の布団で寝てた子みんなにとって、本質的にメアリ・ウルストンクラフトが書いたフェミニズムの古典『女性の権利の擁護』みたいなもんだった映画で！

　この頃には誰も文句を言おうなんて考えてなかった。というのも、明るくおおっぴらに女子生徒に

☆メイス：護身用スプレーのブランド。一九六〇年代半ばから作られているもので、護身用スプレーとしては非常に古くから売られている。

☆デヴィッド・エセックス：イギリスの歌手・俳優で、多数のヒット曲を出している他、さまざまなテレビ番組や映画に出演している。

☆ホリー・ホビー：アメリカの絵本作家で、同名のキャラクターを描いており、子供に人気がある。

触っても、それはただ健康的でけっこうなイギリス式変態行為にすぎなかったからだ。娘っ子お触りだ。チーズ転がし祭りとか、シードルの樽《たる》で五体満足じゃない赤ん坊を溺れさせるのと同じように、われわれの文化の一部だった。

そしてもちろん、ハーフティンバー様式の建物とかストーンヘンジみたいに、今でもこういう古くさい性差別はいっぱいある。ツイッターで、明らかにひどい性差別を最近経験したかどうかたずねてみた。笑えるくらいステレオタイプな大失敗はけっこうあるだろうとは思ってたものの、質問した後三十秒で大洪水が始まるとは思ってなかった。それがその後ほぼ四日間続いたんだから。

最後には二千近いリプライをもらうことになった。そんな数にまでふくれあがるのにつれて、女たちの間ですぐに大きな議論が始まった。女たちはみんな、自分のケースは実際よりも例外的だと思ってたのだ。

実際、息を飲むくらいひどかったのはこういうやつだ。

「わたしのボスは『みんなロージーのことを考えてマスかいてるんだ。でもそれができるオフィスを持ってるのはオレだけだ』って言ってました」

「バスの列に立ってた時、男が車から飛び降りてきて、わたしがストッキングかタイツを穿いてるか見るためスカートに手を突っ込みました」

「昔フォードのガレージで働いてましたが、そこではわたしが工房を歩くと他のスタッフがみんなおっぱい！と叫んだもんでした」

そういうわけで、これが古くさい性差別だ。『レイダース／失われたアーク《聖櫃《せいひつ》》』の巨大な岩みたいにチンタラ動いてるが、明らかに存在する。ある点では、どんだけ恐ろしく、憂鬱《ゆううつ》で消耗するとしても、なつかしいところもある。なんといっても、世界はどんどん複雑になっていってる。何年にもわたって、あらゆる種類の性差別の要素が続々と登場し、波紋を投じてきている。今では男性優越主義のメスブタがいるし、「皮肉な性差別」を商っておられるから女を「デカパイパイ」と呼んだり、「目玉焼きサンドイッチを作ってこい」と言っても厳密には性差別じゃなく「笑うとこ」なので「笑う」ようにしなきゃなんないとおっしゃる男までおられる。

最近では、山ほど見受けられる女に対するひどい態度は拡散され、不明瞭《ふめいりょう》になり、ほぼまったく隠されてる。これと戦うのはパン用ナイフだけを使って玄関に漂うカビくさい変な臭いに取り組もうとするような感じだ。というのも、人種差別主義や反ユダヤ主義やホモフォビアもそうだけど、現代の性差別は狡猾《こうかつ》になってる。陰険だ。コード化されてる。クローゼットに隠れた人種差別主義者は、人前で「ニガー」なんて言葉を言おうとは絶対しないけど、誰か黒人の人が生まれつきリズム感を持ってるとか、フライドチキンが好きだとかなんとかについて辛辣《しんらつ》なことを言う。性差別も同じだ。こんなふうに、クローゼットに隠れたミソジニストは、微妙なやり方で女を低い地位に置いたり、女を困らせたりするのに使えるような単語、コメント、フレーズ、態度をごっそり揃《そろ》えてるけど、実際にそういうことをしてるとはすぐにはわからないようになってる。

たとえば、オフィスでのちょっとした議論を考えてみよう。あるプロジェクトについて意見の相違がある。ある男性の同僚がそれをひどく悪くとって、足を踏みならして出ていく。戻ってくると**タンパックス**の包みを持ってて、デスクに置く。

「キミがひどく感情的なのを考えると、これが要るかと思って」と、**ジミー・カー**みたいににやっと笑って言う。何人かがニタニタする。

どうすればいい？　明らかに、もっと資源があれば、自分のデスクの引き出しから睾丸《こうがん》を一対《いっつい》取り出してきてデスクに置いて、「さっきの口論の間あなたがどんだけ骨なしだったかを考えると、あなたにはこれがいると思いますね」と応えられる。でも、ああ、世界で一番、何にでも準備ができてる

☆タンパックス：プロクター＆ギャンブルが出しているタンポンの商品名。

☆ジミー・カー：イギリスのコメディアン。

ような女でも、デスクに余分なゴムのタマなんて持ってなさそうだ。

社交的な機会ではどうだろう？　他の家族と一緒に休日に出かける。みんな子供がいる。男は、女に比べると半分くらいしか家事も子供の世話もやってないと気付く。男たちは、妻たちがジャガイモを剥《む》いたり、使われなくなった井戸からウンコまみれになって泣き叫ぶ幼児を救出したりして走り回ってる間、肘掛け椅子に座って落ち着いて iPhone で**アングリー・バード**をプレーする驚くべき能力を持ってる。

女たちが台所に立って、ストレスまみれで午後四時からショットグラスのウィスキーをずっとあおってる時、「そういうことについてはそんなに得意じゃないんだ」と、男たちはほとんど悲壮な調子で言う。

さらに、理想的には、こういうことにも準備ができてるといい。たぶん、年長の子供たちには、**ミルキーバー**をごほうびにしてそれと引き換えに『去勢された女』をそらんじられるように教える。あるいはたぶん「家庭内役割分業トラッカー、一六〇〇年から現代まで」っていう iPhone のアプリを入れて、作動させたまま、男の目にとまるよう、テーブルの上のビールの隣に置いておく。でももう一度言うけど、こんな楽しい作戦をするヒマなんて誰にある？

ツイッターの女性たちに経験した性差別の例をきいた時、結局、コード化されてる事例のほうが不穏だとわかった。ケイトの説明によると、「コーヒー休憩の時に、わたしの前に列ができるから、白い上着と黒いスカートはもう会議に着ていかないようにしています。みんなわたしがウェイトレスだと思うんです」ということだ。また、ハンナは余剰人員としての解雇について、ボスにこんなコメントで慰められたらしい。「心配するんじゃない、お嬢さん。少なくともあなたにはきれいな脚があるんだから」

もちろん、こういう事例がすごく悪質で有害なのは、疑いの要素が差し挟めるからだ。意図的に性

☆アングリー・バード：フィンランドで開発され、世界中で大ヒットしたモバイルゲーム。

☆ミルキーバー：ネスレが出しているホワイトチョコレートバー。

差別をしているのか、不注意やバカのせいで偶然、性差別をしてるだけなのか？　たとえば「きれいな脚」のコメントは、女にとって大事なのはきれいに見えることだけだから、ショートスカートを穿いて見映えがいいかぎりは職場でも大丈夫だという仮定が含まれてるんじゃなく、極端に鈍いやり方で慰めようとした試みにすぎないのかもしれない。でももちろん、年を取って履き心地のいい靴やスラックスを穿くようになったら台無しだけど。

こういうことで戦ったら、キーキー叫ぶユーモアの無いババアみたいに見えるようになるんだろうか？　茶壺《ちゃつぼ》の傍《わき》に立ってたら、部下に「ミルク、砂糖なしで。**ホブノブ**ある？」って聞かれるような時も、肩をすくめてやり過ごすべきなんだろうか？

手短に言うと、性差別が自分に起こってるって、どうすればわかるんだろう？

☆ホブノブ：マクビティが出しているビスケットのブランド。

ええと、これについては、究極的に助けになるのはただ以下のような質問をあてはめることだ。これは礼儀にかなってるか？　もし、地球に住む男女両方の全人類が、ただ本質的に「連中」なら…連中のひとりが、ただ仲間の連中のひとりに対して無骨に振る舞っただけだろうか？

それなら性差別とは呼ばないほうがいい。かわりに「礼儀」と呼ぼう。女がちょっと瞬《また》きして刑事コロンボみたいに頭を振り、「ごめんなさい、でもそれちょっと無礼に聞こえますね」と言い、男は謝ろうとする。地上で一番手に負えない頭コチコチ野郎でも、ただ無礼だという批判に対しては言い訳は使えない。

結局、現代のコード化されたミソジニーがどんなもんだかについては、泣くまで議論できる。でもまったくの礼儀知らず、つまりお母さんが子供の頭の後ろをつついて怒るようなやつについては、議論の余地はない。「男対女」にする必要もない。連中の間でのケンカだ。

全世界を「連中」と見るのは重要なことだ。いろいろ考えると、わたしたちはみんな、うまくやっていこうとしてる悪気の無いバカ者たちの集まりにすぎない。そういう考えがわたしの世界観の中心にある。わたしは「女性支持」でも「反男性」でもない。「六十億人にいいね！」だ。だって、「男性」とか男性性とか男性のセクシュアリティが問題だとは、わたしは思ってないんだもん。性差別は「男対女」だとは思わない。男だからっていうだけの理由でスカートを引っ張るイヤな奴《やつ》になるわけじゃない。スカートを引っ張るイヤな奴が女だってこともときどきある。とくに深夜にナイトクラブに行くとそうなんだけど、まあそれはまるっきり違う話だ。スカートを引っ張るイヤな奴は、「女性らしさ」のせいで女をいじめるわけじゃない。性別には関係ないと思う。

職場とか、人間関係とか結婚とか、まあ正直だいたいはパブなんだけど、大人の領域でつきあう男女を見始めてから、わたしはグリア女神様ほか多くの人とは違って、男が心の奥底で女を嫌ってるってのは信じられなくなってる。ヴァギナやエストロゲンに対して戦争をしかけたがるなんかがペニスやテストステロンにあるから男は女を嫌うって考えは信じられない。

違うと思う。けっこうな間はすごく酔っ払ってて、よくアイライナーの付けすぎでほぼ実際目が利かない状態になってるというのはあっても、わたしには世界が男対女になってるとは見てとれない。かわりにわたしに見えるのは、勝者対敗者だ。

性差別のほとんどは、わたしたちが敗者だってことに慣れてる男たちのせいだ。これが問題だ。わたしたちは悪いところに追い込まれてるだけだ。男たちは、わたしたちが二位で敗れたり、完全に失格になったりするのに慣れてる。フェミニズム以前に生まれた男たちが育ったのは、二級市民の母親、結婚で片付かなきゃならない姉妹、秘書学校に行ってから主婦になる同級生女子がいる環境だ。外れていく女たち。いなくなる女たちだ。

そういう男たちが大会社のCEO、株式市場の大物、政府のアドバイザーになってる。そういう人たちが労働時間や育児休暇、経済的な優先事項や社会の習慣を決めてる。そしてもちろん、平等ってことが直観的にわかってない。性差別は、ゆでたプディングやお尻を叩かれるのやゴルフが好きだってのと一緒に、この世代に深く染みこんでる。女を「他者」と見なすのがこういう男たちの自動的な反応だ。働いていて、解放された女に対するコチコチのバイアスは、この人たちが死ぬ時にやっとなくなるだろう。

フェミニズム以降に生まれて、教科書とか抗議行進とか毎朝職場に出勤する母親とかを見て育った男性でも、どんだけ理論的には男女平等を信じていてまわりの女性を尊敬していようとも、かつてどうやって大きく歴史が前進したかに気付かないふりはできない。静かで抑えてるけど、完全に黙ってるわけじゃない声が内側で「もし女が本当に男と平等なら、証拠はどこだ?」ってささやく。これは男の内側だけで響いてる声じゃない。女の中にもある。

男だろうが女だろうが、アマゾン族とか部族によって採用されてる母系制とかクレオパトラを引き合いに出す最も熱烈なフェミニスト歴史家でも、女は過去十万年間基本的にからっきしだったのは隠せない。これは認めよう。男と平等で、勝ち誇った創造的な女の歴史が等しく存在してるけど、スカートを引っ張るイヤな奴がそれを隠蔽してるんだってふりを労力をかけて続けるのはやめよう。そんなヤツいない。女たちの帝国も、軍も、都市も、芸術作品も、哲学者も、慈善家も、発明家も、科学者も、宇宙飛行士も、探検家も、政治家も、アイコンも、みんな居心地良く**シングスター**のプライベートカラオケ室におさまる。わたしたちにはモーツァルトも、アインシュタインも、ガリレオも、ガンジーも、ビートルズも、チャーチルも、ホーキングも、コロンブスもいない。そういうことは起こんなかった。

今のところ、ほとんど全部男が作ったものだ。長い目で見ると、リベラルで時代にあった感じでこれを拒むと全部が余計にややこしく、扱いにくくなる。女がこういうこと全部を以前に試して、結局は男と同じくらいうまくはできなかったんだとか、女性の解放という実験は既に起こってたけど遅れ

☆シングスター:プレイステーションから出ているカラオケゲーム。

てるだけなんだとかいうふりをすると、女は男と同じくらい優れてはいないんだっていう考えに根拠を与えることになっちゃう。今のまんま、世界は男の優先事項、必要、気まぐれ、成功に沿って作られ、そういうものを称《たた》えることで続いていくべきだっていう考えだ。女は始まる前から終わりってことになっちゃう。本当は、わたしたちはまだ始めてすらいないってのに。もちろんまだだ。始まったらわかる。

職場で、この仮定が間違ってるとわかる。『メロディ・メイカー』は善良でリベラルな男性でいっぱいだ。わたしが経験した性差別がどんなものだろうと、そういうのは職場の他の人たちからは悲惨でおかしなやつと思われる人がやったことだった。だいたいにおいて、ロック批評家の集団ってのはわたしが知るかぎり最高レベルのフェミニストな男どもだ。そのうちひとりはわたしの夫になって、どんな女よりもたくさん、女に関する男のアホプロジェクトについて教えてくれてる。カーディガンに**フィールドマイス**やアバのレコードをたっぷり入れた買い物袋を抱えてる、バーミンガム出身の二十三歳のギリシャ系の青年は、わたしのフェミニストヒーローとしてジャーメイン・グリアといい勝負だ。

でも、これは全部未来に起こることだ。一九九三年には、わたしはオフィスでデスクに座り、煙草を喫ってた。わたしはリベラルな男たちが、女が作った偉大なレコードはそんなにたくさんないっていう証拠と、女は男と平等だっていう熱烈な信念を適合させようとしながらイチャイチャしてるのを見てる。六週間ごとくらいに、編集会議でみんながその時の音楽シーンを見回して、全部グランジとかブラーとかなんとかなんだけど、「ううーっ、紙面に女性を出さなきゃ! 女性…を出さなきゃ!」って絶望する。

そういうわけで、**エコーベリー**のソニアに、ラジオ1の未来に関する「議論」に参加してもらうことにした。**スリーパー**のルイーズ・ウェナーにシングルをレビューしてもらうこともする。緊急時に

☆フィールドマイス：イギリスで一九八〇年代末から九〇年代初めに活動していたインディロックバンド。

☆エコーベリー：ソニア・マダンをフロントウーマンとするブリットポップ期のロックバンド。

☆スリーパー：ルイーズ・ウェナーをフロントウーマンとするブリットポップ期のロックバンド。

は、どっかにただ**デビー・ハリー**の写真を印刷した。この頃の音楽シーンはちょっとアウシュビッツみたいだったので、意識して努力してた。鳥（birdsは英語では女性のことも意味する）がいないのだ。愛とか金とかのために音楽を作ってる女性は見つからなかった。思い出してほしいんだけど、スパイス・ガールズやレディ・ガガ以前の時代で、ポップミュージックを作る女に大きな市場は無いと思われてた。そもそも女が音楽を作ると生意気と思われたりする。ジュリー・バーチルはこう言ったけど、誰よりもこの思いこみをよく言い表してた。「ドレスを着てギターを持ってる女性は変な感じだ。犬が自転車に乗ってるみたいだ。すっごく変だ。見過ごせない」

　みんなが考えてたけど居心地悪くて言えなかったのは、女は男よりただ言いたいことが無いんじゃないかってことだった。結局、投票権を獲得して七十年もたってるのに、音楽シーンにかかわるところだけだと、成果を出してる女の天才はほとんど一握りくらいしか現れてなかった。**ジョニ・ミッチェル**、**キャロル・キング**、**ＰＪハーヴェイ**、**パティ・スミス**、ケイト・ブッシュ、マドンナ、**ビリー・ホリデイ**なんかだ。来るべき嵐《あらし》の先導者というよりは、妙な例外とみなされても仕方ないくらい少ない。レッド・ツェッペリンやガンズ・アンド・ローゼズと肩を並べられるような女のロックバンドはまだいなかった。パブリック・エナミーやウータン・クランと肩を並べられるような女のヒップホップアーティストも、リッチー・「プラスティックマン」・ホウティンやプロディジーと肩を並べられるような女のダンスアーティストもいなかった。ビートルズの力と競える女だけのバンドなんて、何がある？　ランナウェイズ？　ゴーゴーズ？　スリッツ？　釣り合わなくて笑えるくらいだ。でもそういうことには絶対触れなかった。真実は性差別的に聞こえた。

　黙ってはいてもやきもきするんだけど、本当は法律が変わった瞬間、創造性が開花し始めればよかったのにと思う。火砕流爆発で遠くまで木がなぎ倒されるみたいに、何世紀も閉じ込められてた女の素晴らしさがあらゆる形で解き放たれるべきだったんだ。もし本当に女が男と平等だったら、エメ

☆デビー・ハリー：ニューヨークにおける一九七〇年代のニューウェーヴ・シーンの代表的なロックバンドであったブロンディを率いていた女性ミュージシャン。

☆ジョニ・ミッチェル：一九六〇年代から活動しているカナダ出身のシンガーソングライター。

☆キャロル・キング：アメリカの作曲家・シンガーソングライター。一九六〇年代から作曲家として多数の多数のヒット曲を生みだし、一九七〇年代以降はシンガーソングライターとしても活躍した。

☆ＰＪハーヴェイ：一九九〇年代から活躍しているイギリスのシンガーソングライター。ブリットポップ期に活動を開始したアーティストだが、オルタナティヴロック的な尖ったサウンドが特徴。

☆パティ・スミス：アメリカの詩人でロックミュージシャン。ニューヨークにおけるパンクロックシーンの伝説的なアーティストである。

☆ビリー・ホリデイ：アメリカの伝説的なジャズ歌手で、通称「レディ・デイ」。

リンとクリスタベル・パンクハーストは女性参政権が通った日の黄昏《たそがれ》までに「**オール・アロング・ザ・ウォッチタワー**」を仕上げてたはずだ。あの馬の下に身を投げてる一方でね。

でもそうはならなかった。ただ投票できるだけじゃ、真の平等とはいえないからだ。ガラスでできているから、ガラスの天井は見えにくい。ほぼ不可視だ。必要なのは、その上までもっとたくさんの鳥を飛ばし、そこらじゅう糞《ふん》だらけにして、天井がちゃんとよく見えるようにすることだ。

そうこうするうちに、エコーベリーが表紙になった。

「ソニアのとこに行ってインタビューしたいかい?」と編集者に聞かれた。

口にはしないけど、続く言葉は「君は女の子だから」だ。

「いいえ」とわたしは言った。ひどいバンドだと思ってたからだ。

それで、そんならなんでわたしたちは何もしなかったんだろう?

わたし自身の個人的体験に基づいて言うと、十万年にわたる男性優位の起源は、男は膀胱炎《ぼうこうえん》になりにくいっていう単純なことに基づいていると思う。一四九二年にアメリカ大陸を発見したのはなぜ女じゃなかったんだろう? 抗生物質ができる前の時代、大西洋をわたる途中で、旅程の残りをトイレに入り浸りで泣いたり、ときどき「ニューヨークまだなの? ホットドッグちょうだい」と窓から叫んで過ごしたいなんて女がいるだろうか?

身体的には、わたしたちは弱い性だ。石を持ち上げたり、マンモスを殺したり、ボートを漕《こ》いだりするのはそんなにうまくはない。さらに、セックスのせいで妊娠するのが余計ややこしくて、軍を率いてインドに行くには「太りすぎてる」と思うようなことになったりする。女性解放に向けての努力が、工業化と避妊という車の両輪の上で展開してきたのは偶然じゃない。機械によって女は職場で男と同等になり、ピルのおかげで欲望を表現するほうも同等になった。もっと原始的な時代、つまり個

☆オール・アロング・ザ・ウォッチタワー：一九六七年にボブ・ディランが書いた曲で、ジミ・ヘンドリックスによるカヴァーが有名。

人的には一九八八年に『ワーキング・ガール』が公開される前はいつでもそうだと思ってるんだけど、その頃には勝者というのは常にレイヨウを地面に殴り倒せるくらい肉体的に強く、性的衝動が妊娠と出産による死で終わらない人間だった。

そういうわけで、教育、弁論、「フッー」という概念は力がある者のものになった。男であることと、男の経験が「フッー」と見なされるようになった。それ以外はぜんぶ他者だ。そして「他者」として、都市も哲学者も軍も政治家も探検家も科学者もエンジニアもなしに、女は敗者になった。女が劣ってると見なされるのは、男の女に対する憎悪に基づいた偏見だとは思わない。歴史を見れば、事実に基づいた偏見だ。

でも、妙なことに、他の女性と性差別について話せる気はしない。他の女性と議論するには難しすぎるポイントだと思う。わたしが知ってる女性はみんな、男性が多い環境で働く強いフェミニストだ。ジャーナリスト、編集者、PR、コンピュータプログラマーとかだ。でも、一九九三年、その時にはみんなただそういうことにうまく対処できるようになるだけで忙しすぎて、大きな議論なんかできなかった。さらに、その上、ブリットポップの始まりの時代で、ラデット、つまり男性を真似て飲んだり遊んだりしまくる若い女たちが登場しはじめてた。子供も、育児の心配も、男たちが不可解にもすり抜けていくのに女が三十代で突然出会すキャリアの足踏みもなく、基本的には遊んでばっかりの若い女として、状況はまだ明るく見えた。ドクターマーチンとビールと最小限の化粧の時代に、性差別はどんどんなくなっていってるように見えたので、これが注目されるようにするのは逆効果にも思えた。無邪気にも、みんなこれは過去の問題で、日々良くなっていってると思ってたのだ。これから来るものがわかってなかった。『ナッツ』誌とかブラジリアンワックス脱毛とか、**モイラ・スチュアート**が年を取りすぎてるからクビになるとか、また十五年も男女の賃金格差が続くとか、そういうこと

☆モイラ・スチュアート：カリブ系イギリス人のニュースキャスター。二〇〇七年、五七歳の時にBBCの番組でニュースを読む仕事を降ろされ、年齢差別・性差別であるという批判が起こった。

が起こるのに。ＰＪハーヴェイの時代には、プッシーキャット・ドールズは想像できない。

　でもわたしは家父長制についての会話はしてた。ゲイの男たちとそういう話をしてた。十八歳で、何世代もの女たちが長きにわたり理解していたことを発見した。ストレートの女はゲイの男と自然に同盟できる。なぜならゲイの男たちも「他者」で、敗者だからだ。


「君が女だって気付かないと思う？」とチャーリーが言う。

　カムデンのみすぼらしいカフェで、スパゲッティボロネーゼを食べてる。今、わたしはロンドンに住んでる。十八歳の誕生日、合法的に当座貸し越しできるようになった最初の時にウルヴァーハンプトンのクイーン・スクエアにあるバークリー銀行の列に並んで、引っ越したのだ。カムデンに家があって、わたしは世界一手際の悪い間借り人だ。電話がしょっちゅう不通になるので、みんなかわりに近くのパブ、グッド・ミキサーにわたしあての伝言を残すようになりはじめてる。テレビの上でキャンドルをつけたままにして、陰極チューブに溶け出した。これはそんなに重要じゃない。電気も切られてたからだ。何ヶ月もテレビを見てない。

　毎日昼ご飯の時間にこのカフェに来て、三ポンド七十五ペンスでスパゲッティボロネーゼを食べ、いまだに洗練と大人らしさの極みにいるような気分になる。見て！　外食してる！　海外のものを食べてる！　同性愛者の人と！

「だって、いつもそうだから」とチャーリーが言う。「すぐに君が女だって気付くよ。僕も自分がゲイだって気付かれないと思ってたんだ。でも気付く」

「すごくひどいってわけじゃないんだけど」とわたしはほとんど弁解みたいに言う。「つまり、わたしを強姦《ごうかん》用食器棚に入れるとかいうようなわけじゃないんだけど、ただ…」

　わたしはため息をつく。

「ただ…うーん、わたしが何を言ってもちょっと変でおかしいの」わたしは続ける。「わたしはフツーじゃない。マンコ野郎みたいな気分になるだけ。うん、差別的な意味はなく。何も言わないで」

今日、『メロディ・メイカー』でした会話のせいでまだ心が痛んでる。新しい一大事がやってきたんだけど、それはアメリカの「**ライオットガール**」って運動だ。ハードコアでパンクフェミニストのシーンで、バンドメンバーは主流のメディアで話すのを避け、ファンジンをばらまき、モッシュピットに男性が入るのを禁じ、口紅やマーカーで体に革命的スローガンを殴り書きしてる。

コートニー・ラヴが頭首だ。コートニーを通じて、カート・コベインとニルヴァーナが同盟してる。わたしは今は『ザ・タイムズ』でロック批評家として働いてて、そこの話の流れでライオットガールのバンドは主流メディアとインタビューをすべきだと思うと言った。本当にハードコアフェミニズム運動を必要としてるような女の子たち、つまり公営住宅地に住んでて、ラジオ1を聴いて、ニュー・キッズ・オン・ザ・ブロックについて空想してるような子たちが、**セバドー**のギグの外で手渡し配布されるライオットガールのファンジンのコピーに出会すことなんてなさそうだからだ。価値ある革命はできるだけたくさんの人にメッセージを広めなきゃならない。その事実により、**ハギー・ベア**はわたしのインタビューを受けるべきだ。

この話をしてる途中で、わたしは男の編集者の叫びで黙らされた。その男はわたしの話を全部即座に没にして、こんな発言で話を締めくくった。「デブの十代の女の子で、通りでバカ野郎って叫ばれるのがどういうことかなんて、お前にはわかんないだろ」

その時、わたしはデブの十代の女の子で、通りでバカ野郎って叫ばれてた。白人の中年のストレート男に、若い女性のラディカルフェミニズム運動について説教されるなんて、驚きで何も言えなくなる。

「まるでアイツ、自分が何でもわたしよりよく知ってるみたいに思ってんの。わたしよりもね！」ま

☆ライオットガール：一九九〇年代初頭にアメリカで始まった非常に政治的でフェミニスト的なロックの潮流。ビキニ・キルやハギー・ベアなどが代表的なバンドである。ただし、コートニー・ラヴが率いていたホールは、共通点はあっても通常、ライオットガールに分類されるバンドではない。

☆セバドー：一九八〇年代後半から活動しているアメリカのインディロックバンド。

☆ハギー・ベア：イギリスの代表的なライオットガールバンド。ほとんどメディアに露出しなかった。

た憤慨しながらチャーリーに言う。「ションベンが煮えたぎりそう。ションベンといえば、偶然だけど、どんなギグでもあいつの二倍も長く列に並ばなきゃできないんだけど」

「おー、いつもだよ」とチャーリーが気持ちよく言う。「主に、ゲイ男性であるのはどんなに難しいかって会話で、ストレートの男に説明されるんだ。問題は、ストレートの男は僕らについてたいして知らないってことだよ。だよね？」

「わたしたちはすっごく謎めいてるから」わたしはスパゲッティを口からぶら下げながら賛同する。

「ね、でしょ、だよね？」チャーリーが言う。「つまりさ、考えてみてよ、ほとんどの映画もテレビ番組も、女とかゲイとかは一人くらいしかいなくて、他のとこはストレートの男ばっかり出てきて、ストレートの男が台本を書いてるでしょ？　本もそうでしょ？　小説とか映画とかはそういう架空のゲイ男性やストレート女性ばっかりで、僕らに言ってほしいなーとストレートの男が想像してるようなことを言って、してほしいなーとストレートの男が想像してることをするんだよ。僕が見たゲイの男には全部、エイズで死にかけてる元彼がいるよ。ったく、『**フィラデルフィア**』のバカめ。フツーになるためだけにエイズの彼氏を作るべきなんじゃないかとまで思い始めるレベルだよ」

「うん、そう。それに女はみんないつもただ本当に『いい』人で思慮深くて、イカれたアイディアとか子供っぽい理想主義を抱えてた男を押さえようとしてる」と、わたしは悲しく言う。「それでそういう女たちはまず面白くない。なんで面白い女がいないわけ？」

「架空のユダヤ系女性は面白いこともあるよ」とチャーリーが指摘する。「でも神経症でなきゃいけないし、全然彼氏がいない」

「たぶん改宗すべきかも」と、わたしは暗く言う。「シナゴーグに入ってあの燭台《しょくだい》を一本入手する。それでそっちはエイズチャリティの**テレンス・ヒギンズ・トラスト**に行ってちょっと手伝うとか。そうしたらわたしたちまともになるんじゃない」

☆フィラデルフィア：一九九三年のアメリカ映画で、ハリウッドのメジャーな作品としては初めてゲイの男性を主人公とする物語である。トム・ハンクス演じるゲイの弁護士ベケットはエイズで死亡する。

☆テレンス・ヒギンズ・トラスト：イギリスでエイズ患者のサポートや予防のための啓発活動を行っているチャリティ団体。団体名は、イギリスにおいてエイズが原因で亡くなった人物としては記録に残る最も古い例であるテレンス・ヒギンズからとられており、ヒギンズの生前の友人たちによって創設された。

「それでも、僕らはレズビアンに比べりゃ楽なもんだよ」とチャーリーが勘定書きを手に取りながら言う。「イギリスには『**ザ・ワード**』に出てるハフティ以外にひとりもレズビアンがいないんだから」

煙草をバッグに放り込みながら、わたしはぐだぐだばかなことを考える。次に何をすべきかわかったと思う。彼氏を作る必要がある。彼氏がいればなんでもマシになるだろう。

☆ザ・ワード：チャンネル4で一九九〇年から一九九五年まで放送されていたバラエティ番組。出演者のひとりであるハフティは坊主頭のレズビアンだった。

第八章　恋に落ちちゃった！

How To Be a Woman

一年後、わたしは恋に落ちてた。カレこそ運命の人だ。もちろん、カレの前の人についても運命の人だと思ってたし、その前の人についても運命の人だと思ってたんだけど。ハッキリ言って、あまりにも「恋をする」って考えに夢中だったもんで、三百万人だかの人口のうち、誰だって運命の人になりそうだった。

でも、ちがーう。今、これこそは**間違いなく**運命の人だ。ホンモノだ。三月に、手をつないで、ハムステッドにあるモネの絵っぽい灰色の歩道を歩きながら、恋してる。たしかにひどい気分だし、カレは完全なバカクズだけど、恋してる。とうとう。意志の力だけで、わたしだけのカレがいるんだ。

「ヘンな歩き方するね」と、ミョーにとげのある言い方でカレが言う。「デブみたいな歩き方じゃないね」

何を言ってんのかわからない。カレの手を離す。恋をしてんだよ。まったく、ひどいったら。

うん、カレはバンドをやってる。初めてバンドをやってる男性とつきあえた。異常に才能があって、すっごくキレイで、でもすっごく怠け者で、まったく困った人だ。する価値がないと思った「クズみたいなギグ」をやらないせいで、バンドはどうにも立ちゆかなくなってる。一年に四曲か五曲は書くけど、まるでミックスも仕上げもせずにわたしの部屋の床に散らばってるC90テープの上に座ってるわけじゃなくて、四週間もチャート一位になって世界を変えた曲だっていうような調子で、何ヶ月もそれぞれの曲について議論して過ごす。

お母さんのことを嫌ってる。どうしてか聞いたら長い話をしてくれて、そのお話は口論の最中にカレが**フローラ**マーガリンの容器のフタを投げつけて、お母さんが失神するくだりで終わった。それでもなんだかよくわからないんだけど、まあお母さんがひどいこと言ったというのは肯定しといた。

でもなんでフローラを食べてたんだろう？　自問してみた。もしわたしがあれくらい金持ちだったら、毎日バターを食べるのに。

一緒にデートに出かけて、カレがわたしのフラットに引っ越してきても、わたしのことを好きだとは思えない。わたしが書き物をしてる時、傍《わき》の椅子《いす》に座って、いかに自分はわたしより才能があるか超くどくど説明してくれる。友達がいる時は、カレが冗談を言ってわたしが笑うと、急にさえぎって「なんで笑ってんだよ？　オレが話してることわかってないだろ」。

わたしの家族はカレが嫌いだ。弟のエディがうちに泊まりに来た時、うっかりイチゴ味の**ヨープレイ**を瓶から彼氏のスエードのジャケットにこぼしちゃったんだけど、カレはこの十三歳の子供に対して完全に度を失うくらい怒ってた。エディは泣いちゃった。ふたりで家を出て外の階段に座り、煙草《たばこ》を喫《す》って、わたしはエディに何度も何度も謝った。

キャズはカレについてすごくぶっきらぼうにこう言う。「あのバカタレ。台所のネズミと同棲《どうせい》してるほうがマシじゃん。女の子みたいな名前の背の低い男でしょ。問題ありにきまってる」

名前はコートニーだ。たしかにけっこう背が低く、すごくやせてる。明らかにわたしよりちっちゃい。自分がカレにはデカすぎるような気はしてる。これは問題だ。まっすぐ立ったら押しつぶしちゃいそうな気になる。わたしはもっとちっちゃく、物静かになるよう、いっぱいマリファナを喫い始めた。

☆フローラ：ヨーロッパで売られているマーガリンのブランド。

☆ヨープレイ：フランスのヨーグルトブランド。

愛は麻薬だ。午後十一時にハッパを巻きながらそう思う。愛は麻薬だ。要るのは麻薬だけ。

しかも、わたし自身すばらしい掘り出し物ってわけじゃない。電気が切られた家に住んでる十代の女だ。午後二時に起きて明け方に寝る。かなり変人だ。すてきな仕事を手に入れて、チャンネル4で『ネイキッド・シティ』っていう深夜音楽番組をやってる。部分的に有名になってたけど、その「部分的に有名」っていうのはだいたい、ギグに酔っぱらった人が来て「サイテー!」と言って去って行くことからなってるってわかった。

全員が「サイテー!」って言うわけじゃない。「すごいね!」って言ってくれる人もいるけど、ある意味そっちのほうが悪い。っていうのも、他の大勢から「サイテー!」って言われたら、「すごいね!」って言ってくれた人に、他の大勢はクズだと思ってて、最終的な結論を下す前にたぶんそういう統計的情報を心に刻んでおいたほうがいいですよって言わなきゃならない責任があるように感じるからだ。そして、けっこう酔っ払ってる時、つまりほとんどいつもってことだけど、そういう時にこんなあれこれを人に言うと、相手はひどく混乱してこっちをじっと見て、一、二分してから謝っていなくなっちゃうもんだ。

そういうわけで、ちょっとめちゃくちゃでぼわんぼわんな状態とやる気満々な状態が交互にやってくるようになってる。「わたしはすごいんだ! そう言われたもん!」の後、泣きながら「わたしはサイテーなんだ! そう言われたもん!」だ。すっごく酔っ払って階段から落ちる。『メロディ・メイカー』のピートの家で、涙があふれてきて、一晩中テーブルの下に座って泣く。生涯の間ずーっと家を出たいと思って暮らしてきたにもかかわらず、なによりも家族に会いたい。夜になると、コートニー(わたしとセックスできるなんて、お利口さんだ!)とベッドに寝っ転がって、妹のプリニーと使ってたウルヴァーハンプトンの家のダブルベッドを思い出してることに気付く。今はひとりだ。

しょっちゅうプリニーのおねしょまみれになって起きてたけど、あの家ではいつも、暗い中で寝て

☆ネイキッド・シティ:一九九三年から一九九四年までチャンネル4で放送されていた音楽番組。

ても安全な気がしてたと思う。コートニーじゃなくてプリニーがベッドにいてくれたらいいのに。ちっちゃいプリニーがあめ玉みたいな目をしてて、ビスケットやら地面やら子犬やらのにおいがして、あったかい。プリニーが夜に目覚めてしまうと、ジュディ・ガーランドのお話をしてあげて、眠りにつくまで髪をなでてあげる。

コートニーが夜目覚めると、また眠れるまで、髪が薄くなってきてることをぼやいてる。わたしは落ち着かなくなって、憂鬱《ゆううつ》で眠れなくなっちゃう。人と一緒に寝てるのにこんなにひとりでいる感じがするなんて知らなかった。

でも、絶対恋に落ちるって決めてもいた。たぶんそうすれば…ちょっと一皮剝《む》けるんじゃないかと思ってた。教訓とか苦行みたいな感じの恋だ。コートニーに殺されるとは思わないので、だからたぶんわたしは（ニーチェが言うように）強くなる。ここから学ぶんだ。いっぱいジャニス・ジョプリンを聴く。恋のせいでめちゃめちゃな気分になるもんだと信じてる。なんかすごいことに思える。バカだから。すっごくバカだったんだもん。

下着と同じく、恋は女の仕事だ。女ってのは恋の対象になって一人前。女に起こりうる大悲劇について話すと、まあ戦争と大けがは別として、一番たじろいじゃうのは愛されてない、つまり求められてないという考えだ。エリザベス一世は大英帝国の礎を築いたかもしれないけど、結婚できなかった。かわいそうな、青白い、水銀の塊みたいな女王さまだ。ジェニファー・アニストンは大成功した美人富豪で、ロサンゼルスのビーチハウスに住んでて、鼻風邪をひいた状態でブーツを返すためトップショップのオンライン返品窓口の列に並ばなきゃならないなんてことは絶対ない。でも、三十代の頃のことについては、最初はブラッド・ピット、次は**ジョン・メイヤー**をつなぎとめておけなかった十年として記録される。ダイアナ妃は超不幸！　シェリル・コールは幸せ！　ヒラリー・スワンクと

☆ジョン・メイヤー：アメリカのミュージシャンで、一時期ジェニファー・アニストンと交際していた。

リース・ウィザースプーンはオスカーをゲットしたけど、夫は出てった！

言葉を見るだけで、誰ともくっついてない女がどう思われてるか、正確にわかる。「独身貴族」(bachelor)と「行かず後家《ごけ》」(spinster)の違いで全部わかる。独身貴族はなんでもお手のものだ。行かず後家は精一杯すばやく手を出さないといけない。市場の需要が女の価値を決める。独身なら求められてないということで、それゆえこの状態が一定時間続けば、どんどん好ましくなくなっていく。

そういうわけで、誰かとくっついてるってことが重要でそれを女もわかってるとすれば、女が恋とか関係とかいう考えに取り憑《つ》かれてるのは驚くようなことじゃない。いつだってそういうことを考えてる。時々、女が見込みのありそうな恋愛関係についてどう考えてるか男に話すと、男たちはすっごくすっごく警戒しはじめる。でも、女たちと同じことを話してみれば、恥ずかしそうに同意の声を発する。

たとえば、ふつうのオフィスとか職場とかを考えてみよう。男女両方が勤務してて、興味を持って観察してればだいたいは気付くくらい、明らかに色っぽいおふざけが進行することになる。みんな、わかるでしょ。

でも、もし超能力ヘルメットみたいなものがあったとして、女の考えを読むためにそれをかぶったとしたら、それまでは隠れてた女のイカれた考えが明らかになって、ヘルメットをつけた男はみんなビックリしちゃうだろう。

隅っこにいる女はどうだろう。完全にフツーそうだし、精神に異常はなさそうな課長だ。一緒に働いてるみんなに対して、感じよく気さくに接してる。みんなが思うかぎりでは、オフィスの誰にも好意は抱いてない。長くて重要なメールを書いてるみたいだ。でも、何してるのかほんとにわかる？実は机五つぶん離れたところに座ってて、十回くらいしか話したことのない男のことを考えてる。「短い休暇で一緒に出かけるなら、パリまでは行けないし。カレは元カノと一緒にパリに行ったかとかなんとか考えてるのだ。「うん。一度そう言ってた。覚えてる。春のコートを着たわたしを、春のコートを着たカノジョと比べるようなことになるなら、ルーヴルをうろつくわけにはいかないし。ルーヴルをうろつくわけにはいかないし。とにかくまあ、春に行くのじゃないかも。今の関係を考えると、もし今日カレが最初の一歩を踏み出したとしても、最初に休暇に行くのは…」指で数えて「十一月。すごく雨が降ってて、髪の毛がぺっちゃんこになっちゃうかも。傘がいる」

怒りっぽくタイプをしながら考え続ける。「でも、傘なんか持ってたら、片手に傘、もう片方にハンドバッグだから、手をつなげなくなっちゃう。そんなんダメだ。たーだーし！　たーだーし、要るものみんなポケットに突っ込めれば別。そんならルーヴルにハンドバッグを持っていかなくていい。でも、水でパシャっとやられても替えのタイツはないってことになるから、裸足《はだし》にならなきゃいけなくて、寒すぎて足全体が紫色になって、ホテルに戻ってヤろうって時にはコチコチになってて、タオルで隠そうとすると、カレはわたしがじらしてるんだと思ってその気をなくすかも。うげぇーっ、もう。なんで十一月にパリになんか連れてくわけ？　カレなんか嫌い」

別に、この男に好意すら抱いてないのかもしれない。話したこともほとんどないくらいだし。もしこの男が飲みに誘っても、たぶん断るかも。実際に関係を持ちたいなんていう気はない。でも、次のこの男が話しかけてきたら、この女はつっけんどんにふるまって、男のほうはどんなに荒々しくラリった想像力をもってしても、なんでそんなことになったのかぜんぜん理由が思いつかないだろう。たぶん、肩をすくめて、生理前か、ただ今日は大変な日でご機嫌斜めなんだと思うだけだ。

絶対、この単純な真実にたどり着くことはない。最悪な架空の休暇で一緒にパリに行き、タイツのことで別れたなんて。

わたしはいつだって見込みのありそうな恋愛関係について考えてる。いつだってそうだ。ううーっ、十代の時ときたらマジで**黒歴史**と言うほかない。現実世界にはほぼ存在しないも同然だった…。セックスナルニア国みたいなもんに住んでた。性生活は多忙でステキだったけど、ぜんぶ架空だ。

わたしの初めての真剣な恋愛関係は、その頃有名だったコメディアンとのもので、すべて頭の中だけで起こった。会ったこともないし、しゃべったこともないし、同じ部屋にいたことすらなかった。ウルヴァーハンプトンからロンドンユーストン駅に都市間高速で行く途中、人生でもっとも激しい恋愛関係を経験したんだけど、まあ、全部白昼夢だ。もちろんパーティで会った、と想像した。『**ヒズ・ガール・フライデー**』みたいな調子でふざけあって、お互いすごく楽しんで、文通して、とうとう機知に富んだ熱烈な恋人同士へと成長する。

列車がコヴェントリを疾走する間、自分たちの家、ディナーパーティ、仲間たち、ペットについて想像した。ラグビーに着く頃には、ふたりでトークショーの『ウォーガン』に出て、新しいプロジェクトについて話してるとこを想像してた。ちゃらちゃらしたロマコメで、今興行収入記録を更新中だ。

「でも、書いてる間には悲しいことがなかったわけではないですよね？」と、テリー・ウォーガンが前のめりになって「繊細な表情」を作って言う。

「ええ、テリー」と、1カメがクローズアップのためズームしてるのを感じながら、涙を浮かべてわたしが言う。「執筆半ばで、初めての赤ちゃんをなくしてしまったんです。打ちのめされました。すごく愛され、望まれて生まれただろうに。こんなふうに人を亡くして、それに対処するのは…心に落とし穴でも空いたみたいでした」

有名なコメディアンが無言でわたしの体に腕を回す。

「キャトリンはすごかったんですよ」と、シャツの袖《そで》でまぶたをぬぐいながら言う。「台本を書くのをあきらめようとしませんでした。日中は雌ライオンみたいでしたが、夜は…夜になると、ふたりで眠ってしまうまで泣いてました」

☆ヒズ・ガール・フライデー：一九四〇年のアメリカ映画。ハワード・ホークス監督によるスクリューボールコメディの名作で、ケーリー・グラント演じるウォルターとロザリンド・ラッセル演じるヒルディ、元夫婦である二人のジャーナリストが繰り広げる機知合戦を描く。台詞が早口であることで有名な作品である。

これがウォーガンのキャリアの中でも、最も有名なインタビューのひとつになった。とくに、インタビューを終わらせて、PJ&ダンカンによる新しいシングル「レッツ・ゲット・レディ・トゥ・ランブル」の演奏に移る時、ウォーガンの頬《ほお》に光る涙をカメラがとらえたからだ。

こういうあれやこれやを想像して、ユーストンに着くまでにはあまりにも悲しくなっていたので、女子トイレに入って冷たい水をかぶんなきゃならなかったくらいだ。十七年たった今でも、思い出しただけでずいぶん感傷的になっちゃうくらいだ。いろんな意味で、これは今でもわが人生における最も忘れがたい恋愛関係と言える。一時間半の列車の旅で、わたしは生涯の恋人に出会い、アカデミー賞をとり、赤ちゃんを失い、嘆いて、BBC1のプライムタイムの番組でテリー・ウォーガンを泣かせ、PJ&ダンカンが二枚目のシングル「トゥー・メニー・ティアーズ（フォー・ア・ビューティフル・レイディ）」を出すきっかけを作った。

クリスマスにこの曲が一位になったんだけど、ビデオには飾り額に入ってる、気高いわたしが映ったすてきなモノクロ写真が出てきて、雪の中でPJ&ダンカンが歌いかけてくる。

もちろん、こんなの全部イカれてる。で、たぶんちょっとばかり極端な例でもある。ちょっとだけね。それで、とうとうパーティでこちらのコメディアンご本人に会った時は若干ややこしいことになった。わたしが酔っ払ってるのに気付いた友達は、体当たりでわたしをその部屋から引きずり出して、「あのカレに何も言っちゃダメ！　頭の中だけで起こったことだって、思い出すようにして！思い出すことなんかホントは何もない！」とやらなきゃならなかった。

でも、わたしが知ってるほとんどあらゆる女は、だいたい似たようなお話を作ってるもんだ。実際、かなり何パターンも作ってる。セレブ、同僚、長年ぼんやり知ってるような相手なんかに執着する話を作って頭の中のパラレルワールドに住み、実際にはまったく起こらなかったことについてえんえんとあらすじやら台本やらをひねり出してる。

☆PJ&ダンカン…後にアント&デックと改名する音楽デュオ。「レッツ・ゲット・レディ・トゥ・ランブル」は一九九四年のヒット曲である。次に出てくる「トゥー・メニー・ティアーズ」はもちろん架空の曲である。

このイカれっぷりについて自分でもっともらしい理由をつけなきゃならない時には、こういう強烈なのぼせあがりっていうのは女になるための進化の副産物として必要なんだって仮定することにしてる。受胎可能期間ってのはとても短くて、閉経までに真剣に生殖できそうな関係なんてたぶんちょっとしかないんだから、こういう大まじめな幻想を見るのは「試運転」のためなんだ。そのおかげで女は頭の中で仮定の恋愛関係をひとっ走りして、究極的にうまくいきそうかどうか確かめられる。アルゴリズムをひととおり試してみるコンピュータみたいなもんだ。

でも、強烈な空想の恋愛関係を作り出すこういう熱っぽい想像力のせいで、実際の関係にもよく影響が及んでしまう。実在の関係と非実在の関係の境界線がボケてくるってことだ。ときどきは、完全に無害ってこともある。知り合いみんながドン引きするくらいの情熱で恋人に入れあげてる友達、いるでしょ？　実際に会う前に友達に聞いた話では、そのカレはインディ・ジョーンズとバラク・オバマと**ドクター**をあわせたような人で、とにかくベタ褒めされてる。とうとう初めて会ってみると、グラスに入ったベイクドビーンズ一粒みたいな小物で、文字通り「おっほん」とか言ったりする。「あらかじめ週末一緒に出かけるとか言っちゃったの、信じられない」と、いたましくマグに酒をトレブルで注ぎながら考える。「あの子、『どっから出てきた馬の骨ドットコム』みたいなのと付き合ってる」

もちろん、架空の恋愛関係を生きる能力のせいで、理由いかんにかかわらず、不満で不安定で無意味な恋愛についてははっきり不利益を被《こうむ》ることもある。

友達やわたしがほんとにデートしはじめるとすぐ、矛盾だらけでへとへとになった。恋においてはあらゆるものが外見どおりじゃないっていう信念は、逆説を呼び込む。ある男が自分に首ったけで生涯の残りを自分と過ごしたいと思ってるんだけど、そのことを表すにはいろいろすっごく微妙なやり方を用いるので、真に才能と決意がある者しかカレがまことに欲するものを見分けられないっていう

☆ドクター：一九六三年から休止を挟んでBBCで放送されているSFテレビドラマ『ドクター・フー』の主人公。体を再生して生き延びることのできる、タイムロードと呼ばれる宇宙人だという設定である。年齢層を問わず人気のある番組で、イギリスの子供たちにとっては憧れのヒーローである。

状況がフツーに発生するのだと確信してる。『ダ・ヴィンチ・コード』みたいなもんで、ある男が自分を夕食に誘い出して、いちゃこらして、それから二週間電話してこなかったら、カレは秘密の挑戦を仕掛けてきてる。代数論や古の巻物調査、女友だちに電話しての号泣とかをちゃんとやって、暗号を解き、最後は結婚、つまり勝利だ。

「このメールの中身聞いてよ」と、友達が言う。「カレからなんだけど、『レイチェル、会えて楽しかったです！　すてきな夜だったね！　またそのうち』って、ホントどっちつかずじゃない？」

「うん、かなりどっちつかずな感じ」と、わたしも賛同する。

「でもね」と、レイチェルはこの種の会話で全女性が使う特殊な「ちょいおこ」モードの口調で続ける。「午後四時に送ってきてんの」

　レイチェルは黙る。わたしは混乱のうめきを漏らす。

「四時！」とレイチェルがまた言う。「送ってきた時まだ仕事中ってことでしょ！　たぶん肩越しに誰かのぞいてるかもしれないとか心配して、だから意図的にちょっと冷たくしてんのかも。つまり、最後に『ＸＸＸ』とか打ってたってこと。カレがまた親しい感じになりたいならそうするでしょ？」

　わたしは答える。「レイチェル、あんた内国歳入庁あてのメールの最後にも『ＸＸＸ』をつけてたでしょ。みんなやるでしょ」

「カレのフェイスブックページ見たら、お気に入りの曲一覧を変更して**アイニ・カモーゼ**の『ヒア・カムズ・ザ・ホットステッパー』を入れてたの。夕食の時、わたしたちアイニ・カモーゼの話をしてたんだから！」

「レイチェル、カレがあんたのこと好きなら、たぶん…もっと一緒に過ごしてくれるし、『すっごく好きだよ』とかなんとか言うんじゃない」とわたしは言う。

「でも、でもぉ…こういうのって重要だと思わない？」と、レイチェルが訴える。「全然何の理由も

☆アイニ・カモーゼ：ジャマイカのレゲエミュージシャンで、「ヒア・カムズ・ザ・ホットステッパー」は一九九四年のヒット曲である。

なしにフェイスブックのプレイリストを変えないでしょ。わたしあてのメッセージだよ」

こういう感じで一時間過ごして、こういうのに全然意味はないって説得するのはあきらめる。やってみても意味がない。クラクションを鳴らして「カレはそんなにあんたを気にしてないだけ!」と叫んでも効かない。レイチェルは、マトリックスの外にいるわれわれには見えないスローモーションの透明銃弾をキャッチすべく、オ、ン、ナ、ト、リ、ッ、ク、スに入ってしまったのだ。

女がふさわしくない男と一緒にいると、何も起こってないのにその事態についていろいろ話したがるようになるから、見てるほうはいつだってよくわかる。

他方、女がふさわしい相手を見つけたら…六ヶ月間いなくなって、それからキラッキラの目に、ふつう三キロ近く体重を増やして、再浮上してくる。

「で、カレってどんな?」と、きいてみる。いつもどおり、カレがああ言っただのこうしただのの話の大洪水とか、カレの好きな映画が『スター・ウォーズ』なのはどういう意味か分析してほしいとかいう要請を予想してる(「思春期にとらわれてんのかな…それとも内なる子供と接触してるとか?」)。

でも、妙に口ごもってる。

「まあ…いい感じ」と答える。「すっごく幸せなの」

四時間後、めちゃめちゃ酔っ払った時には、カレがどんだけベッドで素晴らしいかについて、まばゆいばかりに率直な議論が行われる。「正直、ペニスのデカさときたら救急車を待機させとかなきゃならないレベルで」と、ありえないくらい楽しそうに発言する。

たいてい、それで議論は終わる。たいていは、永遠に。わかったらもう話さない。もう見てるだけじゃなく、参加してるのだ。こんな駄法螺《だぼら》に付き合うヒマはない。

わたしは誰彼《だれかれ》かまわずコートニーのことを話してる。つまんない子だ。わたしたちの関係は巨大な謎《なぞ》みたいな感じだ。ちゃんと接すれば答えを見つけて真の愛という結果を得られる、巨大な実存と感情のクイズだ。だって、完璧《かんぺき》なカップルになるための材料は全部揃《そろ》ってる。カレは男性、わたしは女性、同じ家に住んでる。相性とか、好意とか、優しさとか、お互いに殺し合いたくない気持ちとかいうような他のものはみんな、十分考えればなんとかごまかせる些細《ささい》なことだ。

キャズは、わたしの暗号解読試行で被災しまくりだ。最近、この頃の電話料金請求書を見つけたんだけど、整列した数字のせいで毎晩どんなにキャズに電話してたかわかる。午後十一時から午前一時、午前二時、午前三時だ。絶賛大通話だ。あまりにも言いたくないおおごとがある時、どんだけ話すことが見つかるもんだか、まあびっくりする。その言いたくないことっていうのは「これ、無理だね」ってことだ。

問題は、わたし自身が問題源だってことだ。コートニーはただ不幸だ。わかってる。骨身で直観してる。カレを幸せにするやり方がわかれば全部うまくいく。カレは壊れてて、わたしが直さなきゃならない。そうしたらわたしたちの恋愛関係は良くなるだろう。恋愛のはじめの難しいところだっていうだけで、悪いものはわたしが全部消して、カレはついに内側に隠していた本当の姿に戻る。隠してるけど、内側では、カレはわたしを愛してる。わたしがぐらつかなければそれが証明されるのだ。もしうまくいかなかったら、それはただわたしが十分一生懸命やってないってだけだ。

コートニーの外出中に日記を見つけて、これが全部証明された。読むべきじゃないってことはわかってる。でも、ある意味、わたしたちのために読んでるのだ。これが裏切りだとしても、いろいろ聞いた話に出てくる良い裏切りの一種だ。愛による裏切りだ。カレが本当に考えてることがわかれば、この関係もついに花開くだろうから。

日記の内容はかなり明白だった。わたしについてはこう書いてる。「あいつはおかしい。セレブのパーティにいつ連れてってくれるようになるんだろ？　退屈してうちにこもってる。いつになったらこのおかげでオレのキャリアが好転するんだろ？」

さらに読み進めて、カレは三年前に肘鉄《ひじてつ》を食わされた故郷の女の子をまだ愛してるとわかる。

ここから、ただコートニーがわたしたちの関係について「不安」に思ってるだけだという解釈を引き出すべく、わたしはいっそう努力する。**アン・サマーズ**で、悪い意味で娼婦《しょうふ》っぽく見える下着を買う。カレのため料理をするけど、これは我が家を家庭っぽく見せるため、絶え間なくチキンスープとパンとケーキを浴びせるってことだ。バンドが全然うまくいってないと不満を言う時は頭をなでてあげて、「ホントにちゃんと何回かギグをやりさえすれば、どうにかなるんじゃない？」みたいな、音楽ジャーナリストらしい考えが自分の頭に浮かぶと押しつぶす。

レストランでデートを計画する。見て！　テーブルを予約！　大人っぽい！　でも、到着予定時刻三十分前に、カレはパブから電話してくる。

「バンドで集まりをしてんだよ。ちょっと遅れるかも」と、早口でもごもご言う。

「どのくらい遅れるの？」と、マスカラをつけながらきいてみる。

「二…時間？」とカレがこたえる。

「あ、わかった！」と明るく言う。どのパブにいるかはわかってる。そこに言って、ドアの段に座って、カレを待ちながら煙草を喫う。

とうとうカレが現れて、もう「お腹はすいてない」と説明する。「ハムパン食ったんだよ」と言って、ふたりで次の地下鉄をつかまえて帰宅する。

ベロアの座席で隣に座って、カレが「集まり」についてあんまりつじつまのあわない話をダラダラしてる間、わたしの脳内架空恋愛関係、つまりカレは壊れてて誤解されてるのであって、わたしが行動と言葉で育《はぐく》んで幸せな状態に回復してあげられるっていう考えに対して、一連の別の「想像」が戦いを挑んできてる。この新しい想像では、わたしは部屋中にものを投げながら「なんでこんなにクズ

☆アン・サマーズ：セクシーな女性用下着やセックストイを売るイギリスの小売店。

なわけ？　わたしを好きじゃないんなら、そう言いなさいよ」とカレに向かって叫んでる。こういう考えは押しつぶす。この後一生、一緒に至福に包まれて過ごすっていうわたしの計画の一部にはなりっこないもん。

夢にしっかりしがみつくため、家に帰る途中でウイスキーを一リットル買う。すっごくすっごく酔ってれば、幸せなことを想像しやすい。

午後二時に警察が家に来た時、こういうことを全部説明しようと思う。ふたりともひどく酔ってて、コートニーはわたしを家中追いかけ回し、叫びながら、わたしがカギをかけて閉じこもったバスルームのドアを蹴破《けやぶ》ろうとしてる。

警察官は五十五歳くらいだ。堅いジャケットに重い靴を履いてて、自分が見つめてる連中、つまりナイトガウン姿でクサってる十代と、煙草に火をつけながら震えてるペイズリーのシャツとジーンズ姿の二十六歳男性よりもずっと大人らしく、しっかりしてるように見える。わたしは酔っ払ってるので、警官が実際に青い点滅光を発してるみたいに見える。でもその光は外の舗道に止まってるパトカーから出てる。

トランシーバが音を立てる中、「騒ぎが起きてるという通報を受けたんですが」と、警官が言う。「午前二時に怒鳴ったり叫んだりしてるということでしたが。ご近所にはあまりよろしくないですね。どうしたんです？」

この警官はわたしの友達とは違う。デカくて、堅固で、男性で、論理的だ。単に恋愛関係の難しい段階なんですって説明することはできない。コートニーが不安をたっぷりわたしに投影してきて、なんとかしてフローラのフタを投げつけた時に失神した母親に復讐《ふくしゅう》しようとしてる一方、わたしがカレを別人に変えようとしてるってことだ。

この警官はこんなこと全部聞いてくれやしない。おもてなしとふつうらしさをアピールすべく、ふらふらとちょっとばかりお酒をすすめたんだけど、それを飲んだとしたって無理だ。お酒を断られてちょっとびっくりする。前のフラットで閉め出されて消防団がわたしのために家に押し入ってくれなきゃならなくなった時は、その後パティオに出てみんなでビールを飲んで、オアシスについての噂話《うわさ》をしてあげたのに。

消防士はパーティがもっと好きなだけなんだろうと思いつつ、今からもっと静かにするし、全部誤解ですと警官に約束する。

「家庭内のことで」と、出て行く警官に説明する。すごく大人っぽい言いぐさに聞こえる。『イーストエンダーズ』で、大人は自分たちの恋愛関係についてこんな感じのことを言ってる。とにかくわたしは、なんでもけっこう大人らしくしてるんだ。

数日後、わたしは新顔——っていうか今は老犬になってるバカ犬と一緒に家から逃げ出して、ハムステッド・ヒースに散歩に行く。木の下で横になり、ナイトガウンを着てコートをひっかぶり、葉っぱを見上げる。マリファナを巻く。ほんのちっちゃいやつだ。午後二時にふさわしい。

周りの人っていうのは鏡だ、と自分に言い聞かせる。犬は湖で泳いでる。水をピチャピチャなめてるのを見つめる。

周りの人の目に映った姿が見えるはずだ。鏡が誠実で滑らかなら、本当の自分が見える。そうやって自分は誰かを学ぶもんだ。相手の人によって自分が違う人になるかもしれないけど、全部、自分を知るためには必要な反応だ。

でも、もし鏡が壊れてたり、割れてたり、歪《ゆが》んでたら、映ってる姿は本当のものじゃないんだなあと、もう一服しながら考え続ける。それで、その正しくない似姿が…自分だと思いはじめる。コートニーの目を見ると、耐えがたいほど幸運にめぐまれ、イカれていばりくさった女が見える。カレを破滅させようとしてる女だ。

考えがとぎれる。

カレを愛してるけど、カレはわたしが嫌いだ。それがわかる。コートニーに出てってって言わなきゃならない。もう一緒には住めない。

家に帰る。


コートニーは出て行こうとしない。

「これと同じくらいいいフラットが見つかるまでは出ていかないよ」と頑固に言う。「ひどいとこに行って住むなんてのはしない。お前と別れて、しょうもない…クリックルウッドとかに住むなんてしない。そんなのフェアじゃない」

その晩、カレはもうヤらないと宣言する。「お前とヤるには鬱すぎて」と言ってる。「お前とヤると余計悪くなるから」

鏡はだんだん暗くなる。ほとんど顔も見えない。


週末旅行！　必要なのはこれだ。新鮮な空気と田舎だ。ロンドンを出なきゃならない。問題はロンドンだ。ロンドンにはコートニーが怖がってるクリックルウッドがある。ロンドンのせいでわたしたちは動揺するんだ。別のところにいけばダイジョーブ。

コートニーの友達がウェールズで新しいアルバムをレコーディングしてて、週末に来ないかとわたしたちを招待してくれてる。みんなのほうでは、コートニーとわたしはまだホットな恋人同士として売り出し中なんだ。ポップスターと十代のテレビ司会者で、一晩中パーティしてる。キャズだけが、午前二時の電話攻勢のせいで真実を知ってる。キャズは今、パディントン駅を出て西に行く列車の中でわたしの向かいに座ってる。最後の最後にキャズを招待した。有名なバンドとぶらぶら過ごして、好きなだけお酒を飲めるって約束した。

　きいてみたところ、「好きなバンドだったら行かないけど」とキャズは答えた。「ヘンな感じだもん。でも、その連中はバカ者の集まりだと思うから行く。大マヌケの有名人のシャンパンを浴びるほど飲むなんて、真の革命家なら絶対するべきことでしょ」

　列車内のバーでみんな、飲み物を頼んだ。この列車はショーの前のパーティだ。わたしは『**プライヴェート・アイ**』を読んで笑う。三度目の笑いでコートニーがぴしゃっと「笑うのはやめろよ。言いたいことはわかったから」と言う。

「笑ってるだけ…だけど」とわたしがこたえる。

「違う。いつものお前の笑い方じゃない」とコートニーが言う。他の誰よりも酔っ払ってる。「他の人間がいる時だけそうやって笑う」

　みんな黙ってしまう。きまり悪い。

「コートニー、ただ…笑ってるだけだと思うけど」とキャズが鋭く言う。「そういうのをそこまで聞いたことがなくて、警戒しちゃう理由はわかんなくもないけど」

テーブルの下でキャズを蹴《け》って黙ってもらおうとする。秘密にしてるわたしたちの闇《やみ》にキャズが対処しなきゃならなくなってきてるので、こっちも戸惑っちゃう。これは個人的なことだし。わたしの精神の管轄下にあることだ。抑えておけるようにしなきゃ。もう笑わない。

　ロックフィールドには、耐えがたいくらいキレイな秋が訪れてた。ウェールズの秋のせいで、イングランドの夏も色褪《いろあ》せてつまんなく感じるくらいだ。山腹に霜が降りてキラキラしてる。コートニーが果てしなく続く「おめかし」、つまり鏡を見ながら何時間も口をとんがらせて髪の毛をいじくるセッションをやってていない間、キャズとわたしは車道に立って口にブラックベリーを詰め込み、そ

☆プライヴェート・アイ：一九六一年に刊行された、イギリスで最も人気のある時事問題諷刺雑誌。

☆ロックフィールド：ウェールズのモンマスシャにあるロックフィールドには有名なロックフィールド・スタジオがあり、後で出てくるクイーンの他、オアシスやアニー・レノックスなども録音をしている。

れから子供みたいにそこらじゅうで追っかけっこをする。空気が鉄みたいに堅い感じがする。興奮して大笑いするけど、それから心配になる。

「わたしの笑い方、変わった？」とキャズにきく。「なんかもっと…ロンドンっぽいとか？」

「疑いの余地なく、それ今まできかれた中で一番バカな質問」とキャズが言う。落ちた枝を見つけたキャズは、コートを着てるわたしのお尻《しり》をぶん殴り、わたしは笑いすぎて涙を出しながら地面に転がる。


　このスタジオはクイーンが「ボヘミアン・ラプソディ」を録ったとこだ。「フレディならどうする！」と叫びながらシャンパンをあけ、パイントグラスに注ぐ。わたしはさっそく、調整卓に自分のシャンパンをこぼしちゃう。「フレディがこうしたんじゃないの⁉　わたしの中にフレディの幽霊がいるのかも！」と叫びながら、自分のカーディガンでお酒をふこうとする。

　コートニーはちゃんとしたスタジオに入れて大興奮だ。「とうとういるべき場所に帰ってきた気分だよ！」と言いながら前屈《まえかが》みに回転椅子に座って、バンドが持ってるすっごく高価な**マーティン**のギターを弾いてる。バンドのヒット曲を何曲か弾き始めるんだけど、「オレが書いたんだよ」っていう新しい歌詞が入ってる。

　バンドは礼儀正しく聴いてるけど、明らかにやめてほしいと思ってる。

「ああ！　アドリブだね！　レビューしようか！」と、雰囲気を変えようとしてわたしが発言する。

「書き方がわかるまではダメだ」とコートニーは応《こた》えて、Ｇマイナーをかき鳴らしながら煙草の煙を吐く。わたしはあまりにもきまりが悪くて、ただ顔のあたりをごまかすためだけにエクスタシーをやる。

　体の中でエクスタシーが効いてきて、部屋の他の場所が溶けたみたいになってくると、キャズが黙ってこっちを見てるのに気付く。今日まで、何ヶ月もキャズに会ってなかった。キャズと一緒にい

☆マーティン：アメリカの楽器メーカー。ギターが有名である。

る時の自分の姿すら思い出せなくなるくらい、長い間だ。キャズの顔が鏡になる。べろんべろんの瞳孔《どうこう》で椅子にひとりで座り、早口で話してるのにすっごくすっごく疲れた顔の十代女子が映ってるのが見える。

キャズは真の鏡だと思える。もっと頻繁にキャズを見るべきだ。自分がそこに見える。いいとこも悪いとこもだ。でも、とにかく見覚えのある顔ではある。長いこと、この顔を見てなかったような気がする。子供の時以来だ。

相当な時間、お互いに顔を見合わせてた。古き良き泥酔したまなざしでだ。

とうとうキャズが眉《まゆ》を上げる。言いたいことはわかる。「何なわけ?」と言ってるのだ。

「あいつ嫌い」と口の動きでこたえる。

キャズも口を動かす。「だってムカつくやつだもん。みーんなムカつく」

立ち上がってキャズの隣の床に座る。ずいぶんと長い間そこに座って、コートニーと、バンドと、どこからともなく現れたみたいなクスクス笑いする女の子たちを見つめる。

部屋にはリズムとパターンができてた。人の輪がコカインを囲んで菊の花びらみたいに丸まり、それから鼻をこすったり、猛烈に話したりしながら外側に爆発する。隅っこでゆっくりキスをし、それから勝ち誇った様子で人の群れに戻ってくる。向かい合わせにギターを持ってビートルズ風に曲を始め、それから突然止まって、大笑いした後また始める。

キャズとわたしはマラカスを持ってる。「イヤミなパーカッション」としか言いようのないやり方でマラカスを振ってる。時々、やめてと頼まれるけど、一分後にはすごく静かにまた始めるだけだ。マラカスを振ると幸せな気分になる。

隅っこで床に座ってると、他のことはみんなテレビで起こってる場面みたいに見える。お芝居みたいだ。キャズのところに来て一緒に座るまでは、わたしもショーに出てた。でも今はキャズと一緒に座ってて、自分が出演してないとわかる。この架空のお話にわたしが出る幕はない。全然、そんなのなかったのだ。ただの観客で、家でテレビで見てるだけ。キャズとわたしがなんでもテレビで見てた頃みたいなもんだ。キャズの手を握る。キャズが握り返す。あいてる手でテレビに向かってマラカスを振り続ける。これまでキャズの手を握ったことなんかなかった。たぶんただすごくラリってただけかもしれないけど。子供の時、母さんはわたしたちにエクスタシーを出すべきだったかも。そしたらすんごく仲良くできただろう。

コートニーが来てわたしたちを見下ろすまで、どれくらい長くそういう状態で座ってたのかはわからない。コートニーはまだすっごく高価なマーティンのギターを持って、吟遊詩人アラナデールみたいにかき鳴らしてる。スエードのジャケットを着てて、生え際が後退気味ではあるけど。

「あら、お嬢ちゃんたち」と尊大に話しかけてくる。かなりイヤな感じで歯ぎしりしてる。

ふたりでコートニーに向かってマラカスを振る。わたしの瞳孔は酔っぱらい気味、キャズのは受け皿みたいに丸い。

「あら、コートニー」とキャズが言う。うわべはまだ礼儀正しさを保ってるのに、名前の一文字一文字におみごとなくらいいっぱい恨みをこめてる。

「みんな思ってんだけどさ、マラカスはもうやめていただけませんかね？」とコートニーが大げさに丁寧ぶって言う。

「申し訳ありませんがダメです」とキャズが同じくらい丁寧ぶってこたえる。

コートニー！が「なんで？」とたずねる。冷たく慇懃《いんぎん》な感じの声だ。

ちょっと間があく。

「そのほうが本当にバカタレだからです」と、キャズがまるで園遊会でザイールの高等弁務官に挨拶《あいさつ》してる女王陛下みたいにこたえる。言葉の区切りでマラカスを振る。

自分でも止められずに笑いが出た。明らかなウルヴァーハンプトン訛《なま》りの、ばかでかい色気ゼロのブハーっという声でわたしは笑ってる。

「そーだそーだ！」と、わたしは喜び勇んで言う。啓示の真っ最中なのだ。「本当にバカタレ！」

「本当にバカタレ」と、キャズがマラカスを振りながら正式に認める。

「おいっ、まともにクスリとつきあえないのかよ？」とコートニーがわたしに言う。「お前、自分で恥かいてるぞ」

「あのね」わたしはコートニーを完全に無視してキャズに言う。「そもそもコイツとデートすらしてないから、別れるのすらできないってことだよ。何もかも想像なの」

「本当に想像のバカタレなの」とキャズが言い直す。ふたりともユニゾンでマラカスを振る。

「コートニー、わたしは家に帰ってカギを変えるから」とわたしは楽しく言う。まだ手をつないだまま、わたしとキャズは立つ。

「今からタクシー呼ぶ」とわたしは部屋に向かって言う。「みんな、仲間に入れてくれてありがとう。シャンパンで調整卓をショートさせてゴメン。失敗しちゃって」

コートニーがなんか叫んでるけど、あまり聞いてない。急いで部屋を出て、できるだけ速く走ってタクシーに乗車、ロンドンに戻って、チューインガムを見つけて、この絶え間ない歯ぎしりとおさらばだ。受付でタクシーを呼んだところで、ひとつ重要なことをやり残したことに気付いた。

「ここにいて」とわたしはキャズに言う。

「どこ行くの？」とキャズが怒鳴る。

「ここにいて！」わたしは廊下を駆けてスタジオに勢いよく入る。皆が見上げる。コートニーはわたしを怒りと自己憐憫《れんびん》と大量のコカインがあわさった顔で見る。でも、わたしが心から謝ったら元に戻ろうって感じの顔だ。もしわたしが本気で謝れば。もしわたしがカレを愛してれば。もし、心から、愛してれば。
「マラカス持ってっていい?」とわたしはたずねる。

第九章　ラップダンス行ってくる！

How To Be a Woman

ストリップクラブに何を着ていけばいいのかなんてわかんない。人生最大の衣装危機だ。

「何着ていく？」と電話でヴィッキーにきく。

「スカート。カーディガン」とヴィッキーが煙草《たばこ》に火をつけながら言う。

「靴は？」

「ブーツ。ローヒール」

「あ、こっちもローヒールのブーツ履いてくつもりだった」とわたしが言う。「ふたりともローヒールのブーツでいいよね。うん。あわせよう」

それから悪い考えがうかぶ。「でも、ほんとはたぶんどっちもローヒールのブーツは履いていかないほうがいいかも」と言う。「あんまりあわせちゃうと、みんなにショーだと思われるかも。ほら、レズビアンのショーとか。それで触ろうとしてくるかも」

「誰もあんたがレズビアンだなんて思わないって」とヴィッキーがため息をつく。「そりゃあダメなレズビアンになるにきまってるもん」

「そんなことない！」と憤慨して言い返す。これはわたしの「やる気」な性格に対するイヤな挑戦だ。

「なりたければ、すてきなレズビアンになれるもん！」

「無理無理」とヴィッキーが言う。「イヤんなるくらいヘテロだもん。サンタクロースとかが好きでしょ。どんなに想像力を広げたって、サンタさんをサッフォー風の両性具有に結びつけて解釈できっこないじゃない。家の中でもウェリントンブーツを履いてんだから」

本気でなりたくてもわたしはレズビアンにはなれっこないとヴィッキーが考えてるなんて、信じられない。夜のお出かけをどんだけわたしが器用にこなせるか、気付いてないんだ。一度、ボーンマスに出かけた時、**『ラン・フォー・ユア・ワイフ』**公演の舞台裏に押し入って、『ハイディハイ』でスパイク役だった**ジェフリー・ホランド**に、ただ反応が見たかったからってだけの理由で、わたしたちは娼婦だって信じさせたもんだ。ジェフリーは非常に啓発的な感じで「おやっ!」と言ってた。わたしの能力は無尽蔵だ。ヴィッキーは自分が言ってることについてわかってない。

「たぶんかわりにスニーカーを履いてく」とわたしは言う。

ヴィッキーが、トッテナム・コート・ロードにあるスペアミント・ライノに夜のお出かけをするから一緒に来ないかと誘ってきた。今は二〇〇〇年で、長きにわたって地上最後の悲しい汗まみれのセックス留置場と見なされてきたストリップクラブが、またもやまあ大丈夫な場所と思われるようになってきてる。

ブリットポップとプライマル・スクリームの「**ローデッド**」のせいで、パブ、グレイハウンドレース、アノラック、公園でのサッカー、ベーコンサンドイッチ、「ナオン」などなど、英国労働者階級のモノクロの定番が再発見されてて、ストリップクラブもこれに分類されてる。「ラデッツ」と言われる若い女たちは、今やメトロポリスの品のいいストリップクラブで夜を楽しむ。スパイスガールズのいろんなメンバーが、ストリップクラブで葉巻を喫《す》ってショーに歓声を上げてるところを写真に撮られてる。**ゾーイ・ボール**や**サラ・コックス**がストリップクラブで開催される結婚前夜パーティに出席した。ストリップバーは、**グルーチョ・クラブ**を刺激的でアングラでいかがわしくしたバージョン、

☆ラン・フォー・ユア・ワイフ:イギリスの劇作家、レイ・クーニーによる一九八三年の戯曲。

☆ジェフリー・ホランド:イギリスの俳優。一九八〇年から一九八八年までBBCで放送されていた、キャンプ場を舞台にしたシットコム『ハイディハイ』で、休暇施設で働くスパイクを演じ、人気があった。

☆ローデッド:プライマル・スクリームの一九九〇年のヒット曲で、ダンストラックとして非常に人気がある。

☆ゾーイ・ボール:イギリスのラジオ司会者で、BBCの『ザ・ラジオ・ワン・ブレックファスト・ショー』を担当していた。

☆サラ・コックス:イギリスのラジオ司会者で、ゾーイ・ボールの後にBBCの『ザ・ラジオ・ワン・ブレックファスト・ショー』を担当していた。

☆グルーチョ・クラブ:一九八五年にソーホーにオープンした会員制クラブ。

午前一時から夜の外出を始めるのが好きな人なら誰でも行けるような場所として売り出されてる。

部分的にはそういう今の現象をカバーしておきたいというジャーナリスト的欲求もあり、またまた新聞の編集者はきまってストリップクラブに行った女性聞屋の写真に興奮するってのもあり、『**イヴニング・スタンダード**』が騒ぎの様子を確かめさせるべく、ヴィッキーに「ライノ」で一晩過ごすよう頼んできた。

「わたしのフェミニストとしての原則に片っ端から反してるんだけど。ろくでもないことがてんこもりの戦場みたいなもんでしょ」と、電話をもらった時わたしは言った。

「マネージャーによると、一晩中シャンパン無料サービスだって」とヴィッキーが言う。

「じゃあそこで午後九時に会おう」と、できるかぎりの尊厳をかき集めてこたえた。

☆イヴニング・スタンダード：一八二七年創業のイギリスのタブロイド紙。二〇〇九年から、無料で頒布されている。

外の舗道から見ると、クラブはミョーな雰囲気だ。ドアを通して眺めると、金の装飾や赤い壁、キラキラの光でいっぱいになった場所に見える。やりすぎのニセグラマーでギンギンの、自称ディズ乳ニーランドって感じだ。ロープで釣ってあるバナーの逆側でまごまごしてると、お客が数人近付いてきて、警備係に中に入れてもらってる。

お客がぜんっぜんやましそうじゃなく、ずいぶん落ち着いて自信たっぷりなのにはびっくりだ。ストリップクラブに行くにはなにかしらの言い訳が要るもんだと思ってた。警備係に向かって大声で「病気の子供のために寄付を集めてます」とか、「市のほうから来ました。電気点検です」とか、ニセメキシコ訛《なま》りで「ここ**プレタマンジェ**ですっけか?」とか言うようなやつだ。

そんなことはせず、お客さんはちょっとばかり汗じみたスーツにちょっとばかり鋭い目で歩いてくるだけだ。まるで、職場を出た後、リラックスするためすっごく若い女がビラビラご開帳するのにお金を払うのは完全にフツーだとでもいうような様子だ。自分の仲間たちが立派な人たちでよかったと

☆プレタマンジェ：イギリスのファストフードチェーン店。

思い返すけど、これは初めてそう思ったわけじゃない。わたしの男友達ならみんな、ストリップクラブに行くとなったら心から震え上がっちゃう。全員、カーディガンを着て、レコードを集めて、ティーバッグを使わずポットに茶葉を入れてお茶を飲むことに異常なこだわりを示してる。お金を払って知らない人のビラビラを見ようなんて、思いもしない。そりゃもう、いまだに彼氏はわたしのビラビラを見ると「ありがとう、とてもステキだったよ」と言うし、わたしたちはもう四年の付き合いだ。

「これ、ダメ夫候補人材年次大会って感じ。全員から、悲しい彼女とか妻の跡が」と、わたしは中に入りながらヴィッキーに言う。

それでも、無料シャンパンは飲み放題だし、張り出し舞台——っていうかヴィッキーの命名によると「丸出し舞台」の側、前方のテーブルに陣取った。最初の一時間については、時々頭上にオッパイが浮かんで気が散ることはあっても、スペアミント・ライノをパブ扱いした。新しい冬のコートをすぐ買わなきゃならないということについてとくに楽しくおしゃべりしてたら、突然目の高さに入って来たおケツで邪魔されたんだけど、でも公正を期すために言っとくと、以前にも似たようなことが**ウェザースプーンズ**であったし。二時間もたつと、「女の子」たちがおしゃべりに来たりもしたけど、たいがいの女の集まりと同じような感じで噂《うわさ》話を始めることになる。ヴィッキーはカーディガン、わたしはジャケットだけど、女の子たちは模造ダイヤブラと、かゆくなりそうな紐《ひも》パンを着てるというだけだ。

午前一時までにはふたりともけっこう酔ってて、プライベートダンスをしてもらったもんでずいぶんとどぎまぎした。このコったら天使みたいなお尻《しり》をしてる。さらに、このクラブの常連であるとても有名なテレビタレントについて、「クリスマスの日に、妻にヘルペスがバレたんだって！」という台詞《せりふ》で終わる驚くべき物語を聞いて、ずいぶん楽しかった。

☆ウェザースプーンズ：イギリスのパブチェーン。

ふたりともブースで笑い転げて、こんなことを考えてる。「グルーチョみたいで、バカ丸出しの人間よりはホンモノの丸出しのほうが多いってだけじゃん。まあいいのでは」

ＰＲの女性がやってくる。

「家に帰りますので、お好きなだけいてくださいね」と、コートを着ながら言う。

シャンパンボトルの首のところを見下ろすと、まだゆうに二杯分は残ってる。

「残ります」と明るくこたえる。「個人的に、入ってる酒瓶からは歩み去るなっていうのがモットーなんで」

ＰＲの人が出て行って、わたしたちは付き添い無しに夜を過ごすことになる。楽しくグラスにお酒をつぎ足しながら、ある時恋人にストリップをしてあげようとした時のことに関する長い小話を始めようとしてる。あの時は悲しいことに、朝方ベッドに置きっぱなしにしてたポリッジのお椀《わん》にうっかり踏み込んで雰囲気を台無しにしちゃったんだけど。話し始めようとした時、警備係がふたり、テーブルに近付いてくる。

「おまわりさんがた、こんばんは」とわたしは陽気に話しかける。

「帰ってください」と、すごく厳しく断固とした感じで言われる。

「なんてことないビールをちょっと飲んだだけですから」と、酔っ払った目つきでこたえる。「ここにいてもぜんぜん大丈夫です」

「帰る時間です」と警備係が言って、わたしの椅子《いす》をテーブルから引っ張る。もうひとりはヴィッキーに同じようにしてる。一分もたたないうちに、あたふたコートをつかんで憤慨する中、乱暴に追い出される。

ふたりとも舗道で激怒してる。

「なんで？　なんで追い出されたわけ？」とわたしは叫ぶ。「場違いで型にはまんない見方でストリップ見てただけじゃん！　わたしたちコラムニストなのに！　権利あるでしょ！　善意でやってんのに！　ラジオ４にも出てんのに！」

「やり口はお見通しだよ。娼婦《しょうふ》だろ」と言われる。

それから五分間どんどん声を荒らげていきながら質問してわかったことには、どうやら「ラフな格好の」ロシア人の娼婦がよくクラブに来てて、ストリッパーよりも案外「フツーの」格好をした女が趣味の客を引っかけてるらしい。だから警備係はわたしたちもそうだと思ってる。わたしたちがストリッパーじゃないとわかってて、ゆえに娼婦に違いないのだ。ヴィッキーはカーディガンで、わたしはスニーカーを履いてる。

この警備係の世界では、女は二種類に分かれてて、ストリッパーと娼婦だ。無料バーの酒を最大限に詰め込もうとしながら千二百語をひねり出したいと思ってる二十代のコラムニストとかは確実にいない。

かくしてふたたび、わたしはストリップクラブがどんだけずばぬけて不愉快でイヤらしい過去の遺物かについて思いを巡らせる気満々になった。

「ろくでもないことてんこもりの戦場だって言ったでしょ」と、入り口に座って煙草を喫いながらヴィッキーに言う。

「でも、ふたりともこの話からコラムが書けるでしょ」と、ヴィッキーはすごく理《り》にかなった答えをする。

たしかにほんとは、ふたりとも全然負け犬ってわけじゃなかった。

でも、もちろん、広い意味ではふたりとも負け犬だった。というのも、昨日あたりまでの全歴史をふまえた文脈で考えると、男たちの前で女が服を脱ぐクラブなんて考えは、とにかく…失礼だ。

結局、歴史ってのはほんと、「女が九十九パーセント隷属させられ、権利を奪われ、性的対象にされる状態」だ。女は、男が自分たちを欲しがってるという事実だけのためにほんとにひどいめにあってきてて、これについてはまったく、他に考えようもない。歴史上ずっと、女に対する男の欲望のせいで、口にもしたくないような暴虐が行われてきたとわかってる。男たちは振る舞いをチェックされたりルールを課されたりすることもなく支配力を振りかざしてたので、それはそれはひどいことが起こってきた。「性的暴政」とか、「完全なクズ」とか言っても言い過ぎじゃない。今でも人の記憶に残ってるように、この国では**夫が妻をレイプ**できた。女は、男とは別個の拒否権を持った性的存在としては見なされていなかったのだ。ドイツでは、一九九七年にこういう行為がやっと犯罪になった。まだこれが合法の場所もあって、とくにパキスタン、ケニア、バハマとかはそうだ。犯罪になる国でも実際の訴追がためらわれることが多く、日本とポーランドは有罪率が低すぎて人権団体からとくに批判されてる。国の裁定によって明示的にそうだったり、そこまで明示的じゃなかったりもするけど、世界の多くの地域で、女は魅力的なセックス玩具《がんぐ》とほとんど同じように見なされてる。

こういう文脈では、ラップダンスのクラブは明らかに現代社会に似合わない。「**ミンストレルショー！**」とか、「ユダヤ人殴り、杖《つえ》は一ポンド！」っていう宣伝みたいなもんだ。

もちろん、ここでの大きな違いは、もし白人男性が、プランテーションふうの服装に身を包んで、雇い主に対して過剰に脅えたり敬ったりする黒人の掃除人だけを雇う清掃業を始めようと提案したら、全世界が憤慨して立ち上がるってことだ。

「何やってんの？」って叫ぶだろう。「奴隷制の『気軽な娯楽』版を取り戻すとか、ないから！チャンネル4の『社会実験』リアリティドキュメンタリーでも無理！」

でも、ミソジニーの全歴史の「気軽な娯楽」版じゃないとしたら、ストリップクラブやラップダンスクラブは何なわけ？

こういうのを肯定する議論はどれもうそっぱちだ。最近、流行にのってるような雑誌は、ストリッ

☆夫が妻をレイプ：夫婦間のレイプは、イギリスでは既に十九世紀から問題視されていたが、明確に違法とされたのは一九九〇年代のことである。ここにあがっている国々でも、夫婦間の性的虐待についての法は刻一刻と変わっていっている。

☆ミンストレルショー：十九世紀にアメリカ合衆国で行われていた演芸で、歌やダンスにコミカルな寸劇を組み合わせたエンタテイメントである。白人の役者が顔を黒塗りし、ステレオタイプな黒人の役どころを面白おかしく演じるブラックフェイスというパフォーマンスがしばしば行われていた。非常に人種差別的な傾向が強かったと考えられており、現在はストレートプレイにおけるブラックフェイスはタブーになっている。

パーとして働いたおかげで大学の学費を自分で払えるって説明してくれる若い女性のインタビューを載せるのがいいと思ってるらしい。こういうのがあれば、ストリップクラブに対する反対意見はみんな押しつぶせると思われてる。つまり、ほら！　ジアタマのいい女の子たちが、学位のあるミドルクラス専門職につくためにやってるんだし、って理屈だ。事実上のガールパワー！

わたしとしては、「実は、大学の学費をストリップで払ってるんです」と言う女の子が、その手の場所が結局倫理的にどうなのかについて、女性の自立を促す正義にかなった論破をやってるとは思えない。もし、女が教育のためにストリップする必要があるのに十代の男子学生は全然そんなことないとしたら、それはストリップクラブを続ける理由にはならなくて、大きな政治問題だ。

ほんとに、ストリップクラブはただの素晴らしいチャリティで、そのおかげで女たちが学位をとれるとか言うつもりなの？　いずれにせよ、その女たちっていうのはやせてて可愛い子だけで、たぶん太ってぱっとしない女の子は男子学生もやってるようなことをなんでもしなきゃならないんだけど。高等教育を受けてることになってる女がそんなにバカだとは信じられないね。

「嬢ちゃんたち、演壇から降りな。みんなうんざりだから」みたいなぶっきらぼうなことは言いたくないけど、でも、嬢ちゃんたち、演壇から降りな。みんなうんざりだから。

でもさ、これは女の子が他の女の子をうんざりさせてるって問題じゃないわけ。ストリップクラブのせいでみんながうんざりすんの。男も女もここではサイアク。この手の店では、自己表現とか喜びとかはゼロ。自分探しのきっかけとか冒険とか、男、女、アルコール、脱衣とかがからんだマトモな夜のお出かけで見つかりそうなことは一切ナシ。なんでそんなにたくさんの人がストリップクラブに感情的に反応するのかって？　内心では、誰も楽しんでないからだよ。

楽しむかわりに、みんな考え得る限り一番鬱《うつ》なやり方で欲求（金を稼ぎたいとか、女の肌を見たいとか）を表現してるだけ。ヴィッキーとわたしは、テーブルに一本目の無料シャンパンが届くまでにだいたい七分かかったんで、最初はシラフだったんだけど、こういうふうにお酒なしでそんな場所に行って座ってみれば、何が起こってるかわかるはず。ここの女たちは男たちを嫌ってる。その日十二回目に紐パンツを脱ぐストリッパーの内的独白と比べりゃ、パティ・スミスの**「ピス・ファクトリー」**が**シックスペンス・ノン・ザ・リッチャー**の「キス・ミー」に聞こえるレベル。

そして男性諸君、ちょっとは優しい気持ちになったり、幸せになったりするの？ 音楽が始まって、ストリッパーが自分のほうに近づいてくる時、胸に手をあてて、自分はこの女たちに対して優しい気持ちでいるとは言えないでしょ。女のことを気にかけたり、いい印象を与えたいと思ったりしたことがある男なら、女が家に帰るタクシー代のために自分の前に立って服を脱ぐなんて無理なはずだ。金をドブに捨ててることになる。ストリップクラブとポルノの中毒は男の借金理由第三位なんだから。ストリッパーのうち、六割から八割くらいは性的虐待を受けたことがあるらしい。こんなん、めちゃめちゃで収拾つかない。どのダンスも、どの個室も、ちょっとした不幸と醜い不作法の塊、ミソジニーと金儲《もう》けの鬼っ子だ。

ハイストリートでは、ストリップクラブは顔から引っこ抜かれた歯みたいに見える。

二〇一〇年、アイスランドにはレズビアンの首相がいて議会の五割が女性だったんだけど、世界で初めて、宗教じゃなくフェミニズムを理由にストリップクラブを違法化した。

「アイスランドの男性は、女は売り物ではないという考えに慣れないといけないと思います」と、法改正キャンペーンをやってたグドルン・ヨンスドッティルは言った。

こういう考えは、男、男の銀行口座残高、男が出会す女に対して良い影響があるんじゃないかと思う。男は別にオッパイやマンコを見なくてもいい。地元のストリップ店に行けなくても死ぬわけないし。ストリップクラブはビタミンDとかじゃないのだ。女をポールから降ろしてあげよう。

☆ピス・ファクトリー：パティ・スミスが一九七四年に歌った初期パンクの楽曲で、つらい工場労働を主題としている。

☆シックスペンス・ノン・ザ・リッチャー：アメリカのロックバンドで、一九九七年に発表したラブソング「キス・ミー」は大ヒットした。

でも他方、ポールダンスのクラスはいいと思う。うん！　そんなこと考えるもんか！　そんな話は論理的にとおりっこない！　たくさんのフェミニストが、そういうクラスを終末の予兆だと思ってるのはわかる。午前十一時三十分に地元のジムで始まるストリップエクササイズによって女の子の力を奪おうともくろむ、ミソジニーイルミナティかなんかによって、いまや世界が支配されてる証拠だってわけだ。まあ、もちろんそんなわけない。

実用的レベルでは、これって完全に役立たずだと思う。女たちよ、ナイトクラブにはポールはないのじゃよ。この手の「セクシーな」動きを学ぶのに何百ポンドもかけて、それでバスの柱をつかむ以外、人前で披露するとこなんか全然ないわけだ。それでも大枚と時間をはたく価値があると思うんなら、まあ幸運を祈る。

　でも、実用面についての考えはまあ置いといて、ポールダンスを教えるジムやダンス教室に女が参加するのが、どぎついフェミニズムのルールに反するってことは全然ない。世の中には無限の可能性があるんだし、骨盤底でポールにぶらさがる方法を学んだって別にいいじゃんか？　ラテン語を学ぶより役立つって可能性すらある。手はじめに、飾り付けをしてて踊り場のやりづらい角をローラーできれいにしなきゃならない時にはすばらしく役立つかもと思う。それに黙示録に記された終わりの時、ブリトニー・スピアーズの「ウーマナイザー」にあわせてパンツを脱げることが生死を分けることがないとは言えない。

　ポルノグラフィが、ただヤってるだけなのでそれ自体悪いわけじゃないのと同じように、ポールダンスやラップダンスやストリップもそれ自体が悪いわけじゃない。ただのダンスだ。女が、やってみたいと思ってて誤解もされない場所にいるからとか、バカバカしくて面白くて、友達がレギンズの裂けちゃった股を安全ピンで直そうとしてる間、自分は壁によりかかって涙が出るほど笑う結果になる可能性が高そうだからとか、そういう理由で楽しいからやってるなら、続けるべきなのは明々白々だ。キミたち女子にはフェミニズムがついてる。

ナイトクラブでの「セクシーダンス」についても話は同じだ。つまり、腰振りとかじらしの動きとか、単刀直入に言うと、まるで女が真夜中までに寄せ木張りタイルの子供を妊娠しようと思って床とヤってるかのように見えるジャマイカ風のダンスホールステップとかのことだ。女が楽しい気持ちで、ひとしく安全で楽しい環境でやってることならなんでも、フェミニズムの城壁内に入る。女子には好きなレコードがかかったら好きなように踊る権利がある。

そして率直に言うと、見てるほうからすれば、ラインダンスとか、ヘイル・アンド・ペイスの「**ストンク**」とかよりもそっちのほうがマシだ。

完全に同じ理由で、**バーレスク**にも問題はない。バーレスクはラップダンスの、もっとダークで頭の切れるお姉ちゃんだ。もちろん、男の前で金のためにするストリップだってことは知ってる。家父長制その他もろもろを考えて、「でもそれって**ダフィ・ダック**を避けて『**サインフェルド**』のジョージ・コスタンザは大好きだっていうようなもんじゃない。本質的にはどっちも同じでしょ」って言う人がどれくらいいるかはわかってる。

でももちろん、違うのだ。たくさんの人の前で一度のショーをするバーレスクアーティストと、次から次へと八時間のシフトをこなすストリッパーの間にある違いはすごく大きい。ウェンブリー・アリーナで演奏するU2と、退屈した主君のため所望された曲をなんでもやらなきゃならない吟遊詩人くらいは大違いだ。

バーレスクでは、礼儀を重んじる社会が常にあるべき姿に従って、パワーバランスが服を脱ぐ人のほうにある。それだけじゃなく、バーレスクの核心は深夜営業のイカれた放蕩三昧《ほうとうざんまい》の性的表現にある。

☆ストンク：コメディアンのギャレス・ヘイルとノーマン・ペイスによるデュオ、ヘイル・アンド・ペイスが一九九一年に出したチャリティシングルで、架空のダンス「ストンク」の動きを含んだ振付で踊る。

☆バーレスク：ストリップティーズを中心に雑多な芸能を組み込んだ演芸の一種。十九世紀から原型となる演芸は存在しており、一九二〇年代から四〇年代頃には非常に盛んだったが、一時期廃れていた。一九九〇年代頃からアメリカを中心にニュー・バーレスクとしてリバイバルしており、フェミニズムや前衛芸術などから影響を受けていることも多い。ヘテロセクシュアルの男性向けにマーケティングされているストリップクラブに比べると、バーレスクは女性やゲイの男性に人気がある。なお、文中には「金のために」とあるが、アマチュアのパフォーマーが持ち出しで行っていることも多く、バーレスクで食べていけるプロはそれほど多くはない。

☆ダフィ・ダック：ルーニー・テューンズに登場する黒ガモのキャラクター。

☆サインフェルド：一九八九年から一九九八年にかけてNBCで放

キャンプで服装倒錯的でフェティッシュな要素だ。専門的に言うと、「チョロいオカズ」ではない。

さらに、セクシュアリティを強烈に様式化しているにもかかわらず、バーレスクにはストリップクラブのミョーに攻撃的でユーモア皆無な雰囲気がない。バーレスクアーティストは歌ったり、話したり、笑ったりする。冗談を言うけど、これは不可解なまでにまじめくさったラップダンスクラブの雰囲気からは考えられないことだ。その手のラップダンスクラブでは、男女が接するということが、はやし立てたり面白おかしく笑ったりするのにつながるようなものじゃなく、冷戦期の米ソ会談みたいに厳粛に扱われている。たぶんそうならざるを得ないんだろうけど、バーレスクアーティストは自身のセクシュアリティを素晴らしくて面白いものとして扱っている。足下にいる汗っぽいバカな客の顔ににこりともせず押しつける武器まがいのものじゃない。

一番大事なのは、バーレスククラブは女子向けの場所だと思えるってことだ。ストリップクラブは、十年前にはたまにスパイスガールズがいたにもかかわらず、そうじゃない。よくできたバーレスクの実演を見ると、女性のセクシュアリティがわかる。女の価値体系によって作られたパフォーマンスだ。綺麗《きれい》な照明、つやつやの髪、とんでもないアクセサリー（ばかでかいカクテルグラスとか、巨大な羽根の扇とか）、ヴェルヴェットのコルセット、お洒落な靴、エヴァ・ガードナー風アイライナー、青白い肌、上品なマニキュア、ユーモア、そして最後には、きまりの悪い半分隠れた勃起と沈黙じゃなく、大喝采だ。

バーレスクアーティストには名前がある。**ディタ・フォン・ティース**、**ジプシー・ローズ・リー**、**イモデスティ・ブレイズ**、**テンペスト・ストーム**、**ミス・ダーティ・マティーニ**とかだ。こういう名前は、セックスのスーパーヒーローみたいに聞こえる。しっかりした考えとともに自らを守る力を備えて強い足場に立ち、創造的に好きなことができる文化からセクシュアリティを探求してる。ストリップクラブで見かける冷たい外見の娘たちじゃなく、ご婦人方とか姐《ねえ》さんとか大人の女と呼ぶのが

送されていたシットコム。九〇年代のアメリカを代表する人気コメディで、ジョージ・コスタンザは主人公ジェリー・サインフェルドの親友である。

☆ディタ・フォン・ティース：アメリカのニュー・バーレスクのアーティスト。ヴィンテージ・バーレスクと呼ばれるファッショナブルで洗練された作風が特徴で、一時期マリリン・マンソンと結婚していた時は二人あわせてゴスのロイヤル・カップルと呼ばれていた。

☆ジプシー・ローズ・リー：アメリカのバーレスクパフォーマーで、一九三〇年代から四〇年代頃のバーレスクを代表する伝説的なスターである。

☆イモデスティ・ブレイズ：イギリスのニュー・バーレスクのアーティスト。芸名はイギリスのコ

ふさわしい。バーレスクアーティストのペルソナは、幅広いセクシュアリティを受け入れてる。楽しさ、機知、温かさ、創造性、無垢《むく》、力、闇《やみ》などだ。壇上で血の通わないエアロビクスをしてるわけじゃない。

ストリップクラブに適用できる、おおまかだけど決定的な法則がある。ゲイの男たちはスペアミント・ライノにいるのなんかまっぴらといった感じだけど、バーレスクの店ではゲイばっかりで身動きもできないくらいだ。わたしの直観的法則では、ゲイが押し寄せ始めたら、その場所は女にとって文化的に安全だと常に判断できる。ゲイは、おきまりの工業生産エロでマスをかくようなことはしなくて、そのかわりにキラキラしたもの、とびっきり淫《みだ》らなもの、楽しいものが好きだからだ。それに、今ならまあ言えるけど、あのハウスシャンパン、やたら酸の味がしたし。

ミックのヒロインである女性エージェント、モデスティ・ブレイズからとっている。

☆テンペスト・ストーム：一九五〇年代から六〇年代にかけて活躍したバーレスクパフォーマー。二十一世紀に入るまで現役であった。

☆ミス・ダーティ・マティーニ：アメリカのニュー・バーレスクのアーティスト。古典的で洗練されたバーレスクに、政治諷刺などを取り入れた先鋭的な作風が特徴。

第十章　ケッコンするぞ！

How
To Be
a Woman

それで、この間ずっと妹のキャズは何してたんだろう？　いろんなことをしてた。髪を短く切って、ヴェンジャーって名前の無能で邪悪な大君主に関する戯曲を三本書いて、ジョージ・オーウェルにぞっこんになり、りっぱなドラムンベースのレコードコレクションを築き上げ、バーを経営するクリエイティヴなチームの一員になった。このチームはある絶望的なクリスマスにシェリー・カプチーノを思いついた。大胆だけど結局失敗したコンセプトだった。シェリー酒は牛乳の中だと凝固する。いまや事実として身にしみた。さらに、そうなったらどんだけかき混ぜてもコーンフラワーで再乳化はできないのもわかった。

でも、キャズが主にやってたのは何度も結婚式に出ることだ。キャズは結婚式が嫌いなので、これは不運だ。

「うげーっ、後生《ごしょう》だから」と台所の椅子《いす》に身を投げて言う。「うげーっ、後生だから」

キャズはクリーム色のシフォンのドレスにクリーム色のサテンの靴を履いてるけど、どっちも泥まみれだ。脚にはイラクサのとげが刺さってて、酒臭いし、カウボーイがウイスキーを一気飲みするみたいに瓶から直接膀胱炎《ぼうこうえん》の薬をのんでる。目は狂気をはらんで赤くなってて、ごく最近地獄から帰ってきたどころか、何度も地獄から戻ってくるようにさせられた人みたいだ。しかも、ビュッフェが機能しない乗り物で、道路工事中、バンクホリデーに。

　大きなリュックを隅っこに投げる。ここからでも、壊れたテントが中に入ってるのが見える。

「ケータイの電波も入らない谷にある養豚場に二百人呼んで結婚式をするなんて、誰が考える？」と、キャズが口をきゅっと結んで言う。「誰？」『隣の原っぱでキャンプできます』とか言うんだから。『花嫁の家族全員が輪になってですよ。妖精《ようせい》の輪って呼びます！　全員一緒で楽しいですよ。夜はみんなで歌います！』」

　キャズは身震いする。覚えてるかもしれないけど、キャズの主な特徴として、まったく人の近くにいたがらないっていうことがある。もし、弓兵を並べた小さい持ち運び式城壁があれば、使ってるだろう。

「テントが壊れたあと、どうしたの？」と、わたしはリュックを指さしてたずねる。リュックはびしょ濡《ぬ》れだ。

「隣のテントのラリったバカが、鉛筆三本とセロテープでポールを直そうとしたんだけど」とキャズがこたえる。「今のテントのポールは曲げなきゃいけないからダメだと思うって言い続けたのに。それから結婚式に歩いて行かなきゃならなくて、全然隣の原っぱじゃなく七つも先だったの。この靴で原っぱ七区画とか無理。相性最悪。イラクサに出会した時は、脚のほうも無理になったし。小径《こみち》ではトラクターが来たもんで、道のへりにのり出さなきゃならなかったし。わたしの全存在でおことわりしたかったよ。あと、トラクターのせいでドキドキしたから、ドレスが汗まみれだし」

　キャズが腕を上げて、しみを見せる。

「でもいいこともあったんだから！　すごい雨が降り出したんで、着いた時にはワキが汗まみれなのよりも、髪が縮れてるのが、集まった人全員がまず注目する主要ポイントになったの。式まであと五分の時にね」

☆バンクホリデー：イギリスやアイルランドの休日で、銀行が閉まる日を指す。地域によって違うが、月曜日にバンクホリデーがもうけられることも多く、不便で大混雑するのでこの休日が好きではないという人もいる。

今度は膀胱炎の薬をマグに入れて、ウォッカ三ショット分とちゃんぽんにしてる。キャズの話によると、その後も全然状況はよくならなかった。どうやら、午後三時までにはみんなひどく酔っ払ってしまったので、五十代のおばさんまでビュッフェテーブルによっかかって「酔いをさまさなきゃ」と言ってたらしい。すごく「結びつきの堅い」田舎の家族だったので、キャズは何度もお客に誰を「知って」るかについて聞かれたらしい。「全然ぱっとしないハムサラダ一人前を盗むため、雨の中人里離れたド田舎まで歩いてきたと思われてるみたい」だったそうだ。午後四時までに、キャズはあまりに怒って絶望的に退屈し、トイレに行って一時間も座ってたらしい。

「やたらエリート感のある仮設トイレだったの。見た感じ、**グラインドボーンオペラ祭**で使ってるようなやつ」と言ってた。「音楽も流れてくるし。クイーンの『アンダー・プレッシャー』を五回も聴いたよ。それから、たぶんフレディだったらやるように、ケータイの電波が入るまで、土砂降りの中、丘を登って、ミニキャブ呼んで、エクセターマリオットホテルを予約したの。膀胱炎になったかきかないで。膀胱炎になったから」

キャズは**ニューロフェンプラス**を三錠ほうりこんで、涙を流した。「四年で五回の結婚式なんて」と泣き叫んで、泥まみれの靴を脱いでシンクに投げた。「知ってる人がもう二度と恋に落ちないでほしいと心から願ってんの。真の愛を見つけた人のせいでえらいめにあってるんだもん」

☆グラインドボーンオペラ祭：イースト・サセックスにあるオペラハウスが付属したカントリー・ハウスで夏に行われるオペラ祭。正装が基本で、休憩時間は野外でピクニックをする。

☆ニューロフェンプラス：鎮痛剤の一種。

もちろん、真の愛を見つけた人のせいで、みんなホントえらいめにあってる。そりゃ、最後はうまくいく。ひとたびみんなが落ち着くところに落ち着いて、騒ぐのをやめたらね。でも、かなりはじめのほうで、みんなの我慢と愛情を試す大試練、結婚式がある。

そりゃ、男性が切迫感を持って取り組まなきゃならないひどいことは世の中にいっぱいある。戦争、強姦《ごうかん》、核兵器、株式市場崩壊、『トップ・ギア』、バスに乗ってる間にジョギングパンツの前に手を突っ込んで汗まみれのチンポジ修正をした人が触って、ムレタマが発する蒸気でくもった手すりにわたしも今触んなきゃならない状況とかだ。それでも、結婚式は女性にとって決定的に降りかかってくるものだ。

女性の皆さん、結婚式はわれわれの落ち度だ。恐怖がトラックに乗ってやってくるこの状況は全部、われわれの監視下で起こってる。あのね、人類にとっての失望だってだけじゃなく、自分たちにとっても失望でしょ？

結婚式は全然、女にとっていいことない。ムダと絶望が詰まった毒蛇の巣だ。そして、結婚式のほぼあらゆる側面が、結婚式が一番好きな人たち、つまりわたしたちに対してひどい形ではね返ってくる。結婚式に対する愛はマズい愛だ。いいことない。裏切られてひとりで残され、うまくいかない。

結婚式について考える時はいつも、『卒業』のダスティン・ホフマンみたいに教会に走り込んで、「やめろ！　結婚式をやめろ！」って叫びたくなる。

オルガンがきしんで止まり、みんなが驚いて振り返り、わたしを見る。こんなの認められないというふうに、牧師が「エッ、マジで！」と言いたくなるのをもごもご飲み込む。わたしは壇上に向かい、アホみたいな**結婚式用の飾り帽子**を脱ぎ捨てて、煙草《たばこ》に火をつけ、ふんぞりかえって、こんなお説教をする。

☆結婚式用の飾り帽子：イギリスでは結婚式に出席する際、女性はファシネーターと呼ばれる派手な頭飾りをつける習慣がある。

1.　**費用**。女性の皆さん！　女でいるだけで既にずいぶんお金がかかります！　タンポン、美容院、子供の世話、スキンケア用品、男物より三倍高い女物の靴などです。わたしたちが必要としてるリルレッツみたいなものと、ないと裸でうろついているみたいに感じるまともな髪型があわさって、既に破産寸前です。そして、これにはまだ、女は男より三割も稼ぎが低く、「誰が子供の面倒を見るの？」っていう質問が頭をかすめる時、ふつうキャリアの沈没に出会さなきゃならないのは女のほうだっていう二つの要因は含めてません。

昔は、持参金をどうするかっていうのがしばしば女の人生を決める要因でした。親が結婚にどんだけの金を出せるかが、女の結婚相手を決めました。

今ではもちろん、女は誰でも選んだ相手と好きなように結婚できます。でも結婚については、今でもよく法外な金額がかかります。英国の平均的な結婚費用は二万一千ポンドですが、今ではふつうカップル自身が払っていて、奇っ怪で、自発的で、究極的にはムダなのに好んでつぎこむ持参金として機能しています。たいていはまだけっこう貧しくて、「家」とか「食べもの」とかを買いたいと思ってるような人生の段階で二万一千ポンドを使うのは、かなり不可解です。どっちの方向に進むとしてもそうでしょう。とくに、四組に一組は離婚するんですよ。

もし最初っから仕組みを作るんなら、二万一千ポンドかけて大規模な愛のお祝いをするのは、ゼッタイぜんぶ終わりに近付いた時にすべきです。六十代とか七十代になって、住宅ローンも払い終わり、「永遠の愛」の誓いがほんとにうまくいったのかどうかわかってからです。

二万一千ポンドですよ！　泣けてきます。個人的に、ドアとか窓がついてるわけでもないし、三つの願いを叶《かな》えてくれるわけでもないものに二万一千ポンドも使う気にはなれません。二万一千ポンドは、お買い物には法外な額です。正気喪失を暗示する額です。

何に使ったかってことのせいで、ここではお金の問題が一番大事です。家の手付金を集めるのは別として、ふつうのカップルはたぶん、人生で一つのことにそんな額の金を使うことは決してないでしょう。そして、その二万一千ポンドで買ったものは何でしょう？　長く使えるものはほとんどありません。アホみたいに高いアルバムに入ったぼったくりの写真とか、いろんなプレゼントはまあ長持ちしますが、二万一千ポンドで**ジョン・ルイス**の台所用品を二千ポンドぶん買うのは、その後どっちの方向に進むとしても、貧困な経済学のたまものとしか言いようがありません。ドレスは二度と着ら

☆ジョン・ルイス：イギリスのデパートチェーン。

れないし、どんだけ自分を説得しても「靴を赤く染めてパーティに履いていこう！」っていうプラン実現の機会はないし、指輪については、まあ、水泳プールとか、調理台の隙間《すきま》とか、一度なんかパンの中（どうしてそうなったか説明すると長くかかるけど）とかに繰り返し結婚指輪をなくして、今のは五代目ですっていう女はわたしだけじゃないはずです。

二万一千ポンドで買えるこれの内容ときたら、どうして結婚式がそんなに女にとって悪いことなのかを説明するふたつめの局面になります。

2. 生涯最良の日。「あなたの生涯最良の日になりますよ」ですって。これには明らかに障害があります。もちろん、結婚式は生涯最良の日じゃありません。本当に生涯最良だった日には、ダメなおじさんとか、『アダムス・ファミリー』から出てきたみたいないやなおばさんとか、その後六年間階段ですれ違うたびに嫌な顔をされないよう、招待せざるを得なかった職場の人とかは出てきません。

明らかに、こういう強制的に導入された要因のせいで、結婚式は実のところ、社外行事と家族セラピーを汚くまぜた感じになって、ゆえに黙って落ちついていなきゃという意志、いかめしい決意、飲み過ぎが混在するものと見なされます。

さらに、女性の皆さん、これを心にとめておいてください。「生涯最良の日」っていうフレーズです。ええ、誰の最良の日でしょう？　花嫁ですね。他の人じゃありません。太古の昔から、花婿は最初から最後まで、静かにイベントで無視されます。大人の男性を深い絶望と発現スレスレのパニックの混合状態に追いやりたかったら、ただ相手に少々、テーブルの準備とか、ボタンホールに挿す花とか、フラワーガールの靴とか、大型テントとか、お城の予約とか、マドンナが自分の結婚式で何したかとか、「若々しい顔」に見えるよう一週間前に結腸洗浄すべきかとか、そういうことを話せばいいのです。

結婚式は本質的に、花嫁が付け足しみたいに花婿を招待するものです。どのチョコレートプディング三種を出すか、解決した後にやっと考えつくような感じでです。まったくもって、女は五歳の時から結婚式の計画を始めます。誰と結婚するかなんてわかりゃしなくて、顔のところがうまくピクセル処理されたアクションマン人形を想像してる時からです。比較として言っておきますが、同じ年齢の時に男の子が考えてることといったら、ガンズ・アンド・ローゼズの「ノヴェンバー・レイン」のギターソロをプレイしながら同時にワールドカップで勝利を決めるゴールを入れるにはどうしたらいいかとか、そんなんだけです。

つまり、明らかに花婿にとっては生涯最高の日ではありません。また、お客の誰にとっても生涯最高の日ではありません。結婚式は、お客にはつまらないものです。お客になったら完全にわかることです。家から五百キロ近く離れて、パシュミナショールを羽織って、明らかに座席プランでは「残り」とされてるテーブルで、ぼんやりした酔っぱらいと居心地の悪い無駄話をすることになるんだから。でも、結婚式を計画しはじめた瞬間、そういうことは忘れてしまっていますからねぇ。

「キャリーのせいでいまいましいスカイ島まで結婚式に全員引っ張り出されたなんて信じられない」と、わたしたちはうめいて銀行の貸し越し額を眺めます。「四つ星ホテルで三日間とか。離婚すんじゃねーぞ。もう、離れないよう、『ムカデ人間』みたいにあのふたりを縫い合わせてやりたい気分」などと泣き言を言うのです。

「じゃあ、どこで結婚したいの？」ときかれるかもしれません。

「シンガポール！」と、熱狂的に叫びます。「全員を一週間招待するの！　三日目には無人島に船で出かけるんだけど、ひとりたった七十五ポンドの追加料金でできるの！　きっとすごいよ！」

実はわたし自身がこれをやりました。実際の結婚式までは、全部すばらしくうまくやったのです。

恋をすることにかけてはそんなに大バカではありませんでした。ドラマティックになりすぎたり、目立ちたがったりすることもありませんでした。コートニーと別れても立ち直っていました。「サタンとデートして、生き延びました！」っていう楽しいバッジを作り、あらゆる社交の場につけていくという単純な方法でです。これにより、バッジを指さすだけで、わたしたちの関係の状態に関する質問すべてにこたえられるようになりました。

ふさぎこんだり、すねたりもしませんでした。かわりに、一年間の報われることなき忠誠の埋め合わせをすべく、元気に世間に戻って、まだわたしにも楽しいことが残ってるんじゃないかと確認しました。結果的に、たくさんあるとわかりました。毎晩、持ってけ泥棒大安売りのセクシー版って感じです。時間と戦いながら家に帰れる最終のバスまで、ロンドン中を走り回って、面白い人とは誰とでもキラーンと目配せをかわしました。あるポップスターとの一夜は、午前三時にマネージャーがわたしのホテルの寝室からそのスターを全裸で運び去らなきゃならなくなって終わりました。

一週間後、十代の若者が文字通りわたしの家の玄関に現れました。その頃誰が配達をしてたかなんて、わかったもんじゃありません。この人は予想もつかないくらい優しくて楽しい人だったので、ある晴れた冬の午後からわーお！って感じの驚きの一夜だけで、コートニーの毒気を半分は追い払ってくれました。

どちらの例でも、「デートの現場」に戻るのは、以前このことについてきかされて知ってたのとはまったく逆で、全然努力も不安もいらないと気付いて嬉《うれ》しく思いました。「別れた後の変身」はありませんでした。六キロ以上体重が増えて前髪カットはイマイチでしたが、誰も気付かなくてとても嬉しかったです。後になってから意識を失ってしまったポップスターに対しては、ただ「ヤらない？」ときいただけでした。それに対して、十代の若者には、ＢＨＳで十九ポンド九十九セントで買えるワインレッドのバスローブという、不滅の色気を誇る服装でアプローチしました。

☆ＢＨＳ：ブリティッシュ・ホーム・ストアズの略称で、イギリスのデパートチェーン。

一ヶ月の間、わたしは女海賊みたいにロンドン中でのびのびセックスガリオン船を乗り回してるような状況でした。異性の人と話す時はいつでも、微粒子レベルですが爆発的輝きを持つ「どうも、あなたって『そういう人』？」という可能性があることをまた思い出したのです。

毎週木曜日には、『メロディ・メイカー』のピートを招いて、スープを作り、こういうことを全部話しました。「それでルームサービスに電話して、ステーキサンドと男性用のパンツを頼んだの」とかなんとか、レコードをかけて大笑いしました。

そうして二月の半ばに、わたしの気分が急に変わりました。

月曜の朝に起きたら、動物霊みたいについてまわる奇妙に悲しい気持ちが襲ってきました。鬱《うつ》とか惨めというわけじゃなく、そういうのよりももっと落ち着かなくて渇望的な感じでした。一度も手にしたことがないのに、何かを待ってて、同時にそれがひどく懐かしいというような感情が合わさったものでした。

実際、手にしたことがないどころか、何なのかもわかりませんでした。憂鬱《ゆううつ》の原因がまったくわからなくて困惑しました。どういうことだか全然わからないまま、へこんでアパートをうろつきながら一週間が過ぎました。電話とか、レコードとか、煙草とかを手にとって試そうとしましたが、下に置いて悲しく「ううん、これじゃない」と言うしかありませんでした。

お店に食べものを買いに行って、スーパーに行く途中で「帰ったら何か起こってるかも！」と思うことが二度ありました。エネルギーと希望に溢《あふ》れて急いで帰り、アパートに駆け込みましたが、ただ出て行った時そのまんまでした。わたしが求めているものが何だろうと、まだ起こってはいませんでした。

落ち込んで押しつぶされそうでした。

これが一週間続いて、日曜の夜、わたしのにぶちんぶりに怒り出したみたいに、とうとう無意識から答えが出てきました。酔っ払ってベッドに入り、ベーカー・ストリート駅の上りエスカレータに乗ってる夢を見ました。エスカレータは不自然に高く思えました。上の降り口が見えません。改札口に着くまで長く長くかかりました。

「あそこに着くまで永遠に待ってなきゃならないみたい」とわたしが叫びました。

「大丈夫だよ」という声が聞こえました。振り返るとピートがいて、後ろに立っていました。「ここだよ」とピートはただ言いました。

「ああ！」とわたしは目を覚ましながら言いました。

「ああ！」

「恋してるんだ！　ピートに恋してる！」

アパートを見回しました。

「ここにないのはピートだ」

六年後、十九ポンド九十九ペンスの指輪とともに、結婚式の日がやってきました。最初はロンドンの登記所で結婚して、パブでお祝い会をする予定でした。つまんない、何もない十月中旬にです。誰でもバスで家に帰れるでしょ。二百ポンド以下ですみます。それから五時間、アパートで派手にいちゃこら大騒ぎ。そんな結婚式をしてたらよかったと今でも思います。

でも、六百冊のウェディング雑誌を吸収して、義理の親戚《しんせき》になる人たちからの要請も考え、結局、クリスマスの二日後にコヴェントリの修道院跡地で結婚することになりました。偶然、キャズの誕生日と同じ日でした。いつもキャズは他人の愛のせいで打撃をくらっているんです。

大げさには言いたくありませんが、神に誓ってひどい結婚式だったと言えます。

わたしは二十四歳で、髪にツタを挿し、赤いヴェルヴェットのドレスで教会の通路を歩くのを待ってます。脚以外は女バッカスみたいです。ちゃんと歩ける靴が見つからないっていうわたしの人生の呪《のろ》いは、生涯で一番グラマラスなはずの日にも及んでて、サテンのへりがついたヴェルヴェットの下にはダサいドクターマーチンのサンダルを履いてます。

父は**チロ・チテリオ**から万引きしてきたスーツと、**バートン**の店から万引きしてきた靴を履いてるけど、落ち着いて賢明そうで、一番年上の子供が離れていくのでいくぶん感情を揺さぶられてるように見えます。

「おう、うちの可愛いお嬢ちゃん」と、ちょっとウイスキーのにおいをさせながら言ってます。「うちのニャーちゃんが」と、目がちょっと涙で光っています。**ライラック・タイム**のゆっくりした田舎風のマーチ「スピン・ア・カヴァル」が隣の部屋でかかりはじめると、父がわたしの腕をとり、かがんで何か囁《ささや》きます。ここで父が、自分と母さんはどうやって二十四年間一緒に過ごして八人も子供を持ったのか教えてくれるところだ、とわたしは思います。家族の絆《きずな》を強める素晴らしい機会になるだろうと思っています。うー、神様、父さんのせいで泣いちゃわないといいけど。すごくたくさんアイライナーをつけてるもんで。

「娘よ」と父は言い、新郎付添人がドアを開けて、集まった人が全員、わたしの入場を見るため首をのばして振り返ります。「娘よ、自分が**ウォンブル**だって忘れるんじゃないぞ」

通路を早く歩きすぎて、半分くらいのところで、音楽が終わるだいぶ前に前に着いてしまうと気付きます。さらに、自分がいやに気取った感じでにやにや笑ってるのにも気付いて、登記官の女性がどう思うか心配になります。

わたしが真面目にやってないと思うかも！　わたしはパニックになります。尊大だとかなんとかいう理由で結婚させてくれないかもしれない！

すぐにお葬式のペースまで歩みを遅くして、不安でたまらないような顔をしようとします。後で妹

☆チロ・チテリオ：イギリスの紳士服チェーン。

☆バートン：イギリスの衣類チェーン。

☆ライラック・タイム：イギリスのオルタナティヴロックバンド。

☆ウォンブル：児童文学作家のエリザベス・ベリスフォードが作った、鼻の部分が尖ってふわふわした毛に覆われたネズミのような動物のキャラクター。テレビ化もされている。「自分がウォンブルだって忘れるんじゃないぞ」は、このキャラクターが演奏するバンドという設定のザ・ウォンブルズが一九七四年に出したヒット曲のタイトルである。

たちにきいた話によると、みんなわたしが急な膀胱炎の差し込みに襲われたと思い込んで、もれなく持ち歩いてるお薬のクエン酸カリウム剤の瓶を無意識につかもうとしたそうです。

それでも、未来の夫に比べればわたしはマシでした。あまりにも緊張したせいで青緑色になって、洗濯紐《ひも》に吊した靴下みたいにぶるぶる震えてるんです。

あとで登記官が、「あんなに不安そうな花婿は見たことがありません」と打ち明けてくれました。「ウイスキーを二ショット分もあげなきゃならなかったんですよ」

結婚式については何も覚えてません。頭の中で憤りながら「自分がウォンブルだって忘れるんじゃないぞ？」を繰り返して全部やりすごしました。


一時間後、みんなバーにいます。クリスマスの二日後で、家族とスコットランドとかデヴォンとかアイルランドにいるもんで、招待客はたいがいここまでたどり着けませんでした。うちの家族は無料バーを活用してます。だいたいの人はもう歩けなくなってるし、歩ける人のうち、ふたりは亡くなった騎士の記念碑を見つけて、像に「いやらしい」ポールダンスをしています。

一方、父はキャンドルのロウをシャツにまき散らしちゃったので、他の人のアドバイスでシャツを脱いで、ロウを固めるため台所の冷凍庫に入れました。今はヴェストとジャケットだけでテーブルに座って、ギネスを飲んでとろんとしています。妹のコルはいなくなってしまいました。あとでこれは、父さんがコルを施設に入れようと思ってると言ったからだとわかりました。コルはちょっと前に、父さんのディズニーのＤＶＤと電動工具を全部盗んで、ドラッグを買うため売り飛ばしていたんです。「ほんの冗談だったんだよ！」と父さんは目をむいて言っています。「でなきゃ、うんと、そうだったっけ？」

コルを「見つける」ため、そこらを運転して捜索できるよう、弟のエディがゴルフカートを盗もうとします。他のきょうだいふたりが前に立ちはだかって「ダメ！」と言います。

披露宴が始まるまでには、静かな大失敗オーラがイベントを覆い尽くしています。クリスマスの二日後なので、クリスマス休暇の最中にコヴェントリまでトレッキングしてきたお客さんたちはディスコダンスをするにはデブデブしくて眠すぎる気分でした。夫がＤＪをすると言ってきかなかったせいで、新郎新婦の最初のダンスは、似合わないことはなはだしいスミスの「**アスク**」になります。ほぼ空っぽのダンスフロアで、みんながロマンティックな「インディーズ風シャッフルダンス」を見守る中、わたしたちはこの曲にあわせてスローダンスをしようとしますが、うまくはいきません。次の曲としてペット・ショップ・ボーイズの「オールウェイズ・オン・マイ・マインド」がかかると、ほかに二人がダンスフロアに参入してくれます。わたしの義父になったばかりのピートのお父さんと、もう三時間くらいエクスタシーでべろんべろんになってる友達のデイヴです。

デイヴが義父に向かって、ハッピー・マンデーズの**ベズ**がチョウチョでもつかまえようとしてるみたいな振付で踊っています。

「一粒どうぞ」と、デイヴが手のひらを義父にむかって開いて、三百ポンドくらいはするような錠剤を見せながら言います。

「父さんはブレスミントはいらないから」とピートが言って、確固たる態度でデイヴを部屋から連れ出します。

午後十時までには、だいたいの人が早めに寝に帰ってしまいます。休暇の最中に高いホテルに引きずり込まれたからには、ちょっとは回収しようってわけです。みんな、ビュッフェからくすねたソーセージロールを食べながら『**チアーズ**』を見てればいいなと思います。そうしてくれると嬉しいです。わたしもそうしたいです。わたしのほうは、頭から爪《つま》先まで黒ずくめで、いまだに一九五二年に亡くなった誰かの服喪中の悲しそうな姻戚《いんせき》のギリシャ人と話してます。わたしは弱々しく微笑《ほほえ》みます。

☆アスク：一九八六年のスミスの楽曲。シャイな人物の恋についての歌だが、「愛でなければ爆弾が僕らを結びつけてくれるかもしれない」などという歌詞を含んでおり、コヴェントリー爆撃で破壊されたコヴェントリー大聖堂の近くで行われている結婚式でかけるにはあまり似合わない曲である。スローダンスにも向かない。

☆ベズ：ハッピー・マンデーズのダンサー。マラカスも演奏するが、楽器の演奏や歌などは行わない。

☆チアーズ：一九八二年から一九九三年までNBCで放送されていたアメリカのシットコム。『そりゃないぜ!? フレイジャー』は本作のスピンオフである。

この女性を含むギリシャの姻戚全員が、わたしの花嫁付添人は百九十センチ近く身長のあるチャーリーというゲイの男性で、シルバーのズボンとピンクのケープを着てるってことを自発的かつ完全に無視してるってことにわたしは気付きます。もうひとりの花嫁付添人ポリーのことだけを話題にしていますが、ポリーのブラはストラップレスドレスの上に丸見えで、「ファック」と言ってるイルカのタトゥーを揺らしています。

午後十時二十三分に火災報知器が鳴ります。みんながぶるぶる震えながら芝生に避難すると、きょうだいがひとりもいないことがわかります。『素晴らしきミスター・ブランデン』のブランデンさんみたいにホテルに戻ってきょうだいを探し、妹の部屋のドアをノックします。七人きょうだいが全員この部屋にいて、ベッドの上に立ち、煙感知器の下でルームサービスのメニューをパタパタしています。

☆素晴らしきミスター・ブランデン：一九七二年のイギリス映画。登場人物のブランデンが子供を火災から救助する場面がある。

「なんで避難しないわけ？」と、ドアのところにウェディングドレスで立ってたずねます。

みんながわたしのほうを向きます。全員、子供を楽しませるため雇ったバルーン動物職人に作ってもらった風船の冠をかぶっています。エディはバルーンの剣を持っています。

「うちらの体の熱を感知したんだよ！」と、ウィーナが酔っ払ってパニック状態で言います。「ふたりしかいられない部屋なんだけど、全員ごろ寝してて、部屋が暑くなりすぎたの！　冷やそうとしてるとこ！」

きょうだいがルームサービスのメニューで天井を扇《あお》ぎ続けています。火災報知器の音が止まります。午後十時三十二分です。わたしは結婚しています。もう寝ますわ。

その後十一年間、わたしたちの結婚式に再び触れるお客はひとりもいませんでした。それが一番いいと、みんな暗黙の了解で思っているんです。

それでも、少なくともわたしはある意味慈悲深い花嫁でした。結婚前夜パーティはやらなかったんです。結婚式の前の夜は、『ゴーストバスターズ』の五十回目の鑑賞会をしながらきょうだいとポテトチップスを食べて過ごしました。この点では、わたしには健康な判断力があったんです。というのも、現代の結婚式における三つめの問題は結婚前夜パーティだからです。

3. **結婚前夜パーティ**。二十年前は、いつもより騒々しく叫びながらパブで一晩過ごすだけで、出費は**ベイリーズ**に三十ポンドってところでした。今では花嫁付添人にさせられるくらい忠実で不運な人たちから、莫大《ばくだい》な金と時間をまきあげるものになっています。

キャズは二十一世紀の結婚前夜パーティでひどいめにあってきています。世界一結婚式に招かれたくないお客なのに、気まぐれな儀仗官《ぎじょうかん》みたいな神々のせいで、キャズは四回も第一花嫁付添人になっています。ある時は、あまりにも酔っ払って花婿の結婚前夜パーティに乱入し、新郎はゲイだと思ってたと本人に言ってしまいました。別の結婚前夜パーティでは、出席者は全員「チーム・キアラ」用おそろいのサテンツアージャケットを着るよう花嫁が主張したせいで、サイズ16の花嫁付添人がローラーディスコで体を無理矢理歪《ゆが》めたことからくるパニック発作を起こし、猛烈な過呼吸のままロンドンからスティーヴネッジまでタクシーで帰らなきゃならなくなりました。ヨークシャー・デイルズで「絆を強める」ための散歩を実施した結婚前夜パーティでは、誰かがちょっと酔っ払いすぎて無責任にほったらかしたカートを回収するため、キャズが十五メートルも岩の斜面を這い降りることになりました。でも後で、わたしたちはそういうことは誰にも起こるだろうという結論に達しました。

4. **「わたしが愛する人は皆ここにいます」**。本当に、「愛する人全員」に、一緒に一部屋にいてほしいですか？　めったにうまくいきません。たとえば、わたしは他人の家族とは全然ちゃんとおつきあ

☆ベイリーズ：アイルランドのクリームリキュール。

いできません。ある結婚式で、わたしは花婿付添人だったのですが、花嫁の母が**リチャード・マデリー**の大ファンだと聞いて、酔っ払ってわたしが知ってる最高のリチャード・マデリーのこぼれ話をしてあげました。マデリーの好きなののしり言葉は「ファッカドゥードル」だって話です。

十分後、花嫁の母は敬虔《けいけん》なキリスト教で、「ファック」という言葉を文字通りはじめて聞いたと説明してもらいました。

キャシーとジョンの結婚式でも同じくわたしはメタメタでした。キャシーのお父さんが真っ白くて綺麗《きれい》な家を案内してくれて、わたしは赤ワインを飲みながら後ろについて歩いていました。

「これがわたしの好きな眺めなんです」と、主寝室に入りながらキャシーのお父さんが言って、窓のほうに歩いて行きました。「晴れた日には谷が見下ろせますよ」

そしたら窓から、コウモリがわたしの顔めがけて飛んで入ってきました。

コウモリが顔めがけて飛んできたことのある人がいるかわかりませんが、どうやって対処すればいいのか判断する時間はそんなにはありません。まあ…直観でぶつかることです。わたしの直観は、「ファック！　うげー!!」と叫びながら、世界一白い部屋に赤ワインをぶちまけることだとわかりました。

「おうっふ」と、キャシーのお父さんが自分なりの抑制と礼儀をこめて言います。「ティッシュ持ってきます」

「ファック！」と、わたしは叫んで通路を駆け下りました。「ファック！　これはわたしが…ファック！」

台所を襲撃し、白ワインの瓶を持って戻ってきて、熱心に中身を振りかけ始めます。

「白ワインで赤ワインのしみが消えるんです！　テレビで見ました！」とわたしは叫びます。

いまや緋色《ひいろ》になってしまった敷物に偏執的に白ワインを注いで、ティータオルでこすりはじめまし

☆リチャード・マデリー：イギリスのテレビ司会者。

た。

キャシーのお父さんが、この年の男性から予測される動きよりもちょっと素早く部屋の向こうから駆けつけてきて、静かにわたしの手から瓶を取り上げました。今では空っぽになってしまった瓶をちょっと見つめて、残念そうに言いました。

「ああ…九十三年のアルザス・グラン・クリュ」

長い沈黙がありました。

「まあでも」と、指先で瓶に触りながら、とても上品に言いました。「飲むにはちょっとぬるすぎたから」

ティヴァートンからミニキャブが着くには一時間半かかりました。納屋の裏側で、酔いを覚ますためチーズを食べて待ち時間をやり過ごしました。

5. あなたのこと。でも、いろいろ考えたって、クリスマスの二日後に凍《い》てつく芝生に全員を避難させたり、妖精の輪で歌わせたり、ひどいジャケットで自殺願望を呼び覚ましたりして、たくさんの人に惨めな気分を味わわせたって、誰が気になんかするでしょうか？ 結局、あなたの晴舞台の日ですよ！ 花嫁です！ あなただけのための日が一日あったっていいはずです！ あなたの晴舞台！ 生涯最良の日です！

これにはふたつ、差し支えがあります。ひとつめは、伝説になるとあらかじめ決まっている日については常に疑問の目を向けるべきだってことです。大晦日《おおみそか》、クリスマス、ロマンティックな休暇、最初のセックス、誕生日など、一連の悲しいがっかり日のせいで学んでるはずです。母親を**ホワイト・ルシアン**で泥酔させることを除くと、楽しいよい時を台無しにする最速にして楽勝な方法は、事前の期待を爆上げしてプレッシャーをかけることです。ホントに、女が「生涯最良の日」になると保証し

☆ホワイト・ルシアン：ウォッカ、コーヒーリキュール、クリームで作るカクテル。

てもらったものなんて、さっさと逃げたほうがいいものばっかりです。めったにうまくいきません。「生涯最良」だとよく宣伝されてる別の日が、子供を産む時だってことを思い出してください。結局は、実際に心停止が起こるのは避けつつ体が耐えられるだけのモルヒネを求めて、神様も何もありゃしない状態で天にむかって叫ぶような結果になりそうだっていうのは、言うまでもないですよね。

そしてふたつめですが、この奇っ怪な結婚式欲は女性という集合体のイメージに良くない影響をもたらすと思います。楽しいことの枠組みがすっごく狭いみたいに見えます。わたしはちょっと、『馬鹿《ばか》と馬だけ』の**デルボーイ**が、パブでその場にあったはずのバーが片付けられたのに気付かず、よりかかって横向きに倒れていく有名な場面みたいな感じでいます。でも、「落ち着いて、お嬢さん方、落ち着いてください」。女が自分の結婚式は生涯最良の日になるとか、最良の日だったとかいう話をきくと、午後三時に野外でしこたまＭＤＭＡをキメたことがないだけではと思わざるを得ません。

要約すると、すべての結婚式は、奇行の絶頂期だったマイケル・ジャクソンみたいに振る舞うことに行き着きます。ある一日だけ、とんでもない額のお金をかけてセレブのフリをするのです。そして、なんでセレブがペットのサルやアホみたいな靴やエレファントマンの遺骨や遊園地やギターの形の水泳プールを持ってるのかはわかりますよね。内面が死にかけていってるからです。空っぽになりはじめてるんです。一瞬、無限の宇宙の中にある自身のゴミみたいな究極的小ささを感じてて、ソフトドリンクのストローの番をする係を雇うことで対処しようとしてるってわけです。みんな、こういう人たちのことを傷ついたおばかさんとしてかわいそうに思うのがふつうです。

でも、女たちはいまや、バカ高い費用をかけて一日、こんなバカみたいな振る舞いをして過ごすことが「ごほうび」で、その後は歯を食いしばって耐え、落ち着いて暮らすだけで、もう二度と「特別な」日はやってこないもんだと思っています。もちろん、もう特別な日が二度とやってこないことの大きな理由は、二万一千ポンドを一万六千個の**ヴォロヴァン**とか「軽めのジャズ」バンドとかにまき

☆デルボーイ：第四章八五ページの注に出てくる『馬鹿と馬だけ』の登場人物。パブのバーが片付けられたのに気付かないデルが倒れる場面が有名である。

☆ヴォロヴァン：さくさくした生地の中に具を詰めたフランスの食事パイ。小さめで作ってオードブルのように出すこともある。

散らしたからです。でも、これが何を象徴するかってのはみんな、耐えがたく身にしみてわかりますよね。

こういうことでは、男性を観察しなきゃなりません。男たちは一日だけ、王様みたいに思える特別な日を祝って、それから静かで単調な苦労の生活に戻っていますか？　いいえ。いつも出かけて楽しんでいます。ジャーメイン・グリアが『全き女性』で指摘しているように、男たちは空いた時間を釣りとか、ゴルフとか、レコードを聴くとか、Xboxをプレーするとか、**『ワールド・オヴ・ウォークラフト』**でゴブリンのふりをするとかいった、楽しくも非生産的な活動をしてつぶしています。一日だけダイアナ妃ごっこをしたいなんていう、イカれて鬱積《うっせき》した欲望を抱えていません（もちろん楽しかった時代のダイアナ妃で、階段から飛び降りそうだった時期とか、カミラがやってきて何もかもブチ壊した時期のダイアナ妃ではありませんよ）。

一方、女たちは、自分磨きや家庭内の仕事でいっぱいの決して終わらないリストに取り組むことで空いた時間をつぶしています。家事や宿題をすませ、困った人の相談にのり、猫の虫を駆除し、骨盤底エクササイズをし、キャベツにたいして創造的アプローチを試み、内側にのびた毛をはがすといったことです。どういうわけか「生涯最良の日」が一日あったので、こういう苦労がやわらぐようです。

ねえ、女性の皆さん、一日の「特別な」日はやめて、その引き換えに喜んでもっと穏当な楽しみでいっぱいの人生を引き受けるの、ゼッタイいいですよね？

あるいは、たぶん、結婚するっていう考えをそもそもまるごと捨てるべきなのかもしれません。名前を変えなきゃならなくなるようなことにはだいたい反対です。他の機会で、別の名前になることなんてどういうのがありますか？　女子修道院に入るとか、ポルノスターになるくらいですよね。これ見よがしに愛を記念する楽しい祝典は、そういうやつのあんまりいいお仲間とは言えません。

☆ワールド・オヴ・ウォークラフト：アメリカのオンラインゲームで、世界的に人気がある。

第十一章　ファッションに夢中！

How To Be a Woman

「今日ドレス買ったの！」と、ドアから入ってくる夫に言う。「新しいドレス！　新しいドレス新しいドレス新しいドレス！」

茶色い寒冷紗《かんれいしゃ》の農村風ドレスだ。「十二ポンドだよ、ピート。十二ポンド！」今日、ちょっと前に「マーケットで買ったんだよ！」セヴン・シスターズ・ロードのマーケットで買ったんだけど、買い物したせいですごく興奮してる。新しい服を買ったのは二年ぶりくらいだ。

二十四歳で、わたしはまだあんまり服を買うのに慣れてない。その時本当に欲しいと思ってた服、たとえばクリノリン、ティペット、ボンネット、赤いフランネルのペティコート、ボタンでとめるパテントレザーの黒いブーツ、ダマスク織りの夜会服、シャグリーン革の手袋、きつねの毛皮のマフ、キャリコのナイトガウンなんかはホロウェイ・ロードで入手しやすいわけじゃなかったけど、それだけじゃない。しばらくからっけつだったからだ。

ジャーナリストとしてまともな稼ぎがあったけど、人生についてまたひとつ大きな誤算があるとわかった。所得税は生理と同じで、選ぶ自由があるもんだと思ってたのだ。仕事を始めてから四年間、一ペニーも税金を払ってなかった。

「必要なら電話がくると思ってたんです！」とわたしは雇ったばかりの会計士に泣き言を言った。

「でなきゃ、『さーてなんだろう、税金タイムだよ！』とかなんとかいうような手紙がくるとか。でも何も言ってこなかったんです。内国歳入庁は口数が少なすぎます」

会計士は、内国歳入庁じゃなく個人のほうに明細を明らかにする責任があって、一九九四年以降の銀行、給与、出費の明細を提出する必要があるってことを引き続き説明してくれた。でもわたしはあんまりちゃんと聞いてなかった。

理由の一部は、銀行、給与、出費の明細の大半は一九九六年にカムデンのゴミ収集容器に突っ込んできたとわかってるからだ。後で捨てなきゃよかったと後悔した肘掛け椅子《いす》と一緒に廃棄処分だ。でも、近未来に自分がどんだけ貧乏になるか、ただ予想で計算してたからってのもある。

われながらあてにならない計算だけど、少なくともあと二年は税金追納のために収入の全部をつぎ込まなきゃならないと思われるし、パンプディングや冗談やセックスと引き換えに経済的に支えてほしいとピートに頼まなきゃならなくなるだろう。

「んーまーいいよ」とピートは言って、わたしはピートの家に引っ越し、玄関ドアのスペアキーをもらった。「ぜーんぜーんきにしないよー」

それから二十四ヶ月間、赤貧洗うがごとき状態だったけど、スタンダップコメディのネタを考える機会はいーっぱいあった。


二年後、わたしはまだドレスのことでおしゃべり全開だ。舞踏服を着たスカーレット・オハラみたいにくるくる回ってみる。

「たった十二ポンド！」とやましい気持ちで言う。「十二ポンド！　新しいのを買うのはいい気分だけど、これから何年もドレスは要らない！　アクセサリーで正装にもカジュアルにも変えられるし！ホントにお買い得。これで記念すべき大散財はオシマイ」

ピートは九百十四杯目のパンプディングをかきこみながら言う。「あのさ、他の女の人はみんな君よりずっとたくさん服を買ってるよ。たーくさんね。昼ご飯の時はいつも、職場の女の人はみんな新しいものをなんか袋に入れて持って帰ってくるよ。もう税金は払い終わったんだから、正直もっと服を買ったほうがいいと思うよ。そうしたければね。つまり、何を着てても僕は気にしないんだけどね。そうしたいんなら何も着てなくたっていいんだけどさ。もっとパンプディングある？」

次の日、ピートが仕事に出かけてる間、言われたことを考えてみる。他の女の人はみんなわたしよりずっとたくさん服を買ってる、たしかにそうだ。みんなわたしよりいっぱい服を持ってる。ひと味違う。わたしは女がやるようなことはやってない。

階段をのぼって寝室に入り、タンスの中身を見てみる。以下が二十四歳のわたしの衣装ラインナップだ。十七歳の時に買った、黒いヴェルヴェットの床まで届くゴス風ドレスには、「着古した」せいで、もう毛が抜けてつるつるになったツギがひじのところにあててある。黒とネイヴィーブルーのズボンが一本ずつ、計二本だ。「サラダ」って書いてある、サラダっていうバンドの無料プロモーション用Tシャツがあって、ソーセージを料理したり食べたりする時にこれを着るのが好きだ。マークス・アンド・スペンサーで買ったシュニールの緑のカーディガンがあって、これはすごくいいものなので、妹のコルが着た時なんと二度も盗み返さなきゃならなかった。ヴィクトリア朝ふうナイトガウンもあって、これは昼も普段着スタイルで着てる。あとは水着だ。

わたしはマトモな女じゃないかも、とタンスを見て思う。他の女の人はみんな「服装のコーディネート」とか「見た目を整える」とかをやってる。わたしはただ「できるだけ清潔なやつをコーディネート」してるだけだ。今はお金もあるんだし、なんとかしなきゃならない。

女になるのはすっごくお金も時間もかかると思う。年齢を考えると、わたしがそういうことについて何も知らないのは不自然なくらいだけど、でも全然わからない。グランジからブリットポップの時代出身で、服にどんだけお金を使ってないか自慢するような音楽シーンだった（「三ポンド！　バザーで！」「うー、高いね。このジャケットはゴミ捨て場からだよ。死人のやつだよ。キツネの死骸《しがい》の下にあったんだよ」）。「出かける準備」っていうのがほぼ、顔を洗って、ドクターマーチンとかスニーカーとかを履いて、街に向かうバスの中で**バリーM**の一ポンドの黒いマニキュアをすることでおしまいなのに誇りを持ってた。

　でも、今や「ドレス」がある。でもそれなら「ドレス」には「ベルト」が要るし、付け足せるけどあからさまにあわせたって感じじゃないバッグも要るし、正しい靴下だけじゃなくて寒くなったら「羽織れる」ものとかも要る。いまいましい『ドラゴンクエスト』に出てくる、追いかけ回して見つけなきゃならないものの無限の一覧みたいだ。ともかく、「羽織れる」ものはアノラックとか、階段の下で発見したピクニックシートじゃダメで、脱構築的なカーディガンとか、スポーツ向けのジャケットとか、二百ポンドのパシュミナショールとか、「シュラグ」とかじゃないといけない。この聞き慣れない「シュラグ」っていう物体は、あまり肥えてないわたしの目には、アホな人が作った縮んだカーディガンみたいに見える。どれもひどいありさまだ。これがわたしのパンプディング作成時間にきびしく割り込んでくるってことだ。

　すべての中で一番問題なのは靴、とくにハイヒールだ。全人生をスニーカーかブーツで過ごしてきたけど、二十代をうまく切り抜けるには、まさに出かけてヒールのある靴を買わなきゃならないっていうのはとっても明白だ。読んでる女性誌は全部、ハイヒールについて態度を明確にしてる。これは授乳できる機能とかＸＸ染色体とならんで、女になるための譲れない構成要素らしい。自分の体とか考えよりもハイヒールを崇《あが》めることになってるようだ。さらに、体とか考えよりもずっとたくさんの靴を持たなきゃならないらしい。自分のおケツとか革命思想とかとは違って、靴が多すぎるってこと

☆バリーＭ：イギリスの化粧品メーカーで、動物実験などを行わない方針を採用している。

はありえない！！！！！！！！！！

「ハイヒールを履いた女に立ち向かえる者はいません」と、『エル』の記事は結論付けてる。「スタイル戦争の最高の武器です」。このタワゴトは本気だ。

次の日、試しに大人の女らしくしようと心に決めて、出かけて初めてのハイヒールを買う。まだピンとこない。とうとう誇り高くお買い上げしたハイヒールは、**バラッツ**で九ポンド九十九ペンスのスカイブルーのビニールブロックヒールサンダルだ。履くと足がすごく汗をかくので、歩く時ちょっとジュージューいう。まるで中敷がネズミで、みんなゆっくり押しつぶされて死んでいくみたいだ。爪《つま》先もかかともひどく痛いってものある。でもそれが何！　ハイヒールを履いてる！　わたしは女だ！

その夜、ギグでこのハイヒールを履いてどうにか階段を制覇しようとしている時、けっつまづいてブラーのグレアム・コクソンの真上に落下し、グレアムの脚にわたしのウイスキーとコカコーラがこぼれる。

「あーっ！」とグレアムが叫ぶ。

「これが…スタイル戦争の最高の武器」とわたしは悲しく言う。「ハイヒールを履いた女に立ち向かえる者はいません。わたしは女」

「あーっ！」グレアムは濡《ぬ》れた脚を見ながら言う。「このバカタレ！」

でも、わたしはすぐには屈しない。十三年後、今ではずっとたくさんハイヒールを持ってるし、さらにもちろん、ハイヒールを履いて結局ひどいめにあった小話もずっとたくさん披露できる。実際、ベッドの下にこの手の靴だけでいっぱいの箱もある。それぞれの靴を、新生活の頭金として買った。そういう新生活を雑誌で読んで、今や「ふさわしい」靴を買ったんだから、次には自分も実現できる

☆バラッツ：イギリスやアイルランドに出店している靴チェーン。

と思ったのだ。ほらほら。わたしが履かない靴をぜーんぶ紹介する。

（1）**カート・ガイガー**の、シルバーでくるぶしにストラップがついたウェッジソール。一度授賞式で履いた。三回褒められて、それはまあいいとしても、同じイベントに出てた八十二歳の**デイム・エドナ・エヴァレッジ**より若干、女っぽさの点でも自信ある落ち着きの点でも負けちゃうような歩き方になるのに気付いた。

（2）トップショップで買った赤いヴェルヴェットのパンプス。一度、ソーホーで誕生日のディナーに履いた。一晩中座ってたにもかかわらず、靴がきつくて痛すぎたので、脱いで足を休めなきゃならなかった。その後、ちょっと「おもしろい」ことになって、朝起きたら片方しか履いてなかった。もう片方は、オクスフォード・ストリートのＨＭＶメガストアの裏にある一晩中営業してるあのスペインバルで、トイレのタンクの上に「安全のため」置いといたような気がしないでもない。

（3）色以外は右の赤いパンプスとまったく同じ、グレーのヴェルヴェットのパンプス。「こういう使いでのある靴をど派手ってわけじゃない色のやつも持っておくのが正解！」と思った。うぐっ、靴を買うのは得意です！

（4）ピーコックブルーで前側にひだ飾りがついた７・６センチのハイヒール。これを履いていったパーティで、**スレイド**のノディ・ホルダーと話すことになった。今までの人生で会うことを待ちわびてた、ウルヴァーハンプトン近郊出身の王族だ。うおお、どんなに熱狂してノディ天国に浸ろうとしても、その時までにわたしの足はあまりにも痛くなってたもんで、目に涙を浮かべて片方ずつの足で交互に立ってるほかないという事実を認めざるを得なかった。結局、わがアイドルに暇乞《ひまご》いして、廊下に座って、足の裏のふくらんだとこをもみながらうめくことになった。

☆カート・ガイガー：イギリスの靴小売チェーン。

☆デイム・エドナ・エヴァレッジ：オーストラリアの男優・コメディアンであるバリー・ハンフリーズが変装して演じるオルターエゴで、ライラック色の髪の毛に派手なメガネをかけた女性キャラクター。六〇年近くかけてハンフリーズが育てたキャラクターで、メルボルン出身の洗練された老女という設定である。

☆スレイド：イギリスのグラム・ロックを代表するバンドのひとつで、ウルヴァーハンプトンで結成された。ノディ・ホルダーはウルヴァーハンプトンの東にあるウォルソール近郊で生まれた。

（5） 同じタイプのハイヒールで、白いやつ。「こういう使いでのある靴をど派手ってわけじゃない色のやつも持っておくのが正解！」うぐっ、靴を買うのは得意です！

（6） 爪先がくるっとした、シルバーグレイとベリーレッドのトルコ風スリッパ。女が買う到底着られないくらいばかげた衣類の九割と同様、デビットカードを差し出した時、わたしの頭の中では、これは煙草《たばこ》を喫《す》うため出て行く時に**ケイト・モス**がするりと履くようなやつに思えた。そして、こういうことをした後の九割の女と同様、わたしは続いてケイト・モスなら爬《は》虫類《ちゅうるい》っぽくボヘミアンな鋭さになるものが、わたしの場合は帽子と手袋とスカーフを着けてからナイフとフォークでチョコバーを食べなきゃならないっていう、よくある**子供のゲーム**をしてるところみたいに見えると認めざるを得なかった。悪い意味でね。

他にも六足ある。爪先の止血帯としてなら使えるゴールドの**グラディエーターサンダル**。一夜にして「グランジっぽい」から「バーバラって言う名前の不安な女が履いてそうに見えるやつ」になってしまった茶色のアンクルブーツ。あまりにも重すぎるんで、最初に履いた時に筋痛性脳脊髄《せきずい》炎でも患ったんじゃないかと本気で思ってしまい、それ以降一度も履いてないドクターマーチンのTストラップ。

でも、わたしが理解するところでは、サイズ6の兵馬俑《へいばよう》みたいにベッドの下の箱にきちんと並んでる履かない靴コレクションは、女の履かない靴コレクションの範囲ではかなり小規模なほうだ。一、二度しか履かないか、一度も履かなかったのに二十七足のハイヒールを捨てられない友達がいる。全女性が、家のどこかに捕獲した靴を隠してる。

どうしてこういう靴を履かないんだろう？　女性のみなさん、わたしがはっきりさせましょう。十三年以上もかけてわたしもだんだん気付いてきたけど、内心では最初にハイヒールを履いた時から

☆ケイト・モス：イギリスのモデルで、ブリットポップの時代のファッションアイコン。ドラッグや恋愛問題などのスキャンダルにも事欠かない。

☆子供のゲーム：これはチョコレート・ゲームなどと呼ばれるゲームで、英語圏の子供たちがパーティでこれをして遊ぶ。

☆グラディエーターサンダル：ローマの剣闘士が履くようなサンダルを模した、多数のストラップがついたサンダル。

みんなともかくわかってることを言う。本当にハイヒールを履くべき人はせいぜい世界に十人くらいしかいない。そしてそのうち六人はドラァグクイーンだ。他の人はみんなただ…やめたい。降参。自然が教えてくれたことにとうとう従うのだ。こんなものを履いて歩けない。ローラースケートで出かけるほうがほんとマシだ。**こんなゴミクズを履いては歩けない**。反重力ブーツとか、ローラースケートで出かけるほうがほんとマシだ。

ハイヒールを履くのが不可能だってことは、皆にとって自明だ。揃《そろ》ってハイヒールを履く機会である、平均的な結婚式のパーティなんかですぐわかる。心の中では、最高の状態にある女たちの落ち着いた優雅な集まりだ。スティレットヒールを履いて、一年のうちでもアカデミー賞授賞式ごっこをするのに絶好の機会だ。実際にはもちろん、ティナ・ターナーそっくりさん協会の年次総会みたいになる。慣れない垂直歩行でよろよろしてる女たちだ。きつくてむごいサテンから足の肉がはみ出る。その後何日も爪先の感覚がない。

もちろん、こういう靴を履いて優雅に歩ける人はとても少なくて、そういう人には素晴らしく映える。ハイヒールで歩くのは綱渡りをするとか、煙草の煙で輪を作るとかと同じくらい鮮やかな技術だ。尊敬しちゃう。幸運を祈る。そうなれたらいいと思う。でも、そういう人はほんとに少ない。大多数を占める他の人たちにとっては、買った時に思い描く優雅さと実際の見た目は反比例する。よたよたになるし、かかとでひっくり返るし、踊れないし、「このいまいましい靴。足のせいで死にそう」とささやきながら、絶えず痛みでたじろぐことになる。

パーティが始まるまでには、八割の女が裸足《はだし》かタイツ姿になってる。テントの端に、うち捨てられたスティレット、ウェッジソール、キトゥンヒールの潮位線が出現する。女にとっては、結婚式用の靴を買うのにかかる時間のほうが、実際に結婚式で履いて過ごす時間よりも長い。

でも、不可解なことに、ハイヒールが役立たずだってことをすっかり受け入れてる。よろよろ、肩をすくめて受け入れてるのだ。一回だけすごい痛みとともに履く靴には、生涯で何千ポンドも金をかけてるのに、気にはかけてない。いやいや、ミョーに誇りに思ってもいる。女は靴を買ってクスクス笑いながら、「もちろん、痛いけど…バーの椅子に一晩中座って、トイレ行く時は友達とか通りすがりの人に助けてもらえばいいだけだし」と言う。これって、「家を買ったばっかりなの。もちろん、屋根がないから、傘をさしてリビングに座ってるだけなんだけど」って言うのと同じくらいは完全にイカれているんだけど。

じゃあ、無理だってわかってんのに、どうしてハイヒールを履くのが女になるための本質的な条件だって信じてるんだろう？　ほぼ全員がイカれたアヒルみたいな歩き方になるものをどうしてフェティッシュとして崇《あが》めてるんだろう？　ジャーメイン・グリアは正しかったの？　ハイヒールは男の目を惹《ひ》きつけてヤるためだけのものなの？

答えはもちろん、違う。足が細く見えると思うから女はハイヒールを履くってだけだ。爪先立ちでうまく歩くと、足がサイズ14からサイズ10くらいまで細くなると思ってる。もちろん、そんなことない。丸々と太った足がポワントに向かって細くなってる先例がある。ブタだ。

そしてたいていの男は、ハイヒールをうさんくさいと思うか、嫌ってすらいる。よく、敵意に満ちた目を向けてる。その理由はこうだ。

（a）女がハイヒールを履くと男の背が小さく見える。男子用語を通訳すると、これは女がデブデブしく感じるのと同じだ。イヤになる。

（b）ハイヒールを履いた女は、夜の終わりにはハンドバッグに靴をしまって、裸足で、「タイツを汚さないよう」タクシー乗り場までおぶってほしいと頼んでくる統計的確率が高い。人をおぶることについては、常に男の背中が頼りにされてる。これだけでも男は、夜の始めに自分に向かってよろよろ歩いてきて、爪先の痛みで既に眼光は鋭く、食卓に座るにはおばあちゃんみたいなため息をつく女を警戒することになる。

三十五歳で、わたしはやめることにした。とうとうハイヒールにおさらばした。不可解に履き心地のいい黄色のタップシューズと、履いて踊れる一九三〇年代の緑のヴェルヴェットの靴だけは別だけど。まあたしかに、女物の靴にははなからおさらばしたっていうのに近いかもしれない。ヒールがない女物の靴も、男物に比べると脆《もろ》くてずさんな作りに思える。男物の乗馬靴、男物のバイカーブーツ、男物のブローグ、ドクターマーチンとかを買った。ぜんぶきれいな作りで、履き心地が良くて、女物の売り場にあるやつより安くて、弱々しく痛々しく一点に収斂《しゅうれん》するような足とは愉快な対極にある。

女物の靴については、今ではまるっきりストライキに入ることに決めた。ジーン・ケリーが急にダンスし始める時の余裕ある歩きぶりで一時間以上歩いて、後に一日続く痛みも残らないような靴をデザイナーが作るまで、女用の靴の世界からはすべて手を引く。わたしの要求、つまり文字通りまともな靴をよこせと求めている人は、今の時点ではまったくの少数派だってことはよくわかってる。『セックス・アンド・ザ・シティ』が十年にわたって示した異常なまでの**マノロ・ブラニク**欲の余波がどれだけ社会に残り続けるか、わかったもんじゃないし。でも、これについてはとても堅く心を決めてる。だって、ヴィクトリア・ベッカムのすっかり外反母趾《がいはんぼし》になった裸足の写真を見ちゃったんだもん。サリドマイドの薬害被害を被《こうむ》った**コーニッシュ・パスティ**みたいな爪先はけっこうです。もし次に五百ポンドをデザイナーシューズにぽんと出すんなら、（1）**「バッド・ロマンス」**に会わせて踊れて　（2）万一突然追っかけられたら殺人犯から走って逃げられる靴になるはずだ。靴に求めたい最小限のことだ。踊れることと、殺されないこと。

☆マノロ・ブラニク：イギリスの靴のブランド。テレビドラマ『セックス・アンド・ザ・シティ』のヒロインであるキャリーはこのブランドの靴が大好きである。

☆コーニッシュ・パスティ：コーンウォールの名物料理で、中に肉やじゃがいもなどを入れた半月型のパイ。餃子を大きくしたような形をしている。

☆バッド・ロマンス：レディ・ガガが二〇〇九年に発表した楽曲。ダンスチューンである。

ハンドバッグ

もちろん、女が夢中になることになってるもうひとつのファッションアイテムはハンドバッグだ。理由は昔からわかってる。靴を別にすると、ハンドバッグは太っててあわせられないということがまず起こらない唯一のアイテムだ。トートバッグを試して、試着室で体が歪《ゆが》んだり泣いたりする人なんか、いたわけない。

三十五歳になるまでに、わたしにはふたり子供がいて、住宅ローンの半分を支払い、レディ・ガガと酔っぱらい、自分のレシピでワカモレを作り、「**シングル・レディース**」のダンスの簡単なところ三十秒分くらいは踊れるようになったし、グローバリゼーションに関して相反する二つの意見を持ち、ハイムリック法を学んで、一度なんかスクラブルで四百二十点をとった。

でも、いまだに女性誌どっぷりなところもあって、そういうのを読むと自分が人生で達成したことについて心から悲しい気分になる。というのも、まだ「ご投資ハンドバッグ」を持ってないからだ。「ご投資ハンドバッグ」なるものに対するわたしのスタンスは常に、もし六百ポンドの投資をするなら、たぶん郵便局債券とかが対象であって、だいたいはパブの床にあったり、たまに二キロ以上あるジャガイモを家に持って帰る時に使うようなものは対象じゃないってことだ。でも、自分がハンドバッグ少数派だってことはわかってる。『**グラツィア**』によると、まともな女はトップショップで五年おきに四十五ポンドのハンドバッグを買ったりはしない。これがわたしの「ハンドバッグ習慣」なんだけど。まともな女はハンドバッグを何十個と持ってる。ちっちゃいやつ、イモが入らないやつ、

どんどん心配になって、わたしは六百ポンドのハンドバッグを持つのは『バットマン』のジョー**マルベリー**のトートバッグみたいな六百ポンドのご投資ものとかだ。カーに一目惚《ぼ》れするみたいなことだとわかった。やらなきゃならない。これが女になることの単純化できない事実なんだ。

☆シングル・レディース：二〇〇八年のビヨンセの楽曲。大ヒットし、モノクロの画面でダンスを見せるシンプルなミュージックビデオも話題になった。

☆グラツィア：イタリアの女性誌で、イギリスでも発行されている。

☆マルベリー：イギリスのファッションブランド。

今では廃刊になった『オブザーヴァー・ウーマン』で、状況は重大な局面に至った。『エル』の編集長ロレイン・キャンディが、一週間の間、まったく一般向けの服装で過ごそうとした。水曜日にロレインは書いてる。「失敗した。今日は、わたしの服を引き立たせるのに必要なとあるものなしに、お洒落《しゃれ》なバッグやセクシーなアンクルブーツが並ぶ最前列に行く勇気は出せないとわかった。それは新しい**クロエ**のバッグだ。恥ずかしい思いになる」

これを読んで恐怖で顔が赤くなった。今まで、わたしの安っぽいハンドバッグを面と向かって批判した人はいなかった。でもね、ここは控えめな国だ。もっと気持ちをはっきり言うとこ、たとえばポルトガルとかテキサスとかでは、わたしの四十五ポンドのハンドバッグは何を言われるかわかったもんじゃない。「うぼえあああ」とかなんとか叫んで椅子に飛びあがって、まるで害虫みたいにわたしの安いハンドバッグをほうきで叩《たた》こうとするかもしれない。

その夜、決めた。現代の女性の知恵のひとつに、ホンモノと見分けのつかないニセのデザイナーバッグがeBayで売られてるってのがある。でも、「検索」の窓に「百ポンドで買える立派な六百ポンドハンドバッグのニセモノ」と入れたのに、何も出てこなかった。

真面目に困ってしまって、六百ポンドのハンドバッグを六百ポンドで探した。ヴィトン、プラダ、クロエが三百ポンド、四百六十七ポンド、五百八十二ポンドだ。

うーん、どれもひどかった。ポニーの皮で「ゲルニカ」を再現したみたいなデザインだ。気に入りそうなやつを探してみた。頑張ってやった。なめし革、タッセルつき、形のない奇っ怪なやつなどなどで、大部分は取っ手がついた**トム・ジョーンズ**のキンタマみたいな形だ。ストラップやらバックルやら真鍮《しんちゅう》の飾りやらで覆われたのもあって、ＳＭでマゾがのっかるセックストイみたいに見える。

ゆうに棚一個分、巨大な金の留め金がついたレザーのクラッチバッグが売られてる。まるで、誰かが一九八八年に**グレイス・ジョーンズ**を溶かして、ブルゾンレザージャケットとでっかいイヤリング

☆クロエ：フランスのファッションブランド。

☆トム・ジョーンズ：ウェールズ出身の歌手。一九四〇年生まれだが、衰えないセクシーな歌声で有名で、「ザ・ヴォイス」などと呼ばれる。

☆グレイス・ジョーンズ：ジャマイカ系アメリカ人の歌手・モデル・女優で、両性具有的な強面の魅力が特徴。一九八〇年代にはいくつもヒット曲を出し、八五年には映画『００７ 美しき獲物たち』にも出演している。

だけが残ったみたいに見える。

検索結果の十四ページめで、やっと気に入ったのがあった。マーク・ジェイコブスだ。明るいアシッドハウスイエローで、デビー・ハリーの絵がついてる。でも、好みの六百ポンドのハンドバッグを見つけたという喜びは、よく見たら十七ポンドのカンバス地のトートバッグだとわかった時に弱くなった。要するに、わたしが惹きつけられた唯一のデザイナーズアイテムは、マーク・ジェイコブスのお買い物用バッグだったのだ。

わたしは完全にファッションに疎いわけじゃない。何年もかけてスタイルについて学んできた。明るい黄色の靴は驚くほど使いでがある。模様入りタイツは全然使えない。そしてもし、混沌《こんとん》と運命とめちゃくちゃな洗濯物の状況のせいで、不安なくらいちぐはぐなものを着ることになったら（靴下、**クロックス**、タキシードジャケットに三角帽子とか）、相手の目を見てうわべだけの自信に満ちた感じで「あんまり…イカニモあわせた感じにするのは好きじゃないんです」って言うだけだ。

でも、人生の機微に通じることができなくて、心が通じるのがにわか作りのお買い物バッグだけなら、わたしは断固たる**アンダークラス**の人間だっていうさらなる確信が得られるだけだ。

正直に言えば、たぶんわたしが一番好きなハンドバッグは、でっかいジャガイモをくりぬいて取っ手をつけたやつだ。巨大なキングエドワード種のジャガイモに肩掛けストラップをつけたやつ。それなら、危機の際にはハンドバッグを焼いて食べて、冬を乗り切れる。わたしたちのような人間はそうする。

でも、本当はこうなのに、わたしのハンドバッグ心理否認は続いた。うん、こういう六百ポンドのハンドバッグは、見た目はピンとこないかもしれない、と自分に言い聞かせた。でも、触ってみればたぶん、すごく価値に見合った六百ポンドっぽい魔法をかけてくれるのかもしれない。

「全部バターみたいにやわらかいレザーでできてるんだ」と、意味もよくわからず自分を説得した。

☆クロックス：合成樹脂で作られた靴。

☆アンダークラス：ワーキングクラスの下に位置づけられる社会階級で、失業したり、不安定な職にしかつけなかったり、福祉の給付がないと生きていけなかったりするような人々を指して使われる言葉。

「クロースアップで常に違いがわかる。出かけて触って高品質を感じなきゃ」

リバティに出かけて歩き回り、魔法に圧倒されるのを期待してハンドバッグを触ってみた。全部、ただハンドバッグっぽい感じだった。でも、いいシルバーのバッグを見つけた。二百二十五ポンドだった。

とうとうお上品になれるぞ！と思って、レジに走って、すぐ四十ポンドの当座貸し越し罰金を背負い込んでしまい、わたしの結婚にバキバキとみぞができてしまった。「たぶん、わたしには秘密だけど伯爵のおじさんがいるのかも！ ほんとの血筋が明らかになるの！ とうとう高級なデザイナーズアイテムが欲しくなった！ わたしはフツーだ！ 『グラツィア』のおかげ、ありがとう！」

五日後、シルバーのバッグはガワー・ストリートでスられた。泥棒も『グラツィア』を読んでるとわかったわけだ。四百五十メートル離れてても高いアクセサリーを見つけられる。

夫族は『グラツィア』を読んでなくて、どんだけ気前がよくて愛に満ちてようと、散発的に「二百二十五ポンド！ バッグに！ うへぇー！」という言葉を発さずにはいられないってこともわかった。まるで、タマのところをすごく残酷にフォークで刺されて、下手人がフォークを刺しっぱなしにしてそこにコートをかけたまま、お風呂に入りに行ってしまったところだというような調子でそう言う。

今使ってるバッグはクラウチ・エンドの靴屋で二十五ポンドだった。今にも「アップグレード」しようって気にはならない。

とにかく、現実を見よう。実際にはハンドバッグなんて取るに足らないものだ。中に何を入れるかが一番大事だ。わたしはこの主題について何年も広範に研究して、ハンドバッグにホントに入れるべきものの決定版リストを作った。

☆リバティ：ロンドンのウェストエンドにあるデパート。十九世紀末のチューダーリバイバル様式の建物にアーツ・アンド・クラフツ柄の商品を揃えており、アールヌーヴォーの雰囲気をよく残した店として人気がある。

（1）大量の液体を吸えるもの
（2）アイライナー
（3）安全ピン
（4）ビスケット

これであらゆる不測の事態に対応できる。他には何もいらない。

服

これで足と、煙草を入れるものについては話した。じゃあ、着てるもののほうは？　どぎついフェミニストとして、どういう服を着ればいいのか？

服は大事だと女は知ってる。わたしたちの脳がリボンやバッスルやカクテル用フロックコートのことでいっぱいだからっていうだけじゃない。まあ、将来いつかは、脳のスキャンにより、わたしたちはそういうことをいっぱい考えてるって証明されるとは思うんだけど。服が大事な理由は、女が部屋に歩いて入っていく時は、口を開く前にまず服が語るからだ。男には不可解な方法で、女は着てるもので判断される。着てるものを評価されて、その後話す時に見くびられたり、イヤな目つきで見られたり、話してることが「理解できない」だろうと思われたりするようになる不愉快な瞬間を、男たちは一度も感じたことがない。仕事の話だろうが、子育ての話だろうが、文化の話だろうが、その日の衣装だけをもとに判断されるのだ。

「待って！」と言いたくなることもよくある。「子供を学校に送り迎えする時に着る服じゃなく、大学のコーデュロイジャケットを着てたら、ユングについての会話に入れてもらえるかも！『政治に参画してる』っぽい靴を履いてたら、わたしに向かってそんな感じで**トニー・ベン**の話をしてくるわ

☆トニー・ベン：イギリスの政治家。労働党の左派で、貴族の息子だったが、爵位を捨てて庶民院議員としての議席を守り続けた。貴族院議員だった期間を含めると五十年近く議会議員を務めたベテランで、二〇一四年に死亡している。大部な回想録を残しており、無類の紅茶好きとしても有名で、生前、イギリスでは大変よく知られた人物だった。

けない！　ほら！　iPhoneに写真もあるんだから！　**こういう機会にふさわしい服を持ってるけど、今は着てないだけ！**」

もちろん、こういうのはイラつく。「間違った」服を着てると分類されると、お店のウィンドウにはじめて全身が映ったのを見た時から悪いことでもしたような気持ちになってくるし、その後「わたしはデブ」的な決断をすることになる。パニックになってハーレムパンツを買いこむとか、「低カロリー」サンドイッチを買ってがっかりするとかだ。

でも、最悪の場合、間違った服を着てると人生がめちゃくちゃになる。裁判官がレイプ裁判を却下するのだ。二〇〇八年の「ぴったりしたジーンズ」裁判はそうだった。女のぴったりしたジーンズを協力なしで脱がせられる男はいないから、ぴったりしたジーンズを穿いた女をレイプするのは不可能だという主張が行われた。また、アムネスティ・インターナショナルの調査によると、二十五パーセントの人はまだ、女が「刺激的な」服装をしてたらレイプされたことに関して責めを負うべきだと思ってるらしい。

職場でリラックスした感じだったり、カジュアルだったり、薄汚い感じだったりするような格好だと、まったく同じ格好の男の同僚よりも仕事について全然真面目に受け取ってもらえないってことは、女たちはわかってる。ジーンズとスニーカーの女は昇進できない。ジーンズとスニーカーの男は昇進できる。女の外見は、ふつう女の中身と互換性があるもんだと思われてる。ゆえに、次にその女に何が起こるのかはそれで決まっちゃうことがけっこうある。

だから、女が朝何を着るか悩むのは、国際的なファッションアイコンになりたいからじゃない。ヴィクトリア・ベッカムになろうとしてるわけじゃない。わたしたちは小食でやせていていつもむっつりしているオシャレ番長のヴィクトリアとは全然違って、朝ご飯を食べに降りてくるとそりゃあ巨大なトーストの山が名前つきで置いてあるくらいは食欲旺盛で、ここ二週間微笑《ほほえ》みをたやさないくらいはにこやかな暮らしをしてるんだから。
いや、やろうとしてるのは、その日みんなが自分の着てるものを「理解」しようとするかどうか、すっごくビミョーな会話の中で正しいことを「言える」のかどうかを、判断することだ。っていうのも、ファッションっていうのはただほのめかすだけのやりとりだ。ネットでダウンロードできる新郎付添人のスピーチみたいなもんだ。女はこれの個人版みたいなやつを考え出さなきゃならない。女は、着てるもので心から語らなきゃならないのだ。カプセルワードローブ、「自分」そのものである服、「ドレスアップやドレスダウン」できる服、「クラシックな服」、「ひねりのあるジャケット」とかがなきゃいけない。これは女の技術として当然視されてる。洗濯が「より得意」であることとか、赤ん坊と一日家にいるのが向いてることとか、男のほうが面白いと思われてることをあんまり気にしないとか、そういう技術と同じだ。

女はただ服が得意で、そうじゃない人をバカにすることになってる。一回でも着るもので失敗するとそうなっちゃう。どの雑誌にも、どのタブロイド紙にも、毎週「みんなの笑いもの／何を着てるんだか」みたいなやつがたくさん出てきて、そういうことからもこれは明らかだ。有名な女性政治家が一回「間違った」靴を履いてきたせいでこきおろされる。こんなのムカムカするとか、怒りたくなるとか、絶望するとか、そういうことを言っちゃいけないことになってる。アンジェリーナ・ジョリーが飛行機から降りる時に何を着てたとか、スーザン・サランドンがベレー帽でホットな六十代に突入したとか、個人的にはぜんぜん興味ないと思っててもだ。わたしはすてきなフロックが好きだけど、いくら良くてもファッションなんてせいぜいゲームだ。でも女にとっては、**ネットボール**みたいに必修のゲームだ。しかも、生理のフリしても逃げられない。わたしにはわかってる。やってみたもん。

そしてそういうことで、女にとって、あらゆる服はその日の成果にいい影響が出るよう、希望をこめて唱える呪文《じゅもん》みたいなもんだ。星占いの天宮図を見るみたいに、自分の運命を予測しようとする行

☆ネットボール：バスケットボールの派生競技で、イギリスやイギリス連邦諸国でよくプレーされており、女子スポーツとして人気がある。

動だ。こんなにいっぱいファッション誌があるのも不思議じゃないし、ファッション産業が推定年間九千億ポンド産業なのも不思議じゃない。仕事だろうが雪だろうが出産だろうが、人生のほとんどの出来事について、女が最初に考えるのが、半分絶望した「でも何を着てけばいいの？」っていう叫びなのも、驚くようなことじゃない。

女が「着るものがない！」って言う時、ホントに言いたいのは「今日、期待されてる人間になるために使えるものがここには全然ない」ってことだ。

だって、満足して着られる服を見つけるのは楽じゃない。ハイストリートで「ここにはわたしが着られるものがない！」って叫び、三時間買い物をして回り、戦利品はタイツ一足と折りたたみまな板と子供に着せる学校用カーディガンだけだ。「どれも五センチ短すぎるとか、二トーン色が明るすぎるとか、袖《そで》がないとか。なんで袖がないわけ？　もしこの国のあらゆる女が、神の思《おぼ》し召《め》しどおり二の腕を隠していいんなら、**ザナックス**の処方量が二週間で半分に減るって。このバカでかくて過剰照明な店に、なんでわたしが着られるものがないわけ？」

でも、もちろん、何も着られるものはないのだ。とくに自分にとっては。ハイストリートで買い物するようになる前は、女は服を自作したり、ドレスメーカーに行って作ってもらったりしてた。そうすれば自分の着るあらゆるものが自分が誰なのかについての正直な表明になり、居心地もよく過ごせる。まあともかく、時代ごとに流行による制約はあったけど。

でも、庶民向けの大量生産ファッションが登場すると、どの衣料アイテムも買う女の「ために」作られてるってわけじゃなくなった。トップショップやザラやマンゴやアーバン・アウトフィッターズやネクストやピーコックやニュー・ルックで見かけるあらゆるものは、ぜんぶ想像上の女、つまりデザイナーの頭の中のアイディアのために作られてる。まあだいたい、七十パーセントくらいの度合いで気に入ったらそれを買うわけだ。ほぼそれが限界だ。皆無とは言わないにしても、百パーセント

☆ザナックス：抗不安剤の一種。

「自分」だって言えるもの、本当に欲しいものはめったにない。自分ではそういうことを認めないけど。たいがいの女は、もうちょっとはマシになるだろうと想像して商品の中を歩き回る。あと二・五センチ長かったら。組み紐《ひも》飾りがいらない。もうちょっと濃いダークブルーだったら。まっさきにこんなことをお互いに言い合う。「襟なしのがあればいいのに！」っていうのも、もし襟が好きじゃないんだっていうことがわかってもらえれば、そしたらわたしが本当になりたいものが把握してもらえるからだ。

そうしてもちろん、全部想像上の女のために作られてるから、現実の女には全然うまくあわないことがよくある。みんな思い当たるでしょ。蛍光とか桃色とかボディコンとかバッスルとか、イカれたのが一式全部、悲しいことに五月から九月までハンガーにかかったまま店ざらしになり、そういうデザインがターゲットにしてる想像上の女が買いに来てくれるのを待ってるシーズンもある。

女はよく、これから始まるファッションの潮流、たとえばワンショルダードレスとか、ジャンプスーツとか、更紗《さらさ》っぽい花柄とか、おケツにスナップがついた「昼用」フェティッシュニッカボッカーズとかを見て、こんなふうに叫ぶ。「でも、なんでファッションデザイナーはどうやったら女がいい感じに見えるのかを考えるとこから始めないわけ？　こんな服を『売り込む』のをしなきゃならないなんて、イヤ！　服に自分を売り込んでほしい！　七十九ポンド九十九ペンスもするんだから、わたしの役に立ってほしい！　服には自分の味方でいてほしい！」

『タイムズ』のファッション撮影に出るまで、どんだけファッションが「味方」になってくれないか、あんまり気付いてなかった。コンセプトは「フツーの女」に来たるべきシーズンのトレンドを着てもらおうってやつだった。パステルカラー、サファリ、オプアートのプリント柄、コルセットに組み合わせる上着、装飾つきレギンズとかだ。

「ゴージャスに見えるようにしますよ」と編集者が請け負った。「すばらしいスタイリストと写真家がいます。きちんとお世話しますから」

　それからの八時間は、会陰切開で終わんなかったやつとしては人生最悪の体験だった。その前はいつも、自分がレッドカーペットの上のケイト・ウィンスレットみたいに見えないのは、一万ポンドのお値段の服、髪、化粧、スタイリスト、いい写真家が調達できないからだと思ってた。そしてもちろん、できあがってきた写真ではわたしはとてもきれいに見えた。コルセットにシルクのコンバットパンツ、十センチのハイヒールで、すごくホットに見える構図の写真を撮った。正直、もし雑誌でその服を着た自分の写真を見てたら、この服試そう！　似合うじゃん！　あはは、ちょっとだけ大きいけど、わたしみたいなお尻《しり》をしてるし！と思ったかも。

　でも、これはできあがってきた写真ってだけだ。うまく収まるポジションでは撮られてる。服がきれいに見えるポジションを探すのに、二十分、三十分、一時間もかかった。残りの時間は、ここの**キャメルトウ**とかあそこの二の腕の脂肪とかそこのズボンからふくれ出てるハミ肉とかの処理にあてられた。服は伸ばしたり、洗濯ばさみでとめたり、紐で結んだりする。照明を変えて、髪は整える。肩のバランスが悲惨なので、釣り合いをとるため緊急で帽子が導入された。ブタみたいな気分になった。手に負えない不格好でぶざまなブタだ。服にとって「最高の」アングルを見つけ、前面に出し、機能させることで着てるものを売り出さなきゃならなかった。でもわたしのオッパイはおかしいし、おケツはデカすぎだし、腕はダメダメで重たくて剥《む》き出しだ。八時間後、汗と涙まみれでスタジオを出た。自分史上最も不細工に感じた。微笑めるような助けになるものもなく、「ミステリアスで、セクシーにしてください。ちょっと…曖昧《あいまい》な感じで」とか言われて、まるで自分が背負ってる服と、自分がその服の中でどう見えるかっていうことだけに切り詰められたみたいだった。それで、こういうスタイルをまとうと、自分の「役に立つ」だろうと思って注意深く集めた服を着てるよりも、完全に

☆キャメルトウ：着ている服が女性器に食い込んで、割れ目の筋がラクダ（キャメル）のひづめ（トウ）のように上に浮き出てしまう状態のこと。

ダメだと感じた。

　わたしはバカじゃない。常に、モデルとフッツーの女の違いは、フッツーの女は自分をよく見せるために服を買うことだって理解してきた。一方、ファッション産業は服をよく見せるためにモデルを買う。ほとんどの服はモデルがいないと役に立たない。わたしにとっては、確実に役立たずだ。こんなクズのためには何もしてやるもんか。ハイヒールを履くと、まっすぐ立てもしないのだ。

「ごめんなさい。モデルはみんなこういうことを何時間もできるんだとは思いますけど」と、横向きにひっくり返った後、後ろ足で立とうとする馬みたいに不格好に、二本の足でよろよろ体を起こして立ち上がり直そうとしながら、陰気な口調でわたしは言った。

「いえいえ」と、明るくスタイリストが言った。「モデルもいつも倒れてばっかりですよ。これは歩けない靴なんです。誰も歩けません。あはは！」

「みんな」履いてるのに、ハイヒールで歩けなくて絶望してた日々のことを思い出した。今思い返すと、けっこうな数の「みんな」がファッション写真の撮影をし、レッドカーペットにいた。すなわち、この人たちは実は一日中歩き回るための「靴」として履いてたわけじゃなかったのだ。写真のために履いてるだけだった。写真用だって自分で知ってるんだ。わたしたちお客だけが、こういうものを買って、一日中履いて歩き回ろう、履いて動こう、履いて生きようとしてたんだ。

　だから、こういうものの大部分は絵にするためだけで、実生活のためじゃないのだと、とうとう気付いた。参考書としては使うけど、ファッションは究極的には、朝に服を準備する助けにはならない。常にスカートのへりをずり上げたり、お股から縫い目を外したりすることなしに歩き回れるものを着たいんなら、ダメだ。ファッションは動かず立って写真に撮ってもらうためのものだ。他方、服は実際の人生のためのものだ。そして、人生だけが、どんな服を着たら楽しく過ごせるかについてホントに一番大事なことを教えてくれるところなのだ。

そうして、わたしが服について学んだことを話そう。雑誌や広告キャンペーンは無視して、大事なとこで学んだ知識だ。ポリ塩化ビニルレギンズが脱げなくなってトップショップの試着室で泣いたり、素敵な人を通りで走って追っかけて「それどこで買ったの？」ってきいたり★、妹のウィーナが寝室に入ってきてわたしが着てるものを見て、「ダメ出し」をして部屋から歩いて出てったりするような局面で学んだことだ。

（1） ヒョウ柄はど派手ってわけじゃない。
（2） 不透明の黒いタイツとブーツと一緒に着ればほぼなんでもごまかせる。
（3） 広く言われてることとは反対に、ベルトは女性の良き友じゃないこともけっこうある。実際、多くの場合は、見てる人が「どっちの半分がデブいかな。下半身、上半身？」っていう懸案を解決するための視覚教材にしかならない。
（4） 明るい赤はど派手ってわけじゃない。
（5） セロテープはタイツのお股にあいた穴を直せるほど強くない。
（6） きれいに見えるよう、試着室の鏡に向かってセクシーポーズをしなきゃならないような服は、買うべきじゃない。他方、着た瞬間にすぐ踊り始められるんなら、どんだけお金がかかっても買うべきだ。まあ、ものすごく高いような場合は別で、無理だから買っちゃダメだけど。ファッション雑誌は「実際、高くて買えなければ買ってはいけません」なんて絶対言わない。友達も言わない。たぶんわたしだけがそう言ってくれる人だ。お安いご用。
（7） 自分の見た目を「ハイストリートとヴィンテージの混合」って言っちゃダメだ。**ファーン・コットン**がそう言ったらどんだけ自分が怒るか思い出そう。虐待された人が虐待する人になる悪循環は止めよう。

☆ファーン・コットン：イギリスのテレビ及びラジオ司会者。

（8）膝《ひざ》上丈で体に合うよう作られた、袖とカーディガンつきの一九五〇年代風ドレスを着ておかしく見えることはまずない。『**マッドメン**』のグラマーでホットなジョーン・ホロウェイ役をやってて、最近『ヴァニティ・フェア』から「ザ・ボディ」という名を奉られた女ことクリスティーナ・ヘンドリックスが、現代のコンバットパンツとトップスを着るとどうなるか、見たことある？ひどいもんだ。どこにでも教訓がある。

（9）手に入る一番有望なズボンは、猛烈に**ライクラ**をたくさん使った黒のランニングパンツだ。太ももとおケツがちっちゃく見える。二年以上もの間、勇気を奮い起こし、ニーハイブーツとジャケットとあわせてこれを着ようとしたけど、最後の瞬間にやめて、しまいこんできた。長きにわたる後悔の源だ。

（10）シルバーラメはど派手ってわけじゃない。

（11）ゴールドのシークィンもそうだ。

（12）「ドライクリーニングのみ」っていうやつを買うかわりに、五十ポンドをその服のポケットにつっこんで、服も金も両方ハンガーに放置したまま店を歩いて出よう。長い目で見ると、そのほうがお金と時間を節約し、緊急時に会議に向かう列車の中で**シュア**エクストラデオドラントをワキにぶちまけるぶざまな光景を防ぐことができる。

（13）マークス・アンド・スペンサーの**パー・ユナ**の服はどれもちょっとおかしくなったみたいに見える。なんでそうなるのかはわかんないけど、とにかくそうだ。

わたしはこういうことをファッションについて学んだ。

☆マッドメン：二〇〇七年から二〇一五年までAMCで放送されていたアメリカのドラマ。一九六〇年代ニューヨークの広告業界を描いた時代ものである。

☆ライクラ：衣類によく使われるスパンデックス繊維のこと。

☆シュア：ユニリーバが出している制汗消臭剤。

☆パー・ユナ：マークス・アンド・スペンサーが出している女性服のライン。

★悲しいことに、答えはほとんどいつも「四年前にロッテルダムのすごいヴィンテージショップで買ったんだけど、悲しいことに今は火事で燃えちゃったし、ともかくあなたは入れてもらえなかったんじゃないかな」とかだけど、わたしはいまだに誰かがマークス・アンド・スペンサーをただ指さして「あそこで十分前に」って言うかもっていう希望を捨ててない。

第十二章　どうして子供を持つべきなのか

How To Be a Woman

ダメ出産

自分が出産下手だとわかっても、全然驚かなかった。ぜーんぜんだ。わたしが出産について知ってたこととといったら、母さんを見て覚えたことだけだ。きょうだい全員を出産した後、死んだようにまっ白くなって、ひどい話を携えて七回、よたよた家に帰ってきた。逆子とか、緊急帝王切開とか、神経圧迫とか、へその緒がからまったとかいう話ばっかりだ。五回目にコリーンを生んだ時は後産が下りなくて、経験が少なかった助産師は、扱いにくいビーグルについてる犬用リードみたいにただへその緒をつかんでひっぱるしかできなかった。母さんはあまりにも出血がひどくて、二キロ以上輸血してもらわなきゃならず、退院できた時には戦争から戦闘神経症になって戻ってきたみたいだった。

わたしは十一歳だった。人形と子ザルの中間みたいな赤ん坊を抱えて歩いた。母さんが突然倒れるんじゃないかとみんな脅えてた。スーパーで、階段をのぼる途中で気絶したのだ。まるで、赤ん坊は母さんに不可欠で、中におさまっててもらわなきゃならないみたいだった。赤ん坊がないと壊れちゃう。

次の赤ん坊、二年後に生まれたシェリルはさらにひどかった。母さんは肩の神経圧迫を抱えて帰ってきて、動けなくなった。長くて暑い夏の間、家がカビとアリと脅えた子供たちでいっぱいのどろどろした熱い物体に変わっていく中、泣きながら居間でカーテンをおろしたまま横になってた。いまや十三歳だったわたしは、家族に安い缶入りホットドッグやクラッカー、ジャムを食べさせてた。新しい赤ちゃんザルが足下の段ボール箱に、年上のほうのサルと一緒に入ってた。暑い天気が終わって母さんがとうとうゆっくり歩き回れるようになり、熱湯と漂白剤でアリを殺してくれた九月末までは、ひどいもんだった。

　だから二十四歳で妊娠した時、赤ん坊のめんどうをみるやり方はわかってた。段ボール箱に入れて、缶入りホットドッグを食べればいい。恐ろしいものが来るってこともわかってた。率直に言って、できると思えなかった。どうやってやるのかわかんない。非常識かつ片意地なまでに無知だ。六ヶ月検診で、ベッドの上にある現代風の変な彫刻についてコメントする。白いプラスチックで、まるでびっくりしたみたいに瞳孔《どうこう》のない十個の目がどんどん大きくなっていくやつだ。

　わたしは明るくたずねる。「それ何ですか？　いんちき**ジェフ・クーンズ**ですか？」

「子宮頸《しきゅうけい》拡張の段階を示してるんですよ」と助産師が言う。「ゼロから十センチまでです」

「し…子宮頸？」とわたしは言う。「子宮頸がなんで拡張するんですか？」

「そうやって赤ちゃんが出てくるんですよ」と、助産師は今やまるで正気を失った女に話してるみたいな様子で話してくれる。「それが出産です。子宮頸がだんだん拡張して、赤ちゃんが出られるようになるんです」

「子宮頸？」と、わたしは完全に警戒して繰り返す。「赤ちゃんがそんなのから出られるわけないです！　穴じゃないんですよ！　自分でわかります！　固いものじゃないですか！」

「ええと、だからその…ちょっといろいろ努力していただかないと」と、助産師ができるかぎり相手の気分を害さないようにこたえる。

　その時点で、赤ん坊は持てないとわかった。わたしの計算じゃあぜんぜん無理だ。子宮頸なんて開

☆ジェフ・クーンズ：アメリカの現代芸術家。

けない。どっから始めればいいのかすらわかんないだろう。

そういうわけで、妊娠の間中、上機嫌な医師や、やる気満々の助産師がわたしの今後の出産について口にするたび、気の毒で申し訳無い気持ちになる。そんなことは起こんないのだ。自分に言い聞かせる。まるでみんな、つまり看護師や産科医や夫が、九ヶ月すればわたしはマジックショーを披露して、ピーター・パンみたいに奇跡的なやり方で部屋を飛び回って、ほぼ文字通り、お尻《しり》からサルを出すような離れ業をやってのけると言い張ってるみたいな気分だ。椅子《いす》は全部準備万端、お客が気長に待ってる。

でももちろん、自分はマジックなんかじゃないとわかってる。全身を探しても、ほんのちょっとばかりの魔法もない。マジカルな事態が起こってくれるようあらゆることを試した。居間に水中出産プールを設置して、点火準備のできたキャンドルで囲んだ。ハーブと音楽と燃やすものもある。呪文《じゅもん》を唱える用意もできてる。でも一度やってみてそれから予定日を二週間過ぎると、まるで作物が畑で枯れ続けてて女たちが泣いてるのに、杖《つえ》で空を指して「見よ！　雨じゃ！」って叫ぶほかないダメ呪《じゅ》術《じゅつ》師みたいな気分になる。

陣痛がとうとう始まった時、痛かったけど役に立たなかった。不運にも赤ん坊は後方位で、頭蓋骨《ずがいこつ》部分がわたしの背骨にこすりつけられてる。助産師が悲しそうに、マジックは始まったけど、わたしのほうはうっかり無知なままかわりに悪い魔術を呼び出しちゃったんだと説明する。後方位の出産は長くてつらくて楽しくない。二十四時間眠らずに過ごした後、病院に行くのをすすめられる。わたしは泣く。さらに強くすすめられる。

明るい病棟で、現代的でなめらかで電気音だらけの驚くべき技術と対面し、マジックは完全に消えた。呪術師はただの棒を持ったオッサンだと暴かれ、もぞもぞ出てってしまい、二度と戻らなかった。

陣痛はすっかり止まった。

　ベッドに座って泣いてるわたしを、渋い顔をしたスウェーデン系の助産師が診てくれる。「自宅出産したいって言うお母さんにはよくこういうことが起こるんですよ」と、なんだか満足げに言ってわたしの脚を広げ、心拍数をモニターするため赤ん坊の頭にフックをつっこむ。かわいそうな赤ちゃん！　かわいそうな赤ちゃん！　ごめんなさい！　初めて触られるのがこんなだなんて、夢にも思わなかった！「結局はここに来て、お腹を切り開いてもらわなきゃならなくなるんです」

　とうとう、自分がずっと知ってたことに気付いてくれる人に出会った。この感じ悪いねえさんはありのままのわたしを見てくれる。不可能なんだ。

　土曜の夜から月曜の朝まで、ＮＨＳはゆっくり規則にかなったやり方で、ダメ女を助け出すための手順をひとつひとつ順番にこなしていく。破水が起きないので、かぎ針みたいなフックで破水させる。陣痛が止まったので、ペッサリーみたいなものでなんとか再開させる。子宮頸が固いので、陣痛が始まるとすぐ、すごく痛い処置で産道を確保する。ゆっくり殺される手はじめとして、内側からさいの目切りにされてるみたいな感覚に近い。

　もちろん、そうしなきゃならないから助けてくれてるのだ。女の体はこういうことが全部、騒がなくても自動的にできるようになってるはずなのだ。雨が降ったり季節が変わったりするみたいにだ。破水するとか、陣痛が始まるとか、こういうのは全部、オルゴールの内部機構みたいに隠れた内臓がひとりでにやってくれるべきことなのだ。

　でも、わたしが無能なせいで、今や皮を引っぱがさなきゃならなくなる。医者が部屋中にいて、どんどん心配そうな表情になりながら、手でそれぞれ音を奏でてる。機械の歯を平板にかき鳴らしてる感じだ。わたしの出産には全然リズムがない。どのビートも無理矢理だ。

　もちろん、二日間にもわたってこんなひどいダンスが続いたもんだから、赤ん坊はおずおず弁解がましく死に向かい始めた。モニターでは、赤ん坊の心拍はまるでちっちゃいおもちゃの太鼓みたいだ。陣痛にしぼられるたび、太鼓の音が弱くなる。まるで赤ちゃんが来ますパレードが遠くの通りを通過してるか、たぶん全部離れて行っちゃったみたいな感じだ。

次に起こることはわかってた。オキシトシンの点滴静脈注射だ。点滴。点滴のことは読んだ。出産に関するあらゆる本が、点滴は怖いって言ってた。陣痛が自然に起これば、体はふつうその速さと強さに耐えられる。でも、点滴にはそういう良心的なためらいがない。速さは一種類だ。とにかく速い。残酷なマシンだ。リズムがないもののためのメトロノームだ。毎分必ず陣痛を爆発させる止まらない原子時計なのだ。『赤い靴』の赤い靴みたいな、子宮のペースメーカーだ。死ぬまで踊らされる。

痛みのせいで変身しかけた。一時間で不可知論から福音主義になってもおかしくないくらいだ。突然空が神でいっぱいになって、聖書的痛みをもたらしてくる。陣痛の間の休止は、燃えてる家の中で水道から滴《したた》る水をなめてるみたいだ。一瞬だけほっとするけど、戻ると熱すぎて唇から湿気が蒸発する。壁は高くなり、そもそもドアも窓もなかったみたいになった。外に出る唯一の方法は、タコみたいになんとかして裏返しになって、骨にある魔法の出入り口から飛び去ることだ。

でも、わたしは肉と痛みだけになって、モニターに線でつながれてこの場所から動けない。母さんは裏返しになる方法なんか全然教えてくれなかった。

わたしはマジックなんかじゃなくてお尻からサルを飛び出させることはできなかったし、三日三晩ダメダメのドツボにはまってたので、とうとう医者はわたしを固定してお腹を切り開かなきゃならなかった。リジーはマジックと天の川の優しくほとばしる爆発で飛び出してくるんじゃなかった。ジョナサン・デ・ローザ先生がわたしの腎臓《じんぞう》を片側に寄せて、肉屋のフックにひっかかってるクソまみれのウサギみたいに足から逆さまになってる状態で引っ張り出してくれた。

 もちろん、今まで話したことはせいぜいことの半分程度だ。ピートが泣いたことや、ウンコや、壁一メートルの高さでゲロったことや、他の言葉がまったく思い出せずにガスと空気を求めて「口！」とあえいだことなんかは話してない。リジーが顔で傷つけちゃった神経のこととか、十年後でも右足がまだ無感覚で冷たいことも話してない。硬膜外麻酔を四回失敗したせいでそれぞれの椎骨《ついこつ》が打ち壊されて傷ついてしまい、その間を流れる液体が熱くて腐った酢みたいに感じることも話してない。そして一番重要なのは、ショックだ。リジーの出産のせいでそんなに自分が傷つくのだっていうショックだ。自分の骨の罠《わな》に捕らわれた足つきの動物になって、医者にナイフで切って解放してくれと頼むだけの状態になった。

 それから一年は、毎週月曜午前七時四十八分に、時計を見て出産を思い出し、震えながらあれが全部終わったことに感謝し、ふたりとも生き残ったことに驚いた。

 リジーは午前八時三十二分に生まれた。でも、七時四十八分に麻酔をかけられたので、そこでとうとう痛みがなくなったのだ。

 今は月曜の朝だ。わたしは病院の狭いベッドにいて、あらゆるものが突然穏やかで静かになり、手には食塩水の点滴、足にモルヒネ注射、夫は椅子に、娘はガラスの子供用ベッドにいて、キャビネットには花もなく、まだすごく早い時間で新しい感じだ。わたしの目はモルヒネのせいで大きくなってる。後で写真を見たら、わたしはゴージャスに見えた。**マルホランド・ドライヴ**でへとへとになり、どういうわけだか不条理にも赤ん坊の隣にいる**スティーヴィ・ニックス**みたいだ。

 ピートはひどい顔だ。その時は全然気付かなかった。痛みがなくなって、古びた茶色の血のしみや不愉快な棒状蛍光灯まであらゆるものが綺麗《きれい》に見えたからだ。でもその十分後にキャズとウィーナが到着してピートを撮った写真には、疲労と恐怖とわたしの**ルコゼード**を全部飲んだせいで青緑っぽく

☆マルホランド・ドライヴ：南カリフォルニアにある道路の名前で、二〇〇一年にデヴィッド・リンチがこの道路から名前をとった映画『マルホランド・ドライブ』を撮った。

☆スティーヴィ・ニックス：アメリカの女性ロックミュージシャン。元フリートウッド・マックのメンバーで、ソロとしても活躍した。

☆ルコゼード：イギリスのスポーツドリンクのブランドで、現在はサントリーが管理している。

なった皮膚と、泣きはらした目をした男が写ってる。

ピートの目は涙でいっぱいで、相手が死にかけてて、説明できないくらい悲しいみたいな調子でしかわたしを見ることができない。

「ピート」わたしはピートのほうに手を伸ばして触りながら言う。手の甲《こう》は点滴中だ。ピートは触るのが怖いみたいだ。

「やったことが何もかも、君を痛めつけることになったんだよ」とピートは言って泣き出した。本当にすごい大泣きで、口から液体が溢《あふ》れてくる。唇の間から長いよだれが出てくる。「何もできなくて。よくなるだろうと思うたびに、まさに悪化するようなことをするんだもの。背中にあれ［最初に三回も失敗した硬膜外麻酔の注入］をやった時、痛くなくなるって言われたのに、うまくいかなくて君は叫んで、体から漏れた水でびしょぬれになって。ストレッチャーを持って廊下を走ってたよ。君はすごくひどい音を立ててたよ」

ガラスの子供用ベッドを見て、金魚鉢にするみたいにワキの部分を指でつついてみた。リジーは一瞬目を開けて、サルみたいなしわのある顔つきでわたしを見る。病院のシーツに顔が赤く映える。まだ内臓みたいに見える。目には白いところがなくて、ただ黒い。大きい瞳孔だけで、サルの頭にふたつ大きな穴があいてて、まっすぐサルの脳につながってる。わたしを見てる。わたしは見返す。

ピートとわたしは顔を見合わせる。ふたりとも、お互いに向かって微笑《ほほえ》みかけたいと思ってるのがわかる。でもできない。

ふたりとも赤ちゃんを見返した。

痛みには変身作用がある。人間が学べる最速の教訓となるようにプログラムされてるのだ。最初の赤ちゃんからふたつのことを学んだ。

（1）すっごく不健康で、**ナショナル・チャイルドバース・トラスト**のクラスに二回しか出席せず、自分はたぶん死ぬと本気で信じるのは、総じて出産に備える良い方法じゃない。
（2）一度あれだけのレベルの痛みを経験すると、残りの人生は比較的楽になる。どんなにひどい経験でも、そんなにムダってわけじゃない。

まあ、あのさ、お腹に二十七本縫った痕とか、会陰部にできた第二度から第七度の裂傷とかとつきあっていけるようになったから、とかなんとかいうことで？　見方による。ぜーんぶ見方だ。そういうことを、まあ、専門用語で言うと、「超イヤな感じ」で言いたいわけじゃない。でも多くの場合、荒れ狂う二十四時間の激しく耐えがたい痛みの経験のせいで、現代生活のもっとイライラする苦しい側面の多くは片付いちゃうこともある。

精神の森林火災みたいなもんだ。感情面でごっそり枯れ枝を除去できる。今、ひどいカスタマーサービスとか、出来の悪いサンドイッチとか、自分の脚の見た目とかでイライラしてる？　四十八時間の出産で、こうこうと燃える地獄の門に後ろ向きに引きずり込まれたら気にならない！

その点では、出産は**セルトラリン**とかセラピーよりはるかに優れてる。かなり早い段階で、人生におけるまばゆくも最も単純な啓示がある。このクズでイカれためちゃくちゃな全世界で本当に大事なのは、子宮頸に猫くらいの大きさのものが引っかかってるかどうかと、猫くらいの大きさのものがなくなる日は自動的にあらゆる面ですべて完璧《かんぺき》になるだろうってことだけだ。

デカい手の男がバーベキュートングくらいの大きさの鉗子《かんし》を持ってこっちに向かってくる頃には、まあなんでもものの見方によると思えるようになってる。うん、今はものの見方がわかる。保険会社のノリッジユニオンが「**アビバ**」に改名したからって怒るようなことはないだろうと思う。

☆ナショナル・チャイルドバース・トラスト：出産や子育てに関する啓発活動を行っているイギリスのチャリティ組織。妊婦向けの準備クラスを提供している。

☆セルトラリン：抗鬱剤の一種。

☆アビバ：イギリスの保険会社。ノリッジ・ユニオンとCGUが合併したのち、この名前に社名が変更された。

率直に言って、出産のおかげで女にはばかでかい肝っ玉が備わる。全部終わったけど実際は死ななかったと気付いた時の有頂天な気持ちは一生続く。多幸感に酔いしれ、自分がどんだけ勇敢だったかに元気づけられて、新米の母親はとうとう義理の親戚《しんせき》にすっこんでろと言えるようになり、髪を赤く染め、自動車教習を受け、自営業をはじめ、ドリルの使い方を学び、タイの香辛料を試し、失禁を明るく冗談にし、暗いところを怖がらなくなる。

要するに、こんだけ強い痛みを経験すると、若い女子から大人の女になる。第十五章で概説するように、同じ効果を及ぼすものは他にもある。でも、人生を全部変えるのに最も効果的な方法のひとつではある。今のわたしを初めて出産する前のわたしと比べたら、ほぼ完全に変身したと言える。子宮頸を開いたら、どんなドラッグよりもわたしの「**知覚の扉**」が開かれた。率直に言って、エクスタシーから学んだのは、すごくラリってたら、「皆様、もうお帰りの時間です」って何度も拡声器で言われるのにあわせて壇上で踊れるってことだけだ。

☆知覚の扉：一九五四年にオルダス・ハクスリーが刊行した、メスカリン服用体験を記したエッセイのタイトル。ドアーズはバンド名をこの原題である *The Doors of Perception* から取ったと言われている。

他方、出産からはたくさん学べた。初めての出産の前にはたくさん怖いものがあった。暗闇《くらやみ》、悪霊、UFOの侵略、新氷河期の突然の到来、眠ってる人が麻痺状態で起きたら胸にバアさんが座ってるのが見えるというよく聞く金縛り現象、怖い映画、痛み、病院、全身麻酔、狂気、死、すごく高いはしごののぼりおり、クモ、人前で話すこと、すごく強い外国や地方の訛《なま》りがある人と話すこと、自動車教習（とくにギアチェンジ）、クモの巣、ハゲること、花火に火をつけること、助けを求めること、やたら早くこっちに向かってくる海の波、悪名高いまでに超気難しいルー・リードのインタビューに専門的能力の関係で送り込まれないこととかだ。

赤ちゃんを産んだ後、怖いものはこうなった。朝起きて、赤ちゃんがどういうわけかわたしの中に戻ってるとわかり、また投げ返さなきゃならなくなることだ。これだけだ。緊急帝王切開で終わる三日にわたる後方位出産は誰にもすすめないけど、もしそういうことになったら、そんなに無駄な経験じゃないと知っておくのもいい。基本、『**マッドマックス／サンダードーム**』のティナ・ターナーの乳汁分泌版みたいになって手術室から出てくることになる。

子育て

もちろん、新米の母親が子育てを始めたばかりの時には、思いつく比喩《ひゆ》といえば拳闘、戦い、根性にかかわるようなものばっかりだ。子供がいない人は、親になることを基本、あたためたミルクやシャボン玉やハグの周りを回る、魅力的な牧歌として考えがちだ。

でも、実際にやってる人にとっては、戦闘的な言葉がふさわしい。時々、ヴェトナムの**カーツ大佐**スレスレになる。『地獄の黙示録』におけるマーロン・ブランドの変身は、ハリウッドにおけるきらびやかな演技のひとつだと多くの人が考えてる。個人的に、わたしはブランドは泣きぐせがある三ヶ月の双子を一週間世話したばっかりで、それを演技のベースにしたんじゃないかと疑ってる。

戦争との類似は多岐にわたる。来る日も来る日も同じ服を着る。希望をこめて「クリスマスまでには終わる」と言い続ける。時々完全な恐怖に襲われることで区切られる長く退屈な期間だ。何度も虫にたかられる。本当は何が起こってるのか、誰もわかってないみたいだ。他の古参兵と、自分が実際に経験した真の現実を語り合うだけだ。フランスで午前四時に原っぱの真ん中で母を求めて泣いてることもよくある。まあ、これについては、ユーロキャンプでの休暇で乳腺炎《にゅうせんえん》にかかってしかも六歳児用のサンダルをひとつしか詰めなかったと気付いたからで、自分のズボンを穿いた足が十八メートル先に爆発で飛ばされて、**ウィルフレッド・オーウェン**が既に自分についての詩を書き始めてると気付いたからじゃないだろうけど。

☆マッドマックス／サンダードーム：一九八五年のオーストラリア映画で、『マッドマックス』シリーズ三作目。伝説的なソウル歌手ティナ・ターナーが、舞台である街バータータウンのボス役を演じた。

☆カーツ大佐：一九七九年のフランシス・フォード・コッポラ監督による映画『地獄の黙示録』の登場人物で、マーロン・ブランドが演じた。ヴェトナム戦争中、カンボジアの奥地で現地人を率いるリーダーとなったアメリカの軍人である。

☆ウィルフレッド・オーウェン：イギリスの詩人で、第一次世界大戦中における戦争詩の代表的な著者である。

でも、十年にわたるジン浸りかつレゴまみれの自己憐憫《れんびん》の発作に陥るのは簡単だけど、わたしは母親という仕事をもっとポジティヴな角度から見るほうが好きだ。

まず最も明らかなのは、子供から感情的、知性的、身体的、化学物質的な完全な喜びをもらえることだ。ベッドで子供と横になって、上にちょっと押し潰《つぶ》そうとしてるみたいな感じで自分の足をのっけて、厳しく「お前はウンコじゃ」とか言うよりも素晴らしい満足感はこの世にないってことは、心から正直に言える。

一万五千ポンド分のヴィンテージシャンパンの瓶、ヌーの大移動の上を飛ぶ熱気球、ソールにダイヤモンドがついたシャークスキンの靴、パリなんかはみんな、究極的には、親バカ心でハイになって、ちょっとツンツンしたりぐにゃぐにゃしたりしてかまってやれるような、小さくて理想的にはちょっとだらしない子供に接することない人の残念賞なのだ。

まったく、くらくらするくらいバカっぽい。溢れるバカっぽさだ。まばゆいばかりだ。七歳の子が階段を走り降りてきて、こっちの手にキスして、それから階段を駆け上がって戻る。全部を三十秒もたたないうちにやる。毎日の課題として、食べたり歌ったりすることと同じくらいは緊急の事項らしい。キューピッドに襲われたみたいだ。

こっちのほうでは、距離を置いて自分を観察し、自分が作り上げた愛の量にただただ驚く。際限がない。愛情のせいで疲れるかもしれないけど、絶対に終わることはない。頭と体と心の燃料になる。土砂降りの雨の中、忘れたレインコートを昼休みの遊び時間用に届ける時とか、靴や人形の支払いのために残業する時とか、咳《せき》、熱、痛みをやわらげてあげるため一晩起きてる時とかに力をくれる。以前は欲望が力をくれたかもしれないけど、もっともっと強い。

そして、これが根本的にはすごく単純なことなんだっていうことは、畏怖《いふ》すら呼び起こす。知りたいこと、本当に大事な唯一の質問は、子供たちは大丈夫か？　幸せか？　安全か？っていうことだけだ。答えが「はい」であるかぎり、究極的には何も問題ない。『**怒りの葡萄《ぶどう》**』でこれを示す文章に出会すと、肝が冷える。「自分のひくひくする腹だけじゃなく、子供のかわいそうな腹もぺこぺこだっていう男を怖がらせることなんてどうやってできる？　そいつを脅えさせるのは無理だ。他の誰よりも恐怖を知ってる」

ナンシーが八ヶ月、リジーが二歳半の時の、わたしとナンシーとリジーがお風呂場にいるところの写真が玄関にある。わたしはやさしくリジーにかじりつくふりをしてる。ナンシーがお返しにわたしの顔をべとべとにしてる。全員の目が、写真をとってるピートを見てる。カメラがちょっとぐらついてることからわかるように、ピートは笑ってる。これがＤＮＡの半分ばかりでもつれあい、互いにつながってるわたしたちだ。自分を一番愛してくれてる人にみんな見守られてる。もし「幸せ」が何だか説明しなきゃならないんなら、この写真を見せる。

「お風呂で子供をかじってて、お父さんが『お母さんの顔をかじりなさい！　そこは弱点だぞ！』って叫んでるところです」って言う。

でも、親になる時のだらだらぼわーんとした日の出みたいな愛情について知らなかったわけじゃない。母であることの、キラキラした**ケアベア**みたいな世界は長きにわたって記録されてる。でも、無私の愛のほとんど語り尽くせない喜びを過小評価すべきじゃないにせよ、「わたしにとっては何になるだろう？　いいことは？　ここから何が得られるの？」みたいな、こういうひと味違った角度から子育てについて考えるのは女にとっていいことだと思う。卵巣を手に精液の店の前をぶらついて、入るかどうか考えるみたいな感じだ。

今のところ、十年たって、ここまでで得られたものを説明する。驚くほどお買い得だ。

ひとつめ。一時間の長さを最高度に理解することができた。子供を持つ前は、一時間何もせずに過

☆怒りの葡萄：一九三九年にジョン・スタインベックが刊行した小説。大恐慌期のアメリカの農民の苦しい生活を描く。

☆ケアベア：アメリカ発祥のクマのキャラクター。

ごせた。なーんにもだ。たしかに、一時間は歯に挟まって終わりだっていうくらい短い。丸一日、本当に何も達成せず過ごせた。一週間がどんなもんだったか聞いてみたら、わたしはほっぺを膨らませてプっと息を吹いてこう言うだろう。「ふー！　くたくただった！　悪人に休息なし！　ケツカッチンって感じ！　昼も夜も忙しく働いてたの」でも、本当にやったのはたぶん記事を一本書いて、それから『**ビッグ・ブラザー**』が始まる前にいい加減に台所の引き出しの片付けをはじめて、床に泡立て器を全部置きっ放しにしてピートが踏んじゃう程度のことだ。

でも、リジーが生まれて三日後に突然、富を浪費してたと気付いた。一時間！　うう！　一時間にどんだけのことができることか！　ロッキングチェアに座って、気まぐれに寝る新生児を抱っこしながら、リモコンは思わせぶりに手の届かないところにあって、できることといったら毎秒をゆっくりチクタク刻む大きな鉄道時計を見るだけだ。何秒も過ぎていくのに、全然何もできなかった。今やもちろん、わたしが考えるのは、もし自分の人生を取り戻して、誰か他の人が赤ちゃんを抱いててくれるなら、わたしだって忙しくしてられるのにってことになった。

ううー、もしこの赤ちゃんがいなかったら、今フランス語だって勉強できるのに、とわたしは悲しく思ったもんだ。一時間で、コーヒーとタクシーとパンケーキを注文する言い方くらいは覚えられる。一時間で！　もしわたしの母さんがあんなにいまいましく自己チューじゃなくて、ただ自分の人生をあきらめてここに赤ちゃんの面倒をみに来てくれたら、水夫結びのやり方だって覚えられるのに！　**マンローのリスト**にあるスコットランドの高峰制覇もできる！　大英博物館でやってる古代の地図の展覧会も見られる！「赤ちゃんが来た時に」やったら「楽しいこと」になるだろうなと思うだけじゃなく、実際に寝室のカーテンを買うのもできる！　なんで以前はこの時間を全部ムダにしてたんだろう？　なんでなんで？　もう何年もこういうことはできなくなるんだ。フランス語を話すまでに五十歳になっちゃう。わたしはバカだ。

☆ビッグ・ブラザー：ヨーロッパ各地で製作・放送されていたリアリティ番組で、ひとつの家に複数人の人を住まわせ、外から連絡できない状況で家の中の人間関係を追うという形のショー。タイトルはジョージ・オーウェルの小説『一九八四』に出てくる独裁者からとられている。

☆マンローのリスト：スコットランドにある三千フィート（九十四メートル）以上の山をマンローと呼び、登山愛好家向けのリストが作られている。最初にこのリストを作ったサー・ヒュー・マンローの名前にちなんでこう呼ばれるようになった。

こうして時の無常について突然の気付きがやって来ると、よく今から言うようなことが起こる。

ふたつめ。野心が頭をもたげてきたことについての突然の気付きがやってくる。やあやあ、子供を持つ前は、仕事は金儲《もう》け主義者と真面目ちゃんのものだと思ってた。わたしが大物に魂を売るわけない！　ダメだ。必要最小限のことだけやって幸せで、あいた時間は全部マリファナを喫《す》うとか、クリスマスカードを手作りするとか、インターネットの掲示板で一日九時間ちんたら過ごすとか、友達と長い朝食をするとか、『チアーズ』を見るとかいうような、すばらしい趣味に費やしてた。なんてこと、大物よ、束の間の成功の証になるものを全部持ってけ泥棒、ってわけ！

リジーを生んで三週間後、これに関するわたしの意見は真逆に変わった。子供が「お母さんは何をしてるの？」って聞かれた時、質問した人がうろたえちゃって、「お母さんは『チアーズ』に出てくる**クリフ・クラヴィン**のお母さんの名前に詳しいんだね」とか言って、悲しそうにリジーを見下ろし、リジーの顔にすぐ狼狽《ろうばい》の表情が浮かぶなんてことはいやだと思った。リジーには「お母さんは中東に和平をもたらした国際的イマジニア会社のCEOです。それに『チアーズ』に出てくるクリフ・クラヴィンのお母さんの名前に詳しいんです」って言って欲しい。うー、リジー、がっかりさせちゃったね。おちびちゃん、教えてあげる。今から三年間お昼寝してくれたら、全部なんとかする。今ならわかる。うまくやってかなきゃならない。野心を持って高く飛ぶ人間になるつもりだ。

そういうわけで、子供が寝てるか、誰かにめんどうをみてもらってるほんのわずかなエアポケットの間、ほぼ超人的なくらいの生産性を発揮することになる。

新米の母親の子供が一時間寝ててくれたら、子供がいない人の十倍くらいは達成できる。「マルチタスク」の考え方がいくら頑張っても、午後三時のお昼寝の間にオンラインで食料を注文し、レポートを書いて、お茶を作り、電話で泣いてる友達の相談にのり、壊れた掃除機を直すのを全部やっての

☆クリフ・クラヴィン：『チアーズ』の登場人物で、ジョン・ラッツェンバーガーが演じた。

ける人間の生産性には追いつけない。

「何かをやり終えたいなら、忙しい女に頼め」っていう警句は、子育てのせいで耐え抜かなきゃならなくなる効率ブートキャンプをまさに知っているから出てくるものだ。双子がいる人は、隣の部屋に向かってハッキリ話しかけながら、上の子と表面上は途切れのない会話をすることができる。ほんとにけっこうなマジックだ。

もし職場で親を雇ってるなら、うん、たまにデング熱の子を看病するため休んだりしなきゃならないかもしれない。でも、神掛けて、そういう人たちは壊れたコピー機を正しく蹴《け》っ飛ばすやり方を知ってて、エレベータが二十四階からロビーに行くまでの時間で六ヶ月の戦略プランをぶち上げてくれることのできる唯一の人間だって保証する。

三つめ。不可能はもはや何もない。ひとつだけ確実なことがある。子供が二歳になるまでに、子供を持つ前の自分がどうだったか振り返って、自分は弱くて、意気地がなくて、甘やかされた、無能で、軽薄で、時間を無駄にしてる通ぶった道楽者だったと後悔する。本質的には『ブラックアダー』のヒュー・ローリーみたいなもんで、部屋に入ってきて「漕《こ》げよお船を、漕げ、漕げ、優しく下流に向かって／ズボンのベルトを緩めて降ろし、人生は叫びみたいじゃないかい、うひょーっ！」とか叫んでるのだ。

どんな親にも、子供を持って以来、何にも気後れしなくなったと気付く特別な瞬間がある。わたしにとっては、リジーのトイレトレーニングがうまくいかなかった日だ。わたしはリージェンツパーク動物園の鷹狩り展示の向かい側でテントの下、うんちを蹴っ飛ばさなきゃならなかった。わたしには、ベッカムの左足と、キャットウォーク上のオードリー・ヘップバーンの冷静な落ち着きと、誰だか知らないけど放射性物質はコンクリートに閉じ込めようと思った人の素早く処理を考える知恵が備わっ

☆ブラックアダー：一九八三年から一九八九年までBBCで放送されていた歴史コメディ。レギュラー放送分としては中世、エリザベス朝、摂政時代、第一次世界大戦を舞台にした四シーズンが製作され、いずれもエドマンド・ブラックアダーという、他シーズンの主人公の血縁であるらしい人物が主人公をつとめる。後にミスター・ビーンを演じたローワン・アトキンソンが主役のブラックアダーを演じている。中盤からヒュー・ローリーが馬鹿キャラで登場しており、第三シリーズでは無能な摂政王太子ジョージを、第四シリーズでは頼りない軍人ジョージを演じた。イギリスでは極めてよく知られたテレビ番組で、放送が終了した現在でも人気がある。

☆漕げよお船を：「漕げよお船を」という英語の童謡。

てた。

　請け合ってもいいけど、これに比べれば、首相インタビューのため北ロンドンの家からダウニング街十番地に二十七分で行かなきゃならなくて、さらにタクシーが勝手にキャンセルされたと電話で聞いた時ですら、なんてことなかった。そしてもちろん、わたしは時間通りにインタビューできた。なんでかわかる？　わたしがお母さんだからだ。厳密に言うと、少なくとも九つのカテゴリーでバラク・オバマに一応勝てる。

良い出産

二年半後、わたしはまた全部やってのけることになる。赤ん坊が中に入ってて、オススメできないくらい円周がデカくなるまで頭が成長して、今や子宮頸が例によって拡張するとかいう問題を抱えなきゃならなくなってる。

　でも今度こそは、前とは違うようにするつもりだ。まず第一に、妊娠の最後の二ヶ月、クリスマスが永遠に続けばいいのに！　クリームと、キャドバリーの**ミニチュア・ヒーローズ**六個とプリングルスの**クリスプ**を添えたミンスパイ二個で毎日の朝が始まる！　クリスプマスだ！　妊婦万歳！って考え続けながら過ごしたわけじゃない。

　結果的に、体重が十九キロも増えてないし、「歩く」「立つ」「うーっ！っていう音を出さずにソファから立ち上がる」とかもできる。出産クラスには全部出た。妊娠を想像で見るクラスってのにも出たんだけど、このクラスで催眠術みたいな声の女性が繰り返し教えてくれたのは、わたしの子宮頸は本当は落とし戸みたいなもので、「うん、できっこないもん」と思いながら心理的にそのドアを椅子でふさぐのは誰にとっても、少なくともわたしにとっては、全然役に立たないってことだ。わたしは二十七歳だけど、今やっと心から子宮頸が本当に穴だと信じられるようになった。

☆ミニチュア・ヒーローズ：イギリスのチョコレートメーカー、キャドバリーが出しているチョコレートの詰め合わせで、クリスマスなどのホリデーシーズンによく食べられる。

☆クリスプ：イギリス英語ではポテトチップスを「クリスプ」と言う。チップスはフライドポテトを指す。

そしてとうとう、今度は、以前は認められなかったことを認められるようになった。死なないってことだ。

初めて妊娠した時、心の奥底でわたしは本当はそう信じてた。このクラーケンのせいでわたしの出産は沈没した。陣痛から出産まではまったく想像もつかないようなものだと思ってた。中世の農民みたいに、受胎より後のことは拒否してた。つまりこれが起こったら、悲しいことにもわたしは単に死ぬんだろうと思い込んでたのだ。信じられないけど、他の母親が生きて出産を乗り越えられたのは良かったと思ってた。でも、自分自身については教会の墓地に痛切な墓碑が建つんだと気高くもあきらめてた。お墓には「『風と共に去りぬ』のメラニーお嬢様と同様、二〇〇一年に出産で死亡」と書いてある。

☆メラニーお嬢様：『風と共に去りぬ』の主要登場人物であるメラニーは、二度目の出産で死亡する。

でも、今ではそういう乙女の恐怖はない。感傷的にも九ヶ月の間、棺、寡夫、泣く赤ん坊を夢見るなんてことはないのだ。泣きながら「ほどほどに立派な人物で、いつも手袋をうまく着こなし…」とかなんとか、死んだ自分への弔辞を書いてなんかいない。

今では出産がどうなるのかわかってる。例の静かな声の女性と出産について徹底的に話した。自分の仕事が何なのか、とうとうわかった気がしてる。単純だ。今まで知らなかったなんてびっくりするくらいとても単純なのだ。ある朝起きて、また寝る前に、長くかかる陣痛をひとつひとつこなしていかなきゃならない。そして最後の陣痛がきたら、娘が生まれる。それぞれひとつひとつに仕事がある。陣痛は突然、警告なしに襲われた人なら誰でも警戒するような、一分くらいの長さの経験だ。でも、実際は全然異常な事態じゃないんだということがわかったので、リラックスしてこなせる。全部、予定通りの出来事なのだ。この世の他のあらゆる痛みとは違って、何かおかしいことを示すんじゃなく、うまくいってることを示すしるしだ。

初めての時は痛みが止まってほしいと激しく願ったんだけど、そういうことに気付いてなかった。

その時は、こういう痛みは実は正解で、他のどんなことが起こってももっとひどい結果になるんだってことは知らなかった。今や痛みがどういうもので、何のためにあるのかわかったので、落ち着いてそれぞれの痛みに挨拶《あいさつ》して迎えられる。この感覚の波が妨げられて、緊張した筋肉がひっかからないように、眠ってる子供みたいに弱く六十秒で呼吸する。わたしは水が入った透明なグラスだ。凪の中を横に吹き抜ける煙草《たばこ》の煙だ。月が船で通り抜ける何もない空間だ。

　病院に着くまでに陣痛がひどくなる。玄関で劇的に足下に倒れて、一番近くにあったもの、つまり聖母マリアの等身大の像にしがみつく。四人の看護師が走ってきて、像が倒れてわたしをつぶすのを止めなきゃならない。

　この出産については、わたしはどうすることもできずにベッドに寝て、ルームサービスで赤ん坊が運ばれてくるのを待ってたわけじゃない。歩くように言われてて、そうする。ベツレヘムに行く途中だっていうみたいに、何キロも歩みを進める。病院の廊下を、世界一遅くて無精なレースコースみたいに感じて使う。四時間止まらずに歩く。うう、ナンシー！　あんたのために、セントポールからハマースミスまで、エンジェルからオーヴァルまで、バッキンガム宮殿からハムステッドヒースまで、ひっそりため息をつきながら裸足《はだし》で歩くよ！　ナンシーの頭が骨にひっかかった石みたいだ。この静かな圧力は、今ではわたしには止められないし、ナンシーにも止められない。二年前、ベッドに固定されてた前回の時には、重力っていうマジックのことはわからなかった。わたしが唱えなきゃならない呪文は重力だったのだ。全然違う魔術の手引きを見てたらしい。

　四時間歩いた後、状況が全部変わって、じゅうぶん遠くまで歩いたとわかった。プールに上って、五回の短いいきみでナンシーを押し出す。ナンシーの顔が現れる。脂で整えたアフロ頭の、紫の**シャーペイ**の子犬みたいだ。ここまでくれば、わたしですらもうおかしなことにはなりっこないとわかる。

☆シャーペイ：中国原産の、皮膚がたるんだ短毛な犬種。

「なんだ、簡単じゃない！」とわたしは叫ぶ。これが口から最初に出た言葉だ。ナンシーが羊水から抜け出るか抜け出ないかって時にもう言ってた。助産師がタオルを持って立って、ナンシーを包もうと待ってる。「簡単じゃない！　なんで誰もこんなに簡単だって言ってくれなかったわけ！」

第十三章　どうして子供を持つべきじゃないのか

How To Be a Woman

もちろん、子供を持つのは大変な仕事だ。最低十八年間、全力かつ本気でかかわらなきゃならない。さらにその後四十年間、パートタイムでやきもきし、お金を貸し、もう三十八歳の神経外科医だというのにその子が好きな細切りトーストを作り続けてあげなきゃならないような状況だとイライラする。でも一方で、多くの点で女にとっては楽な選択肢だ。なぜか？

っていうのも、子供がいれば、少なくともいつ子供を持つつもりかたずねられ続けなくてすむからだ。

女は常にいつ子供を持つのかたずねられてばっかりだ。もっと静かな場所で携帯電話をかけようとお店に入ったところで「お客様、何かご用ですか？」ってきかれたり、おばあちゃんに「前髪をとめないの？　可愛い顔なのに」って言われるよりも、もっと多い質問だ。

どういうわけだか、世間は女がいつ子供を持つのかホントに知りたがってる。このなんちゃらを早く計画しているほうがお気に召すらしい。「あ、**メルロー**をグラス一杯と、はまぐりと、ステーキと、三十二歳になったら赤ちゃんもください」

ちょっとばかりリラックスして「どーでも」みたいな感じの女がいるとミョーなパニックを起こす。「でも体内時計が！」みたいに叫びがちだ。「少なくとも五年後くらいまでは計画をたてておかない

☆メルロー：フランスの赤ワイン用ぶどう品種。

と！　三十四歳で子供が欲しいなら、遅くとも二十九歳で婚約しないと。早く早く！　夫を見つけて！　**オカド**を探して！　でないとかわいそうな子供のいない寂しいジェニファー・アニストンになっちゃう」

もし女が全然子供が欲しくないと言うと、世間は断固として変なことを言う。「うううーん、早く決めすぎないで」とか言う。まるで、相手がセックスも食べものもなしで他の人間をまるごとお腹に入れて、残りの人生をその幸福に捧《ささ》げたいと思ってるような人間かどうか知ることは、やさしい「はあ、どーでも」的決断だとでも言うみたいだ。思いがけず晴れた日にピクニックをするとか、デスクトップの背景写真を変えるとかの選択みたいな扱いだ。

「ふさわしい男の人に会ったら、気が変わりますよ」と世間はミョーに攻撃的でひとりよがりな感じで言ってくる。

妹のキャズは九歳の時から、子供を持たないと決意してて、こういう発言にはしばらくこう答えてた。「**マイラ・ヒンドリー**がふさわしい男に会った時、それって**イアン・ブレイディ**でしたよ」

でもキャズは今はそうしてない。

女は常に赤ん坊を生むもんだと思われてる。そんなつもりはないというふりをするバカげた子供っぽい段階を経験するかもしれないけど、でもいざとなったら、女であるっていうのは**マザーケア**で終わる袋小路で、それでおしまいってわけだ。すべての女は、マノロ・ブラニクの靴やジョージ・クルーニーが好きなのと同じように、赤ん坊が好きだってことになってる。スニーカーしか履かない女やレズビアン、靴やジョージ・クルーニーがホントに嫌いな女でも。

そういうわけで、こういう人たちは実のところ、いつになったらとうとううまく折り合いをつけて赤ん坊を生むのかたずねることで、役に立ってるつもりでいる。出歩いてる時に精子が目に入った場合に備えて目を開けておくよう、思い出させてるだけってわけだ。後で必要になるかもしれないし。

☆オカド：イギリスのオンラインスーパーマーケット。

☆マイラ・ヒンドリー／イアン・ブレイディ：一九六〇年代に未成年者に対する連続猟奇殺人を行い、イギリスを震撼させたシリアルキラーのカップル。

☆マザーケア：妊産婦や乳幼児関連の商品を専門とするイギリスの小売チェーン。

十八歳の時、一年間、チャンネル4で『ネイキッド・シティ』っていう深夜の音楽番組をやってた。一文で要約するよう言われたら、「イカれた人がいない『ザ・ワード』」って説明する。

つまりゲロをカップに入れて食ったり、おばあさんとセックスしたりしてる視聴者が番組に出ることはなかったんだけど、それは視聴率もとれないってことだし、二シリーズで中止になった。

にもかかわらず、最初にこの番組を立ち上げた時、ちょっとばかり宣伝効果があった。何週間かの間イギリスの新聞にインタビューされ、必ず「口を開けたマペットの顔」をしてるところを写真に撮られたので、かかわった人はみんなその後、すっごくやる気がなくなった。

新聞のいろんな欄はそれぞれみんなインタビュー記事についてトレードマークになるような方針を持ってる。『サン』紙はわたしの「おっぱい」（ブーブス）についてきいてきたし、『ミラー』紙は**ダニ・ベーア**との「確執」に巻き込もうとしたし、『メイル』紙はモラン一家がイギリスに移民したのはどのくらい前のことか、つまりわたしはどれくらい外国人かばかり知りたがった。ひとつだけ一律にみんなきいてくる質問があった。

「それで、子供は欲しいですか？」

最初にこれをきかれた時、三分間激しく笑った。

インタビューはカムデンにあるわたしの散らかった部屋でやってて、電気はまだ切られてたし、バカ犬のサフロンはあんまりにもひどくそこらじゅうで毛を落としてたので、インタビュアーが犬毛のチャップスを履いて帰ることにならずに座ってられるよう、ソファに新聞を置いとかなきゃならなかった。わたしは午後四時にパジャマを着て煙草《たばこ》を喫《す》いまくり、ワイングラスにサザンカンフォートを少し入れて出した。この人たちは、「いけない」チャンネルで深夜のロックショーの司会をするのが仕事の人間にインタビューしに来てたのだ。しかもわたしはこのチャンネルで、ザ・フォールの

☆ダニ・ベーア：イギリスのテレビ司会者・女優・歌手。

マーク・E・スミスがべろんべろんに酔っ払ってる時にインタビューをして、スミスはインタビュー時間の半分くらいの間、テーブルの上に置いた自分の手を見つめてるだけだったこともあった。わたしは十八歳だった。子供だった。それでもこんな調子だ。

「それで、子供は欲しいですか？」

「子供？」わたしは鼻を鳴らした。「子供？　何もないから、台所のネズミだって飢え死にしてるようなとこですよ。虫の面倒だって見られないくらいです。子供？　ハハハハ」

それが最初だったけど、最後じゃなかった。

もちろん、なんでこういうジャーナリストがこの質問をしてきたのかはわかる。わたしがジャーナリストをやる時も、こういう質問をしてた。

最初はやってなかった。たとえばビョークとかカイリー・ミノーグにインタビューする時、子供がほしいかなんて思いつかなかった。結局、オアシスとか**クライヴ・アンダーソン**には子供がほしいかなんてきかなかった。でも、もし光沢紙《こうたくし》華やかな女性誌で働くなら――、まあわたしは時々やってたわけだけど、インタビューを提出すると、たいてい編集者が読んで、それから電話してきて、こんな会話をする。

☆クライヴ・アンダーソン：イギリスのテレビ司会者。

編集者：すごかったです。すごーくよかった。すばらしいです。イケてます。気に入りました。超好きです。（間）でもふたつだけ。まず、何を着てましたか？

わたし：なんでしたっけ。トップス？

編集者：誰のトップスですか？

わたし（混乱して）：ご本人のトップスですけど？

編集者：いえ、誰のトップスかってことです。ニコル・ファーリ？　ジョゼフ？　アルマーニ？
わたし（頑張って）：灰色で…
編集者（きびきびと）：PRに電話してきいてもらえますか？　それで、最初の段落に入れてください。つまりね、「カイリーは裸足《はだし》を折り曲げてソファに座り、ジョセフのカジュアルだがエレガントなカシミアのトップスを着て、アレキサンダー・マックイーンのパンツを穿き、近くの床にクロエのサンダルを蹴って脱いだあとがあった」みたいなやつです。
わたし（混乱はしてるけど、快く）：わかりました。
編集者：それからふたつめですが、カイリーは子供は欲しいんでしょうか？
わたし：わかりません！
編集者：誰かと今つきあってます？
わたし：わかりません！　ききませんでした。アルバムと、カイリーが行ったパーティと、**マイケル・ハッチェンス**が亡くなった時にカイリーが泣いちゃったことについての話をしました。
編集者：電話でささっとインタビューしてきいてもらえますか？　いつ母親になりたいかきいてください。この記事にはそういうことが必要です。

☆マイケル・ハッチェンス：オーストラリアのバンド、INXSのヴォーカリスト。一時期カイリー・ミノーグと交際していたが、一九九七年に自殺した。

でも、二人の女性についてそう言われただけだった。男性にインタビューしたときは一度もそういうことは頼まれてない。マリリン・マンソンに、**ジョジョママンベベ**を着て、ちっちゃい赤ん坊の靴に触って泣きながらぶらぶら過ごしたことがあるかどうかきいてくれなんて、絶対頼まないでしょ。

☆ジョジョママンベベ：マタニティウェアや子供服を扱うイギリスのブランド。

もちろん、男にいつ子供を持つつもりかたずねない理由は、男は一度赤ん坊を抱えても、ある程度前と同じように続けていけるからだ。今でも世の中はそうなってる。明らかに、たくさんの尊敬すべき男性はそうしないことを選んで、パートナーと手を携えて、寝不足と、恐れと、疲労と、鳥みたいに子供が執拗《しつよう》に泣きわめく残酷な状況をフィフティ・フィフティで分担してる。そういうのを見ると、惚《ほ》れちゃうな。

でも、女がいつ子供を持つかたずねられる時には、実はその下に、また別のもっと暗くてしつこい質問が隠れてる。外の音源を全部切って、シーッという仕草で周りの通行人に黙ってもらって、すっごくすっごく注意深く聴いていれば、聞こえてくる。

これだ。「いつ、子供を持って全部台無しにする予定ですか？」

たいていの人にとっては魅力と創造性と野心が頂点に達する年頃ですが、いつ子供を持って最低四年間、キャリアを離れますか？　世間の礼儀にかなった、正しく美しいことではありますが、無力で絶え間ない世話が必要な新生児の面倒をみるため、いつあらゆる創造性と力を停止させますか？　いつ映画／アルバム／本／商取引にとりくむのをやめますか？　履歴書に穴が開き始めるのはいつですか？　いつ置き去りにされて忘れられますか？　ポップコーンを抱えて見てていいですか？

人が女に「いつ子供を持つんですか？」ってきく時、ホントにきいてるのは「いついなくなるんですか？」だ。

そして、質問は「子供はほしいですか？」よりは、常に「いつ子供を持つんですか？」だ。

女はすごくしょっちゅう、体内時計について怖い目にあう。「子供を持つのにあと二年しかない！」そんなもんが止まるかどうかってことが本当に気になるのか、考えたこともなかったのに。女性の受胎可能性は限界があるもので、すぐ消え去る予定だってことになってるので、女はパニックになって「万一に備えて」赤ん坊を作ってしまう危険性がある。二サイズも小さい半額のカシミアカーディガンをセールで買っちゃうのと同じ種類のパニックだ。

一方ではあんまり子供がほしいわけじゃないけど、他方ではもうチャンスがないかもしれないから、備えあれば憂いなしってわけだ。

母親が午前二時にジンを飲んでこんなふうに本音を打ち明けるってのは、珍しいことじゃない。

「クロエとジャックを生まなきゃよかったってわけじゃないの。ただ、また全部やり直せるなら、子供なんか生むかどうか**全然**わかんない」

でも、子供を持たないって決めるのは、女にとってすっごくすっごく大変な決断だ。「そうしないって決めてます」とか「ちょっとすごく下品に聞こえますね」とか言うには、ずいぶん不安で危険な雰囲気が漂ってる。こういう女は「自己中心的」だと言われる。「子供がいない」って言葉からは、欠如とか損失とか、ネガティヴな含みが推測される。母親じゃない人は広い範囲をうろつく一匹狼《おおかみ》だと思われてる。ふらふらうろつき、十代の男の子とか、大人の男とかと同じくらい危険だってわけだ。ちゃんと「やり遂げて」子供を持たないと、物語が三十代で止まっちゃうと女たちは思わされてる。

男も女も、どういうわけだか女は子供がいないと不完全だという信念を長いこと強く持ち続けてる。この信念は生きとし生けるものはすべて生殖することになってて、DNAを継続させることで地球に自分を残せるっていう単純な生物学的「事実」じゃなく、もっと個人的で、陰険で、屈辱的だ。まるで、女はどういうわけだか自分の子供を持つまで本人が子供だっていうようなもんだ。自分より若い人を作り出すことによってのみ、「長老」の地位に着けるとでもいうみたいだ。母親になることから得られる教えは他のとこでは全然再現できないもので、この知恵と自己実現に達するための他の試みは、みじめで安っぽい二級品だとでもいうみたいだ。母親はオクスフォードで最優等の成績をとれるけど、子供がいなければ最高でもレスターの**ド・モントフォート大学**の優等生どまりって感じだ。

女の仕事を高く評価するという、この社会では珍しい変則的な態度については、ふつうわたしは大賛成だ。でもこの場合、母親になることは比べるものも並べるものもないような、人生を変える不可

☆ド・モントフォート大学：レスターにある大学。イギリスの名門大学の団体であるラッセル・グループには加盟していない。ここでは、オクスフォード大学に比べると地方のぱっとしない大学だというニュアンスで引きあいに出されている。

欠な出来事なんだっていう信念は、究極的には女にとってまったくの目の上のこぶだと思う。

　女は子供を持った時にだけ、社会において強力な長老になれるんだっていうこの感覚の一部は、まあイギリスにおいては「すてきなお母さん」の、アメリカではサラ・ペイリンの「母グマたち」の勃興《ぼっこう》ってことになるんだろうけど、わたしが思うにそういうのって、女が実際に年長になったら評価されないんだっていう事実に結びついてる。本質的に、女が立派で知恵があると見なされるピークは、まだ受胎可能で、家族と、(だんだんそうなってきてると思うんだけど)同時に仕事も支えていられる間にやってくるんだと見なされてる。五十五歳になるまでにはＢＢＣを解雇され、しわがあるからって狙《ねら》いうちにされる。『ダイナスティ』の**ブレイク・キャリントン**のちょっとした女性版みたいな、楽しみにして迎えられる栄光に満ちた輝かしい熟年はない。社会で重きをなせるのは、生殖可能年齢のうちだ。この内在する性差別と愚劣っぷりには、はっとしてしまう。

この、すべての女は子供を持たなきゃならないっていう命令には、全然論理的なところがないからだ。ちょっとでも世界の現状を考えると、山ほど赤ん坊が生まれてることに気付く。この惑星では、みんな赤ん坊なんか作らなくていい。

　とくに先進国の赤ん坊は、石油と森林と水を猛烈に使ってて、炭素由来のガスを際限なく排出し、ゴミを埋め立ててる。先進国の赤ん坊は、この惑星をシロアリみたいに食い尽くしてる。受胎可能な西洋の女性について現実的に考えるんなら、通りで相手に飛びかかって「うげー！　お股をふさいで！　精子から身を守って！」とかなんとか叫んでるだろう。

　これを一回十秒以上覚えておくことができれば、女は「じゃあ、いつ子供を生むの？」とまた突っつかれずにすむ。

　赤ん坊は世界に人間まるごとひとりぶんの問題をもたらすってだけじゃないからだ。頼れる人を世間から追い出しちゃうってこともある。最低一人、よく二人分穴があく。小さい子供がいたら、革命

☆ブレイク・キャリントン：『ダイナスティ』については第一章二九ページ参照。ブレイク・キャリントンは主要登場人物のひとりで石油王。ジョン・フォーサイスが演じた。

と正義のための人員としては何年も活動できなくなる。子供を持つ前、わたしはしょっちゅうぶらぶらしてたかもしれないけど、政治のことをよく知ってて、請願に署名したり、時計の電池に至るまでなんでもちゃんとリサイクルしてた。ここにはコンポストの山、あっちには手をかけて一から作った夕食、どこにでも公共交通機関で行ってた。バークレーズ銀行やケニアのコーヒー豆もなかった。規則正しく組合費も払ってた。几帳面《きちょうめん》で、忙しく、低次の善行を施してた。

でも、泣きぐせがひどい新生児にショックをうけて六週間もすると、赤ん坊の泣く時間が六十秒減るなら世界で最後のパンダも気持ちよく面と向かって撃ち殺すようになる。「わたしたちが布おむつを使わないなら、誰が使うの？」って感じだったのに、布おむつは使い捨てされるようになった。調理済み食品を食べて生きるようになった。リサイクルは全然できなかった。台所はめちゃくちゃになった。組合費と寄付金は払わなくなった。使い捨てのおむつや調理済み食品にお金がいるようになったからだ。母さんが亡くなっても、気付きもしないし気にもしなかっただろう。

家の外で何が起こってるか全然わからなくなった。一年の間新聞は読まなくなったし、ニュースも見なくなった。残りの世界は消え失せた。つまりとにかく、中国、氾濫原《はんらんげん》、マラリア、暴動とかがある世界のことだ。わたしの世界地図はその時、明るい色のフェルトとアップリケでできてるやわらかいやつになった。北は『バラモリー』、西は『消防士サム』のポンティパンディ、惑星の残りの部分は『テレタビーズ』のテレタビーランドのうねる芝生に覆われ、うさぎちゃんがあちこちいる。

毎日、わたしは夫も自分も本質的に世界に不可欠ってわけではない芸術批評家だということに感謝した。世界をよくすることに全然携わってなかった。

パニクった結果、「ああ神様、編集者がわたしたちを憐《あわ》れんでくれますよう！」っていう絶望の叫びとともに、あやしい状態で半端に終わった仕事を送るという毎度おなじみの日の後で、わたしは暗く「もしふたりともやり手の遺伝学者で、ガンの治療法に取り組んでたらって想像してみてよ」と

☆バラモリー：二〇〇二年から二〇〇五年までBBCスコットランドが製作していた子供番組。バラモリーという架空の土地を舞台にしている。

☆消防士サム：一九八七年からBBCが放送している子供向けの人形アニメ番組。ウェールズのポンティパンディという架空の土地が舞台で、消防士が主人公である。

言ったもんだ。
「疲れすぎて、プロジェクトをただやめなきゃならなくなるかも。なんかもっと簡単で、そんなに生死にかかわるわけじゃないことにダウングレードするとか」と、わたしはエネルギーを摂《と》るためコーヒー味のドライグラノラを食べながら続けた。「リジーの泣きぐせのせいで、何十億人が亡くなることになったかも。何十億人ね」

事実を直視しよう。たいがいの女は赤ん坊を産み続けるし、この惑星から新しい人間がいなくなることはないから、子供を持ったって実際世界に役立つわけじゃない。実際、その真逆だ。もちろん、もし欲しいんならそのせいで子供を持てなくなるってことはないけど。ホントに欲しいなら、元気よく「うん。でもわたしの赤ちゃんはイエスになるかもしれない！　アインシュタインかも！　イエス・アインシュタインかも！」とか叫ぶだけで、全部正当化される。

でも、女としての自分にとって、子供は絶対に必要ってわけじゃないことも思い出す価値がある。うん、もちろん愛、強さ、信念、恐れ、人間関係、遺伝による忠誠心、未成熟な消化システムに対してアプリコットが及ぼす影響なんかについてたーくさん興味深いことは学べるかもしれない。

でも、他のところでは学べなくて、母親であることによってのみ得られる教訓なんて、ひとつもないと思う。女としての自分にとって母親になることは何なのか知りたければ、まあ実のところ、他のいろんなことから得られないものなんてない。つまり、人類史上最も偉大な本を百冊読んだり、流暢《りゅうちょう》に議論できるようになるまで外国語を学んだり、丘を登ったり、無鉄砲に恋に落ちたり、夜明けにひとり静かに座ったり、革命家とウイスキーを飲んだり、クロースアップ・マジックを学んだり、冬に川で泳いだり、ジギタリスや豆や薔薇《ばら》を育てたり、お母さんに電話したり、歩きながら歌ったり、礼儀正しくしたり、いつもいつも見知らぬ人を助けたりすることからってことだ。子供のいない男について、存在に不可欠なものを経験しそこなったとか、可哀想だとか、そのせいで力を失ってるとか、そんなことをちょっとでも主張する人はいない。レオナルド・ダ・ヴィンチ、ファン・ゴッホ、ニュートン、ファラデイ、プラトン、トマス・アキナス、ベートーヴェン、ヘンデル、カント、ヒューム。イエスも。みんなけっこううまくやってたように見える。

喜びと考えと冷静さをもって、自分の意志と欲望にもとづき子供を持たないと決めたあらゆる女のおかげで、長期的には女に大きな恩恵がもたらされる。新しい人間を作り出す能力だけで評価されるんじゃなく、人間としての自分の価値を証明することができる女たちがもっと必要だ。結局、わたしたちが作っていく新しい人間の半分は女だ。たぶんその子たち自身が将来、新しい人間を作り出さなかったことについて評価を下されるかもしれない。そうしてそれが続いて、また続いて…

母親であることは素晴らしい仕事である一方、子供のいない女が能力いっぱいにただ自分らしくしてることに比べて固有の価値があるわけじゃない。そうじゃないと考えることには、自分の頭で考える、生産的で満たされた女であるだけではどういうわけだか十分じゃないっていう信念が潜んでることになる。どんな行為も出産とは同等じゃないっていう考えだ。

言わせてほしいんだけど、母親になることがどんなにわたしにとって重要だったにせよ、ココ・シャネルが一生かけて実現した仕事の展示を歩き回って、正直、それよりもっとずっとすごいと思った。こういうのを告白するのは大事だと思う。とんでもなく才能があって全然子供を欲しがってないなら、出てって楽しんだっていいでしょ？　きっともう既にみんな気付いてると思うけど、骨折り仕事をしてもたいした賞はもらえない。イエスは、自分の大殉教者帳に、人がぬぐってあげたちっちゃなお尻《しり》全部のことをいちいち書き込んでくれてるわけじゃないのだ。

ダサくてオタクっぽい女の子なら、使命を負ったり、世界を救ったり、バンドを元に戻そうとしたり、ただ納屋のそのへんで芝居を上演したりするのも実に充実した生だってわかるくらいは、本を読んだり映画を見たりしてると思う。バットマンは「何もかもやった」と感じるために赤ん坊を欲しがったりはしてない。ただゴッサムを救うだけだ！　もし、これがバットマンが前にあげたみたいなフェミニストのロールモデルでなきゃならないっていうんなら、まあ、**ニコラ・ホーリック**、それでよろしい。

フェミニズムは、赤ん坊に関する不安についてはまったく容認しない方針をとらなきゃならない。二十一世紀にはもう誰を作るかじゃなく、何ができるかが大事だ。自分たちが誰なのか、何をするつもりなのかってことじゃなきゃならない。

それから、自由気ままで、妊娠してなくて、創造的な能力の高みにあるまんまでいようと決めたキャズは、いつもわたしのために赤ん坊の面倒をみてくれる準備ができてる。クリスマスに**IUD**をプレゼントするつもりだ。

☆ニコラ・ホーリック：イギリスの著名な投資ファンドマネージャーで、六人の子供を育てており、しばしばメディアからスーパーウーマンと言われている。

☆IUD：子宮内避妊器具。子宮内に入れて妊娠を防ぐ医療器具。

第十四章　ロールモデルはどうする？

女性解放の将来について希望になるものがひとつあるとすれば、過去数年にわたって、いろんな女性アイコンの興亡があったってことだ。多くの点で、フェミニズムの次の章がゆっくり、あんまりつじつまのあわない感じながらも形になっていくのが、光沢紙《こうたくし》キラキラのゴシップ雑誌のページの中に見てとれる。

女性解放と女性の政治家、企業家、芸術家がとうとう真の平等にたどり着くまでの空位期の間、女の人生、役割、抱負を精査して語り合うための今現在のフォーラムとしてセレブ文化がある。タブロイド、雑誌、『デイリー・メイル』のせいで、数十人の女性の人生とキャリアが、生けるソープオペラと日々の道徳的教訓をまぜたものに変貌《へんぼう》してる。良い面では、現代女性の状況をよく観察したいという大きな欲望にこたえてる。悪い面としては、自誌の特徴を打ち出すためにそれらしい物語を作ったり、問題について独自の分析を提供したりするため、対象になった人物を表面上は無力な存在として描き出してしまうってことがある。このせいで、現代の有能なフェミニストは誰でもセレブのゴシップというビジネスに関心を抱いてるのだ。女というものについての考えが今まさに形成されてる主要な場所なのだ。とにかく、わたしはそうやって言い訳して『OK！』を買ってる。

そういうわけで、老い、死、欲望を突き詰める**フィリップ・ロス**の女版はいないもんで、デミ・

☆フィリップ・ロス：アメリカの小説家。ユダヤ系の男性としてのアイデンティティを掘り下げる作風で有名。二〇一八年五月二十二日に亡くなった。

ムーア、キム・キャトラル、マドンナみたいな、若い男とデートして整形手術で「若々しい」状態を保ってる「クーガー」の話をきくことになる。若くて才能があって正道を外れた感じってことで、ジェイ・マキナニーやブレット・イーストン・エリスはいないかもしれないけど、リンジー・ローハンやブリトニー・スピアーズやエイミー・ワインハウスがいて、信じられないくらい若いうちに成功して、それからたくさんの歩道と、さらにたくさんのパーティで自己破壊をしてる。

ゴシップ雑誌ではこういう話が際限なく議論されてるので、セレブ自身についても(「すんごいバカじゃん。髪型もひどいし」)、報道がセレブを扱うやり方についても(「あの人について言われてることは全部下品で家父長制的な駄法螺《だぼら》でしょ。神様に、ジャーメイン・グリアが銃をとってくれるようお願いするレベル」)、意見を持つようになる。まともな女性芸術家の正典を抱えられるようになるまで、こういう絶えず追っかけ回されてる人たちの人生には役目がある。

たぶん、一貫した／ポピュリストな第五波フェミニズムの言説はまだないとしても、一番注目すべきなのはケイティ・プライス、またの名をジョーダンだ。プライスは女の問題全部がからまったものを体現するようになった。資本主義社会において、プライスは明白に成功したビジネスウーマンだけど、それは自分の私生活を売ることによるものだ。パワフルだけど、外目には古くさい女性のセクシュアリティに関する概念をうまく扱うことで力を得てる。自立してるけど、人目を引く恋愛関係によって規定され、評価されてるからだ。数年前、プライスは大判の新聞でまじめにフェミニズムのアイコンとしてばんばん褒められてた。わたしは疑わしいと思ったんだけど、それは根っこのとこでは、プライスはただ文化評論家をパニックになるまで混乱させてるだけなんじゃないかと思ってたからだ。あのおっぱいがあって、さらに自分のベッドリネンの銘柄も持ってる。いったい、何なわけ？

わたしは、プライスがフェミニストの良きロールモデルなのかどうか判断するために差し向けられた大判ジャーナリストのひとりだった。二〇〇六年に、わたしは『エル』誌のカバーストーリーのため、週の半分、プライスを追っかけ回して過ごした。全部終わった時に思ったのは、わたしはプライスよりもっとあたたかみのあるオオトカゲと心から触れ合ったことがあるってことだ。初対面の時は、特集記事の写真撮影だった。目は言うまでもなく、歯までも至らない微笑《ほほえ》みでわたしを迎えてたんだけど、そうは言ってもまあボトックスしてるんだし。プライスは鏡に向かって座って、メイクアップを仕上げてもらってた。

「言いたいことがあるの」とプライスは言った。「マスカラの広告に出たいと思ってて。テレビでやってるのはみんなウソっぱちの広告でしょ。ニセのまつげを使ってて。でもこれはホンモノなの。ほんとに」と、プライスはわたしを「必ず特集記事にのせて下さい」っていう感じで見て、「マスカラの広告に出たいと思ってて」と繰り返した。指先でまつげをつっついて、わたしにどんだけキレイか見せてくれた。

五分後にマネージャーのクレア・パウエルがわたしを端に連れて行った。「ケイティの次の仕事は化粧品の広告、メイクアップの推薦みたいなものじゃなきゃと思ってるんです。そっちを目指してます」

まだ少なくともその時は、プライスのまつげについて話してたとすると…まあ、プライスには言うことがあった。次の三時間、スタジオでは、どんな会話戦略を試しても失敗した。本、時事問題、テレビ、映画、プライスはそれぞれに肩をすくめた。空いた時間に何をしてるかきくと、ほぼ一分近く静かになって、他のみんながプライスは家にある「リモコンとかの」器具類にスワロフスキーのクリスタルをつけるのが好きだと申し出てくれた。

自分が「書いた」本とか、結婚式の独占報道源を百万ポンドで売るみたいな、今自分がかかわってる時事ネタとか、自分が出演してるテレビ番組とか以外については、プライスは何にも一切興味を示さなかった。プライスの世界はまったく自分自身と、自分のブランドのピンクの製品と、常に半円になってこの進行中の唯我独尊物語を絶え間なく写真に撮ってるパパラッチだけでできあがってた。プライスの目があんなに空っぽなのも無理はない。自分自身以外のことは何も考えてなかった。自分のしっぽを永遠に食べ続ける神話のヘビ、ウロボロスみたいだ。

たぶん、このお金もうけ中心主義的ジコチューのせいで、一緒にいる間ずっと、プライスは魅力のない、**バジリスク**みたいな目をした暴君そのものだった。その時夫だった**ピーター・アンドレ**に対してまるでお漏らしする子犬を相手にしてるみたいに威張り散らし、最高の靴の上であぐらをかき、あらゆる行為に厭世《えんせい》的な軽蔑の色を添えてた。まるでドレスを着て、車に乗り込んで、人と話すなんていうのはバカがやる暇つぶしで、そんな状態に陥ったから怒ってるとでもいうような感じだ。

ある時プライスがあまりにも不作法だったので、アンドレが部屋にいるみんなに謝ってた。「微笑み以外はなんでも着てくれるんですけどね、ハハ！」アンドレは冗談にしようとしてこう言ってた。唯一のキャリアが「自分自身でいること」からなってる人が、それをこんなに魅力も気品もなしでやってると思うと、驚いて立ち尽くしちゃった。オリンピックの短距離走者がスターティングブロックから不機嫌に出てきて、それから「汗をかいた」と文句を言ってるところとか、ウサギが自分のすることになってるセックス全部についてぐちぐち言ってるところを見るみたいな感じだった。

その週には面白いところもあった。プライスの結婚指輪を試したら、ピンクのダイヤモンドでベーコン巻きにしたポークチョップみたいな大きさだった。最後の夜には授賞式のディナーがあって、プライスはシャンパンをグラスで飲み、他の女性セレブについて怒りに燃えてひとくさり不平を言い始めた。「あの女、ホント嘘《うそ》っぱちだもん！」と**カプリス・ブーレ**について怒り、ヴィクトリア・ベッカムが「不細工な乳母」を雇わなきゃならなかったことを楽しそうに吹聴してた。というのも、デヴィッド・ベッカムがふらふらするのを防ぐためだ。「誘惑されるからって。見てくれのいい相手の前でチンコをパンツにしまっとくことについては、ヴィクトリアは全然デヴィッドを信用してない

☆バジリスク：見ただけで相手を殺す力を持つと言われている伝説の蛇。

☆ピーター・アンドレ：イギリスの歌手で、一時期ケイティ・プライスと結婚していた。二人の結婚生活はリアリティ番組『ケイティ&ピーター』の題材になっている。

☆カプリス・ブーレ：アメリカ出身のモデルで、バイ・カプリスというランジェリーやベッドリネンなどのブランドを持っている。

の！　お気の毒にね。うちの乳母はみんなゴージャスだもん」とプライスは自慢し、ピーター・アンドレを痛烈な目でちらっと見た。

でも、五日間時々一緒に過ごした後で、わたしがわかった唯一の新しい本物の「発見」は、プライスが何年も間違ったサイズのブラをしてたってことだ。「マークス・アンド・スペンサーは34Bを着るように言ったのに！」って言ってた。「測ってもらったら、ほんとはずっと34GGだってわかったの！」

わかる。ウォーターゲートなみの大事件だってわけじゃない。でもわたしがやったインタビューの他のとこから考えると、これが最高の台詞《せりふ》だった。予定通りに記事を書き上げたけど、プライスのマネジメントから翌日電子メールでこう言われただけだった。「ケイティのブラのサイズについては刊行しないでもらえませんか？」とマネージャーが頼んでくる。「つまりその、本当は『ＯＫ！』の独占にしたいんです」

女のブラのサイズが文字通り相場になるっていう状況にまごついて、わたしはしぶしぶ受け入れた。プライスが良いビジネスウーマンだって誤って信じてる人のことはあんまり気にならない。お金を稼ぐため、子供たちをロープでつないで仕事に連れてかなきゃならないっていう事実はともかくとして。まあ、わたしはそういうのからはいつも捨て鉢になった第三世界の家族を想像してて、百万ポンドの給料をもらってる善良なミドルクラスの若い女性がするもんじゃないと思ってたけど。いろいろ考えると、ここは忙しいめちゃくちゃな世界で、みんな自分で買わなきゃならないケンカがある。

でも、わたしが許せないと思うのは、プライスがただたくさんお金を稼いでるっていうだけで、フェミニストのロールモデルだと主張する人のことだ。

証明はこんな感じだ。男はいまだにすべての権力とお金を持ってる。でも男には弱点がある。セクシーな女だ。だから、もし金と権力を手にするために必要なのが男を性的に興奮させることなら、やるべきだ。ベイビー、これがビジネスなんだ。「グラマー」カレンダーにおケツを見せて四つんばいになった姿がかかってることになるかもしれないけど、でも少なくともばかでかいピンクの豪邸の賃料が払える。

ええと、そういう行動にはこういうことを言おう。『官僚天国〜今日もツジツマ合わせます』に出てきたスピンドクターのジェイミーの台詞を引用すると、それって「しかつめらしいアホトンチキ裏切り者」だ。

性差別的な世界で財産を築くため性差別主義に迎合する女は、おっぱいのあるフランスのヴィシー政権みたいなもんだ。あなたは32GGで、命が奪われる寸前までワックス脱毛してて、オーガズムのふりをしますか？　もうそうなら、退廃し堕落した体制と協働してる。これをフェミニストアイコンと呼ぶのは、武器商人にノーベル平和賞をあげるようなもんだ。

「わたしは強いんです」とプライスは別の『OK!』独占インタビューで言ってる。でもだいたい、強い人間ってものは、毎週マスコミに対して自分がどう「感じてる」かとか、みんながどんだけ自分を不公平に扱うかとか、元夫がどんなにバカだったかとか、そういうことについて無駄口を叩《たた》いたりはしないもんだと思う。

『**コロネーション・ストリート**』のブランチはこう言ってた。「わたしの生活では、何か悪いことが起こった時は、家にいて酔っ払って靴をかじるの」

プライスはここからたくさん学べる。プライスが「強い」っていう考えは、実際は弱っちいことをしてるけど「わたしは強いんです」と言い続けてるってことだけから来てる。「本当のわたし」についてみんなに知ってもらえるよう『**アイム・ア・セレブリティ…ゲット・ミー・アウト・オブ・ヒア！**』に出たり、「わたしは典型的な女性ドライバーで」って言って危険運転の罰金を免《まぬが》れようとしたりするのは弱いことだ。

☆官僚天国〜今日もツジツマ合わせます：二〇〇五年から二〇一二年まで放送されていたBBCの政治諷刺コメディドラマ。広報担当でスピンドクターであるジェイミー役はポール・ヒギンズが演じた。スピンドクターとは、広報戦略により自陣営の印象を良くしたり、正当化をしたりすることを得意とする人物を指す。

☆コロネーション・ストリート：一九六〇年からITVで放送されているイギリスのメロドラマ。現在も放送されているドラマとしては世界最古のものである。第二章に登場した『イーストエンダーズ』と人気を二分している。ブランチ・ハントは登場人物のひとりである。

☆アイム・ア・セレブリティ…ゲット・ミー・アウト・オブ・ヒア！：二〇〇二年からITVで放送されている、セレブリティが出演するリアリティ番組。セレブリティをジャングルに放り出して生活させる、勝ち抜きサバイバルショーである。

プライスが「立派な親」で、今年のセレブママ賞に選ばれたのにも、似たような神経言語学的プログラミングが関わってる。

「子供の面倒をみてます」とプライスは言う。「子供たちを愛してます」

ええっと、コメディアンの**クリス・ロック**の言葉を引用すると、「てめえのガキの面倒はてめえがみることになってんだよ、この下から目線の褒めて褒めて野郎！　なんかもらえるとでも思ってんのか？　ご褒美のクッキーか？」だ。ここ数年で起こった一番元気が出ることのひとつは、長く芸能界にとどまってたせいで、プライスの決断と態度がもたらしたひどい結果がみんな明るみに出てることだ。二〇〇七年には、トップレスモデルとして仕事を始め、自分の結婚についてリアリティショーのシリーズを作り、かわいそうな子供たちを自前の洋服ブランドのモデルに使い、常に臆病《おくびょう》で、感謝を知らず、みじめで、恨みがましく、手強《てごわ》い意地悪（ただし巨乳付き）として振る舞うことが素晴らしい見込みのあるキャリアプランだと思う女の子もいたかもしれないけど、二〇一〇年までには確実に全部考え直さなきゃならなくなった。プライスのパブリックイメージは、**北ロンドンで子供に噛《か》みついたキツネ**よりちょっと下ってくらいの評価になったからだ。

似たような感じで同じ頃、以前は十代の女の子にとってプライス同様憧《あこが》れのロールモデルだったサッカー選手の「ＷＡＧｓ」現象が飽きられはじめた。次から次へとサッカー選手と付き合うっていうのは気が多すぎるってわかってくると、有名で金持ちの男に自分の人生と生計を託すことしかしようとしないっていう考えは突如、最高でも悪趣味、最低だと精神の健康に危険を及ぼすと思われるようになっていった。

っていうのも、こういう結婚が破綻《はたん》すると、鵜の目鷹の目であら探しをして、メディアはこんな調子で報道する。「でも、女はこういう男から何を期待できるのでしょうか？　自分の唯一の価値と資産が魅力だという、非常に不平等な関係を結ぶのなら、パートナーが暗いナイトクラブでべろんべろ

☆クリス・ロック：アメリカのコメディアン。アフリカ系アメリカ人で、次に出てくる引用はロックの最も有名なスタンダップコメディーの演目 'Niggas vs. Black People' からのものである。

☆北ロンドンで子供に噛みついたキツネ：二〇一〇年にロンドンの北東部で子供がキツネに襲われる事件が起き、大きく報道された。

☆ＷＡＧｓ：Wives and Girlfriends（ワイヴズ・アンド・ガールフレンズ）の頭文字を並べた言葉で、有名スポーツ選手、とくにイギリスではサッカー選手の妻とガールフレンドを指す。既に出てきたヴィクトリア・ベッカムやシェリル・コールはＷＡＧｓの代表例だが、ヴィクトリアやシェリルのように本人が著名人ではない女性でも、サッカー選手と交際するとＷＡＧｓと呼ばれて報道の対象となることがあった。

んにトんでる状態で会った、他の似たように無力で自律性がない女とすげかえられると思ったとしても、驚くことではないのでは？・」

でも、自分以外に話すことも売るものもないプライスが衰えはじめると同時に、すごくクリエイティヴな女たちがまるごと一世代、猛烈に台頭してきてる。

女が「負け犬」だっていうコンセプトについてはもう話した。わたしたち女性が達成したことは男に比べれば控えめだと認めて、わたしたちは根っこでは実は男ほど出来がよくないってことなんじゃないかという口にはしないひっそりした疑いがあることについて話した。つまるところ、女の力と創造性がただ何千年にもわたって性差別的タワゴトに押さえつけられただけなら、きっと投票権を得てから一年で『スター・ウォーズ』をノックアウトしてフランスを征服してたはずだもん。

でももちろん、自由になってすぐ、心理的に押しつぶされてた人たちがすぐ勝ち誇って自信に満ちたことをこれ見よがしにやりはじめるなんてことはないのだ。かわりに、しばらく座って「これはいったい何？」みたいに、なんでこうなったのか理解しようとし、さらにしばしば自分たちが間違ったせいでそうなったんじゃないかということについても考える。

かつての侵略者との関係がどういうものだったかを理解して、新しい指揮系統を考え出させるか、でなきゃ指揮系統なんてものがそもそも要るのかどうか判断しなきゃならない。経験を共有して、何が「フツー」とされてるのか、自分はそうなりたいのかについて判断する必要がある。そして何より、自分が本当は何を信じてるのか、自力で何を考えてるのかってことを理解するには時間がかかる。もし教わったあらゆるものが勝利者の歴史、習慣、推論なら、どこをとっておいて、どこを捨てたいと思うか判断できるまでに長い時間がかかる。どこが自分にとって有毒で、どこが回収できるかってことだ。

手短に言うと、「わたし、大丈夫？　だいじょーぶ？」と自分を優しくなでてやる長い期間の後、長い長い沈思黙考《ちんしもっこう》もけっこうあって、その後にやっと行動がはじまるのだ。

でも、今や行動は始まってる。これが一番明らかになってるところとして、ポップミュージックがある。ポップは社会的変化の先導者だ。映画みたいに二年間紆余《うよ》曲折《きょくせつ》があるとか、小説みたいに書くのに三年かかるとか、政治みたいに十年間キャンペーンをするなんてことはなく、その直接性、届く幅の広さ、力のおかげで、集合的無意識の中で醸成されはじめた考えや思いはどれも二ヶ月後にはチャート一位になってる可能性がある。そしてポップでは考えが世に出るとすぐ、他のアーティストが即座に関係する行動や反応を返して、その応答も同じように速く起こる。ほぼ一夜にして風景がずいぶん変化するようになるのだ。

二〇〇九年、スパイスガールズが「ワナビー」で史上最大の女性音楽グループになった十三年後、チャートはとうとう、史上初めて女性アーティスト優勢になった。ラ・ルーはレズビアン！　フローレンス・アンド・ザ・マシーンは赤毛！　リリー・アレンは口の減らない純情娘！　ビヨンセは驚くべき腿《もも》の太いアイコン！　そしてもちろん、レディ・ガガは**生肉ドレス**を着たバイセクシュアルのマルチメディアエージェント扇動者！　こうした女性たちについてはたくさんのことが書かれてるし、パパラッチもたかりまくってるし、需要もすごくあるし、もちろんすっごく成功してる。ケイティ・ペリー、リアーナ、レオナ・ルイス、スーザン・ボイルなんかも含めて、チャートに女たちが進撃してるのは、男性アーティストが停止状態だってことだった。

十六年前に『メロディ・メイカー』でわたしがした「あっ、紙面にちょっと女性を載せなきゃ！」っていう会話は、逆になった。

今では、『タイムズ』の芸術欄で、編集者が男性アーティストを取材しなきゃならないってことで絶望してる。「もういいって。つまんない男の写真なんてまた誰が見たがる？」

☆生肉ドレス：レディ・ガガは二〇一〇年のMTVアワードに、本物の生肉でできたドレスを着て出席した。その後、ガガはこのドレスを模した布のドレスもライヴなどで着用している。

二〇一〇年、大型紙で次のフェミニストアイコンとして称揚されてる女性にインタビューしに行ってきた。レディ・ガガだ。たったひとりの傑出した人物の影響でどんだけ速く風景が変わるのかを示すものとして、レディ・ガガと前回議題に出てきた「大物フェミニストアイコン」、プライスはこれ以上ないほど大きく違ってる。

プライスはおっぱいの写真を通してスターダムにのしあがったミドルクラスの女性で、ひとたび注目を集めると、「わたしわたしわたしわたしわたしを見て！　それからわたしのケイティ・プライスピンクブティック iPod、六十四ギガ三百九十九ポンド九十九ペンスも！」以外には何も言わなくなった。

他方、ガガは二十一世紀最高のポップシングル三枚（「ポーカー・フェイス」、「ジャスト・ダンス」、「バッド・ロマンス」）を立て続けに書くことでスターダムにのしあがったミドルクラスの女性だ。あんまりにも言いたいことがたくさんあるもんで、全部を表現するため、マルチメディアアート集団「ハウス・オヴ・ガガ」を雇ってツアーに連れてかなきゃならないくらいだった。ガガのチケットは同性愛者の平等、男女平等、政治活動、真面目な動きをしくじってダンスフロアでバカ面をさらすことなんかを象徴してる。頭にロブスターを乗せてるし。

十年経つ前に「キャリア」っていう言葉を使うのは常に早計すぎるってのはそうだけど、ポップスターとしてのガガの最初の二年の視野、スケール、影響、意図はまったく、マドンナの後に登場したどの女性アーティストよりもワクワクする。たしかに、西洋の女性として、マドンナに永遠に負うところがあるのは大いに認める。もしマドンナが『セックス』で画期的な仕事をしなかったとしても、自分のもじゃもじゃをぶらさげたまんまパラグライダーに乗ったり、ヴァニラアイスとセックスしたりする勇気なんて絶対に出ないもん。ガガが生肉で作られたドレスを着て世界の舞台に降臨し、アメリカ軍のホモフォビアに反対した時、たった二十四歳だったことにも注目すべきだ。二十四歳の時、マドンナはまだブルックリンのダンキンドーナッツで働いてた。

そしてマドンナについては、十代のわたしにはちょっといつも…怖かった。クールで、ホットで、素晴らしい服を着てて、力を与えてくれるその歌は全部わたしの潜在意識に住みついていい影響を与えてくれるってことはわかった。でも、もしマドンナがわたしに会ったら、慈善バザーで買ったブーツにツギのあるシャツと麦わら帽子をかぶったわたしを上から下までじろじろ見て、それからわたしじゃなくウォーレン・ベイティと話すため、まっすぐ前を素通りするだろうなっていう感覚を克服できなかった。

公正を期すために言っとくと、その時、わたしがマドンナと会話できそうな内容といったら、ウルヴァーハンプトンの五一二番バスの運転手は変態に決まってるとわたしが信じてるってこととか、わたしがどんだけ孤独だかとか、どんだけスクイーズの「クール・フォー・キャッツ」が好きかとか、そういうことについての長いバカ話だけだった。もしわたしがマドンナでも、素通りしてウォーレン・ベイティとセックスするだろう。

でも、だからもしわたしが二〇一一年に本好きの女の子でレディ・ガガを見たら、一度にポップクリスマスが全部来たみたいな気持ちになるだろうと思う。ガガは冴《さ》えないオタク、変人、のけ者、頭が切れるフリをしたい人、孤独な子供たちみんなの側にいる国際的な女性ポップスターだからだ。ギグに行けば、信じられないほど大音量の低音、大勢が踊る**フルーグ**、花火にWKDウォッカが出てくるもんで雰囲気は「クラブ」だけど、お客は街のあらゆるぶきっちょな子供たちだ。「テレフォン」のビデオみたいに、髪の毛にコカコーラ缶を飾って、顔にスローガンを書き散らして服装をばっちりキメた子供たちがいて、ドラァグクイーンとかメガネのモリッシーそっくりさんとかカーディガンとかに腕を回してる。この人たちは、腕にリルケの「夜の深いしじまには、もし書くのを禁じられたら

☆フルーグ：ツイストに似たダンスの一種。

死ぬだろうと自ら告白せよ」（うん、けっこう小さいフォントサイズだった）っていう引用をタトゥーにしてる女性を眺めてる。この女性はダリの「聖アントニウスの誘惑」のクモ足象みたいに見えるように作られた、オーダーメイドの四メートルあるピアノの上にのって、**アルフレッド・ヒッチコックの映画**のメタファーで運命に呪《のろ》われた恋について歌いながらパフォーマンスしてる。

ガガは疑いもなくセクシュアリティを扱ってる。先週ガガのお股のクロースアップを見てないんなら、MTVを十分見てないってだけのことだ。でも、それは他の女性ポップスターも皆持ってるような、単純で自信に満ちた動物的セクシュアリティじゃない。ガガは性的な習俗を扱う時、女性の機能不全、疎外、性的な神経症を探求してる。デビューアルバムが出た時、ガガはレコード会社と戦わなきゃならなかったけど、それは会社が単純でソフトポルノギリギリの画像をカバーに使いたがったからだ。

「脂まみれで砂の中でもだえて自分に触ってるポップスターの写真なんて、もう若い女性は要らないでしょ」とガガは言った。「変えてもらうのに一週間泣き叫ばなきゃならなかったの」

二〇〇九年のMTVアワードで演奏するまでには、ガガのパフォーマンスは頭にシャンデリアが落ちてきて、歌いながらゆっくり失血死していくってものになってた。前の年には、ケイティ・ペリーがケーキから飛び出てきてたのに。

ガガにインタビューしに行ったとき、ふたりともすごく意気投合した。インタビューの終わりには、ベルリンのセックスクラブで一緒に「パーティしに」行こうと誘ってくれた。

「『**アイズワイドシャット**』は知ってるでしょ？　あんな感じ」と、黒いタフタのオーダーメイドで、一度しか着られないアレキサンダー・マックイーンのケープをひるがえして楽屋裏の通路を横切りながら、ガガは言った。「起こることには一切責任持てないし、覚えといてね、コンドームを使うって」

明かりの消えた四輪駆動の車列でベルリンを横断し、セキュリティが車の前に立って入れないよう

☆アルフレッド・ヒッチコックの映画：レディ・ガガの楽曲「バッド・ロマンス」にはヒッチコックの映画『サイコ』、『めまい』、『裏窓』が登場する。

☆アイズワイドシャット：一九九九年の映画で、スタンリー・キューブリックが監督し、トム・クルーズとニコール・キッドマンが主演した。乱交パーティの場面がある。

にするという単純な方法で追っかけてくるパパラッチをうまくかわして、路地の奥の使われなくなった工業団地に着いた。ダンスフロアに行くには、ベッド、風呂桶《ふろおけ》、巻き上げ機、鎖なんかを備え付けた一連のちっちゃな独房みたいなブースを通り過ぎて、迷路みたいな廊下を抜けなきゃならなかった。「ヤるためです」と、取り巻きのドイツ人が親切に説明してくれたけど、まあその必要はなかった。

こういう場所は紛れもなくめちゃくちゃ珍しいものだったけど、ガガのイギリスの広報担当であるエイドリアンとわたしは、「ああーっ！　ここ、喫煙可なんですね！」と興奮して言った瞬間、すぐ国籍がバレた。アナルセックスとかよりは…すっごくわくわくするし、幸先良さそうだ。

取り巻きは少なかった。ガガの他にわたし、エイドリアン、メイクアップアーティスト、セキュリティ係、あとたぶん二人くらいだ。小さなダンスフロアに歩いていくと、クラブはドラァグクイーン、水夫の格好をしたレズビアン、タイトなＴシャツを着た若い男たち、黒いレザーに身を包んだ若い女たちでいっぱいだった。バーの上には巨大なハーネスがかかってた。「ヤるためです」と、親切なドイツ人がまた言った。

ガガがわたしたちのグループの先頭にいた。まあ、たぶん、バンドのキーンとかだったとしても、この時までにはＶＩＰブースに降りていって、飲み物を持ってきてもらうまで待ってただろう。でもそうじゃなくて、外套《がいとう》をうねらせ、『ダーククリスタル』のスケクシスにそっくりな様子で、ガガはバーに進んで行って、手慣れた酒飲みらしい様子で寄りかかった。大声で「みんな何飲みたい？」とひとしきり聞いた。

「すすけたションベン臭いバーが大好きなの」とガガが言う。「そのへんはとっても古風だから」

きれいに拭《ふ》き掃除してあるつるっとした長いすがある壁龕《へきがん》に入り込んだ。「ヤるためです！」とまたドイツ人が言い、そこをキャンプ地とする。ガガはマックイーンの外套を脱いで角に放った。わたしはすぐその上に立ってしまったので、メイクアップアーティストが恐怖にひるんで、注意深くわた

☆喫煙可：イギリスのパブやクラブでは、二〇〇七年から喫煙が法的に禁止されている。

☆キーン：一九九〇年代半ばから活動している、イギリスのオルタナティヴロックバンド。

☆ダーク・クリスタル：一九八二年のファンタジー映画。スケクシスはそれに登場する架空の種族。

しの足の下から一万ポンドの値打ちのタフタを取り除いた。ガガは今ではブラとフィッシュネット、パンツだけの姿で、目の周りにシークインをつけてる。

「あのバーにいる女の子がわたしに何て言ったと思う?」とガガはスコッチをすすり、誰かの煙草《たばこ》を一服して返しながら言った。「こんなこと言ってたの。『あなたフェミニストでしょ。みんなそれって男嫌いのことだと思ってるけど、違うじゃん』って。面白くない?」

その日のもっと早い時間に、ガガは自分をフェミニストと思うかそうでないかっていうことについて話してた。フェミニズムに関する最高の会話がしばしばそうであるように、解放と姉妹の絆《きずな》を強く宣言することから(「芯《しん》まで女性の権利や、あるがままの自分を守ることを信じてるから、わたしはフェミニスト」)、好きな相手について思いにふけるほうへ移行した(『テレフォン』のビデオでわたしがキスした女の子のヘザーは、男性として暮らしてるの。女が好きな女として、もっと男っぽい女の人といると、わたし自身がもっと…女っぽく感じるとこがあって。キスした時、ふわふわしたチョウチョみたいな感じで」)。

「ほんとは『男嫌い』って意味じゃない」のだから、たいがいの女性が自身をフェミニストだと宣言するのに「びびってる」のは奇妙だ、という結論にわたしたちは達してた。

「さてさて、あの子はまさに同じことをわたしに言ったの! しかもあの子、ホットだし!」ガガがにこやかに笑った。その女の子を指さしてたけど、その子は両性具有でキューピッドの唇をしたジャン＝ポール・ゴルティエのお付き給仕人みたいに見える。「ゴージャスでしょ」とガガがため息をつく。

午前二時までには、大量のウォッカを飲んで、ガガはわたしの膝《ひざ》に頭をのっけてた。もし自分のヒーローが酔っ払って膝に頭をのせて横になってるんなら、その人について思いついたちょっとした論点を全部打ち明けるべき時じゃないかという仮説がまさしく思い浮かんだ。

「ほんのちょっとしか服を着てないのに」とわたしは少々しかつめらしく、ガガのブラとTバックを指して言った。「全然、男の人をムラムラさせようと思ってやってるわけじゃないですよね？」

「ぜーんぜん！」と、ガガが大きな酔っ払った微笑みでこたえた。「家でポルノを見てる時にストレートの男がオナニーするためのもんじゃないの。そういう人向けじゃないの。わたしたちの…ためにやってるの」

そうしてガガは、バイカーボーイの格好をしたレズビアンやドラァグクイーンで端のほうまでいっぱいになってるナイトクラブをぐるっと身ぶりで示した。

ガガはヤられるためにここにいるわけじゃない。ガガには突っ込めない。ポップの歴史と、とくにその歴史上の女たちのほとんどと同様、ガガはセックスするためとか、セックスしたいという印象を与えるためにこういう曲を歌ってるわけじゃない。粉砕し、かき乱してやりたいと思ってるのだ。**煙草のすいがらでできたサングラス**、急に燃え上がるベッド、生肉ドレス、プラチナでできた支え棒、CGIで目を大きくしたせいで自分の漫画バージョンみたいな姿になり、お風呂で水責めにされるガガ。ガガのイコノグラフィは面食らうようなもので、見慣れたものをかき乱す。

ガガの歌の終点は、恋人になりそうな人たちの欲望をかき立てることじゃなく、自身の感情を探求し、それからさらに聴いてる人たちに伝えるというスリルだ。ガガの仲間たち、つまり何百万人にもなるガガのファンの一団は、自分たちのことを「リトル・モンスターズ」、つまり「小さな怪物たち」って呼んでて、ガガのことは「ママ・モンスター」、つまり自分たちのパラレルワールドの母なるリーダーとみなしてる。女として、ガガの大きな新しさは演劇性や才能、成功だけじゃなく、そういうものを使ってポップのファンに新しい場所を開拓したことだ。そしてこういうところ、つまり同性愛者や変人が居心地良くできて、政治活動を展開するようなガガの一面が、一番わくわくするようなところなのかもしれない。女にとって、思いやりがあり、偉そうな決めつけとは無縁な場所を見つ

☆煙草のすいがらでできたサングラス：レディ・ガガの曲「テレフォン」のビデオに、煙草のすいがらでできたサングラスが出てくる。燃え上がるベッドや風呂での水責めは「バッド・ロマンス」のビデオに登場する。

けることは、投票権を得るのとまったく同じくらい大事なことだ。わたしたちの正典、それから最終的には都市や帝国をとうとう構築できるようになる前に、正しい法だけじゃなくて、正しい雰囲気も手に入れなきゃいけないのだ。

究極的には、ブラから花火を撃ち、『フォーブズ』に世界で七番目にパワフルなセレブとして掲載され、リベラルで、教養があり、バイセクシュアルのポップスターとともに育った世代の十代の少女たちを抑圧するのは、とても難しくなるんじゃないかと思う。

ガガにインタビューした一週間後、ぼんやりしたファンがガガをナイトクラブで撮った写真が世界中の雑誌に載った。わたしのバカでかくて汗っぽく、逆毛を立てた髪がガガの後ろにあるのがまあ見える。

「ガガの**健康に不安！**」と、見出しが叫んで、「身内の人たち」がその夜のガガの行動について「心配」してると主張してた。請け合うけど、そんなことなかった。みんな元気で、ナイトクラブの長椅《ながい》子《す》の上でガガと踊り、最高の時を過ごしてた。

☆健康に不安：二〇一七年、レディ・ガガは線維筋痛症を患っていることを明らかにしている。

ここに、現代のメディアが有名な女性のロールモデルに対して示す執着の大きな落とし穴がある。ガガみたいなキャリアが世界のニュースの一面を飾るなんて、ドキドキする。教科書とか、ファンジンとか、あんまりそういうものがなくても大丈夫そうな決然とした筋金入りのフェミニストたった三人しか見つけられないようなひどいワインを出すちっちゃいナイトクラブとかに隠れてるんじゃなくて、アクセスしやすいタブロイド紙や雑誌でガガに関する議論が行われてる。一方で、こういう出版物でやってる現代女性の状況に関する論議のほとんどには、落とし穴がある。

すなわち、この手の雑誌や新聞についてたいがいの編集コンテクストを決定してる人は、気が滅入《めい》るくらいバカでさもしく、全然関係ない出来事とか写真をつないででっちあげの物語を作り、多国籍出版企業の二軍の無教養な野暮天にお金を払ってそういうものを書いてもらう。有名な女に関するその手のオハナシからしみ出てくる下心ときたら、**ケイト・ミレット**なら――っていうか実際『**バカでもわかる心理学**』を読んだ人なら誰でも、頭を抱えて「うー、人間よ。なんでこんなに自分のバカをあからさまにさらせるの?」ってため息をつくようなもんだ。

まあ、これでもポジティブな考え方をしてるほうだ。わたしには偏執的で疑い深い部分がある。三ヶ月前に開けた赤ワインの瓶につけといた無骨なラップのフタを開けて、マリブ用のミニチュアボトルを探す前に無思慮にも全部残りを飲んじゃった後の午前二時には、そういう気持ちが目覚めたりする。時々、この種のジャーナリズムの記事って、もっと暗くて意図的な目的のもとに書かれてるんじゃないかと思うこともある。

っていうのも、傑出した女性に関するメディアの報道って、ひどく単純化されてて有害だからだ。あらゆる有名な人に対するメディアの態度の下には、「ハハ。ちょっとでも弱みの兆候をのぞかせるまで待とう、そうしたらノミを突っ込んで一キロ以上の幅に広げてやるから」みたいな、人の不幸は蜜《みつ》の味だっていう潮流がある。でも、女性セレブは外見に中心的な注目が向けられるせいで、不公平にも大きな損害を被《こうむ》ってる。

男性セレブの「弱みの兆候」は、浮気してるとか、従業員に冷たくしたとか、ラリラリにぶっ飛んだ状態で車をぶつけたとか、そういうのがバレることだ。他方、女の「弱みの兆候」は、一枚のありのままの写真でいい。女は一回、「ダメな」服を着てただけでさらされる。これは、この世ならぬ美の幻影みたいに見えるのが「職務内容」のひとつであるレッドカーペットでのことだけじゃない。どんだけ忙しかったり、心配事があったり、不幸だったり、このバカげたインチキ賭博《とばく》にぜんぜん興味がなかったりしても、そうなのだ。

いや。パパラッチときたら、女が化粧をしないでジーンズとセーターで店に行く写真を撮って、家

☆ケイト・ミレット：アメリカのフェミニスト。著書『性の政治学』（一九七〇）はラディカルフェミニズムの古典である。

☆バカでもわかる心理学：*Psychology for Dummies*（二〇〇二）は、アダム・キャッシュによる心理学入門書。

を出る前にドライヤーで髪を整えなかったから、その女の世界が粉々に崩れる寸前だとでもいうかのように見せるのだ。

もちろん、実世界では、家を出る前に常にドライヤーで髪を整える女は変人だって皆わかってる。学校の門のところでボブヘアをつやつやさせてる母親は誰でも、他の母親から憐《あわ》れみの目を受けることになりやすい。二十分の時間を無駄にし、上腕の力をかなり使い、カンヌで**キーファー・サザーランド**との婚約を公表するほどには重大じゃないイベントのために、髪を飾り立てるなんて信じられないもん。でもたとえば、ケイト・ウィンスレットが完全にフツーな感じで**ウェイトローズ**に行く途中の様子が新聞に載ったら、あまりにも女性の外見に関するタブロイド風のものの見方に慣れてるもんで、すっごく筋金入りのフェミニストですら「うー、ウィンスレット。『タイタニック』で千五百十七人と一緒に沈みかけてた時のほうがマシな髪をしてたじゃん。いい子だからブラシを…」っていう反応をしてしまった後で、突然我に返って天に「神様！ いったいわたし、どうなっちゃったの？」と叫ぶかもしれない。

そういうわけで、ちょっとだらしない女に見えるだけでイヤなことがある。ただの写真にあらゆる種類の批判が浴びせられる。一秒二十四フレームのたったひとつのコマでも、女の体の様子がともかく変わってたら、そうなる。もう一度言うけど、上下する身体的統計数値に対する関心はまあ理解できる。男は不安になってチンコをはかる。女は不安になって太ももをはかる。みんなやってる。自分や他の人間の体に魅了されてるけど、こんなちっぽけなものにそんだけの重要性を詰め込むのはたしかにバカげてる。子供のハンモックに**アクメ**の金床をどさっと投げ込むみたいなもんだ。ウィリアム・ブレイクがただ一粒の砂に世界を見たと主張したのとまさに同じように、みんな女の全人生が、Tシャツでちょっとつぶれて見えるエヴァ・ロンゴリアの二の腕の写真だけからわかると思ってるのだ。

☆キーファー・サザーランド：カナダの映画俳優。ドナルド・サザーランドの息子。

☆ウェイトローズ：イギリスの高級志向なスーパーマーケットチェーン。

☆アクメ：ルーニー・テューンズのアニメなどに登場する架空の企業で、怪しい商品ばかり作っている。金床はこの会社が作っている製品のひとつである。

ズボンを穿いて、股のあたりにちょっとだけしわが寄って見えるキャサリン・ゼタ＝ジョーンズの写真が、「キャサリン・ブタ＝ジョーンズ」って見出しの雨あられで迎えられた。心配してるフリをする編集者が、ゼタ＝ジョーンズはいつも体重と「戦って」ると言ってる。アレクサ・チャンが、脚が細く見えるくらいのどた靴姿を写真に撮られたら、突然拒食症で神経衰弱寸前ってことにされた。こういう写真では、絶対に服のせいだってことにはしない。バカみたいにしわが寄っちゃったキッすぎる服とか、バカみたいにだぶだぶの服が責められることはないのだ。悪いのは常に女の体じゃなきゃならないことになってる。リリー・アレン、シャーロット・チャーチ、アンジェリーナ・ジョリー、ファーン・ブリットン、ドルー・バリモア、ジェニファー・アニストン、ジェマ・アータートン、ミシェル・オバマ、ヴィクトリア・ベッカム、エイミー・ワインハウス、ビリー・パイパー、ケリー・カトーナ、マライア・キャリー、レディ・ガガ、マドンナ、シェリー・ブレア、オプラ・ウィンフリー、カーラ・ブルーニ、ヨーク公爵夫人ファーギー、サラ・ジョイ・ブラウン。西洋世界の雑誌を読んでる女なら、たった一枚のまずい写真を根拠にこういう女たちの精神や感情の健康について推測しろって仕向けられたことのない人はいない。経済超大国としての中国の勃興《ぼっこう》についてよりも、オプラ・ウィンフリーのおケツについていっぱい読んだことがあるくらいだ。ひょっとすると中国は、女たちがオプラ・ウィンフリーのおケツ読解に全時間を費やしてないから、経済超大国として勃興してんのかも。もしオプラ・ウィンフリーのおケツ知識を減らしてかわりに中国についてたくさん知識をつけられれば、たぶん直接の因果関係について議論できるかもしれない。

こういう有害かつ時間のムダとしか言えない推測は完全に行き当たりばったりに行われてて、おそらくそれは何よりも悪質でバカげてる。ジャーナリストは「心配して」さしあげる人を選ぶのに、部屋いっぱいの人が帽子から名前を引く無作為抽出みたいな感じでやってるのかも。ある出版物がミーシャ・バートンの写真を載せて、心配してるふりをしながら「不安なほど細い体型」を嘆いてるのを見たことがあるけど、棚で隣に並べてある雑誌には同じ写真に「ミーシャ・バートン、新たな曲線美をお披露目」ってキャプションがついてた。

うぎょーっ！　「曲線美をお披露目」！　現代のセレブ報道でこれ以上に邪悪な文章ってある？あらゆる女が知ってるように、「曲線美をお披露目」ってのは、女が「曲線」的なのをくさしてるようには見えないよう、セレブの不平をかわしながら雑誌が誰かを「太って見える」と糾弾したい時に使うコード化された表現だ。魅力的なまでに邪悪なパラドックスだ。もし北朝鮮の洗脳独裁政権が陰険さと激しい身体歪曲《わいきょく》だけを使ってプロレタリアートを抑圧すると決めたら、この手段をとるかもしれない。

そうして、こういうセレブ女性たちは、インタビューの間中、自分が食べるものをあげまくらなきゃならない。「トースト大好きです！」とかだ。そしてメディアとは、摂食障害クリニックに入ってる十代の患者と厳しい看護師との間柄にかなりそっくりな関係を築くことになる。常に自分がいい子で、シェパードパイをカーディガンの袖《そで》に隠して誰も見てない時に植木鉢に捨ててるんじゃなく、全部平らげてるって「証明」しなきゃならないのだ。そして、ビーチで水着を着た女の写真が楽しそうに流通にのせられると、「休暇中」とか「仕事中」とか「家族と過ごしてる」って書かれるんじゃなく、人生を通じて続く「体の問題」との「戦い」の最中だって言われる理由は何？　それが「人間的角度」だとかいうけど。

「ジェニファー・ロペスにセルライトがある。神はいる！」憎悪をこめて拡大されたジェニファー・ロペスの太ももの写真の隣に、こんなフカシがついてる。「セレブだって、みんなと同じ！」だと煽《あお》って、隣にこれがどんだけ究極的不安をそそる発言なのかということには見たところ気付いてない、ひどいジーンズを穿いたせいでお腹のハミ肉ができてる『イーストエンダーズ』のかわいそうな女性出演者の写真がある。女性読者にとっては、長焦点レンズでパパラッチが追い回して撮った、やわらかい太もも、伸展線のある二の腕、ちょっとばかりふくれた腹の周りに赤い「恥の輪」が書いてある有名人の女の写真を見ても、結局全然慰めにならない。ふつうは若くて、感じやすくて、まだ世界に望みを託してる読者がこういうものから受け取るのは、もし創造的で野心的な女が一生懸命働いて、チャンスをつかみ、どうにかして仕事でトップにのぼりつめるまでになって、まだ男性優位な産業で活動するこういう女たちと同じくらい有名になったとしても、パパラッチが来て、シェリル・コールになったみたいなひどい気分にさせられるってことだ。なんてひどく絶望的な状況なんだろう。

わたしが「人間的角度」が嫌いな理由は、こうだ。

(1) セレブにもっと人間らしくなんかなってほしくない。芸術は人を再創造し、かつての自分を捨てられるような場所であるべきだ。たくさんのフツー人がえっちらおっちら歩き回って、水道料金やにきびについてこぼしてるとこなんて願い下げだ。デヴィッド・ボウイは宇宙から来たイカれた変態だってフリをしててほしい。

(2) 二十一世紀には、どんな分野で成功した女であっても、「人間化」なんていらない。絶対例外はない。マーガレット・サッチャーすらそうだ。長くて緩慢で十万年かかる、家父長制からの脱出の歩みだ。世界にはいまだに、女が生理中だと食べものに触れられないとか、男の子を産めないと社会的に排斥されるとかいうところもある。進んでることになってるアメリカやヨーロッパですら、女はまだあらゆるところで悲惨なまでに不当に過小評価されてる。科学、政治、芸術、ビジネス、宇宙旅行なんかだ。誰だろうと、もし女が世の中で成功するのにふさわしいペルソナをなんとか築くことができて、男が当然のものとして享受してる高い地位をちょっとでも達成できたんなら、その女性には絶対、成功の輝きを保ち続けることができるようであってほしい。仕事の場での姿を維持してもらおう。ちょっとばかり不屈で手の届かない感じがいい。謎めいた感じでいてほしいし、もしそのほうがいいなら、不吉でまったく恐ろしい不死身さを示してもらおう。核兵器と性的脅迫を組み合わせて世界を操るサッチャー面のアマゾンイルミナティで世の中がいっぱいになったら、ほんとにそっちの領域に手を出して、その人たちを人間化する必要があるだろう。そうこうしている間に、ジェニファー・アニストンにはただのんきなロマコメを発表していただく。最後に生理になったのはいつかたずねることで、今すぐジェニファーの恐ろしい鉄仮面を取り外し始める必要があるとは思えない。

女性のロールモデルは多様性の点でも、業績の種類の点でも月ごとに拡大してるけど、ひとつ自問しなきゃならないことがある。わたしたちがそういう人たちについて読んだり、言ったりしてることは、「報道」とか「議論」なのか？　それとも、ただ世界のメディアがまったくいまいましい振る舞いをしてるだけなのか？

第十五章　中絶

How To Be a Woman

わたしは多囊胞性卵巣症候群《たのうほうせいらんそうしょうこうぐん》になったと思う。そのせいで超音波検査を受けてる。にきび、疲労、体重増加、月経サイクル不調なんかの症状で一般医に三回も行って、ここにまわされた。ウィッティントン病院の超音波ユニットだ。

うん。こういう症状があれば、妊娠だと思うでしょ？　でも六週間前にテストして何もなくて、それで一般医から今ここに送られてる。朝食にパイナップルを二缶も食べて、広告に寂しそうなリスが出てくるのを見て泣いちゃう。もちろん妊娠だ。でもテストはそうじゃないって。それにまだ授乳もしてる。妊娠もしたくない。だから違う。

ベッドに横になる。モニタが壁の上についてて、内側を見る準備万端だ。多囊胞性卵巣症候群の見かけがどんなものかあまりわかんないけど、酸素の泡みたいに丸いのが見えるのかもと思う。でなきゃたぶんもっと内臓っぽく、ふさになってて、包葉《ほうよう》みたいかも。

看護師が準備のため手を洗うと、超音波画面が駐機中のミレニアム・ファルコンのデッキから見える風景みたいになる。暗くて黒い場所で、時々光がポツポツ。静止画だ。

でも、とうとうお腹に超音波があてられると光速ジャンプみたいになる。全太陽系が生命へとうなりを上げて進む。線やら渦やら腎臓《じんぞう》やら胃腸やら。小惑星が回る月。それから中心の低く、深く、隠

☆多囊胞性卵巣症候群：月経異常を伴う卵巣の病気。

れたところにパルサーがある。信号が出てる。時計がチクタクだ。

心拍だ。

「妊娠してます！」と看護師が明るく言う。看護師はいつもこういうことは明るく言うよう教えられてるに違いない。いつもそうだ。どんだけ患者が青白かろうと、どんだけ大声で「ちっきしょー」と言って震え始めたところだろうと。

看護師はスクリーンにあてた目盛りで日数を数えてる。

「十一週くらいですかね」と言って、超音波モニタをわたしのお腹に押しつける。

ほんとそうだ。胎児に他ならない。青ざめた三日月みたいな背骨の曲線。宇宙飛行士のヘルメットみたいな頭蓋骨《ずがいこつ》。エビみたいな黒くてまばたきしない目。

「ううーっ」とわたしは赤ん坊に言う。「とんでもないなぁ」

これこそわたしのゲイの息子に違いないと思う。いつも欲しかった。派手なダンスで入って来てのに、こんなふうにテレビで初登場する。いまいましいテレビ番組の『**パーキンソン**』とかみたいなもんだ。

「ジャジャーン」！　すごく唐突だ。とってもキャンプ。事前の宣伝は完全にシャットアウトしてた
それに運がいい！　この子は明らかに幸運だ。予防なしにセックスしたのは一回しかない。娘たちがふたりとも寝てる間二十分間で、キプロスの一夜。この子は人生の間中、バクチをやってのけるだろう。カジノ破りをし、デリカテッセンの列に並んでる時に百万長者と友達になる。初めて川をさらった時に金を見つけ、落ち着かなきゃと決めたその日に真の愛を見つける。

「あんたを生めない」と、悲しくこの子に言う。「生んだら世界が落ちてくるもん」

この赤ん坊を生むべきだとは一瞬たりとも思わなかったからだ。ジレンマも、苦しい決断もない。インドに行ったり、ブロンドになったり、銃を発射したいと思わないのとまったく同じように、落ち

☆パーキンソン：一九七一年から二〇〇七年まで放送されていたトーク番組。マイケル・パーキンソンが司会をつとめており、ゲストにインタビューする形式だった。

着いた確信をもって、今はもうひとり子供を生むことはできないとわかってたからだ。

またああなるわけにはいかない。これからまた三年もの間、わたしを求めて泣いて、怒って、ひょっとすると病気になったらわたしのお腹に頭をのせて、母体に戻った夢を見なきゃ落ち着かないってことになる人の生命線になるのは無理だ。ふたりの娘の前に立って後ろ向きに歩くとそっちにお辞儀をしてるみたいに見えるんだけど、このふたりが風にあたらないようにして、嫉妬《しっと》深いカメラみたいにすることなすこと見守ってあげる、それだけがわたしの望みだ。

娘たちが死んだらどうしようと以前は怖かった。車！　犬！　海！　バイキン！　でもそんなことを問題だと思う必要はないって気付いた。霊安室に向かうストレッチャーの上で、死んだ子のあばら骨に手を乗っけて心臓をつかみ取り、飲み込んで、またこの子たちを生めば、絶対絶対終わらない。この娘たちのためなら何でもする。

でも、この赤ん坊にはひとつしかしてやれない。できるだけ早く、事態が進む前にだ。看護師にお礼を言って、お腹から超音波用のジェルを拭《ふ》いて、外に出て、電話をする。

二〇〇七年に、『ガーディアン』のコラムニストのゾーイ・ウィリアムズが、完全に明晰《めいせき》で素晴らしい記事を書いた。なんで女は常に中絶について、義務みたいに「もちろん、ひどくトラウマになるし、どんな女も軽くは決断できないけど」とかいう前置きをしてから議論しなきゃならないと感じるのかっていうことを論じたものだ。

ウィリアムズは、これはどんなに社会がリベラルでも、絶対的な核のところでは中絶は悪いと思ってるからだと説明した。でも、捨て鉢になった女が路地裏で「ヴェラ・ドレイクして」、余計ひどいことにならないよう、寛大な国家が合法的な医療処置をしなきゃならないってわけだ。

中絶がポジティヴなものと見なされたことなんてない。生死にかかわる可能性もある状況を治療す

☆ヴェラ・ドレイク：二〇〇四年のイギリス映画。マイク・リーが監督し、イメルダ・スタントンがヒロインのヴェラ・ドレイクを演じた。イギリスで中絶が違法だった時代に、他の女性を助けようともぐりの中絶に手を染める家政婦ヴェラを描く。

るための他の手術とは違う。女が、幸せで安堵に満ちた感謝の気持ちで中絶について人前で話すことなんてない。「緊急避妊薬《モーニングアフターピル》がうまく効きますよう！」なんてカードはない。真のジョークってのはどれも議論を呼ぶようなことをテーマにしたり、ガンとか神とか死とか、他のあらゆるものを扱ったりすることができるにもかかわらず、中絶についてのジョークはない。

さらに、考慮すべき「悪さ」のスケールもある。「いい中絶」と「悪い中絶」がある。クリス・モリスが『**ブラス・アイ**』のコントで「いいエイズ」と「悪いエイズ」を議論してたみたいなことだ。輸血でウイルスをもらった血友病患者は「いいエイズ」なので同情に値する。でも、同性愛者は不特定の相手とセックスしたせいでウイルスをもらったので、「悪いエイズ」で、全然気遣いをすることはないってやつだ。

レイプされて中絶を必要とする十代の女の子とか、妊娠で命が危険にさらされてる母親とかは、「いい」中絶手術を受ける。それでも人前ではそのことを話さないし、友達にはよかったねとか言われたくもないけど、それでもこういう女たちはどうにか汚名を逃れることができる。

このスケールのもう片方にはもちろん、「最悪の」中絶がある。繰り返し行う中絶、後期中絶、IVFの後の中絶、それから最悪なのは、既に母親になった女が受ける中絶だ。母性というのは、今でもすごく曖昧《あいまい》に理想化されたものとしてとらえられてる。母親というのは生命の優しい与え手で、母親が子供を生んだ後で自分の育成能力に限度をもうけ、さらなる命を生むのを拒むなんていう考えは、猥褻《わいせつ》に思える。

というのも、母親は愛情深くすべての生命を守るふりをしなきゃならないからだ。その生命ができたばっかりだとか、いるという話しかきいてないとかいうような場合ですらそうなのだ。母親はただ疲れ果てるまで、つねに与え続ける準備ができてるはずだと、みんな今でも心の奥で静かに信じてる。最も偉大な母親、完璧《かんぺき》な母親であれば、どんなものだろうとすべてに及ぶだけの素晴らしい愛を持っ

☆ブラス・アイ：一九九七年から二〇〇一年までチャンネル4で放送されていた時事諷刺コメディ番組。コメディアンのクリス・モリスが中心になって制作していた。

ているので、どれほど破壊的で危険だろうと、受胎した子供全員を臨月までお腹で育てる。命を危険にさらす妊娠を続けると決めた女は、雑誌の特集記事で、素晴らしい究極の母親だと書いてもらえる。「医者はもう一回妊娠したら死ぬかもと言ったんです。でも、ほら赤ちゃんのウィリアムが！」こういう人たちが、世界を人でいっぱいにし続ける愛と絆《きずな》の妊娠ホルモン、オキシトシンを真に体現する。

本質的に、女は無限の自己犠牲的な愛を捧《ささ》げることができるべきだってことになってる。

この仮定には疑問がある。ひとつには、わたしはすごく基本的で、神学で言うと非キリスト教的なことを信じてるからだ。中絶に関する大きなジレンマのひとつは、「生命」が胎児のどこからはじまるのか判断しようとすることだ。中絶が「生命」が始まる前に起これば、それは「正しい」種類の中絶だっていう結論になる。でも、科学と哲学両方が「生命」の始まりは何なのか定義しようとあがき続けてることを考えると、全然違う角度から議論に取り組んだほうがいいのでは？　っていうのも、もし妊娠してる女が生命に対する支配権を持ってるなら、なんで非生命に対しても支配権を持ってはいけないことがあるだろう？　こういう考え方は、他の文化では理解されることもある。ヒンドゥー教の女神カーリーは全宇宙の母で、あらゆるものを貪《むさぼ》り食う神だ。生命であり死だ。シュメールでは、イナンナがセックスと豊穣の女神だけど、死を支配する冥界《めいかい》の女神エレシュキガルと姉妹だ。すごく基本的なレベルで、もし女が生物学的に生命を宿し、保護し、育て、守ってやるよう命じられてるんなら、なんで生命を終わらせる力も持ってちゃいけないんだろう？

子供の頭をストーヴで焼けとか唱えてるわけじゃないし、後期中絶をすすめてるわけでもない。それにしても、そんな人いないけど。わたしが怒ってるのは、中絶をすることで女はどういうわけだか女らしくなくなり、実際母親らしくなくなるっていう考えだ。女であること、母であることの絶対的本質は、どんな状況でも、どんな犠牲を払ってでも、生命を維持することだっていう考えだ。

ふたりの子供を生んだ後、中絶は社会的、感情的、実際的観点から絶対必要だっていう信念はより強くなった。九ヶ月妊娠して、やっと子供を出産し、ごはんを食べさせ、めんどうをみて、午前三時まで一緒に座っててやって、午前六時に一緒に起き、愛情でうっとりし、荒れ狂う涙を流すことしかできなくなるような状態に陥った後でやっと、子供が望まれて生まれるってことがどんなに大事かをほんとにちゃんと理解できる。母親業っていうのは、できるかぎりのエネルギー、やる気、幸せとともに始めなきゃならないゲームだってことだ。

もちろん、一番大事なのは、適度に正気で安定した母親から望まれ、求められ、気遣われることだ。正直に言って、中絶はわたしの人生の中ではほんとに困難を感じず決断できたことだ。自分がさらにもうひとりの人間に対して責任を負って今後の人生を過ごす準備ができてるかってことよりも、台所にどんな調理台を入れるか決めるほうに長くかかったけど、別に軽薄なつもりはない。もう一度そういうことをする、つまり別の人に人生を捧げるっていうことは、自分の能力と、自分が誰で、何になりたくて、何が欲しくて、何をする必要があるのかっていう概念を、たぶん限界まで引き延ばしてしまうかもしれないってわかってた。もっと昔の時代とか、違う国とかでは、こういうことについて選択ができないかもしれないと考えると、感情的にも身体的にも残酷だと思う。

ジャーメイン・グリアが『全き女性』で言ってるように、「望まず母になることは奴隷や家畜として生きること」だ。

もちろん、結局は三人目の子供が生まれて感謝することになるって可能性も十分あった。男の子が生まれてきて、新しいエネルギーと献身と愛を蔵出しせざるを得なくなったかもしれない。女の子が生まれてきて、人生最高の存在になったかもしれない。でも個人的なこととして、わたしはギャンブラーじゃない。宝くじに一ポンドも使わないし、妊娠になんか賭《か》けるわけない。賭け金があまりにも高すぎる。強要のもとでどれだけ愛せるかの賭けを強いるような社会は受け入れられない。

生命の聖性を中心とする反中絶論は理解できない。種としての人間はあまり生命の聖性を信じてないってことはかなりわかりやすく示されてる。戦争、飢餓、疫病、痛み、生涯続く苛酷《かこく》な貧困なんかを肩をすくめて受け入れてて、自分たちにどう言い聞かせようと、人間の生命をほんとに神聖なものとして扱う努力はロクにしてないことが見てとれる。

こんな状況のど真ん中で、どうして妊娠してる女、つまり自分と、ふつうは家族もかかわってる将来について合理的な決断をしようとしてる女が、たとえばウラジーミル・プーチンとか、世界銀行とか、カトリック教会よりも生命の維持に関して強いプレッシャーをかけられなきゃなんないのかっていうことは、わたしにはわからない。

でも、わたしが心から神聖で、実に地球全体にとってもっと役立つと信じてるのは、バランスを失った破壊的な人をできるだけ確実に減らすようにするってことだ。どんな理由があろうと、十二週目で妊娠を終わらせるのは、望まれない子を世界に生みだすより、はかり知れないほど道徳的だ。

こういう不幸で望まれなかった子供たちは、怒れる大人になって、人間をみじめにするようなことをたくさん引き起こすことがある。団地を野生状態にし、通りを危険にし、人間関係に暴力を持ち込む。もし、精神分析がちょっとばかり残酷なやり方で精神疾患を両親の責任にするなら、そもそもそういう問題を抱えた人を作り出さないだけの意識があった女に敬意を表すくらいやってもいい。

でももちろん、そうはしない。過去二年の間、女の中絶に対するアクセスを制限しようとする法案が三つも庶民院に上程された。『タイムズ』の報告によると、「前例のない数の」医師が手術の増加に落胆して中絶から手を引いてる。

反中絶感情が地位を保てる大きな理由は、中絶がまさにイデオロギー的、宗教的、社会政治的な面からしか議論されないからだ。めったに個人的な経験から議論されることはない。イギリスでは二〇〇九年に十八万九千百人の女が中絶をしてて、史上最多なのに。毎年、推定四千二百万件の中絶が世界中で行われてて、二千万件は適切な医療の監督下で安全に、二千二百万件は安全ではない状態で実施されてる。世界中で、女は歴史上常にやってきたことをしてる。人生を変えるかもしれず、また人生を脅かすかもしれない可能性のある危機に対処して、その後それについては話さなくなるのだ。近くにいる誰か、生理がなかったり、中絶を受けたばかりじゃない人が動揺しないように。

女性の生殖に関する身体性の生々しい要素については、女はいつも話すのを嫌がっている。友達やパートナーとすら、中絶について話すのをひどく恥じ、落ち着いて受け入れられない。このせいで不思議な状況が発生している。ほとんどの人にとっては、親しい人の中に中絶を受けた人がいるはずなのに、それについてもっと保守的な年長者とか、男性とかと実際に議論できる機会はとてもありそうにないのだ。

その結果、反中絶論者のほうが、中絶を「他人」が「あちらで」やることとして議論しやすい環境になってる。現実は違う。現実には、おそらく中絶は落ち着いて合理的で考え抜かれた行動で、統計的にみてもとても身近なところで起こっている。

『タイムズ』で中絶をするという自分の決断について書いた時、読者の反応にびっくりした。四百以上のオンラインコメントと、百通以上の手紙やメールが来た。おおまかには、中絶に反対する人は妊娠や中絶の経験を引き合いに出すことがなく、一方で中絶に賛成の人はそうしてた。

でも、わたしが一番びっくりした反応は、有名なフェミニストのコラムニストからの素晴らしい手紙だった。何度も何度も中絶について書いたことがあったのに、自分自身の中絶には一度も触れられなかったと言ってた。

「そんなことをしたら何が起こるかいつも恐れていました。誰も許してくれないと思ったんです。どういうわけだか、そうするとわたしの主張が正当なものだと認めてもらえなくなるような気がしていました」

自身の体と折り合いをつけてる女として、わたしは誰の神様に対しても、妊娠を終わらせる権利を主張できると思ってる。わたしの最初の妊娠は強く望んだものだったけど、結婚式の三日前に流産で終わった。親切な看護師が、その後の子宮内膜掻爬《しきゅうないまくそうは》手術で指先用体温計をつけるため、結婚式用のマニキュアを除光液でとってくれた。手術室に行く時に泣いて、出てくる時も泣いた。この場合は、わたしの体がこの赤ん坊は生きられないと決めて終わらせた。今回は、この赤ん坊は生きられないと決めたのはわたしの心だ。どっちかの決断のほうがもう一つより妥当だというのは信じない。どっちもわたしをわかってる。どっちも同じように、何か正しいか決めることができる。

できるだけ早く妊娠を終わらせたくて、前回の出産の時の顧問医にすぐ会いに行く。五分間の居心地の悪い診察の後、先生はわたしたちがいるセント・ジョンズ・ウッドのセント・ジョン・アンド・セント・エリザベス病院はカトリックの病院だってことを指摘しなきゃならなくなる。わたしは実質的に、まさしく教皇に中絶をお願いしてたことになる

家に帰って、世界一楽しくないグーグル検索をすると、ゴールダーズ・グリーンの顧問医が出てきて、それからエセックスに行って「処置」になるらしい。中絶じたいには、ふたつの現実的な選択肢がある。意識を失って起きたら全部終わってるけどそれから病院で一晩過ごすか、意識のあるままで同じ日に帰宅するかだ。まだ下の子の授乳中なので、意識のあるままでそれから家に帰るほうにする。

三つめの選択肢として、「投薬による中絶」があり、錠剤を二錠のんでそれから家で流産する。でも、情報を集めてみると、これを経験した人は誰もが「ものすごく怖いことになるんです。本当に何日も出血しながら家を歩き回ることになります。それから効かない可能性もあって、そうすると子宮内膜掻爬手術を受けなきゃならないことになります。やってみて、乗り越えて、終わりです」って言ってる。

行った病院はエセックスにあって、妻を交換《スワッピング》したり、巨乳の女がやってるこじんまりした売春宿があったりしてもおかしくない、軽い郊外らしい雰囲気のある地域だ。人間の恥ずかしい肉体的需要に隠れ家を提供する雰囲気からして、中絶医院にはふさわしい場所だと思う。中に入ると、ヴィクトリア朝風ユースホステルみたいだ。良からぬことを企《たくら》む「患者たち」と、上の踊り場から口をすぼめて非難がましく静かに見守るスタッフからなる雰囲気だ。

　待合室には四組のカップルと、ひとりで来てる女性がふたりいる。若いほうの女性は**アイルランド**から来てて、今朝ここに着いており、受付係に囁《ささや》いたことから想像すると、見たところ今夜のフェリーで帰るようだ。

　年長のほうの女性は四十代後半から、たぶん五十代初めくらいに見える。声を出さずに泣いてる。誰にも言ってないし、決して言わないつもりだっていう感じだ。

　カップルも静かだ。ここに着く前に、できる会話は全部やった。二回の出産と一回の流産を切り抜けてきた時と同様、夫は赤い目をしてるけどしっかりしてる。夫は何年も前に、こういうこと全部について決定的な発言をしてた。「ぼくたちが子供を作るのに、君だけがこんな…クソみたいな状況を切り抜けなきゃならないなんて、ひどく不公平だよ」

　超音波クリニックの外で夫に電話して、ロマンティックでないことこの上ない会話をしたけど、議論と言えるものすらなかった。夫は「どうしたい？」と言って、わたしは「無理」と言い、夫は「うん」と言った。

　ふたりともどう思ってるかはわかってた。うぅーっ、一週間前、友達とその新生児と過ごした日の後で、ベッドに横になってこんな話をした。「お母さんのほうは生き残ろうとしてる兵士みたいな目つきだったし、お父さんのほうは半分死んでるみたいだったじゃない。どんだけ注意しなきゃならないか、忘れた？　どんだけほんとに…手詰まりになるか」

☆アイルランド：アイルランドはカトリックの国であり、一九八三年以来、憲法の規定で中絶ができなくなっていた。このため、アイルランドの女性は比較的中絶がしやすいイングランドなどに旅して中絶を受けることが多かった。健康上の問題を抱えている妊婦が中絶を受けられずに危険にさらされたり、死亡したりする事件が起きたためにアイルランドの中絶禁止規定は強い批判を受けるようになり、二〇一八年五月二十五日の国民投票で中絶が合法化されることとなった。

看護師がわたしの名前を呼んで、部屋に入るため夫の手を放す。歩くにつれて、どんどん浮かび上がるみたいな気分になって、パニックアタックに襲われる。急に望遠鏡でのぞいたみたいに冷ややかな事実を突きつけられ、自分はひどい過ちを犯そうとしてて、たとえ何が起ころうがこの赤ん坊を生まなきゃならないとわかる。でも、わたしはパニックアタックのこともわかってて、こんなのウソだってこともわかってる。今まで考えたありとあらゆることのせいで、間違いなくここにたどり着いたんだ、と自分に言い聞かせる。これは最後の瞬間に得た啓示じゃない。ただ怖いだけだ。そんな考えはやめるように言って。

中絶がどんなものになりそうなのかわからなかった。流産した後の子宮内膜掻爬手術では泣きながら意識を失って、泣きながら起きると全部終わってた。「赤ちゃんはどこ？」と薬が効いたままの状態で言い続け、車椅子《くるまいす》で部屋に運ばれて、できるだけ優しい感じだったけど、黙るよう言われた。この処置について実際に得られた知識といえば、後遺症だけだった。当たり前のように痛かったし、妊娠ホルモンがどんどん去っていってるのがわかった。エストロゲンのふわふわした感じが消えて、重くなり、いつものふつうの重力に戻った。水が抜けていく中、本を読みながらお風呂に入ってるみたいな感じだった。

今回はずっと意識がある。全部がひどいドッキリみたいだ。たぶん、「病院らしい」ものになるだろうと思ってたんだと思う。医師がただ自分の仕事を冷静に素早くやる、正確で迅速な処置だ。でも、ベッドに横たわってみると、その日最後の予約だったもんで、医師には他人の間違いを修正するため不愉快なことをあまりにも長くやりすぎた人の雰囲気が漂ってる。

看護師が手をとる間に観察しながら、人助けをしたくて医師になりたいと思うんだし、仕事が終わるといい気持ちになるもんだ、とわたしは考える。でも、この人たちが最後にいい気持ちになるとは思えない。常に人間に失望させられてるみたいな感じだ。

　中絶じたいは、痛いしかなり原始的だっていう点で、わたしが予想してたようなものじゃなかった。ラチェットトレンチで大工工事をするみたいなやり方で手動で子宮頸《しきゅうけい》を開く。それから検鏡を入れて中絶手術をはじめるけど、まさにスプーンで何かつぶすみたいな感じだ。ひるんじゃうくらい暴力的だ。お箸《はし》で卵の黄身を壊すみたいだと思いながら、出産の時に教えてもらった呼吸をしたけど、もちろんそんなの悪い冗談みたいだ。

　かなり痛かった。五時間目に入った出産みたいだ。鎮痛剤は全然効かないけど、やってることを考えれば、痛いとこぼすのは不適切に思える。中絶をする間痛みを経験すべきだなんて信じてはいなくても、ここのスタッフがやることには独特のそういう雰囲気がある。

　わたしの手を強く握って、「大丈夫ですよ」と看護師が言う。親切な女性だけど、明らかに既にコートを着かけてて、ドアから出ることを考えてもいる。ここからでも週末がにおう。既に遠くにいってるのだ。

　それから医師がヴァキュレットで子宮の中を片付けた。まるっきり子宮の中身を掃除機で吸われてる感じだった。何ヶ月か後、**ブラック・アンド・デッカー**の掃除機を買う気が何度も失せた。

　全部のプロセスはたぶん七分くらいで、てきぱきしてる。でも、あらゆる器具と手が自分の中から出ていって、静かに体を元に戻して、癒やしてほしいと願う気持ちはすごく強い。全員体から出ていってほしい。全員だ。

　医師がヴァキュームを切る。またつけて、最後の少し残ったところを片付ける。居間の掃除を終わらせて、それから作業にとりかかる気があるうちにソファのクッションもざっとやろうと決めたみたいな感じだ。

　とうとう終わって、手が引き抜かれる時、わたしは思わず「あああー」という声を漏らす。

☆ブラック・アンド・デッカー：アメリカの電動工具メーカー。

「ほら！」としっかりした微笑《ほほえ》みで言う。「そんなに悪くないですよ！　全部終わりました！」

それから医師はバットを見下ろすけど、そこにはわたしの中にあったあらゆるものが置いてある。何かに困惑したのか、医師はスルースルームから同僚を呼び出す。

「これ見て！」と指さしながら言う。

「はあー。珍しいね！」ともうひとりが言う。

ふたりとも笑って、バットが運び去られ、手袋を脱ぎ、掃除が始まる。今や一日は終わったのだ。見たものが何なのかききたくもない。たぶんこんな早い段階ですら、ゲイだとわかったのかもしれない。

一番良いほうの予想は、たぶん恐ろしく赤ん坊の様子がおかしくて、いずれにせよ流産してただろうってやつだ。

最悪の予想は、たぶんなんかがまだ生きようともがいてたってやつだ。わたしが外側は蒼白《そうはく》、内側は赤と黒の腐った肉みたいな気分でここで横になってる間に、きっとこの子は幸運の最後のひとかけらを使い果たしてたんだ。これは最悪だ。最悪すぎる。この医師たちには黙っててほしいと思う。

隣の部屋に連れて行かれる。「回復室」だ。バスローブにくるまれてリクライニングチェアに横たわる。雑誌と冷たい飲み物をもらえる。隅には鉢植えのヤシがある。ワム！の「クラブ・トロピカーナ」のビデオの史上最低リメイク版みたいだ。

アイルランドから来た女の子は五分後に出発する。バスに乗って、それから長距離バスに乗って、家に帰るフェリーに乗らなきゃならないのだ。痛々しい歩き方だ。どう見ても、人生を軌道に戻すために他の国まで来なきゃならないなんて明らかにおかしい。アイルランドの判事は、こんなに青白くて、知ってる人が誰もいない国の受付デスクで五十ポンド札を数え上げて、それからエセックスからホーリーヘッドまでわざわざ出血した状態で帰らなきゃならない女性を見たことがあるだろうかと思う。自分の娘に適用されることなんかないと思うから、この子のお父さんは法律を是認してるだろうか、それとももし法律が娘に影響して、そのせいでここまで来なきゃならなくなったと知ったら法律を嫌うようになるだろうか、と思う。

待合室で静かに泣いてた年長のほうの女性は、今はここにいて、まだ泣いてる。ある時点でふたりともここにいないふりをするという合意に達したので、誰もこの女性の目には入らない。四十分間の「回復時間」が終わるまでただ雑誌を読んで、看護師が「お帰りいただいてけっこうです」と言う。

それからわたしたちは車で帰る。わたしの手をすっごくすっごく強く握ってるので、夫は危険運転だ。そしてわたしは「避妊用**トライデント**ミサイルでもつけてもらうよ」と言い、夫は「うん」と言ってさらに強く手を握る。それでこの日は終わりだ。

☆トライデント：潜水艦発射弾道ミサイルの一種。

主題を考えると、これがハッピーエンドだっていうのはおかしいみたいだけど、でもそうだ。

わたしが見たことのある中絶の説明には全部常に、処置のせいでどんな痕跡《こんせき》が残ったかについての陰気な終結部がついてる。刊行物がどんなに女性に同情的でも、中絶の忌日《きじつ》がいかに常に悲しみとともに思い出されるかについて言及する必要がある。赤ん坊の出産予定日になると、急に涙が溢《あふ》れる。女は理性をもって赤ん坊は生めないと自分に言い聞かせる一方、それを信じてない部分があるっていうのがこういうお話だ。そのせいで、生まれるはずだった赤ん坊を静かに思い出し続けることになる。女の体は赤ん坊をそんなに簡単かつひっそりとは手放せないっていうのが、この話のメッセージだ。心はいつも覚えてる。

自分でもそういうのを予測してた。でもそうじゃない。実は、逆だ。来ることになってる嘆きと呵《か》責《しゃく》が訪れるのを待ち続けてる。腹をくくり、胸を張り、準備は出来てる。でも全然来ない。赤ん坊の服を見ても涙が出ない。友達が妊娠を報告しても、嫉妬を感じないし、密かな憂鬱《ゆううつ》にも襲われない。

時々、「良い」理由で「悪い」ことをしなきゃならないなんてことは、思い出す必要はない。

実は、逆だ。夜の間中眠り続けるたびに、自分の選択に感謝する。下の子がおむつを卒業した時、後に続く三人目がいなくてほっとする。友達が新生児を連れてくると、またこんなことをしなくていいっていう選択肢があったことが、すっごくすっごくありがたい。そして、その選択肢っていうのが、子供たちが寝た後、感染症になったり、帰宅するまえに失血死したりしませんようにって祈りながら、友達の台所のテーブルに横になってもぐりの処置をしてもらうことは含んでないことにも感謝してる。

何杯か飲んだ後、他の友達にこの話をしたら、賛成してくれる。

「公園のところを歩いて横切りながら考えるんだけど、妊娠をやりとげてたら、まだあのベンチに座ってて、太って憂鬱でくたくたで、ただまた人生が始まるのを待ってるだけだったんだなって」とリジーが言う。

レイチェルはいつもどおり、もっとはきはきしてる。「わたしがやった最良の選択トップ4に入るね。夫と結婚、息子が生まれる、固定価格のロフト改装の次」

思うにわたしは、自分の体、あるいは潜在意識が、赤ん坊を生まなかったことに怒るだろうって信じさせられてた。そしてさらに、このことについては体とか潜在意識の意見のほうが、わたしの意識が行った合理的な決断よりある意味優れてる、つまりもっと「自然」でもっと道徳的だろうとも思ってた。女は赤ん坊を産むために作られ、実らなかった赤ん坊それぞれについて理由をつけ、喪に服し、後悔しなきゃならないし、永遠に許されないだろうと思ってたのだ。

でも、何年も経って今ではわかった。そのままだと破滅につながる誤りを正そうと試み、それからただ静かに、感謝して、すべてについて沈黙して生き続けた数多《あまた》の女たちの歴史があるってことだけはわかる。いい結果しか生まない行動になり得るってことだ。

第十六章　お手入れ

わたしは今三十五歳で、子供の時に毎週をなんとなく積み重ねてたのと同じように、何十年もの年月を積み重ねてる。意志は強いけど自分の感情についてはもっと柔軟だ。ただしそういうものを勝ち得たかわりに、お肌はタフタみたいにちょっともろくなってきてる。指を腕に押しつけて引っ張ってみて、お肌が矢筈《やはず》模様を作り出すところを見るとすっごく面白くて、たぶんコラーゲンがお肌から心臓に吸い込まれちゃってるんだろうなと思う。ココアバターを手のひらのしわになでつけてみると、しわが消えていく。何時間か経つと、またしわが現れる。

お肌が…飢え始めてるみたいだ。

わたしの体で変わってきてるところは、お肌だけじゃない。二日酔いが、ちょっとばかり不吉で憂鬱《ゆううつ》な感じになってきてる。階段でぶきっちょに九十度くるっと回ると膝《ひざ》が痛い。胸には用心棒なみのワイヤーが要るようになってきてる。常にセキュリティにいてもらわなきゃならないレベルだ。全然へとへとじゃないし、疲れてすらいないけど、前はよくそうだったのとは違って、いつでもひとりでに踊り出しちゃうような気分にはならなくなってる。

前よりもちょっとばかり、座ってるほうが好きになってきてる。

人は死ぬんだってことを思い出すような、大きなお知らせがはじめて送られてくるようになった。

How To Be a Woman

みんなの両親が病気になりはじめてる。みんなの両親が死にはじめてる。お葬式やら命日やらがあって、死ぬのはまだ一世代ばかり先だと自分をこっそり慰めながら、友達にお悔やみを言う。自殺、発作、ガンはまだみんな、わたしより上の大人に起こることだ。まだわたしの世代に浸食してきてるわけじゃない。

でも、将来起こることに備えて学ぶべく、ミョーに公営サウナみたいに見える火葬場とか、教会とか、お墓の側で悲しんでる年長の人たちを観察することにしてる。すぐにわたしもそうなって、こういう悲しいお別れに対処することになるから。

すぐにわたしも、手を見下ろしておばあちゃんの手だと気付くようになる。何年も前にはキラキラしてた指輪が、何もしてないのに骨董《こっとう》品になってるのにも目がいくかもしれない。ホントに若かった時期は終わったのだ。待機期間みたいな平衡状態が十年ばかり続いて、それから次に起こるのは年をとりはじめるってことだ。これが次に起こる。

一ヶ月後、わたしはロンドンで行われた授賞式にいる。

メディア産業にいる大変な大物はみんな来るところで、一晩お祝いをした後、また大変な大物業に戻る。

玄関の外にある舗道のところで、撮影屋が半円になって発作みたいにピカピカ光るフラッシュを焚《た》いてる。撮影屋が撮りたがってない人間にとって、玄関を抜けようとするのは複雑で気まずい経験だ。何気なく、謙虚だけど忙しそうな足取りで歩いてくのが不可欠だ。有名じゃないですよオーラを出さなきゃならない。武器を降ろしてください。わたしを無視してもどうってことないです。

歩き方をまかり間違って自信たっぷりにやりすぎると、三十人もの撮影屋からひどい侮蔑《ぶべつ》を投げつけられることになる。カメラを半分あげた状態で近付いてきて、**セイディ・フロスト**じゃないとわか

☆セイディ・フロスト：イギリスの女優。一時期ジュード・ロウと結婚していた。

ると結局がっかりしてカメラを降ろす。時々、こっちに向かって叫んだりしてくるのだ。
一度、わたしが偶然本物っぽく見えすぎるフェイクファーのコートを着て到着した時、「ちーっ、時間を無駄にしやがって」とひとりが叫んだことがあった。それ以来、いいダッフルコートのほうが役立つと学んだ。パパラッチはダッフルコートを着た人間をわざわざ見るようなことはしない。ダッフルコートが安全だ。

中に入ると、部屋に今まで見たこともないくらい著名人がいっぱいいた。力が有り余ってるせいでBMWのエンジンみたいな低いうなりが聞こえてきそうだけど、服が上等なせいで余計その音がくぐもった感じになってた。布は厚くて仕立がいい。コートはプラダ、アルマーニ、ディオールだ。バッグから靴まで子牛革だ。ハンドクリームは**ベチバー**と薔薇《ばら》の花びらだ。部屋全体から金持ちっぽい香りがする。静かで揺るぎないイングランドの特権を具現化したみたいだった。全部予想してたとおりだった。

でも、わたしが予想してなかったのは顔、女たちの顔だ。男たちの顔はまさに想像通りだ。有名人でもそうでなくても、男は、まあ、ただ男に見える。四十代、五十代、六十代の男だ。裕福で、手入れが行き届いてて、だいたいは心に乱れのない男たちだ。まず確実に晴れてると言えそうな場所で休暇を過ごす、ジンが好きな男たちだった。

でも、女たちときたら。女たちは全員同じに見える。

二十代から三十代初めの数少ない女たちは例外だった。こういう女たちはフツーに見える。でも年齢が三十五歳、三十六歳、三十七歳に這《は》い上がっていくとすぐ、画一性の最初のしるしが現れ始める。あんまり想像通りにはすり減ってなくて、筋の通らないことにも、エルヴィスが口をとがらすみたいな仕草で上下にふくれる唇。ピンとした輝く額。頬《ほお》とあごのあたりには、名状しがたいけど確実におかしいところがある。目ときたら、まるで**ハーリー・ストリート**の医者にかかって、全部の治療にか

☆ベチバー：植物の一種で、精油を香料として用いる。

☆ハーリー・ストリート：ロンドンにある、専門医の個人医院が軒を連ねる通り。NHSでカバーできない自由診療を行っているので、非常に治療の料金が高い。

かった額が書いてある最終請求書を受け取ったばっかりだとでもいうように大きく見開いたまんまだ。

東欧出身のメイドさんがドレス、コート、顔を全部一気に洗ってアイロンがけしたみたいな雰囲気だ。夜の十一時には洗濯室で、こういう女たちの顔が紫檀《したん》のコートハンガーからぶらさがり、ヴァーベナの布用スプレーをかけられてお休み中だ。

部屋を見渡すと、C・S・ルイスの『魔術師のおい』で、ポリーとディゴリーが宴会ホールを発見して、何十人もの王や女王がみんな冠をかぶったまま、長いテーブルに座って魔法で石にされて止まってるのを見る場面を思い出しちゃう。

子供たちがテーブルの傍《わき》を進んでいくと、人々の顔がだんだん変わっていく。テーブルの最初のほうの端では「親切で、楽しく、友好的な」表情だけど、中盤は不安、心配、不正直の表情で、最後、一番右のところでは、人の顔が「最も猛烈、美しいが残酷」になってる。

これが女たちの様子だ。ただ、残酷、冷酷、計算高いようには見えないけど。

二十代の楽しくて悩みのない小娘から、四十代、五十代、六十代の貴婦人へと何十年もの月日を経るにつれて、部屋の中の女たちはどんどん怖がってるような様子になっていく。こんだけ恵まれてて安全なのに、それでもこんだけ痛々しくて高価な処置を経験してるってことで、部屋には恐怖の雰囲気が満ち満ちてる。女性の恐怖だ。わざわざ整形外科医のところまで行って、包帯をした顔でいっぱいの病室に入る気にさせたアドレナリンだ。

こういう女たちが何を怖がってるのかは正確にはわからない。夫が出て行くこと、部屋にいる若い女に取って代わられること、部屋の外で品定めしようとしてるカメラ、あるいは朝バスルームの鏡を見て静かに疲れた絶望を感じることだけでそうなるのかもしれない。でも、全員怖《お》じ気づいてるみたいに見えた。文字通りにも比喩《ひゆ》的にも石化したみたいな容姿を手に入れるために、ものすごい額のお金を使ったのだ。

そういうわけで、その日、わたしはとうとう、整形手術に頼るのは精神の面から言って健やかでも幸せでもないってことを直観的に知った。結果をよく眺めると、不健康で邪悪に見えた。こういう女たちが、みんな恐怖から極端でバレバレなことをしでかしたように見えるってだけじゃなく、夫やパートナーや兄弟や息子や男友達がこういうこと全部に対して奇妙にも気付いていないように振る舞ってたからだ。男たちはこんなことをやってない。女たちのすぐ傍に立って、そばで暮らしてるけど、でも明らかにまったく違う世界で生きてる。こういう女たちを深く苦しめてるものがあるけど、男たちはそれを虫みたいにあっさり払いのけてる。既に言ったけど、性差別が自分の身に起こってるかどうか知るのに「これって礼儀正しい、それとも違う?」っていう質問をするのと同じように、ミソジニーにもとづく社会的プレッシャーが女にかかってるかどうかを知るには、落ち着いて「男もこれやってる?」とたずねてみることだ。

もし男がやってないなら、どぎついフェミニストが「ぜんぶしょうもねえ駄法螺《だぼら》」と呼ぶやつに対処してる可能性が高い。

っていうのも、ここで真に問題になるのは、わたしたちはみんな死ぬってことだ。みーんな。毎日細胞は弱くなり、神経繊維はのびてしまい、心臓は最後の一拍に近付く。生きることの最大のコストは死ぬことで、みんな百万長者みたいに毎日を浪費してる。ここで一週間、あそこで一ヶ月、残ってるのがまぶたに置く硬貨二枚になるまで何気なくバラ撒《ま》いちゃう。

個人的には、みんな死ぬんだって事実は気に入ってる。毎朝起きて「わー! これだ! ホントにこれだ!」ってなるよりも爽快《そうかい》なことはない。このせいで素晴らしく心が集中できる。このせいで生き生きと愛し、一心不乱に働き、ものごとの仕組み上、パンツ姿でソファに座って『**ホーム・アンダー・ザ・ハンマー**』をテレビで見てるヒマなんか本当はないんだと気付くことができる。

死は解放じゃなく、刺激だ。死に集中するほど、正しく人生を生きることができる。わたしが昔か

☆ホーム・アンダー・ザ・ハンマー：BBCで二〇〇三年から放送されている、オークションで競り落とされた家を改修する様子を見せる番組。

ら用意してる店じまい向けの怒号で、トリントン・ロードで卵のピクルスを作ってた素晴らしいフィッシュ・アンド・チップス屋が閉店した時の怒号に次ぐやつとして、「人はまだ来世を信じてる」ってやつがある。地球が直面してる最大の哲学的問題だと心から思ってる。明らかに無宗教だと公言してる人すら、とうとう倒れたらおばあちゃんや死んだ犬のクラッカーズに会えると思ってる。みんなあの世でハープがもらえると思ってるのだ。

でも、あの世を信じるっていうのは現在の自分の存在を全部否認することだ。じわじわ精神の健康に効いてきて、心を不安定にする。毎日、あらゆる行動やあらゆる言葉の下に、パラダイスでは全部まあどうにか片付けられるから、今回失敗してもホントは問題にならないと思う気持ちが潜んでる。天国では両親と仲直りし、もっとイイ人になって、最後に六キロ体重を減らせるってわけだ。それからフランス語会話も学ぶ。とうとう、時間がある！　永遠だ！　翼もあるし、天気もいい！　そういうわけで、ほんと、今してることなんて誰が気にする？　ここはホント、二十分だけ過ごすことになってるただどんよりした待合室みたいなもんだ。ここにいる間は翼もないし、ブタみたいに自分の足で歩き回ることを強いられる。

なんでみんなが、飢餓とか、戦争とか、病気とか、だんだんションベンみたいな黄色になってプルタブだらけになってる海とか、破壊されたファックスマシンとかの、明らかに回避できそうな世界のあらゆる恐怖についてこんなに無感動ででたらめな対処をしてるのかについて考えると、答えはちょうどそこにある。天国だ。ジグソーパズルを除くと、人間が今まで発明した中でも一番の時間のムダだ。

この惑星の人間の過半数が、自分たちは刻一刻と死に向かってるってことを完全に信じるようになった時こそ、実際に十分に敏感で、合理的で、憐《あわ》れみ深い存在として振る舞うことができるようになるだろう。っていうのも、「善良である」ことはとても魅力的ではあるものの、終わりのない無に停止不能で突進していくことの恐怖はもっとずっと効果があるからだ。みんながこの恐怖を抱えるようになるのを心から待ってる。この恐怖はわたしにとって再臨だ。世界のみんなが自分は死に向かってると認めれば、ホントにいろんなことを片付けようとしはじめるだろう。

うん。そうだ。みんな死に向かってる。みんな一度に一細胞ずつ、虚無《きょむ》に向かって砕けていってる。シャンパンにとかした角砂糖みたいだ。でも女だけが、そんなこと起こってないふりをしなきゃならない。五十代の男はウエストバンドから腹がパタパタはみ出して、べろんべろんの浮浪者が地下道で使ってるマットレスみたいなツラで歩き回ってる。鼻毛が出てるし、溝みたいなしわがあるし、立ったり座ったりするたびに「うーっ」とか言ってる。男は毎日、目に見えて年をとる。でも、女は三十七歳とか三十八歳くらいで衰えを止めることになってる。次の三十年から四十年間については、髪がまだキラキラする栗色で、顔にはしわがなく、唇はふっくらしてて、オッパイは胸郭《きょうかく》の上三分の一におさまる状態でいられる魔法の泡の中に入って生きることになってるのだ。何度もこの話をして申し訳ないけど、われわれどぎついフェミニストはここのところを強調しとく。モイラ・スチュアートや**アンナ・フォード**は五十五歳になったら辞めなきゃならなくなったけど、一方で七十三歳の**ジョナサン・ディンブルビー**は、まったくもう、ゆっくり机の後ろで魔法使いになっていってる。**マリエラ・フロストラップ**が言ってた。「BBCは聖杯みたいに年長のキャスターを探すようになっています。でも、クビにした人のリストをざっと見るだけでいいはずです」

なんで若い娘なんだろう？　なんでベルトをゆるめて、ハイヒールを脱いで、男子みたいに明るく老いぼれちゃいけないんだろう？

年齢否認に関するわが潜在意識陰謀論によると、既に言ったように、女は一般的に、三十代で「冷める」ようになってくる運命だ。このくらいの年から受胎可能性が落ちてきて、ボトックスや詰め物

☆アンナ・フォード：BBCのニュースキャスター。ただし、退職したのは六十二歳の時である。
☆ジョナサン・ディンブルビー：BBCのニュースキャスターで、七十歳を過ぎても現役である。
☆マリエラ・フロストラップ：イギリスのジャーナリスト。

が押し入ってくる。このくらいから、女は貯蓄口座に手をつけて、そういうしるしを取り除いてまた三十歳に戻ったフリをするため、年金を全部つぎこみはじめる。

そうだとすれば、わが潜在意識陰謀論にのっとって、三十代半ばっていうのは、超偶然だけど、ふつう女が自信を持ち始める時期だってことを指摘したい。

率直に言うと、二十代のぶきっちょさをやっと脱して（スティーヴとセックスしたって。スティーヴ！「ビーヴァー顔」スティーヴ！　仕事があんまりつまんないもんで棚に隠れてちっちゃい紙の切れっ端を食べたって？　キュロットスカートの夏もあったし）、三十代になるととうとういい感じの波が流れ込んでくる。

その頃までには、たぶんけっこう仕事もうまくいくようになってる。少なくとも四着はいいドレスがある。パリに行って、アナルセックスを試して、ボイラーの再加圧方法を学び、**ウイスキー・マック**を作りながらT・S・エリオットの「荒地」をちょっとばかし引用できるようになってる。

顔や体がとうとう、パワフルな卓越とのらくらを許さない鋭さあふれるゾーンに突入したしるし（しわ、軟化、白髪まじりの頭）を示し始めたら、それを全部…取り除かなきゃならないプレッシャーにさらされるっていうのは、どう見てもおかしい。実のところ、まだ自分はのろまで無能であり、ちょっとばかり頭や年齢で上回る相手に騙《だま》される可能性がすっごくありそうだって印象を与える。

わたしはそんなのイヤだ。気難しそうなしわや疲労やクリーム色の歯でいっぱいで、バカで陳腐な人には率直に、ボケクズは出てけと言える顔がほしい。たぶん**ジェイムズ・キャグニー**の声で――、まあでも『**女刑事キャグニー&レイシー**』のキャグニーでもいいんだけど、そういう感じでゆっくり気取ってこんなことを言える顔がほしい。「おにいちゃん、あんたが今までの人生で見たよりもずっと反抗的な幼児／こずるいラインマネージャー／急な山道／複雑な『パラッパラッパー』のダンスステップ／大きな額の金をわたしは見たことあるんだよ。だから、特製椅子《いす》からケツをあげてチーズサ

☆ウイスキー・マック：ウイスキーとジンジャーワインのカクテル。

☆ジェイムズ・キャグニー：ハリウッド黄金時代の映画スターで、ギャングの役で名高い。

☆女刑事キャグニー&レイシー：一九八一年から一九八八年までCBSで放送されていたアメリカの刑事ドラマ。ニューヨーク市警につとめる二人の女性刑事を主人公とする。

ンドイッチを持ってきな」

しわとか白髪は、ちょっかいを出しちゃいけない人が誰だか自然が教える手段だ。ハチのお腹についた黄色と黒の縞《しま》とか、クロゴケグモの背中のしるしなんかと同じだ。しわはバカに対して使う武器だ。しわは「賢くて妥協しない女から離れてな」っていうサインだ。

「年寄り」(五十九歳くらいだ。五十九歳は年をとってると思う)になったら、個人的に、**ワンゴの野生の女たち**みたいな格好をして、ゆうに六十センチ幅はある白髪で街を爆撃してまわり、自分の細胞が死んでいってることについてどう感じてるか叫んで、忘れるために酒をダブルで注文する。髪を染めたり、オッパイをふくらませて上げたり、顔の表面を直したり、結婚フェアで初めてのセックスを探しに行く純情な羊飼いの乙女のフリをしたりするのに五万ポンドも使わない。

そういう外見には、言葉にされてないメッセージが同封されてる。針やらナイフやらでお直しした女は、こう言ってるみたいなもんだ。「わたしの友達は友達じゃないし、男たちは信用できなくて勇気がないし、わたしの人生でやった仕事は何の価値もないし、わたしは五十九歳で何も持ってない。今でも生まれた日と同じくらい無防備。それに今では、ヨットのお金を全部おケツに使っちゃった。まともな指標ではかれれば、わたしは人生に失敗してる」

でも、美意識のほうはどうだろう? しょうもない悪い処置に三万ポンド使って、その結果風洞《ふうどう》で重力を受けてる宇宙飛行士みたいに見えるようになっちゃった女を退けるのは朝飯前に簡単だ。でも、女性セレブの中には、まあ訴えられるから名前はあげられないもののみんなそうだってわかってるんだけど、ほんとに高額で微妙なお手入れをする人もいる。まさに…若くて、生き生きして、キラキラして見える。ゼロがいくつあるのかもわかんないようなお金を費やしたすごい結果だ。じゃあもちろん、微妙なお手入れはいいの? また二十七歳に見えるようにしようとしてるわけじゃない。すーん

☆ワンゴの野生の女たち：一九五八年のB級ファンタジー映画。

ばらしい五十二歳に見えようとしてるだけだ。ある意味では、整形手術に対して道徳的な反論をするのってシュールなくらいもやっとした感じだ。なんてったって、みんな武器取引の道徳性について議論するのは何年も前にやめちゃったみたいなんだから。そして武器取引は殺人、しかも場合によってはとんでもない惨殺にかかわってる。他方、整形手術はリース・ウィザースプーンみたいな鼻になりたいと思ってるちょっとばかり小汚い女についての問題だ。間違いなく、ほとんどの人はソマリアの孤児の脚を吹き飛ばすことと同じレベルでは全然語れないと思うだろう。

でも、実はこれは微妙なお手入れなんかじゃないってことが大事だ。それでも気付かれる。みんな、「悪い」処置だった場合とまったく同じように、「いい」処置についてもコメントしてる。それでも、時が近付いてきたのに急に右に逸《そ》れて、顔にしるしを残さなかったように見えるってことがわかるのだ。五十代の心臓の上に三十代の谷間があるのに気付いちゃう。自然に見えるとしても、現実的じゃないってわかる。カレンダーの日付と、自分自身の顔を見てるからわかるのだ。みんな死んでいくっていう事実の否定だってことだ。知覚のルートを、不安になっちゃうような根本的なやり方でつなぎ変えてる。女だけ、唯一女がこの陰謀に加担してる。他のみんなよりも劇的かつ非論理的にものすっごくキレイであり、かつ「微妙」な外見になることなんてないんだ。

ため息が出る。ほら、わたしは誰とでも張り合えるくらいは人工的なものとか、ファンタジーとか、逃避とかが好きだ。ドラァグや、化粧や、大変身や、かつらや、ごっこ遊びが好きだし、必要なだけ何回でもめちゃめちゃに姿を変えればいい。そうしたいなら毎日でもだ。こういうことを全部議論した末に、女は間違いなく好きな格好をする権利があるってのはそうだ。家父長制にはわたしの顔やオッパイから手を引いていただく。理想の世界では、どんなもんだろうと、女の外見について誰も批判なんかしない。たとえそれが「髪の下のごついバインダークリップが顔をこんなにピンと引っ張ってるんです」みたいな外見でもだ。女の顔は自分の城だ。

でも、これはみんな、女の外見の様子が、楽しくて、喜ばしくて、創造的で、人間としての自分についてすばらしいことを表現してくれるっていうような条件のもとでだけだ。百七十センチのドラァグクイーンが、午前四時にアイタタタ靴と二・五センチもの厚さの口紅を身につけてバーミンガムの中心部でよろよろ歩いてるとしたら、気の毒な痛みに襲われるだろうし、相当なお金を使ってるだろうし、リアリティ（つまりペニスがあるってこと）は完全に否認してるかもしれないけど、でも怖いからしてるってわけでは全然ない。逆に、そうするためにはまったく桁《けた》外れの勇敢さを示さなきゃならない。

でも、年を取る恐怖の中で生きてて、世界からそれを隠すために痛々しくお金のかかる策略を用いる女は、人間としてのわたしたちについてすばらしいことを表現してるわけじゃない。

うーっ、そんなんだと、女はデカい面の男たちにそうさせられてるみたいに見える。負け犬に見える。卑怯者《ひきょうもの》に見える。そして、わたしたちはそんなんじゃない。

女ってぜんっぜん、そんなんじゃないのだ。

あとがき

ロンドン、二〇一〇年十月

そんなわけで、わたしは女になる方法がわかったんだろうか？　ありきたりの自己卑下まじりな言い方ではこうなる。「いや、いや、まだ全然わかんない！　今でもまだ、十三歳の時の悪気はないけどたるんだバカ者と同じ！　今でもラップトップを持って服を着たチンパンジーで、鍋《なべ》を燃やして、階段から落ちて、まずいことを言って、心の中では不安な子供みたいな気分だもん。わたしは道化！まぬけ！　あんぽんたん！」

もちろん、女になる方法がまだわからない分野もある。十代の子供、家族との死別、閉経、失業なんかには対処したことがない。まだアイロンをかけたり、数学をやったり、車を運転したりするのはできないし、率直に認めなきゃならないけど、緊急時にどっちが「左」でどっちが「右」かしっかり覚えておくのもできない。道案内を担当してる時、わたしのせいでずいぶん急ブレーキのUターンをして悪態をつくことになったもんだ。まだ学んでないことは山ほどある。ほんっとにたくさんある。無数にだ。わたしがどんだけ改善する可能性があるかってことについては、まあかろうじて生まれたばっかりって程度だ。まだタマゴだ。

そうは言っても、他方、内省的に自分の欠点に注意を喚起するっていう、こういう女性の習慣には不信感も抱いてる。褒められた時にさわやかに飛ばす気の利いた軽口のことを言ってるんじゃない。「体重減ったって？　ううん、いつもより大きい部屋にいるだけでしょ」「うちの子供たちが礼儀正しいと思います？　ちっちゃい電極をつないで、いたずらするたびにポケットに入ってる『悪い子』ボタンを押すんです」こういうのはいい。

違う。なんていうか、まあ女は…ちょっと神経過敏になってるのじゃない時すら、自分は失敗してるんだって思い込むことがよくある。こういう態度をとるのが習慣になってると、もし満足してたら、どういうわけだか無粋だとか、自己満足してるとか、女らしくないってことになるのだ。

女は、自分たちは善意を持ってできるかぎり最善を尽くしてる人間じゃなくて、解決しなきゃならない問題（デブ、毛深い、流行遅れ、不完全、セクシーじゃない、おまけに骨盤底が不調、などなど）を無限に抱えてる人間だと思いがちだ。その上、相当な時間とお金をそれに使う。ホントに相当な時間とお金だ。レーザー脱毛がいくらかかるか見たことある？　二十年くらいたった未来のある日、とうとう脚をあげて「今日の九分間でほとんどは完成なのに！」って言えるかもしれないってとこだ。

もちろん、不愉快で無慈悲で感謝されることもないスケジュールを、翌日最初っから再びはじめる前のことだけど。

だから、もし「女になる方法を知ってますか？」ってきかれたら、わたしのこたえは「正直、まあ、ある意味では知ってます」だ。

っていうのも、この本に出てくる話全部があわさってひとつの啓示につながるんなら、それはこういうことだからだ。ただ…こんなこと全部、本気でかかわっちゃダメだってことだ。女になることの「問題」とされてるもの全部について、気にすることなんかない。こういうのを問題だと見なすことをそもそも拒否しよう。うん。フェミニストとして覚醒《かくせい》した時、わたしがやろうと思った行動は何かっていうと…大きな動作で肩をすくめることだった。

わかったんだけど、十三歳の誕生日に未来について考えてたことのほぼすべてが、時間の完全なムダだってことになった。大人になった自分を想像した時どうにか思いついたのは、やせてて、なめらかで、落ち着いてて…何かが起こるような状況にいる人だった。つまり、クレジットカードを持った魅力的なお姫様だ。自分の能力を伸ばすとか、関心のあることを追究するとか、人生について大事な教訓を得るとか、自分の得意分野を見つけてそれで生計を立てようとするとか（これが一番大事だ）、そういうことには全然考えが及んでなかった。そういうのは、なんかどっかの時点で大人が来て、基本的にはまあどうすればいいのか教えてくれるもんだから、あんまり心配するようなことじゃないと思い込んでた。自分がこれからすることについて心配してなかったのだ。

わたしが本当に心配して、一生懸命取り組むべきだと考えてたのは、そういうことじゃなく、自分が何になるべきかってことだった。素晴らしいことをするんじゃなく、素晴らしくなるためにあらゆる努力をつぎこまなきゃと思ってた。その時思ってた重要な課題っていうのは、『コスモポリタン』のアンケートで自分の「愛のスタイル」を見つけるとか、カプセルワードローブを組み立てるとか、ハイヒールや口紅をつけてどうやって昼から夜まで切り抜けるか学ぶとか、自分にあった定番の香水を見つけるとか、いつ赤ん坊を生むか計画するとか、どうやって完全なヤリマンだという悪評なしでうっとりするくらい性的に熟練した女になる方法を学ぶかとか、そんなことだった。同時に、「まともな女のフリをする」ためにかぶる皮を全部吹っ飛ばしそうな性格の特徴はごっそりなくしたかった。つまり、早口すぎること、よく転ぶこと、人と言い争うこと、なんかのにおいを出すこと、怒ること、革命のことを考えるととってもワクワクすること、ゴンゾがわたしと恋に落ちるっていう話で『マペット・ショー』にゲスト出演したいと思うことなんかだ。もう七年前に『マペット・ショー』の製作は終わってたのに。

☆マペット・ショー…一九七六年から一九八一年までITVで放送されていた人形劇番組。ゴンゾはそこに登場するキャラクター。

ひとたびやせて、美人で、オシャレに着飾って、釣り合いのとれた優雅な動きをなんとか習得できるようになれば、全部落ち着くべきところに落ち着くと思ってた。人生において実際に取り組むべきものっていうのはキャリアじゃなく、自分自身だと思ってたのだ。他人に喜んでもらえるような人間であり続ければ、世界が自分を崇拝して、それから報いてくれると思ってた。

もちろん、男はわざわざ出て行って何か「する」一方、女はただ「なる」ことを期待されてるって考えるのは、有害で性別に縛られた性格論だって言われてる。男はわざわざ出て行って何かする。戦争をし、新しい国を見つけ、どっかを征服し、『ユーズ・ユア・イリュージョン』二部作をひっさげてツアーをする。一方で女は男たちが立派なことをするよう触発し、それから後で起こったことを詳しく議論する。『コロネーション・ストリート』のイーナ・シャープルズとミニー・コールドウェルがミルクスタウトの瓶を傾けながらやってるみたいにだ。

でも、「なる」ことが女が生来すべきことだっていうのは信じられない気がする。ただ、わたしたちはそうするよう仕向けられてるってだけだ。前の議論に戻るけど、「女らしさ」に関する推定の大部分は、わたしたちがあまりにも長く「負け犬」だったことからきてる。何千年も何もすることを許されず過ごしたら、(a)自分をホットに見せることと、(b)内面に向かうこと以外はまあほんとにできることがないので、自己批判的、分析的、内省的になることにどんどん注意を集中しちゃうとか、超ありがちだ。

自分の運命をもうちょっとコントロールできてたら、ジェーン・オースティンの登場人物は何ページにもわたって自分が属する社会集団の人間関係のことばっかり議論して過ごしてただろうか？　もしいまだにそんなことでばっかり判断されるのでなかったら、女は自分の外見がどうかとか、誰が誰を好きとか、そんなことのせいで死ぬほどイライラしたりなんかするだろうか？　もし男性じゃなく女性が世界の富の大部分を持ってたら、自分たちの太ももについてこんなに気にするだろうか？

☆ユーズ・ユア・イリュージョン：ガンズ・アンド・ローゼズが一九九一年に出した二部作のアルバムで、同時にコンサートツアーも行われた。

十三歳のわたしが、恐れでがんじがらめになってた女らしさってものについてあらゆることを考えた結果、ほんとまあ全部「プリンセス」ってとこに行き着くだろうなと思う。女になるため一生懸命努力しなきゃならないとは思ってなかった。大人の女になるっていうのは、怖いけど、明らかに最後にはやり遂げられる。そうじゃなくて、どういうわけか、超人的な精神的努力により、魔法みたいにプリンセスに変身しなきゃならないと思ってたのだ。そういうので恋に落ちて、うまくやって、世界に迎えてもらわなきゃならない。本やらディズニーの映画やらだ。子供の時、世界一有名な女性はダイアナ妃だった。他にもロールモデルはいたけど、あらゆる女の子がプリンセス界の直撃にさらされたせいで、ひっそりとはしてるけど不吉な形で膝《ひざ》に矢を受けてしまった。

ここ十年ほど、プリンセスに対してはポストフェミニズム的な応答があって、「ひと味違う」プリンセスが創《つく》られてる。血気盛んな少女フィオナ姫が出てくる『シュレック』や、プリンセスがズボンを穿いたり、カンフーしたり、王子様を救ったりする新しいディズニー映画だ。たぶん、ダイアナ妃の人生とそれに続く死への反応として、プリンセス観の変更を迫られたんだ。いやまみんな、本物のプリンセスになるっていうのは美しくて高貴でお城でふわふわしてるだけってもんじゃないということを知ってるので、それを認めなきゃならなかった。実際にあったのは、摂食障害、孤独、ワム！のミックステープ、セックス、王室との互角の激戦、最後には自分を殺そうと企《たくら》んでる連中を妨害するっていう、魔法みたいに信じられない状況だ。

興味深いことに、ダイアナの死以降、女はだいたい、実際にホンモノのプリンセスになりたいっていう考えには興味を示さなくなってる。プリンセスはかなりウケなくなってきてる。チャールズ王子が適齢期だった頃は、世界中の女から色目を使われる対象だった。ジェームズ・ボンドとプリンス・チャーミングがあわさった人みたいに扱われてた。ダイアナが結婚すると、世界中の女たちはドレス、指輪、ダイヤモンド、結婚で手に入る夢みたいな生活を思ってため息をもらした。

他方、ウィリアム王子がケイト・ミドルトンと結婚すると発表した時、女たちはみんな一様にこんな感情を持った。「かわいそうな子。うーっ、あの子自分が陥った状況をわかってんの？　一生の間、詮索《せんさく》されて、文句を言われて、パパラッチに太ももを写真に撮られて、お気持ちを忖度《そんたく》されるなんて。わたしじゃなくて良かったと思うくらい気の毒」

いや、今の女にとっての夢はまだ「する」よりは「なる」ほうで、ＷＡＧｓになるとかいうほうに向かってる。サッカー選手と結婚して、プリンセスみたいな富、グラマラスな輝き、特権を得る。その上、パワフルな夫が浮気するかもしれないとか、自分はただそれを容認しなきゃならないとかいうことを、プリンセスが期待されてるのと同じように、無言で受け入れる。でも、宴の席では慎ましく、しっかりして、いい子にしなきゃならないっていう期待はナシでだけど。ＷＡＧｓは二十一世紀のプリンセスだ。

でも、**マヒキ**でドルチェ&ガッバーナを着てるＷＡＧｓだろうと、海で人魚の尾をつけたアリエルだろうと、「プリンセス女子」っていう概念は今でもおんなじだ。まだこの概念の力が残ってわたしたちをとらえてて、女性が自身の将来を想像する際、能力にこそこそ悪影響を及ぼしてる。

プリンセスの何がそんなに悪いのか？　ええっと、個人的経験からわかってることとして、大人になってから一番安心して自由になれたと感じたのは、とうとうきっぱり、自分が実は秘密だけどプリンセスだとか、あるいはいつの日にかプリンセスになるんじゃないかとか、そういう考えを全部捨てた時のことだ。自分がとてつもなく平凡なんだっていう深刻な絶望をひとたび克服すれば、何かするときにはなんでも突き進み、一生懸命頑張り、礼儀正しくしなきゃならない完璧《かんぺき》に平凡な女なんだっていうことを受け入れるのは信じられないくらい解放的だ。

ここで、わたしの非プリンセス性をリストしたい。どれも初めて認識した時にはひどく悲しくて喪失感があった。

☆マヒキ：ロンドンにあるナイトクラブ。

（1） 歌えない。これを自分で認めるのはすっごく悲しかった。プリンセスはみんな歌う。女はみんな歌う能力があるってことになってる。声を震わせはじめれば、すぐに木の鳥を落ち着かせることができる。反対に、わたしの声は警察の検問所に衝突する直前にバカでかい十六輪トラックがたてる音みたいだ。ブーッブーッ。キーッ。「うげえ。誰もあんなのから生きては帰れないよ」

（2） ナメても甘くない。ケーキとかハチミツとは違う。数え切れないくらいたくさんやらしい本を読んで、男がクンニする時は基本的に**シャーベット・ディップ・ダブ**をピチャピチャしてるみたいなもんだと信じるようになった。まあ、褒めるつもりだったらしいことは言っとくけど、初めて「かわいい**パイ**」みたいな味だって言われた時は、その後二時間くらい猛烈に泣いた。わたしはどんだけドスンドスンした汗っぽい牛肉みたいなものだと思われたんだろう？ 下のほうはティラミスみたいだってことになってたのに。なんか甘くてミルクみたいなパラダイス、ジャンケットみたいなものだ。心のこもった田舎風メインコースじゃない。ブタのローストじゃないのだ。でももちろん、わたしたちは汗っぽく、肉っぽいメスの動物だ。全身毛皮とうま味だ。もちろん、わたしたちは**バーズのストロベリートライフル**みたいな味がするわけじゃない。プリンセスはそうなのかもしれないけど、違う。

（3） 結婚したら人生を変えてくれるような、パワフルで裕福で剣を振り回す男性に崇拝されるつもりはない。っていうのも、それってアラソルンの息子アラゴルンで、実在しないからだ。アルファ・メイルぶった家父長制的な人でなし、わたしを「自分の女」扱いする自信たっぷりな行動派男性はゴメンだ。**P・J・オローク**が「リベラルっぽい服装のヤツにベッドに押し倒されて犯されたいと夢見る女なんかいなかった」って言った時、わたしはこう叫びたかった。「テメーの妄想は勘弁！ あんたはとうていそんなこと言える立場じゃない。最後に**スパンクス**穿いて**オール・**

☆シャーベット・ディップ・ダブ：このシャーベットというのは粉状の菓子で、ロリポップなどにシャーベットの粉をつけて食べるのがシャーベット・ディップ・ダブである。

☆パイ：イギリスのパイは甘いもの他に食事パイがあり、牛肉や羊肉が入っていたり、パイ生地ではなく大量のマッシュポテトで包んであったりするようなどっしりしたものも多い。

☆バーズのストロベリートライフル：トライフルはイギリスの菓子で、スポンジケーキやカスタード、果物などで作る。バーズはカスタードのブランドで、トライフルミックスを出している。

☆P・J・オローク：アメリカの保守派コラムニスト。

☆スパンクス：アメリカの女性向け下着メーカー。

☆オール・バー・ワン：イギリスのパブチェーン。

バー・ワンでケツをねめ回したのはいつ?」現代の世界では、男のどういうところに女が惹《ひ》かれるのかについてのこういう古くさい考えは役立たずで時代遅れだ。こんなことをわめくのはふつう四十歳以上の人だけだって事実が証拠だ。それ以下の年齢のほとんどの人にとっては、今のご時世、男がホントに「アルファ」・メイルになるためには、ケンカを避けて(法律制度は面倒臭いし、さらにお金がかかる)、愉快な人になることだってわかってる(今の人は五十年にわたる素晴らしいシチュエーション・コメディの上にあぐらをかいてるようなもんだ。これまでにうまい冗談を飛ばす技をちょっとばかり身につけてないんなら、ちょっとばかりトロく見える)。さらに、おまけとして、ツイッターが落ちてる時にラップトップでAdobe AIRを再インストールするやり方を知ってるとよりいい。わたしの女友達全員を代表して言うけど、みんなコンピュータとかが得意で、オタクっぽくて、礼儀正しくて、面白おかしく、家で一緒に座ってあらゆるバカを罵《ののし》りながらベイクドポテトができるのを待ってられるような彼氏がいい。さらに、もちろんこの彼氏はこっちにすっごく夢中なので、定期的に居間で手と膝をついてこっちに向かって這ってきて、「今すぐ君とセックスしなきゃ、そうじゃなきゃ文字通りおかしくなるよ!」とかなんとか叫んでくれる。これに比べりゃ、プリンス・チャーミングなんてただのウスノロだ。

(4) プリンセスは決して徒党を組まない。全然仲間がいない。仲間とほっつき歩いたりしない。プリンセスは姉妹と自然史博物館をぶらぶらして、好きな鉱物とか石とかについて議論して一日過ごしたりはしない(わたしは隕石《いんせき》に含まれた状態で地上に落ちてきたペリドットのカケラが好き。ウィーナは長石が好きだ。「官能的だもん」ってことらしい)。プリンセスはさわやかな秋の午後にパブの外で数人のプリンスと一緒に座って、ビートルズのヴォーカルパフォーマンスについて好きな順ランキングを作ったりしない。プリンセスは他の家族と休暇に行って、ちょっと酔っ払いすぎて、最後は子供たちが上の階の窓から非難の表情で見てるのに、木の周りの芝生の上で「裸走」してしまうなんてことにはならない。プリンセスは「わたしがバート・レイノルズだ」ゲームをして職場のつまんない一日に活気を添えようとかいうことはしない（このゲームでは、まずひとりが「鬼」に選ばれる。そしたらセレブリティをひとり思い浮かべなきゃならない。そのセレブリティが誰だか推測するため、他のプレイヤーはみんな順番にできるだけたくさん質問をする。それから最後に、ひとりが「バート・レイノルズですか？」って聞く。答えは常にバート・レイノルズだ。このゲームは何時間でも遊べる）。

　ともかく、十六歳になるまでに、考えをあらためた。わたしはプリンセスになりたくなかった。プリンセスはつまんない。かわりにアーティストが大事になった。そういう男たちとつきあいたかった。ミューズになりたかった。すっごくミューズになりたかった。わたしがあまりにも素晴らしいので、どっかのバンドがわたしに関する歌を書いてくれたり、作家がわたしに基づくキャラクターを作ってくれたり、画家が世界中の画廊に飾られるようなわたしの絵を次々、あらゆる雰囲気で描いてくれたらなと思ってた。ハンドバッグだっていい。**ジェーン・バーキン**のおかげでハンドバッグが生まれた。対照的に、わたしは**スーパードラッグ**のビニール袋に名前がのったとしたって幸せに折り合いをつけられただろうけど。

　こうすれば世に出られると思った野心的な女の子はわたしが最初ってわけじゃなかった。『プリーズ・キル・ミー』のインタビューで、誰に聞いてもフェミニストの女神だと言われるパティ・スミスが、ニュージャージーで育った頃、「世界で一番クールなことは偉大なアーティストの愛人になることでした。家を出てまずやったことといえば、［ニューヨークに引っ越して、伝説的な写真家］ロバート・メイプルソープの恋人になることでした」と語った。

　もちろん、最後にはメイプルソープはすっごくゲイだとわかって、スミスには出て行って『ホーセス』を書き、そうして世界で最も影響力のあるヒゲの淑女になる以外の選択肢は残されてなかった。

☆ジェーン・バーキン：イギリス出身の歌手・女優で、エルメスが出しているバーキンのバッグは彼女に由来する。ジェーンとセルジュ・ゲンズブールとの間に生まれた娘がシャルロット・ゲンズブールである。

☆スーパードラッグ：イギリスの薬局チェーン。

パティの手は創造へと追い込まれたのだ。

スミスに触発され、ショーの後のパーティに出始めた頃、わたしは酔っ払って突っ立って、誰かがわたしがどんだけクールかについて歌を書かなきゃならなくなるくらいは強烈で魅力的な謎を抱えてるように見せようとした。『ハッピーデイズ』のフォンジーの女性版でしかもセクシーって感じになろうとした。そしてこの計画がみじめに失敗し、一曲も書いてもらえなかったもんで、さらにちょっと酔っ払ったところで、もっと直接根っこを張りめぐらせることにした。ほろ酔いでバンドの友達を厳しくけしかけて、歌でわたしを不滅にさせようとした。

「おおごとのシングルじゃなくてもいいからぁ」まあわかると思うけど、わたしは煙草《たばこ》を逆方向にくわえながら言った。「そんなにうるさくお願いしてないでしょー。そんなんじゃなくて、アルバムの一曲目でいいからー。でなきゃ最後のアンセムっぽいやつかなぁ。もうわたしを知ったからにはもう全部前と同じじゃないってことについての断固としたコーラスにつながるやつ。ほらぁー、どれくらいの長さ、五分？ わたしについて歌を書いてよ。わたしについて歌を書いてよ。わたしにインスパイアされてよー、コンチクショー！」

利己心だけからこんなことをしたってわけじゃなかった。「わたしみたいな人について歌を書いたら、女性全体にとっていいことだろうから」と、連中が静かに携帯電話でタクシーを呼んだ時、気高く説明した。「女の子についての歌ってどれも、エリック・クラプトンが知ってるどっかのつまんないモデルとか、『内側に悲しみを秘めた』グルーピーについてでしょ。もし『いとしのレイラ』に、**パティ・ボイド**がアホみたいに放り投げた靴の片方を取り戻すため、べろんべろんで公園のフェンスをよじ登ろうとしてるところをエリック・クラプトンが見てる場面についてのコーラスがまるまるあったら、女たちはもっといい気分になると思わない？ 新天地を切り開くことになるじゃん。ミューズ的な点から言って、それってエレキギターの音声導入くらいは革命的でしょ！ 口の減らな

☆パティ・ボイド：イギリスのモデル。ビートルズのジョージ・ハリスンの妻だったが、エリック・クラプトンと恋に落ち、ハリスンと離婚してクラプトンと再婚した。のちにクラプトンとも離婚している。一九七〇年に出た「いとしのレイラ」はクラプトンがボイドについて書いた曲である。

い女についての歌を書いてよ！　わたしについて歌を書いてよ、コンチクショー！」

時がたつにつれて、まあ、その、わたしについての小説とかウェストエンドミュージカルを友達が書くことはずーっとない状態だったわけだけど、自分はまあミューズって柄じゃないとだんだん気付いていった。わたしみたいな女は他人をインスパイアしないのだ。

ぜんっぜんわたしからはインスパイアされない世界を見て、自分にはまあミューズの素質はないってことを、十八歳の誕生日にとうとう悲しく理解した。「わたしはプリンセスじゃない。わたしはミューズじゃない。もしわたしが世界を変えられるなら、ティアラをかぶって地雷のチャリティを支援するとか、次の『リボルバー』をインスパイアするってことじゃない。ただわたしに『なる』だけじゃダメなんだ。かわりになんかしなきゃ」


二十一世紀に何かしたい女になるっていうのは、そんなに難しいことじゃない。歴史上、他の時期を生きた西洋の女にとって、変革のための運動をすることは、収監、社会的排除、レイプや死の危険まで伴うようなことだった。でも今では、西欧諸国の女性はラジオ4を聴いてお茶を飲みながらちょっとばかりけんか腰の手紙を数通書くだけでも、自分が望む変革をけっこう引き起こすことができるようになってる。

どんな将来を望んでいようと、そのために人が死ぬようなことはダメだ。実はまだ基本的には「**紫、白、緑を掲げよ！**」って叫んでるだけなのかもしれないけど、万一紫、白、緑だと色がイマイチ「かちあっちゃう」場合は、今は好きな色をなんでも組み合わせた着こなしができる。馬の下に身を投げなくていい。

自分が本当は誰なのかについて正直になるだけで、勝ったも同前だ。雑誌や新聞で読んだことのせいで気が滅入《めい》ったり不安になったら、買わなきゃいい！　ストリップクラブで会社の接待があってム

☆紫、白、緑：女性参政権運動のキャンペーンカラー。

カつくなら、同僚どもはクソ食らえだ！　お金のかかる結婚式をするっていうアイディアのせいで押さえつけられてるような気分になるなら、義理のお母さんは無視して登記所に逃げ込もう！　六百ポンドのハンドバッグがワイセツだと思うなら、「クレジットカードをホントに限度額まで使い切らなきゃ」と勇敢に言うんじゃなく、「実は買えないの」と静かに言おう。

あらゆるところで、そんなものを持つ余裕はないのに、仲間外れを避けたり、「フツー」な感じを保ったりするために、ため息まじりで妥協して手に入れなきゃならないものはたくさんある。でももちろん、みんなどうにかして本当の状況を口にしたいんだけどそれが不安だってことなのかもしれない。つまり、「わたしのこと変人だと思わないでほしいんだけど、でも…」って前置きがあっても話し始めるのがはばかられるので、秘密にしてる。そういうのって、実はみんなが共有してる平均的な経験だってことが新しく見えてくるわけだ。

ともかく、こういうのは全部女性だけについて、女性だけにとってのことだっていうわけじゃない。まあゆっくりだけどもう止められない社会と経済の重要な変化を見ると、そうなるに違いないってわかる。もし女性解放が本当に進むなら、それは男性にとってもすごくいいことになるはずだ。もしわたしが家父長制なら、率直に言って、女がとうとう同じ扱いを受けるようになるって考えただけでワクワクするだろう。現実に向き合ってみよう。家父長制は今までに破壊されてなきゃならないもんだ。十万年もの間、お茶の時間に休むようなことすらしてなかった。男たちは全力で世界を支配してきた。全速力だ。

そうして、一種のフレックスタイムを導入しようっていう選択肢、つまり女が半分の時間は世界を支配するって考えに向き合うと、家父長制はとうとうちょっとばかり手綱を緩められるわけだ。何年も話だけはしてた、オリエンテーリング休暇に行くといい。きっぱり納屋を片付けよう。家父長制はガチでペイントボールをやる週末にどっぷり浸《つ》かってよろしい。
ってぃうのも、別にどぎついフェミニストは男性から全部乗っ取りたいと思ってるわけじゃないからだ。全世界をよこせと主張してるわけじゃない。ただ、わたしたちの当然の取り分がほしいだけだ。男性はとくに何か変えなくていい。わたしの知る限りでは、男性はだいたい何でもやりたいことを続けるだけでいい。やめる必要なんてホント全然ない。iPad とか**アークティック・モンキーズ**とかアメリカとロシアの新たな核兵器交渉とか、男たちがやってるいろんなものはまあクールだ。男たちはオモシロいし、男の友達もいっぱいいるし、一緒にセックスすると楽しいし、復刻版の第二次世界大戦の軍服を着てたり、狭い駐車スペースに車をバックさせたりするとこはカッコいい。

男性に出てってほしいわけじゃない。やってることをやめてほしいわけでもない。

そうじゃなくて、わたしが求めてるのは、根本的な市場原理だ。選択肢がほしい。いろんな変化がほしい。もっとほしい。女性がほしい。ただそのほうが公正だからっていうだけじゃなく、そのほうがよくなるから、もっと世界を女のものにしてほしい。もっとわくわくする、整理された、再創造された世界になる。女はこう言えるくらいのガッツを持つべきだ。「うん。この世界は見た感じ好き。ずいぶん長い間ここで見てるだけだった。今からひねりを加えるつもり。だってみんな一緒でしょ。ほら、みんなそうでしょ。ここの連中」

そういうわけで最後に、この本のタイトルはちょっと間違ってるかもって思う。よろよろの恥さらしにして素晴らしくもあるこれまでの年月、自分は女になりたいんだと思ってた。ジャーメイン・グリアと、エリザベス・テイラーと、E・ネズビットと、コートニー・ラヴと、ジリー・クーパーと、レディ・ガガが魔合体したようなすばらしいやつにだ。女性らしくなるための奥義《おうぎ》すべてを習得するやり方を見つけようと、なんでもかんでも魔術みたいにやってみた。とはいえ、十三歳の時にウル

☆アークティック・モンキーズ：二〇〇二年から活動している、シェフィールドのポストパンク系ロックバンド。

ヴァーハンプトンのベッドで始めた時から、混乱して負けるばっかりだったのだ。プリンセス。女神。ミューズ。

でも、年月が経つにつれ、結局のところ、自分が本当になりたいのは人間だと気付くようになった。ただ生産的で、正直で、礼儀正しく扱ってもらえる人間。「連中」のひとり。でもまあ、髪型だけはホントに素敵なやつ付きで。

謝辞

初めてエージェントのジョージア・ギャレットと会った時、何をしたいか聞いてくれて、わたしはこう言ってた。「フェミニズムについての本を書きたいです！　笑えて、でもいろいろ議論になるようなことがある、フェミニズムについての本！　『去勢された女』みたいな、でもわたしのパンツについての冗談も入ってるやつ！」

ジョージアにもわたしにも、それはわりと驚きだった。ジョージアには『**食べて、祈って、ロルキャット**』みたいなクリスマスの贈りものになりそうなやつとか、長いことやりたかったプロジェクトである『オリバー！』のゲイ版リメイクとかを提案するつもりで行ったのに。でもジョージアは「わかった！　その本書いて！　今！」っていう熱狂的な反応を即座に示してくれた。さらに、本を書くってのはつまり、また煙草《たばこ》を喫《す》うのを正当化できる理由があるってことも思った。こういうことのおかげで、おぼろげに覚えてるかぎりでは、わたしは五ヶ月間切迫した状況で『女になる方法』を書き終えた。ううーっ、すっごく煙草を喫った。終わるまでには、肺が黒い砂をいっぱい詰めたソックス一対《いっつい》みたいな感じになってた。でも執筆中ずっと、ジョージアは応援も叱咤《しった》激励《げきれい》もすごくやってくれて、煙草で破壊された腹の底から感謝する。

すばらしい編集者のジェイク・リングウッドと、イーバリー社のみんなも同じように、あらゆるこ

☆食べて、祈って、ロルキャット：二〇〇六年にエリザベス・ギルバートが刊行した回想録『食べて、祈って、恋をして』のパロディ。この作品は二〇一〇年にジュリア・ロバーツ主演で映画化された。

とについて「おーっ！」って感じだった。剥《む》き出しの自分の腹の下のほうに「これがホンモノの女の腹じゃ」と怒りを込めた赤字で書いて、テーブルにドサっと出したとこの写真を本の表紙にしようとわたしがすすめてる時ですら、そうだった。みんなありがとう。とくにお金のほうについて。新しいクッカーとハンドバッグに使った。いえーい！　フェミニズム！　おーっ！

『タイムズ』のニコラ・ジール、ルイーズ・フランス、エマ・タッカー、フィービ・グリーンウッド、アレックス・オコンネルにも感謝する。わたしがしょっちゅう電話して「今週コラム落としていいですか？　お願いです、フェミニズムの本を書いてて、契約上決まってる語数で縛らないでください、大物のオッサンたちに邪魔されたくなくて」とか言ってるのに対して、全員女なのに夏中ホットかつセクシーな忍耐を示して耐え、休みをとるよう強くすすめ、全部についてすっごくものわかりのいい態度を示してくれた。

いつもどおり、家族はわたしにとって、笑いのために全員の人生をダシにできるいいカモだった。それに、家族はみんなわたしがストレスを溜《た》めてる時にはひどい顔だと言ってパブに連れ出し、それから財布を家に忘れたフリをするのがすごく得意だった。妹のウィーナ、シェル、コル、キャズはグリアのこっち側のすっごくガチなフェミニストで、みんなのおかげでいつもこのプロジェクトに対する熱意を新たにすることができた。主に、カール・ユングのお気に入りの隠し芸は自分が殴られるまで他人をティータオルでたたくってことだと思い出させてくれたせいだけど。なんでそんなもんがとくに熱意を新たにするのに効果があるのかわからないけど、とにかくそうだった。弟のジミー、エディ、ジョーも、わたしを床に引き倒して「ヘコヘコタイムだ！」とか叫ぶ時以外は、「戦い」の姉妹だ。

恐るべきアレクシス・ペトリディスには惜しげも無く感謝する。ひと夏まるまる、電話して泣きながら「こんな本書けっこない！　かわりに書いて、アレクシス！　あんたが家父長制の一部だとしても！」とか言ってたのに、自分にも実はこなさなきゃならない仕事があるとか、とにかく何を言ってるのかわからないくらいしゃくりあげすぎだとか、そういうことは一度も指摘しなかった。

ツイッターの女性たち、つまりサリ・ヒューズ、エマ・フロイド、インディア・ナイト、ジャニス・ターナー、エマ・ケネディ、スー・パーキンズ、シャロン・ホーガン、アレクサンドラ・ヘミンズリー、クローディア・ウィンクルマン、ローレン・ラヴァーン、ジェニー・コルガン、クレア・ボールディング、ポリー・サムソン、ヴィクトリア・コレン、それからとくに驚異的で率直に言うと怖いレベルのグレイス・デントのおかげで、幅広いものの見方ができるオモシロい女性たちはどこにでもいて、そういう人たちと競うフリをするつもりならほんとにレベルアップする必要があると毎日思った。ツイッターの名誉女性たちにも感謝する。ドリアン・リンスキー、マーティン・カー、クリス・アディソン、イアン・マーティン、デヴィッド・クアンティック、ロビン・ターナー、デヴィッド・アーノルドは、世界一の架空の同僚だった。とくにジョナサン・ロスとサイモン・ペグの圧倒的な名言に感謝したい。それからナイジェラからコメントをもらうとキャーっ！

「リジー」と「ナンシー」のことはすっごく愛してる。お母さんがひと夏いなくてゴメン。でも、公正を期すために言っておくと、エディおじさんのほうがわたしよりもマリオカートをプレーするのがうまい。それから転ぶたびに「家父長制め！」って言うよう一度教えたからには、正直、親としてのわたしを超えてきてると思う。

最後に、この本を捧《ささ》げたい人がいる。全然誰も見てない中でラップトップに打ち込むだけじゃなくて、ステージかなんかに立って「パラダイス・シティ」を演奏する直前みたいな感じで捧げたい。夫のピート・パフィデスは今まで会った中でもサイコーにどぎついフェミニストで、実際フェミニズムとは何なのか、とにかくわたしに教えてくれたっていうかそうすべきだってとこに達してるレベルだ。「誰にでも礼儀正しく」。すっごく愛してる。それから、あの時に裏口のノブを壊したのはわたしだ。

酔っ払ってエイミー・ワインハウスごっこしてる時に転んだ。今なら言える。

訳者あとがき

初めてこの本の翻訳依頼を受けた時、私なんかが翻訳をしていいのだろうかと思った。なぜなら、この本は面白いからだ。

私の仕事は学者だ。学者なんていうものは、クソ真面目でつまらない性格に決まっている。しかも私の専門はなんとウィリアム・シェイクスピアだ。シェイクスピアはとんでもなく笑いのセンスに恵まれた劇作家で、作品は悲劇ですら面白おかしいが、それを研究している連中のユーモアセンスはそんなに期待できない、というかよくわからないから研究しているのだと思う。しかも依頼が来た時、私は十七世紀から十八世紀にかけてシェイクスピアを受容したイギリスの女性観客及び読者に関する書誌学を駆使した超真面目な三百ページの学術書かなんかを準備しているところだった。イギリスのフェミニストが書いた面白い人生エッセイなんて、うまく訳せるんだろうか。こんなものに取り組んだら、女性器のいろんな言い方を考えるだけでネタ切れになって脳が爆発してしまうかもしれない。なけなしのユーモアをしぼっても、出来上がってきた翻訳がすごく寒い感じになるかもしれない。

それに、私の趣味や境遇がキャトリン・モランとかけ離れすぎているのも気になる。モランは自分が「アンダークラス」（二一七ページ）だと自嘲的に言っているが、この本を読んだ方ならわかるように、モランはかなり貧しいアイルランド系の家庭の出身だ。一九七五年に海辺のリゾートであるブラ

How
To Be
a Woman

イトンで生まれたが、子供の時に（おそらくブライトンに比べると全然、風光明媚ではない）中規模都市であるウルヴァーハンプトンに移住した。公教育はあまり受けておらず、主にホームスクーリングで育ったが、その様子については十五歳の時に書いて一九九二年に刊行した自伝的な小説である『ナルモ年代記』（*The Chronicles of Narmo*）に生き生きと記されている。独学でいろいろなことを学んだ後、十代で『メロディ・メイカー』の音楽ジャーナリストとして活躍し始めた。『女になる方法』がベストセラーになった後も、エッセイ集や小説などいろいろな本を出し、人気を博している。

階級とそれにまつわる差別は、イギリスの社会を考える上で最も大事なポイントのひとつだ。気をつけて扱わなければならないという点ではおそらく、アメリカ合衆国における人種に相当する。ワーキングクラスの人々の生活や意見を、ミドルクラスの人々が勝手に代弁したり解釈したりするのはすごく良くない。私はヒツジと田んぼしかないような北海道のド田舎の出身だが、父親は新聞記者で、イギリスの基準だとミドルクラスだ。しかも東京大学で学士号と修士号をとった後、給付奨学金でイギリスの大学院の博士課程に留学している。こういう自分の経歴のせいで、私は田舎娘だが一生懸命勉強してオクスフォード大学に進学したマーガレット・サッチャー（モランが本書でバカにしているし、バカにされて当たり前だと思う）に対して自分でも異常だと思えるほど不健全なオブセッションを抱いており、それについてエッセイまで書いたことがある。サッチャーみたいな経歴で、ポッシュ（上流っぽい、という意味でよくイギリス人が使う言葉）な大学に行った学者の私がこういう本を訳していいのだろうか。

しかも、私はこの本でわりと好意的に扱われているC・S・ルイスの『ナルニア国物語』やザ・スミスが大嫌いだ。モランがこの本に書いていることや、ふだん発言している意見についても賛同できないところはけっこうあるし、事実の調査とか論の詰め方とかについて不満があるところもある（脚注をよーく読むとそれがバレるかもしれない）。この本でディスられてるエコーベリーは大好きで、子供の時はソニアに憧《あこが》れてた。

でも、私はモランと同じく、ブリットポップで育った子供だった。オアシスやブラーを聴いて、図書館の大人コーナーで洋楽の本を借りて読んでいた。小さい時はデブだったし、東京に出てきた時の私はこの本に出てくるモランよりもイタかったと思う。高校生くらいの時からもう自分はフェミニストだと自覚していたし、ハイヒールやブラジリアンワックス脱毛にお金をつぎ込むのはバカげていると思っているし、バーレスクが大好きで研究までしている。この本を初めて読んだ時、出てくる文化系のネタはだいたいわかって笑えた。こんなに笑えて、かつフェミニズムのポイントを若者向けにちゃんと押さえているのに感心した。だから、この本をイギリスで初めて読んで以来、やたらと人にすすめているし、書評も書いた。こういう肩の凝らないフェミニズムの本がイギリスでは百万部も売れて、いろいろな言語に翻訳されているのがうらやましいと思った。

大事なのはそういうことじゃないだろうか。私はこの本の著者と違う国で生まれて、まったく違う環境で育った。著者とは意見を異にするところもたくさんある。でもこの本を読んで笑ったし、共感できるところがたくさんあった。シスターフッド、姉妹の絆《きずな》というのはそういう、違う人同士が女性の権利のために連帯することだ。モランは「わたしはグリアが言ったことに反対できるくらいグリアっぽくなった」（八五ページ）と言ってる。共感とか信頼が奥底にあれば、意見や境遇が違ってもシスターだ。シスターの意見を広めるために、この本を訳そう。

『女になる方法』は、すごくイギリス的な本だ。ちょっとひねくれた自虐的なユーモアがたっぷり入っており、そこがイギリスでウケたのだろう。フェミニズム関係の本というと、ロクサーヌ・ゲイの『バッド・フェミニスト』（野中モモ訳、亜紀書房、二〇一七年）をはじめとして、日本ではアメリカのもののほうがなじみがあると思う。『女になる方法』は『バッド・フェミニスト』で少し批判されている…のだが、フェミニズムの先輩であるナオミ・ウルフはこれについて、ゲイはモランの明らかにイギリス的な冗談を本気で受け止めていて、その点あまり適切な批判とは言えないと書評で述べている。たしかに『女になる方法』には、ちょっとイギリスかアイルランドに住んだことがある人なら明らかに冗談だとわかるが、アメリカにしか住んだことがない人には通じないかも…と思える独特なセンスのユーモアがたくさん出てくる。それは日本に住んでいる人にとってもそうかもしれない。よくわからなかったら、笑わなくてもいい。でも、こういうユーモア、こういうフェミニズム、こういう考え方があることを是非知って欲しいと思う。チャレンジして損はないはずだ。

このあとがきを書いているのは五月二十七日だ。第十五章、二九一ページの脚注に書いたとおり、イギリスのお隣の国、アイルランドではごく数日前まで中絶が違法だった。五月二十五日に中絶合法化を問う国民投票が行われた。モランはもちろんアイルランドの中絶合法化を支援していたし、私も結果がすごく気になっていた。アイルランド人は世界中に移民しているのだが、選挙に投票するため、続々と飛行機や鉄道を乗り継いで有権者が里帰りしていた。選挙結果は圧倒的に合法化賛成が多く、アイルランドのシスターたちの権利と健康はようやく守られることになった。一票を投じるためにわざわざお金と時間をかけて故国に戻ってくるアイルランドの人たちの姿に、私はすごく感動した。こんなひどい世の中だし、こうなる前に何人も死者が出たけど、シスターたちの力で世の中は変わるのだ。いろんな地域のいろんなシスターたちの意見を知って、考え方を交換し、できそうなところは参考にして、面白いところは笑い、くだらねえ駄法螺《だぼら》については怒って、少しずつでも世の中を変えよう。さあ、椅子《いす》に立って言ってみよう。和風にこだわるならコタツの上でもいい。「わたしはフェミニスト!」って。

二〇一八年五月

北村紗衣

著者略歴

キャトリン・モラン（Caitlin Moran）

1975年生まれ。イングランドのジャーナリスト、作家、テレビ司会者。1990年、キャトリン・モランには文字通りひとりも友達がいなかったので、15歳にして最初の小説『ナルモ年代記』を書く時間がたっぷりあった。16歳の時に週刊音楽雑誌『メロディ・メイカー』で働くようになり、18歳の時にはチャンネル4で短期間『ネイキッド・シティ』というポップミュージック番組の司会を担当した。若くして仕事を始めた後、18年間にわたり『タイムズ』のコラムニストとして確固たるキャリアを築いた。『タイムズ』ではテレビ批評家をつとめる他、一番読まれているコーナーであるセレブリティ諷刺コラム「セレブリティ・ウォッチ」を書いており、2010年にはブリティッシュ・プレス・アウォードでコラムニスト賞を受賞している。

キャトリンは8人きょうだいの長女で、ウルヴァーハンプトンの公営住宅でホームスクーリングを受けて育った。フェミニズムに関する本をたくさん読んでいたが、これは主に弟エディに対して、自分のほうが科学的にイケていることを証明するためだったという。

キャトリンというのは本名ではない。洗礼名は「キャサリン」だった。しかしながら13歳の時にジリー・クーパーの小説で'Caitlin'という名前を見かけて、こちらのほうがカッコいいと思った。著者が名前をふつうの読み方である「ケイトリン」ではなく「キャトリン」と読んでいるのはこのためである。そのせいでみんな迷惑している。

www.caitlinmoran.co.uk

訳者略歴

北村紗衣（きたむら・さえ）

武蔵大学人文学部英語英米文化学科准教授。2008年に東京大学大学院総合文化研究科超域文化科学専攻表象文化論にて修士号取得後、2013年にキングズ・カレッジ・ロンドンにて博士号取得。研究分野はシェイクスピア、舞台芸術史、フェミニスト批評。著書に単著『シェイクスピア劇を楽しんだ女性たち　近世の観劇と読書』（白水社、2018年）、編著『共感覚から見えるもの　アートと科学を彩る五感の世界』（勉誠出版、2016年）など。

女になる方法

ロックンロールな 13 歳のフェミニスト成長記

2018 年 7 月 5 日　第 1 刷印刷
2018 年 7 月 10 日　第 1 刷発行

著者　キャトリン・モラン
訳者　北村紗衣
発行者　清水一人
発行所　青土社
101-0051
東京都千代田区神田神保町 1-29　市瀬ビル 4 階
電話　03-3291-9831（編集）　03-3294-7829（営業）
振替　00190-7-192955

装丁　梅崎彩世（tento）
イラスト　伊藤 眸
印刷・製本　ディグ

ISBN978-4-7917-7083-0 Printed in Japan